石湾 著

向世界微笑

作家出版社

作者近照

目 录

小 序

收入此集的文字，是我在2008年至2011年间写成的。而《吴哥向世界微笑》完稿之日，又恰好是2011年的最后一天。我以往每检点一个时段里笔耕的收获，将已发表的篇什结集出版，拟定目录总要将篇名按内容大体归类，分成若干辑。这一次，为了回顾我这四年来多彩的人生旅程，是特意采用传统灯谜中“卷帘格”的思维方式，按写作时间的早晚来倒排篇目的先后次序。自我感觉，2011年下半年的写作心态比较好，《德之光华》、《张炜的愚公精神》、《刘白羽的忏悔与反悔》、《一个名叫齐琪的德国读者》、《冬祭高晓声》等我着力较重的文字，见诸报刊之后，在文坛也颇有些反响。而这样的目录编排，也就正巧将上述篇目列在了集子的开头部分。

古人云：“读万卷书，行万里路。”而我退休生活的主要内容，正是读书写作和出门旅行。四年来，我不仅去游览了东欧七国、英国、柬埔寨及祖国的宝岛台湾，而且，还先后应邀到江西、贵州、河北、河南、四川、福建、天津、广东等地采风，真正感受到了如有首流行歌曲所唱：“外面的世界很精彩”。最难忘的一次，是2010年6月我在英国旅游时，接到越洋电话，邀请我到河南淅川去采风，因回国搭乘的东方航空公司的班机，傍晚从伦敦起飞，飞了十三个小时，经停上海时，依然是傍晚。在浦东机场等候五个小时后换乘国内航班，抵达首都机场已是凌晨两点。当天下午又回到首都机场与采风团的另外九名作家一起经停郑州飞赴南阳。转乘大巴抵达淅川县城已是深夜12点钟……我几乎是四十八小时未得休息，连一点倒时差的间隙都没有，就马不停蹄地投入了南水北调大移民工程的现场采风活动。我被大石桥乡乡长向晓丽情系移民的崇高精神所深深感动，回京后趁热打铁，如期写成了两万多字的《面对父老乡亲》。当《面对父老乡亲》在一家文学期刊上发表后，我当即给向乡长寄去了样刊。2010年12月23日20时51分43秒，我收到了她发来的手机短信：

刚从外地回来，看到您的大作，一气读完，泪湿衣襟，好感谢您的理解。您哪里是用笔，您是用心在呐喊！再次谢谢您！什么时间再来，一定联系！

向晓丽

回想起来，《面对父老乡亲》应该是我有生以来最累的一次写作了，但有她这样一条暖心的手机短信，我就觉得这是世界上最宝贵的一种精神享受了。也许，我不一定能再去大石桥乡，但我一定会有机会再深入到社会的最底层，尽最大的可能与人民群众保持紧密的联系，去认识和理解更多的向晓丽。因此，尽管我已年届古稀，却犹如老骥伏枥，依然志在千里，要微笑着走向未来，真正用心去礼赞世界之精彩！

2012年1日18日

吴哥向世界微笑

当得知我要去柬埔寨旅游时，一位朋友曾颇为诧异地问："去那又小又穷的国家，看啥?"我答："没听说柬埔寨的吴哥与中国长城、埃及金字塔、印度尼西亚婆罗浮屠，称做'东方四大奇迹'吗？我参加的是由北京直飞暹粒的包机旅行团，专门去看吴哥古迹。"而当我从吴哥归来，有朋友得知我此行拍了500多张照片时，又不禁大为惊讶："你又不是摄影家，几天时间里哪有那么多景致可拍?"

留在我数码相机里的第一组照片，是"吴哥的微笑"。

那天抵达暹粒已是深夜，下榻之后才知道，"吴哥"一词是对暹粒城北六公里的古迹群的统称。吴哥古迹始建于公元802年，前后用400余年建成，共有大小各式建筑600余座，分布在约45平方公里的丛林中。而列入"东方四大奇迹"的只是这古迹群中保存最完好的吴哥窟，俗称"小吴哥"。吴哥窟是世界上最大的印度教建筑。窟内标志性的三座中央宝塔是柬埔寨国旗上的徽记，足见其在柬埔寨人心目中的神圣地位。因此，在我想来，此行的第一个景点，无疑应先看吴哥窟。未料柬埔寨的华裔导游小文解释说，世界上的寺庙正门都是朝南，当年国王苏鲁亚巴尔曼二世为了供奉代表西方的维希奴神，却将吴哥窟设计成正门朝西。如果我们明天上午去看吴哥窟，就正好全是逆光，咋照相留影呀？还有，吴哥窟全部用石头建构，这石头很奇特，夕阳西下时，会全都变成金黄色。因此，我们明天的行程是，上午先看"大吴哥"，下午再看"小吴哥"。

到了"大吴哥"，方知这里原是高棉帝国的王城，也就是吴哥的"心脏"。它确实规模宏大，占地大约10平方公里，系吴哥最伟大的国王阇耶跋摩七世（1181年至1219年在位）修建，其鼎盛时期，王城周边人口曾达百万之众。我们是乘大巴士来到"大吴哥"南城门前的，据说这是五座城门中保存和修护得最好的一座，高达20多米。走近一看，不

巴戎寺的四面佛："吴哥的微笑"

仅城门正上方是一尊巨佛的面部雕像，而且门两侧与背后，也各有一尊巨佛的面部雕像。导游说，这叫“四面佛”，分别代表慈、悲、喜、舍，悲喜皆不形于色。待一会儿，到了巴戎寺，就会看到49座宝塔上，都有四面佛。这就是闻名于世的“吴哥的微笑”。

我们是换乘小巴士来到距南城门1500米的巴戎寺的。下车一看，这是一座金字塔形建筑，最高处是一座涂金的圆形宝塔，建在两层空心的台基之上。据说按照宗教意识，这表示天上的佛与地上的人得以息息相通。周围建起了48座大小不一的宝塔，众星捧月一般，簇拥着中心宝塔。每一座宝塔上的四面佛很像观音菩萨，宽阔的前额、微垂的眼睑、厚重的双唇，阅尽了千百年风雨兴衰的深邃双眸里，饱含着悲悯与淡然，但其原型实质上就是阇耶跋摩七世本人。我颇为惊奇地发现，穿行在众多佛塔间，身处任何一个角落，抬头一望，总能看到有一尊高高在上的佛像，他含笑的眼睛正注视着我，令我感受到他潜在的威慑力，不由得肃然起敬。因此，无论游客是在哪个角落、从哪个角度拍照留影，镜头里都留下了那安详中带有几分神秘的“吴哥的微笑”。

巴戎寺的49座大小不一的宝塔，加上五座四面佛塔式城门，恰好代表当时鼎盛吴哥王朝所统辖的54个省份，象征着高棉王国的强盛。据史书记载，吴哥王朝曾是东南亚历史上最大、最繁荣、最文明的王国之一。从9世纪的最后十年耶输跋摩一世迁都至吴哥直到13世纪初期，吴哥诸王统治着南起中南半岛南端，北至云南，东自越南，西到孟加拉湾的大片土地。在此期间，他们动用了大量人力、财力从事大规模建设，以为自己和国都增光添彩。自阇耶跋摩七世后，国势逐渐衰落，1431年暹罗军队攻占并洗劫了吴哥，王朝被迫迁都金边。此后，吴哥被遗弃，逐渐淹没在丛林莽野之中，直到19世纪60年代，才被一个名叫亨利·穆奥的法国博物学家发现。也就是说，在长达400多年的时间里，这“吴哥的微笑”竟然与世隔绝，无人得见其尊容。

一个法国人何以有如此大的神通，来到东南亚旷无人迹的丛林莽野，就能找到与世隔绝这么久远的吴哥遗址呢？导游小文颇为自豪地说：“那就得感谢咱们的老祖宗啦！”接着，他介绍说，1296年，元成宗派遣特使周达观前往当时被称为“真腊”的吴哥王朝。周达观在吴哥城停留一年，回国后将在吴哥所见所闻写成了《真腊风土记》。由于吴

瑰丽的“小吴哥”中央三塔是柬埔寨国旗上的徽记

吴哥窟内800米长的神奇浅浮雕令人叹为观止

哥王朝的建立与消失没有留下任何的文字记录，周达观的《真腊风土记》就成为世界上记录柬埔寨古代历史的唯一史籍。后来，有来自欧洲的传教士将它翻译成了法文，亨利·穆奥就是凭着周达观《真腊风土记》的详尽描绘，按图索骥，顺利找到了隐藏在丛林深处的吴哥遗址。他称吴哥窟为东方的“所罗门神庙”，“比希腊或罗马留给我们的任何建筑都更加雄伟壮观”。1993年，联合国教科文组织将吴哥列入濒危世界文化遗产。十余年来，国际社会为保护和修复吴哥提供了大量援助，法国、印度、日本、德国、意大利、中国、美国、瑞士等，都以政府的名义参与了吴哥遗迹的保护。到2003年，吴哥已经不在联合国教科文组织的濒危世界文化遗产之列，前来观光的世界各国的游客逐年增多，暹粒也因为巨大的旅游收入而发展为一个国际化的旅游城镇。暹粒人没有想到，这些古老的殿宇会给他们带来如此戏剧化的生活巨变。暹粒人十分感谢这位曾经的天朝来客，特意为周达观在暹粒塑了雕像，以缅怀他为柬埔寨历史所记录的一切。

我们在吴哥景区游览了三天，一座座业已经修复的寺庙宏伟庄严、璀璨夺目，尤其是“小吴哥”内长达800米的栩栩如生地描述史诗事件的神奇浅浮雕和女王宫那些手持莲花的精致入微、巧夺天工的女神像，无不令我们为之倾倒。第四天，也就是我们此行的最后一个景点是位于暹粒东北约70公里的崩密列。导游小文利用一个多小时的车程，在大巴上向我们详细介绍说，当初建造它的就是给世界留下吴哥窟的苏鲁亚巴尔曼二世。其规模与布局和吴哥窟极其相似，堪称孪生兄弟。但是，由于1979年越南军队推翻波尔布特领导的政权后，红色高棉转移到丛林地带，在崩密列四周埋下了无数地雷，使这里变成了一个在几十年间无人敢涉足的巨大迷宫。直到前两年，请德国人来排了三个月雷，才正式对游客开放。他还说到，在红色高棉残暴统治时期，柬埔寨有近三分之一的人惨遭屠杀和死于劳疫加饥饿。像他这样二十多岁的年轻人，大都没有父母。所幸他的父亲是华侨，当时虚报了年龄，躲过征兵，并逃到边境才活了下来……直到1998年12月25日，红色高棉宣布向政府投降，柬埔寨的旅游业才逐渐兴旺起来。然而，无论是在哪个景点，游客们都会见到路边的树荫下有一支席地而坐着的小乐队，在演奏悠扬的柬埔寨民间音乐。竖在小乐队旁边的木牌用多国文字表明，他们不是流浪艺人，

作者与崩密列废墟上的小朋友合影

女王宫

而是“地雷受害者”，腿脚均有残疾。

到了崩密列，我们看到这座寺庙至今仍处于原始状态，建筑群完全为丛林所吞没。圣殿、古塔、藏经阁都已完全荒弃和坍塌，倾倒的巨石上长满青苔，堵塞了几乎所有的寺内通道……映入我们眼帘的，无不是一片繁华殆尽后的破落景象。但我们在残垣断壁中艰难攀爬、穿行时，会时不时遇到当地的学龄前儿童。他们大都衣衫不整，肤色黧黑，无不面带笑容，习惯性地伸出小手，用中文向我们讨要“糖果”。我想，他们当中一定有那些“地雷受害者”的孩子。当我们邀请他们在废墟上一起照相时，他们都会高声喊“茄子”，并打出“V”字形手势，仿佛是我们自家的孩子，显得十分亲切、可爱。因为是最后一个景点了，所以团友们纷纷把随身所带的糖果全都掏给了临离开崩密列前邂逅的三个小女孩。因此，在我的相机里，留下的最后一组镜头，就是这三个小朋友高兴得手舞足蹈地与我们逐一合影留念的场景。我从她们稚嫩的脸上，看到的是一个民族终于脱离战乱、劫难，向往和平、甜美生活的喜悦。也可以说，这是古老的吴哥，正在向世界展露来之不易的微笑……

2011年12月31日

古寺丽影

到吴哥旅游的第一天，一进“大吴哥”的南门，我就被一棵足有三四十米高的热带植物所吸引，树干挺拔光洁，活像一个肌肤白皙嫩滑、风姿绰约的靓女临风而立，映衬着蓝天白云，迷人极了。我跑到距它百米远的地方，蹲下身来用数码相机接连变换角度拍了三张相片，未料翻看时才发现，一张也没能拍到树顶。我好奇地问柬埔寨导游：“这是什么树，怎么长这么高?”他回答：“这叫空榔树。”我不禁感叹：“我从没见过这么漂亮的参天大树!”他随即笑道：“没看过好莱坞大片《古墓丽影》吗?明天到了塔普伦寺，你就会看到许多比这棵更高、更漂亮的空榔树了!”

《古墓丽影》是根据上世纪90年代初风靡世界的《古墓丽影》游戏改编，讲述一位叫劳拉·克劳福特的考古学家的女儿，为了拯救人类，在48小时内到柬埔寨的神秘帝国和冰天雪地的西伯利亚，寻找一块已分成两半的由陨石金属所铸成的三角形神器的惊险故事。影片中的火辣性感的女主角劳拉由曾荣获奥斯卡金像奖的安吉丽娜·朱莉扮演，她斜露香肩的美丽装束、桀骜不驯的神色和无可匹敌的矫健身手，迷倒了无数观众，使这部“靓打酷”三合一的影片在全球创造了空前的票房纪录。而影片中柬埔寨神秘帝国的“光舞墓”，外景地就选在吴哥景区的塔普伦寺。因此，大牌明星朱莉当年开着越野车在原始森林里左冲右突所发现的可进入“光舞墓”的那座石门，也就成了来自世界各地的游客如今必看的一个热门景点。

塔普伦寺是在吴哥景区中为数极少的保存碑刻的古庙之一，据碑铭记载，它是1186年由吴哥国王阇耶跋摩七世为祭祀自己的母亲而建造的一座佛教寺庙，具有庙宇和修院双重功用，最初被称为“寺庙之王”。当时，在围墙所环绕的东西约1000米，南北宽700米的区域内，通道错综复杂，犹如迷宫，常年住有敬奉神灵的3000名僧侣和615名舞女，需要8万人来供养和维护。据导游介绍，在吴哥景区的数百座古代寺庙中，唯有塔普伦寺至今还保留着19世纪发现时的原貌。这是因为，塔普伦寺虽然没有坍塌，但却与一棵棵盘根错节的空椰树死死地缠在了一起。若要修复神庙，就必须砍掉这些大树；而砍掉这些大树，建筑物也会因此而崩毁。于是，呈现在世人面前的，就是一幅寺庙与大树纠结的稀世景观。

尽管导游事先作了铺垫，也尽管十年前曾在《古墓丽影》中闪现过的场景至今仍挥之不去，但当我们走进塔普伦寺，来到劳拉进入“光舞墓”的那座石门前时，还是被那棵神奇的大树惊呆了。我之所以说惊呆，是因为见到它的那一刻，无法用语言来描述我内心的震撼！因为它不像我在“大吴哥”南门内见到的那棵长在平地上的空椰树，这一棵，它的根须是像瀑布一样沿着庙墙直泻而下，悄无声息地奔流到了游人的脚前。我定神一想，这空椰树的生命力也太强了。显然它最初只是一颗随风飘飞的渺小的种子，落在了塔普伦寺的建筑之上，在石缝里生根发芽，一年又一年，历经日晒雨淋，才慢慢长成了参天大树……由于在我们来到之前，有两个欧美的旅游团已捷足先登，他们正排着长队一个个以空椰树的根茎作背景留影呢，导游就只得招呼我们：“先跟我到里面去看看，等一会儿再回这里来照相吧！”

果然，当我们穿过一座石门，转到这庙墙的背后，才发现那棵空椰树是“骑墙派”，长在另一侧的触角般的根茎也一样粗壮遒劲，就像巨大的龙爪一把抓住石墙紧紧不放。随后我们跟着导游在塔普伦寺里转悠了一圈，发现整座寺庙的建筑，大都已被一棵棵巨大的空椰树所包围。最不可思议的是，好些发达的根茎，竟像游龙走蟒一样盘桓在庙墙之上，有的甚至闭住了门窗。还有几棵更是肆意妄为，撑破了建筑物，致使墙倒屋塌，形成了一个又一个乱石堆。所幸寺内的一座回音塔保存完好。导游领我们进入回音塔后说：“你们抬头看，塔顶是敞口的，能见到一方蓝天。四面墙壁上有许许多多的小孔洞，原先，每一个孔洞都放有一颗红宝石。尽管红宝石早已不知去向，但凡是进塔的人，站在左右两边，背贴墙壁，仰望天空，敲打自己的胸口，依然会听到砰砰的洪亮回声，假如是敲打身体的其它部位，就不会有任何回响。”我们逐个试着敲打，无不十分灵验。有“驴友”说，这有点儿像北京天坛的回音

塔普伦寺《古墓丽影》外景地的空椰树

作者偕夫人在《古墓丽影》外景地留影

壁，在建筑学上不知是否采用了同样的原理？导游笑道："回音塔又叫拍心塔。塔普伦寺神殿内原先供奉的是智慧女神，据说是依照阇耶跋摩七世母亲的容貌雕塑的。佛教讲究心诚则灵，也许是人在智慧女神面前只有拍打自己的胸口，才会有心灵感应，发出回声吧！"我不信佛，导游的解说自然很难令我信服。但这奇妙的回音塔让我领悟到：设计建造塔普伦寺的柬埔寨古代工匠，才是真正的智慧之神。

从回音塔出来后，在穿过一道石廊返回那个最佳留影点的途中，我看到有个老外端着炮筒式的高档相机，蹲在左侧的一个小石洞口专心致志地向外摄影。而等他刚拍摄完毕，守候在他身后的另一个老外摄影家又像他一样，蹲下身来举"炮"瞄准……他们拍的是什么奇景呢？等第二个老外心满意足地离开之后，我接着蹲下身来，想透过洞口瞅个究竟。粗一看，视野里全是空椰树密匝匝的根茎。我想，单是这别无特殊形状的空椰树根茎决不会令两位老外摄影家痴迷，那根茎间肯定有什么秘密在。我定气凝神，上下左右细细扫描了一遍，终于发现在那根茎间，露有一个佛像微笑的面容！

真是来得早不如来得巧。若不是碰上这两位西方摄影家，我肯定与那个藏在空椰树根茎缝隙中的仅拳头大的佛像擦肩而过了。我想，数百年来，不知有多少塔普伦寺石墙、石门、石壁上精美的雕像，被空椰树的根茎无情地禁锢了！但是，若是没有这些空椰树的支撑和依附，也许塔普伦寺早就全变为乱石成堆、长满青苔的一片废墟了。正如导游所说，寺与树活像两个抓住对方的摔跤手，这场比赛不是用分秒而是用世纪来计时。正是这场难分难解的持久较量，吸引来源源不断的看客，并把这道分外美丽的风景，珍藏到自己心爱的影集里……

2011年12月19日

冬祭高晓声

我回到故乡的新居住了才十来天，就接到一位自称“毛茅”的陌生朋友打来的电话，说：“我是一名退休教师，在大学讲授写作课二十多年。正在写《高晓声传》，但还没有去看过高晓声的墓。我读过你写的《高晓声存钱》，知道你也有去给高晓声上坟的心愿，等我安排好车辆，请你同我一起去好吗？”

《高晓声存钱》一文，写于2004年8月。文中提到1999年6月《高晓声散文自选集》刚出版，高晓声收到样书没几天，就撒手人寰了。这是高晓声生前出版的最后一本书，也是他交给我这个老乡来为他编辑出版的唯一一本书。为此，我在文末愧疚地写道：“在高晓声逝世五周年之际，我从作家出版社的岗位上退了下来，他那笔稿费却还封存在出版社的账上。这些天我整理二十多年来文朋诗友的信札，见要数高晓声给我的信最多。我就想着，等我下次回江苏，一定要寻到他的墓地去烧点儿纸钱。倒不是我讲迷信，实在是觉得不了却这笔心债，一想起这位在农村受了多半辈子穷的作家老乡，胸中就堵得慌。”

这篇拙作先是发表在《文汇报》上，后来家乡的《常州日报》也刊登了。毛茅先生说，他正是从《常州日报》副刊部原副主任李寿生那里得知我“告老回乡”的。

11月8日，我和妻子赶早班车进城，九点一刻，如约在青山桥一家超市前见到了毛茅先生。他向我介绍来为我们带路的丁保林先生，说：“老丁是高晓声落难时在乡下结识的最要好的朋友，曾多次接济过他，也最了解他。”

上车之后，毛茅先生才告诉我，还有几位朋友乘另一辆车和我们一起去给高晓声上坟。由于近几年常州城市建设面貌一新，道路变化很大，两辆车的司机都不熟悉去郊外公墓的路线，事先又未沟通好，以至另一辆车跟丢了好几回，绕了不少弯路。这倒也好，增多了毛、丁二位与我攀谈的时间。

据毛茅先生讲，他写高晓声传，资料搜集和采访工作已进行了半年多。前不久刚去了安徽青阳一趟，看望高晓声的妹妹。采访过程中，许多朋友帮了他许多忙。一位朋友说："朋友在，有情有义。朋友不在了，也要有情有义。"让他感动不已。他还搜集到了好些高晓声的老照片，其中有一张，是高晓声、彭令昭（林昭）1950年在苏南新闻专科学校的照片，如获至宝。老丁则告诉我，高晓声小说中的人物，大都在生活中是有原型的。他复出后的第一个短篇《"漏斗户"主》的主人公陈奂生，就是他村上的高奂生。几年前，高奂生还在世时，曾懊悔地对老丁说："高晓声拿我的故事写了好几篇小说，《陈奂生上城》还拍了电影，我曾经要他分点儿稿费给我。现在想想，真是不应该！"老丁还说到，高晓声故居在郑陆镇董墅村高家头村民组内，一间木结构二层老楼房和一间厅屋，现均已陈旧。老楼房已废弃不用，厅屋堆满柴草。高晓声去世后，因其独子高其格长期住在日本，所以故居的钥匙由其堂弟高雨声保管。据其堂侄讲，前几年，高晓声的亲戚曾与高其格协商过修理故居之事，后未成功。像高奂生这样与高晓声熟识的乡亲，走的走、老的老，要将高晓声故居修缮好并恢复上世纪五六十年代他在世时的原貌向读者开放，应该抓紧动手了……

临近11点钟时，我们抵达横山桥镇附近的朝阳公墓。我们武进位于扬子江南、太湖西北角，是一马平川的鱼米之乡。没想到离高晓声故居仅几里路的地方，竟然有一座近百米高的小丘。公墓建在小丘的南坡上。坡度很陡。老丁说，高晓声的墓在第三十一层，要朝高处爬一歇才能看到。哪知这些年公墓扩建，从坡底起，又新增了三十多层，等我们爬过了新三十层，才发现刚到高坡半中腰。等我们气喘吁吁爬到第三十一层，站停一看，如彩虹般高高架起的京沪高铁就从坡南二三百米外的锦绣田野上横穿而过。我顿感高晓声墓地能选在这里，实在是好，他若地下有知，每日都可以俯瞰家乡的变化，倾听陈奂生、李顺大的后代们在小康路上奋力前行的脚步声。

高晓声的墓坐落在第三十一层右起第三号的位置，比上下左右的墓要宽出两倍，设计庄重大气，别有特色。墓墙右侧是芦蒿叶造型；中间上侧的一块汉白玉石上，是高晓声头像的浮雕。一组隐影的农舍，映衬着一张他憨态可掬的脸，令人感到分外的亲切。左侧的一块黑色大理石上镌刻的是他的手迹：“我敬佩农民的长处，也痛感他们的弱点”。瞻仰他的雕像，品味他的墓志铭，我们自然而然地联想到了他笔下的那些鲜活的农民形象。毛茅先生对我说：“记得你在《高晓声存钱》一文中提到，周扬在讲到作家、艺术家需要有‘真正艺术家的勇气’时，曾说当代小说家中写中国农民最好的是高晓声，很有希望成为鲁迅那样的文学大师。”我回答：“是的，那是上世纪80年代初，在京西宾馆礼堂举行的全国优秀短篇小说颁奖会上。我当时在《新观察》当记者，亲耳聆听了周扬的这番讲评。”我还说，高晓声最亲密的文友陆文夫，在一篇怀念文章中也曾称赞高晓声复出后文思泉涌，“生活的沉积伴随着思想的火花使得他的作品像井喷，一篇《陈奂生上城》写出了继《阿Q正传》之后江南农民的典型，一时间成了中国文坛上的亮点。”……

正当我们轮流在高晓声墓前留影之际，我的手机铃声响了，打开一看，是中国移动赠送给客户的彩信套餐《立冬》：“太多的忙碌，淡忘了久违的问候；闲置许久的友情，是不是已经生锈；深感内疚，匆匆回头，你的笑容是否依旧？好朋友：天气变凉，注意添衣噢！”看完这条彩信，我对在场的朋友们说：“今天是立冬，高晓声在世的话，应该又到广东或海南去过冬了。”画家季全宝先生反应敏捷，说：“啊，农历立冬，民间本来就有到亲友墓地去烧纸的习俗，我们今天来得正是时候！”

其实，即便不是立冬节气，我到高晓声墓地来，也是想了却多年来的心债，在他墓前烧点儿纸钱的。但是，我一到公墓，就发现这里与京郊的一些公墓不同，附近没有卖纸钱及其它祭品的小摊点。我想，这也许是家乡的移风易俗搞得好，重在心祭吧？好在我们这些文友多年来与高晓声阴阳两隔，可能“淡忘了久违的问候”，但“闲置许久的友情”，并没有生锈！今天来墓地祭拜他的，有的仅仅只见过他一面或只听过他的一次文学讲座，然而都熟悉他笔下的农民形象，因为那都是我们可敬可爱的父老乡亲啊！此次我们相约来扫墓，事先并未给公墓管理处打招呼，见墓地收拾得很整洁，两侧柏树长得苍翠欲滴，已备感宽慰。季全宝先生对一位在场的看墓人说：“您原先也是当地的农民吧？知道高晓声是种过几十年田的大作家吧？您在这里守墓，不只是要把墓园打扫得干干净净，还要多到他墓前来和他说说话！家乡有什么新鲜事、稀奇

每当高晓声发言，陆文夫（左）总是乐于为他当翻译

1996 年高晓声与作者在圆明园

高晓声之墓

事，您都要来告诉他一声。他有老慢支病，譬如今天立冬，您就要来提醒他添件衣服，穿得暖和一点儿呀！”守墓人连连点头，说：“请你们放心，我会多照应他一点儿的！”

从高晓声墓地下来，已经过12点钟了。季全宝先生说，他已在附近焦溪古镇的一家老字号的羊肉馆订了餐。到羊肉馆坐定之后，他才说：“其实不是我要请大家吃饭，而是要请书法家陆林深先生向大家通报一下成立高晓声文学基金会的事儿！”

陆林深先生正好挨着我坐，他大高个儿，长发飘逸，一副艺术家的潇洒范儿。在高晓声墓前时，他一直举着炮筒似的相机不停地为大伙儿拍照，没顾得上说话。趁上菜之前，他才打开了话匣。他告诉大家，他原在一家民营企业担任企划部经理，现为一所人文大学的客座教授。就是他原先所在单位的农民企业家慷慨解囊，出资200万元，发起成立高晓声文学基金会。日前，部分高晓声在常州的生前友好及文学研究者已开过一次筹备会，草拟了基金会章程，确定该会是非营利性的民间社团。每年以200万元基金的利息和增溢部分约15万元左右作为年度的开支额度，主要用于高晓声研究的收集、整理、汇编、出版、交流和奖励。其中有一项重点规划是在三四年内整理出版《高晓声全集》，我听了尤为振奋，当即表示：“作为一个资深编辑，我干了几十年出版。今后每年我都要回故乡来住一段时间，一定要为《高晓声全集》的编辑出版尽绵薄之力！……”我想，我有幸与这许多故乡的文友们结识，一起投入到高晓声研究中去，不就补偿了未能在高晓声墓前烧点儿纸钱的缺憾吗？

2011年12月8日

寻访赵元任故居

上世纪70年代初，我下放在文化部团泊洼“五七”干校劳动，与著名剧作家吴祖光编在一个班。他当时是归属中央专案组的审查对象，我俩床挨床住了两年多，国是莫谈，只聊家常。巧的是，我俩均为江苏武进（常州）人。他虽是出生在北京，但因父亲吴瀛去世后，母亲一直与他生活在一起，所以他会说常州话。并告诉我，他家祖居常州青果巷。

青果巷是常州最古老的街巷之一，始建于明万历九年（1581）前。当时运河由文亨桥入西水关，经东西下塘，穿城后出东水关蜿蜒向东。青果巷面临城区运河段，当时船舶云集，是南北果品集散地，沿岸开设各类果品店铺，旧有“千果巷”之称。常州方言“千”、“青”难辨，才有了现在的“青果巷”。青果巷之所以美名远扬，还因为这条小巷里走出了许多历史人物。常州历代都不缺乏贤才俊杰，尤其是隋唐推行科举制后，文运更是昌盛，常州一府先后出了1546位进士、9位状元，至于封疆大吏、征战良将、地方官员、社会名流，更难以计数。仅青果巷就出了100位以上的进士和状元钱维城，堪称“进士街”。吴祖光当年还曾告诉我，青果巷不仅出了中国“实业之父”盛宣怀和“七君子”之一、新中国首任司法部长史良，而且还出了众多文化名人，如明代“嘉靖八才子”之一唐顺之（号荆川）、以《官场现形记》闻名于世的清末四大谴责小说家之一李宝嘉（字伯元）。至于到了近现代，众所周知，中国共产党早期领导人、文化巨人瞿秋白，1899年就生于青果巷的八桂堂。

寻访故乡的这样一条代有才人出的老街，是我多年来的夙愿。今年10月上旬，在一次中国诗歌学会部分在京理事的雅聚中，老诗人、翻译大家屠岸先生一见面就热情地握着我的手说：“常州老乡！”因记得在团泊洼“五七”干校时他曾对我说过，他年少时读的是觅渡桥小学，我就问他当年是否也住在青果巷？他答，他家不在青果巷，但与他有亲戚关系的周有光先生，倒是出生在青果巷。他今春曾回过一次常州，才发现赵元任的故居也在青果巷。

说起有"中国的舒伯特"之称的赵元任，我首先想到的就是由他谱曲的《教我如何不想他》。这首中国20世纪的经典歌曲，可谓家喻户晓。但赵元任不只是位作曲家，而且是个博学的天才：从数学到物理学，从音乐学、音韵学到语言学，从文学到哲学，一生建树颇丰，而以语言学的成就最大。他长期致力于推广国语（普通话），编写《国语罗马字常用字表》，编制《国语罗马字与威妥玛式拼法对照表》，给《学生字典》注音。1935年出版《新国语留声片课本》，对在全国推行普通话起了示范作用，影响极大，堪称"中国现代语言学之父"。1909年，赵元任考取第二批游美学务处庚款留美官费生，这一批录取72人，他居第二名，同船留美的还有胡适、竺可桢等。1925年赵元任应聘清华国学研究院导师，与王国维、梁启超、陈寅恪并称清华四大导师。中国著名语言学家王力、朱德熙、吕叔湘等都是他的学生，可谓桃李满天下。

10月下旬我回到故乡，进城做的第一件事，就是去青果巷，在青果巷16弄15-5号，找到了赵元任的故居。进门一看，这是一个多户杂居的园子。说来也巧，当我向一位女住户问起"这里是否还住有赵元任家的后人"时，她立即笑答："我就是赵元任的侄媳秦小妹。"

秦小妹五十开外年纪，自称刚退休不久。她热情开朗，说国家现在重视古老街巷和名人故居的保护，因弄堂口有赵元任故居的指路牌，近些年常有赵元任的"粉丝"找上门来。她还说，没想到赵元任去世二十多年了，他的"粉丝"还这么多，连李岚清去年到访常州，还在人民大剧院自弹钢琴，当众深情演唱《教我如何不想他》呢！正因为来寻访赵元任故居的人越来越多，赵元任故居的修缮保护工程已列入市政府的时间表，近期有望启动。

秦小妹告诉我，赵家原来共有六进房子，包括弄堂对过的，原来是赵家的柴屋和厨房间。第一进两面是轿厅。一开始我没听明白"轿厅"二字，她笑道，就是停轿子的房间，相当于当今豪宅的车库。不用说，有轿厅的住户，祖上一定是官宦之家。细一了解，原来赵元任竟是宋太祖赵匡胤三十二世孙，也是著有《廿二史札记》，并以"江山代有才人出，各领风骚数百年"闻名于世的赵翼的七世孙。听秦小妹讲，这所赵氏宅第建于清代后期，前面四进祖上长辈就已卖掉了，剩下了后两进，

赵元任故居

作者寻访赵元任故居时与赵元任侄媳秦小妹合影

1958年房改时也被改掉了。现在楼上楼下住了有十多户人家。中间一个不小的天井，虽然有些楼板已霉烂，有些住户造了水泥楼梯，但回字楼木结构还基本上完整地保留下来了。至于赵氏后裔，就剩赵元任侄辈一家了，她丈夫赵与康还在上班，儿子大学毕业后则在上海一家美国公司工作。秦小妹说："虽说关于房屋产权问题市政府还没有给我们一个说法，但我们全力支持赵元任故居的修缮保护工程，准备搬迁。新房已经买好。今天恰好是周末，儿子从上海回来，一早就陪他爸爸买装修材料去了。你若是再晚些天来，在这里就找不到我们啦！"

因祖父赵执怡系清同治举人，长期在北方做官，所以赵元任1892年11月3日生于天津。父亲衡年中过举人，但未入仕途，善吹笛。母亲冯莱荪也很有才华，善诗词及昆曲，写一手好字。赵元任6岁进私塾，接受传统教育。1900年，因父母先后去世，赵元任回到老家常州青果巷，由伯母照管，在故乡生活了七年。日后他在忆文中曾这样写道："我们常州的房子在城里中间儿的青果巷，是从我曾祖下来三房一块儿住的一所儿大房子……我为什么给这房子说的这么详细呐？因为我在这个家住了这么久，过了多少年还常常儿做梦梦见在那长黑过道儿里跑，或是睡得后进第二间屋子里的床上听外头下雨的声音。一个人小时候儿经过的事情住过的地方印在心里头比什么都深。醒的时候儿觉着从前的事情好像远的不得了，可是做起梦来旧地方又活像在眼前了。"

1938年至1962年，赵元任先后任教于夏威夷大学、耶鲁大学、哈佛大学、伯克莱加州大学，其间加入了美国国籍。1962年退休后，仍担任加州大学离职教授、美国东方学会主席。他身在异乡，却心系祖国。1946年国民党政府教育部长朱家骅拍电报请他出任中央大学校长，他断然回电："干不了。谢谢！"这也是他迟迟没回国的重要原因之一。直到1973年，中美关系正常化刚起步，赵元任夫妇就携外孙女昭波和女婿迈克回国探亲。5月13日晚，在北京人民大会堂受到周恩来总理的亲切接见。秦小妹告诉我，那年5月21日上午，赵元任夫妇携次女新那、二女婿黄培云以及两个外孙，从北京回到常州。这是赵元任1938年从昆明出国，35年后第一次重返他梦牵魂绕的故居。她丈夫赵与康当年16岁，搀扶着年已81岁的赵元任，走了一趟青果巷，整个青果巷都挤满了来看他的人。

赵元任夫妇（前排左四、三）1973年回乡时与亲友在故居合影，前排左一为赵与康

1973年青果巷的邻里故旧欢迎赵元任从美返乡的热烈场景

秦小妹说，在得到赵元任将回故乡访问的通知后，常州市有关部门就派人来粉刷了他故居的墙壁，并搬来了几张大沙发。尽管故居年久失修，门窗破败，但赵元任进门后还是十分兴奋，他不时激动地重操常州方言对堂弟赵元昌说："这口井我还记得"，"这是我小时候念书的房间"，"这儿本来是个月洞门，那儿本来有一株香橼树"，"我小时候住在这儿"……他还半开玩笑地责备元昌："你回常州四十多年了，怎么还改不了北方口音？"说得满屋子的人都笑了起来。

赵元任与在场的亲属一起怀念祖先，谈论家乡风情，并提到自己曾写过一本叫《常州方言》的书，说："别人以为常州方言不好听，我却以为很好听。"下午，他还偕夫人出席市文教部门假局前街小学召开的座谈会。当时，他的《常州方言的变迁》即将付梓，借此机会听听乡音的变迁。会上他讲了苏州、无锡、常州等地方言。市政协副主席钱小山说："赵老先生乡音无改。"赵元任报以会心的微笑。会后，他又到小学生中去听孩子们讲常州话，并为少先队员拍摄照片。临别时，他还向局前街小学赠送了一台收音机。

我问秦小妹："那次赵元任一家回来，是在故居下榻的吗？"她回答："没有，他们由'市革会'负责接待，住的是常州宾馆。"接着，她说赵元任首次返乡，正值"文革"期间，阶级斗争的弦绷得很紧。那天，公安部门出动了许多便衣警察来做保安工作。赵元任的堂妹赵元静，原是实验小学校长，1957年曾被错划为右派分子，当天上午就在故居的一间小屋（即如今她家的灶间）里，好几个便衣警察围着赵元静，任她哭了一个上午，硬是不准她出来见赵元任一面。

赵元任第二次回国，已是八年之后的1981年5月。这一次他是受中国社会科学院的邀请回国来进行学术交流的，并受到全国政协主席邓小平的亲切接见，北京大学还授予了他名誉教授的称号。他这一次回来，经过拨乱反正，中国已进入改革开放的时代，他的好些亲友的冤假错案都已得到平反、改正，因此，他想见的人，几乎都见到了。著名语言学家陈原先生曾在《我所景仰的赵元任先生》一文中写道："元任先生1973年回国，我是知道的，因为某外事机关一位领导给我捎来一部英文著作，说是作者回国探亲交给他的，但我当时没有'资格'跟元任先生会面，只在我的一本语言学笔记中留下此书的摘录。意想不到的是，当

1973年周恩来总理接见赵元任

1981年邓小平接见赵元任

赵元任、杨步伟夫妇上世纪60年代在美国剑桥镇

元任先生最后一次回国（1981）时，我却有机会同先生晤谈，因为当时已雨过天晴了。那年5月下旬，我约请先生和他的家人以及语言学界几个学者在仿膳欢叙。那天到会的有王力、吕叔湘、朱德熙、李荣诸公（记得王力先生一进门便毕恭毕敬地向元任先生行弟子礼，而王力先生那时已年逾八旬了）——如今王朱两位已先后随元任先生去了——那天午间的叙会不会再有了，但是那一天却是很愉快的，上下古今，无话不说，也无话不可说。”

正因为要见的亲友多，要看地方也多，所以赵元任这次回国，整整逗留了一个月。此时，他已89岁高龄。他说，自1973年回国之后，就一直想再次回来看看祖国的变化，因为妻子久病未愈而一再推迟行程。妻子病故后仅两个月，他就毅然决然踏上了再次回国的行程。也许是他自知来日无多，有一个细节给人留下了极为深刻的印象：在北京大学授予他名誉教授的仪式上，他一口气唱完了《教我如何不想他》；到中央音乐学院座谈时，他也情不自禁地唱起《教我如何不想他》；回江苏常州青果巷故居时，他让女儿新那用室内小风琴伴奏，再次深情地演唱了《教我如何不想他》……

脍炙人口的《教我如何不想他》，赵元任创作于1926年。这首歌的旋律优美深情，一方面运用地方戏曲的唱腔，富有中国韵味，另一方面又融进了西洋风格的曲式构思和转调等多声技法，表现了思念和向往层层交织的深挚情意，是中国近现代音乐宝库中一首经典的艺术歌曲，也是专业音乐学府的优秀声乐教材。当他在中央音乐学院唱完这首歌时，有人向他提问：这是不是一首爱情歌曲？其中的“他”究竟是谁？他回答说：“‘他’字可以是男的，也可以是女的，也可以是指男女之外的其它事物。这个词代表一切心爱的他、她、它。”他说这首歌词是1920年刘半农先生在英国伦敦写的，“蕴含着他思念祖国和怀旧之情”。显然，他心目中的“他”，又回到刘半农歌词原意中的“她”——祖国母亲。海外生活几十年，他对祖国积蓄了太多太深的思念。耄耋之年再回到祖国，他怎能不唱起这首歌，抒发自己对祖国母亲深深的眷恋之情呢？

秦小妹讲到，赵元任是1981年5月27日，带着女儿如兰、新那、小中和大女婿卞学镄，自南京再次回常州寻亲访友的。副市长王慎斋出面宴请他老人家及其亲属，品尝名厨陈复兴烹饪的家乡特色菜肴。他挥毫题词：“遍尝天珍之物，当推常州风味。”还感慨良深地说：“我吃到了真正的家乡风味菜，看到了家乡的巨大变化，我真高兴。”饭后，赵元任观看了上海静安越剧团名演员戚雅仙、毕春芳演出的《血手印》。28日上午，他带着女婿、女儿再次回到故居。就是在这间房子里，他情不自禁地唱起了《教我如何不想他》。老人家当时虽已年近九旬，但歌喉依然那样圆润、低回、婉转，饱含深情，令在场的亲友无不为之动容。遗憾的是，这是他在故居最后一次唱《教我如何不想他》。翌年2月24日，他因心脏病发作，在美国麻省剑桥镇黄山医院与世长辞。他女儿遵嘱将其骨灰撒入太平洋，期盼流回祖国，流回家乡。

我问秦小妹：“那架风琴还在吗？”她说：“还在。我早就用布把它包扎好，藏在阁楼上了。将来等国家把他的故居修缮好后对公众开放，它不就是一件重要文物了吗？”我连声应和：“是啊，是啊！到时候无论谁看到那架风琴，都会想起他的代表作《教我如何不想他》……”

“天上飘着些微云，地上吹着些微风。微风吹动了我头发，教我如何不想他？……”寻访结束之后，我轻轻地哼唱着这首脍炙人口的老歌走出青果巷。我想，待赵元任故居修缮好之后，我还要再来这里，看赵与康、秦小妹一家珍藏的那架风琴，再次细细品味《教我如何不想他》那无尽的韵味……

2011年12月5日

一个名叫齐琪的德国读者

我步入编辑出版这一行，是1980年春天。记得在筹备《新观察》复刊的第一次会上，老主编就对我们几个新人说，编报办刊没什么诀窍，唯一的信条，就是“读者至上”，要像当年邹韬奋办《生活》周刊那样，不只每天倾听读者的意见，还要尽一切可能，为读者服务，包括偏远地区读者来信需要买什么紧缺的生活用品，编辑部都责无旁贷，要立即买了邮寄给读者……到了1993年我创办《作家文摘》时，尽管人手极少，也还是秉承这一信条。我关照仅有的三位同仁：但凡有读者来信，不仅必须及时回复，不得有误，而且，有关建议或批评一类的读者来信，都要每周在编前会上通报，一些重要的读者来信，则由我亲自回复。这是因为，《作家文摘》不只是白手起家，无分文开办费，而且头年未赶上邮局征订期，发行全得靠报摊零售和邮购，所以我常借用巴金先生的一句话，说我们要“靠读者来养活”。

经过不到一年的艰苦努力，《作家文摘》就成为京城上千报摊上销量最高的报纸。为此，我们以《鼓励·批评·厚爱》为题，在第39期上刊登了读者来信摘抄。我在编者按中写道：“也许，就人手而言，在全国上千家报社中，本报编辑部是最小的一个。我们深知，《作家文摘》能在激烈的市场竞争中赢得一方立足之地，全赖千千万万热心读者的厚爱，没有读者的厚爱，就没有我们的今天。”《作家文摘》的读者面很广，既有普通百姓，也有文坛大家、艺苑巨星，以至党政军界的高层人物。与这期读者来信摘抄配发的，就有一张李德生将军在阅读《作家文摘》的照片，这是在他身边工作的一位军人给我们寄来的。意想不到的是，随着《作家文摘》发行量的飙升，竟然有两位海外的读者直接给我写来了求购信。其中一位叫齐琪。她在信中写道：

我是一位已入了德籍的中国人，在德国的时间不算短了。

但对于国内的报刊，仍很有兴趣去阅读。

我在北京也有朋友和熟人，其中一位寄来几期《作家文摘》，尽管早过去大半年了，但贵报的可读性仍然十分高。我又传给在德的朋友们看，人人看得津津有味儿。这恰恰体现了你们极会办报，深懂读者心理的丰富经验。让人们从娱乐性中获得知识，知道人们在消闲中最想看的是什么，是贵报成功之关键。

在德国，有好几十万中国人，然而可读的报刊却很少，除了“星岛”日报之外，几乎是没有。除了大学图书馆每月固定收到那么几本中文报刊之外，一般平民百姓或不在大学工作和学习的人，要想看到国内的文艺精品，就实在太难了。感谢你们把报纸办得这么好。更希望有一天，贵报能有海外发行权，专门是文艺之内容（如贵报内容一样），相信会有很多读者的。

在当时的情况下，《作家文摘》要在海外公开发行，几无可能。唯一的办法，是办理邮寄。当时每张报纸的售价仅为三角人民币。而航空邮资却要高出报价的许多倍。于是我就写信告诉齐琪和另一位叫王愉的美国读者，为节省航空邮资，我每月给她们寄四期《作家文摘》。本来，给外地读者邮寄的杂务是交给临时聘用的一位老会计打理的，但给齐琪和王愉邮寄报纸，地址都得分别写德文和英文，按邮政部门的规定，国际邮件所用的信封，又不能印有红色文字。因此，每次都得把印有“作家文摘报社”红字的信封拆开，反过来糊好后使用。我不好意思麻烦老会计，就自己动手，每月给齐琪和王愉寄一次《作家文摘》。至今我还保存着齐琪于1994年10月19日给我回的一封夹有一张纸币的短信：“此20DM是付到明年4月份的，望有可能来德游玩，住在我家，此旅游城紧邻奥地利，美极了。谢谢每月的贵报，十分精彩！”王愉也曾回信说：“接到您寄来的几份《作家文摘》，非常高兴。出国已许多年了。国内的事已开始渐渐淡忘，许多字已想不出怎么写了，而您的报纸拉近了我与祖国的距离，使我陶醉在母文化里。我感到极大的幸福和满足，谢谢编辑部里所有的朋友。”说实在的，我之所以坚持每月亲自给远在海外的这两位热心读者寄报纸，其实也从中“感到极大的幸福和满足”，是一种自得其乐的职业享受。

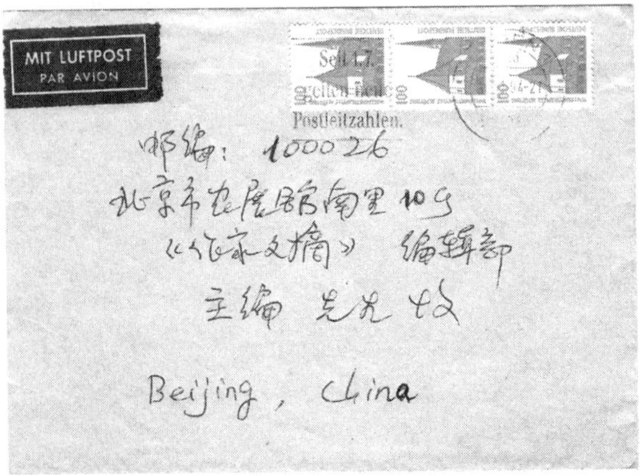

德国读者齐琪的第一封来信

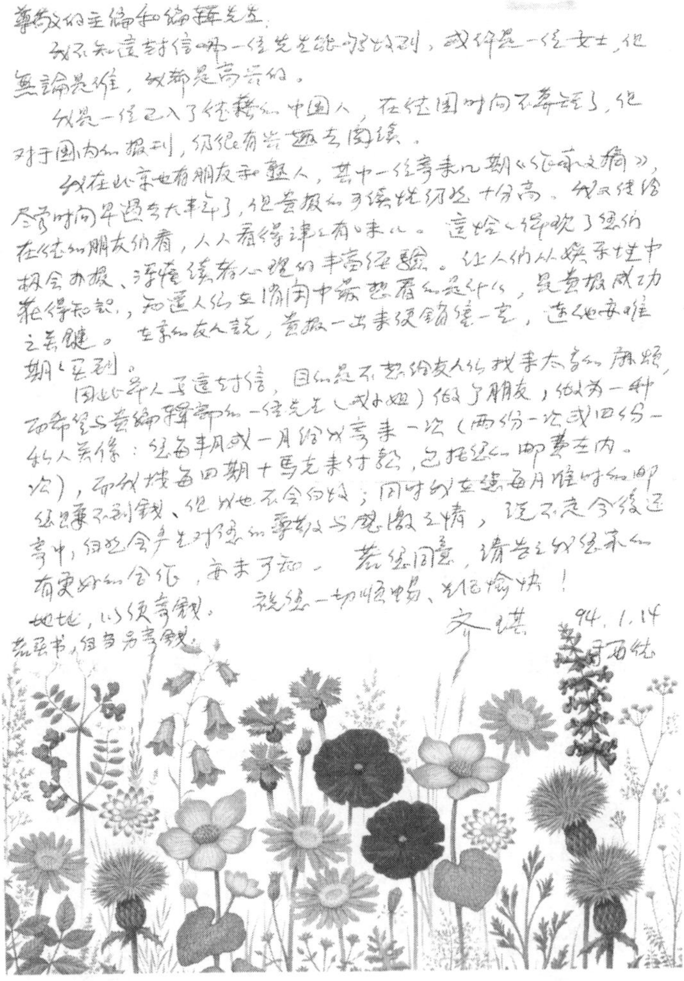
尊敬的主编和编辑先生：

我不知道这封信哪一位先生能收到，或许是一位女士，但无论是谁，我都是高兴的。

我是一位已入了德籍的中国人，在德国时间不算短了，但对于国内的报刊，仍很有兴趣去阅读。

我在北京也有朋友和熟人，其中一位寄来几期《作家文摘》，尽管时间早过去大半年了，但贵报的可读性仍然十分高。我又传给在德的朋友们看，人人看得津津有味儿。这恰恰说明了您们办报、掌握读者心理的丰富经验。让人们从娱乐性中获得知识，知道人们在休闲中最想看的是什么，是贵报成功之关键。在京的友人说，贵报一出来便销售一空，连他也难期期买到。

因此我写了这封信，目的是不想给友人们找来太多的麻烦，而希望与贵编辑部的一位先生（或小姐）做了朋友，做为一种私人关系：您每半月或一月给我寄来一次（两份一次或四份一次），而我按每四期十马克来付款，包括您的邮费在内。您赚不到钱，但我也不会白拿；同时我在德每月准时的邮寄中，自然会产生对您的尊敬与感激之情，说不定今后还有更好的合作，未来可知。若您同意，请告之我您本人的地址，以便寄钱。

祝您一切顺畅、生活愉快！

齐琪 94.1.14 于西德

若要书，但当另寄钱。

就这样，直到我1997年冬调离《作家文摘》，从不间断地给齐琪和王愉寄了四年多的报纸。没有想到的是，两年之后，即1999年8月，齐琪托去德国访问的《中国妇女报》婚姻家庭部主任郭艳秋给我捎回了一份“礼物”：遇罗锦著的《爱的呼唤——在中国大陆一个结过三次婚的女人的自述》。

郭艳秋的前夫是大诗人艾青的长子艾端午，而艾端午是我在《新观察》工作时的同事。因此，早在1980年我就与她认识了，90年代初，她曾约我在《中国妇女报》上开了一个名为《男人与家》的专栏，给她们写了十篇生活随笔，反响颇好，就成了相熟的文友。郭艳秋把齐琪的礼物交给我之前，卖了一个关子：“你猜猜，齐琪为什么要送你一本遇罗锦的书？”我看到《爱的呼唤》的书脊上标有“皇冠丛书”的字样，就猜测：“这书是由琼瑶老公平鑫涛办的皇冠出版社出版的，大陆买不着，齐琪知道我在作家出版社工作，一定想看这部大陆买不着的‘禁书’吧？”郭艳秋诡异地笑了一下，说：“其实，你是见过齐琪的。你打开书看一下就知道她是谁了。”我翻开《爱的呼唤》，扉页上写的是：

石湾先生留念

德国读者齐琪敬赠

99. 8. 12 德国

“奇奇”是老米兔给咱起的“爱称”，用来做德国名（chi chi）或用来骗人又恰当又实用。……

看到此，我才恍然大悟：原来齐琪就是大名鼎鼎的遇罗锦！而“老米兔”，我知道，则是她对第三任丈夫吴范军的爱称。

遇罗锦出身于北京一个知识分子家庭。1957年，曾留日的父母双双被打成右派，遇家开始遭遇劫难。“文革”初期，她的哥哥遇罗克因发表《出身论》反对血统论而遭逮捕，并于1970年3月被处死刑。受哥哥的牵连，遇罗锦被定为“思想反动分子”，送劳改农场劳动教养三年。1970年3月，劳改农场解散，遇罗锦又被转到河北临西县插队落户。那里的工分值多年没有超过一毛钱。迫于生活，她到黑龙江和一个素不相

遇罗锦手握哥哥罗克狱中留下的笔写成了《一个冬天的童话》

识的农民结了婚。婚后生有一子，但由于没有感情基础，四年后离婚。没有出路的遇罗锦又回到北京谋生，种过地、干过临时工、当过保姆，也当过无业游民。迫于现实的困境和家庭的压力，她不得不考虑再嫁。经人介绍，1978年7月，她和北京某厂工人蔡钟培结婚。她与老实、忠厚的蔡钟培一起生活才两年，婚姻就触礁了。1980年5月16日，时年34岁的遇罗锦向北京市朝阳区人民法院提交了诉状，提出离婚。其离婚的背景是，遇罗克的冤案于1979年9月得到平反，遇家在政治上得到解放，她回到原先工作的玩具六厂上班，户口也从东北迁回了北京。就在离婚案的审理期间，她的纪实文学《一个冬天的童话》在《当代》杂志1980年第3期上发表（后被译为德、日、英、法四国文字介绍到国外），引起强烈的反响。她的作品以朴实无华的笔触、真实强烈的感情讲述发生在那个特殊年代里的她所经历的悲惨故事，成了伤痕文学的重要作品之一。

对于离婚理由，遇罗锦在诉状中说："我们除了吃饭睡觉以外，没有别的语言。蔡钟培是好人，但绝不是我心目中的爱人。我应当结束这种没有爱情的夫妻生活。"然而，突然的离婚诉求给了过惯普通生活的蔡钟培非常大的打击，起初坚持不离婚，并答辩道："遇罗锦提出要结束没有爱情的、不道德的婚姻，而实际呢？她是在自己的环境、地位、条件发生变化后，变了心。我觉得，这是过河拆桥、忘恩负义。”与此同时，想要说法的蔡钟培主动给报社写信，要求组织群众就自己的离婚诉讼开展讨论。其后，两家发行量都相当可观的杂志公开组织了大讨论：婚姻是以政治、物质条件还是以爱情为基础？离婚标准究竟应该是“理由论”还是“感情论”？大讨论中，尽管有部分人倾向于支持遇罗锦，但是当时的主流舆论还是一边倒地谴责遇罗锦，指责她利用婚姻做跳板，实现自己的功利目的。《人民日报》甚至刊登消息称遇罗锦是一个行为不检点的女人，新华社更是刊发了题为《一个堕落的女人》的内参。一件小小的离婚案，引起了一场轩然大波。

就遇罗锦离婚案组织大讨论的两家杂志，其中有一家就是我当时所在的《新观察》。显然，冲在拨乱反正、思想解放前沿阵地的《新观察》是站在遇罗锦一方的。1980年第6期，在发表北京市朝阳区人民法院法官党春源《我为什么要判决他俩离婚》一文时所加的编者按说得很清楚：“我们觉得在五届人大公布新婚姻法时，展开这样一场讨论是有意义的。这个案子有其自身的特点，读者在讨论中固然可以就事论事，也可以不局限于案例本身，而联系自己所接触的实际，就爱情、道德、法律等问题深入广泛地发表意见。”《新观察》所辟的这一关于爱情与婚姻的讨论专栏持续刊登到1981年第5期，先后收到来稿700多篇，委托编

齐琪赠送的台湾皇冠版《爱的呼唤》

辑部代转给遇罗锦的读者来信更是难以数计。期间，遇罗锦曾多次到《新观察》编辑部来送稿、取信，向主编和责编朱行陈述她的境遇和意见。因外界盛传“遇罗锦是一个行为不检点的女人”，所以，除朱行而外，我们杂志社的男编辑都为避嫌而不参与接待和面谈。这也就是郭艳秋只说我曾见过齐琪，而我与她并不相识的缘由所在。

说起遇罗锦，有一件事我至今记忆犹新：1981年全国优秀报告文学评选，本来遇罗锦的《一个冬天的童话》已内定获奖，结果临揭晓前中国作协接到上级的一个电话，就把《一个冬天的童话》的奖取消了。消息传开，遇罗锦顿时又由众人热议的时尚英雄变成了轻浮放浪的女人。一桩搅动全国的离婚风潮迅速冷却，批罗派眉开眼笑，欢呼又回复了旧有秩序。而那次获全国优秀报告文学奖的作家们大都是挺罗派。我作为《新观察》派驻颁奖大会的记者，亲眼见黄宗英在获奖作家座谈会上为遇罗锦抱打不平，当场展示她用奖金买的两支金笔，激昂地说：“我把这两支金笔送给遇罗锦，支持她写下去!”

遇罗锦与蔡钟培的拉锯战持续了一年多，法院最终还是判离了。与蔡钟培离婚后不久，遇罗锦与北京钢铁学院的教师吴范军相识并结婚。但是，那还是一个极“左”思潮不甘消退的年代，她身上依然背负着“女陈世美”的恶名。1983年，曾经翻译《一个冬天的童话》的一名德籍华人出版商邀请身心俱疲的遇罗锦到德国短期访问，其后，她便辗转定居在德国。其间她多次想接丈夫赴德，但吴范军坚决不去。1992年，在僵持的情况下，吴范军主动提出离婚。郭艳秋告诉我，遇罗锦1993年和德国人海曼结了婚，生活得相当安宁快乐……

遇罗锦在其所赠《爱的呼唤》的扉页上，还写道：“此书自89年琼瑶来京访问之后，由于‘左棍’之压力，已宣布不出。……也好，既然不出，那就再改一遍，再恢复原名《一个大童话》吧。”时光倏忽，改革开放三十年以来，中国社会发生了巨大变化。新近，我不仅接连在报刊上读到称颂她是“思想解放运动的战士”的文章，而且还看到了一则关于《一个大童话》数易其稿后在香港出版的消息。历史，终于还遇罗锦以一个公道和清白。

2011年10月19日

刘白羽的忏悔与反悔

上世纪60年代初，即我还在读大学时，刘白羽、秦牧、杨朔就已被誉为当代散文“三杰”。尽管在“三杰”中我偏爱杨朔，但对刘白羽也还是怀有一种敬慕之情。不过，那时候他在我的心目中只是一个名作家，而不是一名大权在握的高官。很有意味的是，大学毕业后我分配到文化部系统工作，由于时任文化部副部长的刘白羽在“文革”开始之初就被揪回中国作家协会挨批斗去了，待我下放到团泊洼“五七”干校劳动改造时，在我们连食堂掌勺的师傅，竟然就是以前专给刘白羽开小灶的一位名厨。他的烹饪技艺确实了得，虽那时猪肉是定量供应，但他烹制的烧茄子、奶油白菜等拿手好菜总令我们赞不绝口，甚至戏称是在艰苦的年代享受到了“高干待遇”。然而，我对刘白羽的为官生涯真正有所了解，是1980年春到中国作家协会下属的《新观察》杂志社工作之后。

在1957年的“反右”运动中，《新观察》杂志社属于重灾区。1980年《新观察》复刊时，三位领导，即主编、副主编、编辑部主任，当年都被错划为右派。我所在的文艺作品组，组长也曾是右派。还有流落到苏州的龚之方、《羊城晚报》的萧获等《新观察》的“右派”老编辑，来京公干时也常回编辑部聚会。每听他们回首往事，尤其是“肃反”和“反右”运动，对刘白羽当年整人的狠劲儿无不耿耿于怀。印象最深的一次，是1984年底，全国第四次作家代表大会期间，其时我已随编辑部主任调离《新观察》，到作家出版社创办《中国作家》，在京西宾馆的电梯里，她竟与刘白羽“狭路相逢”。因1977年刘白羽调回部队，当了好些年的总政文化部部长，每有军旅作家进电梯，必先向他行军礼，然后致以“首长好”之类的热情问候，气氛亲切之极。唯有她冷眼旁观，仿佛与刘白羽素不相识，其场面甚是尴尬。下了电梯，我问她：“刘白羽不认识你吗？”她回答：“他当年是作协‘肃反’领导小组组长，‘丁玲、陈企霞反党小集团’就是那时定的案，我是丁玲的秘书，他怎么能不认识我？1957年丁玲又被打成右派，我已到《新观察》当编辑，仍受丁玲的牵连，也被打成了右派。这样整人的‘左派’，至今不认错，我才不屑于搭理他呢！”

像她那样，因受丁玲的牵连而被打成右派分子的，还有建国初她在文学讲习所（所长丁玲）深造时的一批同学，其中包括后来以《小兵张嘎》闻名于世的徐光耀。2000年第1期的《长城》杂志，以头条位置发表了徐光耀此后荣获第二届鲁迅文学奖的纪实散文《昨夜西风凋碧树——记一段头朝下脚朝上的历史》。在这部作品中，徐光耀以一个过来人的平常心，冷静回顾了自己这棵在党和人民培育下，于文学创作园地崭露头角的“碧树”如何遭劫，被1957年的“反右”狂风一夜间横扫枝叶，进而“头朝下、脚朝上”，沦为右派、“修正主义分子”的痛苦历程。作品以翔实的资料再现往昔，对当年那段历史的诡异与荒诞进行了反刍，笔触真挚而大气，既没斤斤计较地去抱怨什么，也没尖刻狭隘地去仇视什么。但无可违避地涉及了包括刘白羽在内的一些著名作家在极“左”潮流肆虐中的负面表现。

《昨夜西风凋碧树》完稿于1999年7月11日，在《长城》采用前，曾遭两家刊物的婉拒。出人意料的是，一经《长城》刊发，《炎黄春秋》、《新文学史料》、《新华文摘》等十余家刊物争相转载。更令徐光耀意想不到的是，当年整他的主要当事人之一刘白羽竟然被他的文章所打动，于2001年3月29日给他写来一封情致深切的“悔过信”：“友人传了一册《长城》给我，我立即把《昨夜西风凋碧树》读完，字字血泪，正义之言鞭挞着我的心灵，你在那历程中所承受的痛苦，都是我的罪孽所造。光耀同志，我羞惭，我恸心，我无颜求你原谅，但我要说出我永恒的遗憾，包括在那失去理智的时代，我对你不礼貌的行动，我只有在远处向你深深地谢罪、谢罪……”

刘白羽的忏悔，把徐光耀深深感动了。2001年4月3日，他即给刘白羽回信说：“……您对待自己仍然过分了，过错是有的，谈不到‘罪孽’，也无须‘谢罪’。以往的种种不幸，都不是您我之间的恩怨造成，那是一个时代、一种体制所造就的错误，个人可以承担某些责任，但不能承担主要的，更非全部的责任。个人是承担不起的。您我都有对党的无可怀疑的忠心，我们都是尽力按照上面来的精神行事的，悲剧是这种忠心到了分不清是非的地步，如果您我调换了位置，我整起您来也会毫不手软的。所以，从个人说，最大的教训之一是迷信……”

2001年第4期《长城》，以《关于〈昨夜西风凋碧树〉的通信》为题，全文发表了这两封信，编者在按语中这样写道：“老作家徐光耀的长文《昨夜西风凋碧树》在本刊2000年第1期发表后，影响是深远的，作者先后接到80多位热心读者的来函来电，其余波一直延续到一年后的今天。下面发表的是著名老作家刘白羽同志最近的一封来信和光耀同志的复信，新世纪之交两位老作家的炙人之语，掷地有声，发人深思，相信会在《长城》的回音壁上留下久久的回响。”随后，又是数十家报刊转载了这两封信，使众多读者，尤其是文学界的人士，也包括笔者在内，像徐光耀一样深受感动和震撼，一下了对刘白羽的“思想品德有了新认识”，纠正了“以前存留的某些偏激看法”，把他当做“一位有党性的高尚长者”而“更加敬重”。

然而，仅仅过了一年，我就对这段轰动一时的“劫后传书泯恩怨”的文坛佳话产生了疑惑。那时，我还在作家出版社副总编辑的岗位上，接到了上峰交办的任务：为刘白羽出版一部新的散文集。这部名为《天籁集》的文稿，收录了他晚年的二三十篇短文及几封书信，仅10万字，加上《附录》中陆正伟、王中才等记者、作家采写他的七篇文章，约14万字。那时他已年过八旬，因此，他在代序《晚霞谈文录》中说：这“也有可能是我最后一个散文集了”。于是，为增加书的厚度，我和责编商定，将《天籁集》全部做成精装本，并请我社的美编室主任来担任装帧设计，尽可能把这位作协老领导的“最后一个散文集”出好。未料，我在终审书稿时，发现在《致徐光耀信》后，附了一篇黎辛的《致黄秋耘信》。首先，我觉得既然收录了写于2001年3月29日的《致徐光耀信》，就应该附上徐光耀2001年4月3日给他的复信。其次，从体例来看，如果一定要收录黎辛的《致黄秋耘信》，也应该将此文移至《附录》，而不能紧随《致徐光耀信》其后。当我认真读完黎辛的《致黄秋耘信》，立即明白了刘白羽的用意，即他对两年前向徐光耀所作的忏悔，竟然有了反悔之意。

黎辛的《致黄秋耘信》，写于1998年8月4日，长达12000字。1998年第4期《新文学史料》是在《来稿、来信照登》栏里刊发这封信的，目录上连这封信的标题（《关于中国作家协会的反右斗争及其它——〈黄秋耘访谈录〉读后》）都没有列出。《新文学史料》在编者按中说："本刊今年一、二期刊登了《文学路上六十年——老作家黄秋耘访谈录》（作者黄伟经）一文后，引起了读者的强烈反响。""这期，我们从标题到正文一字未动地编发了当事人的来稿、来信。读者如能撇开双方文字上的感情因素，当会更全面、准确地了解当年中国作协反右派斗争的情况。""反右"运动时，黎辛是中国作协党组成员兼秘书，黄秋耘则是《文艺学习》编辑部副主任。黎辛致信黄秋耘，其核心内容是指黄秋耘在《访谈录》中所说"主要是刘白羽领导作协的反右派斗争，甚至可以说独断专行一切"与事实不符，认为"刘白羽是领导作协整风与反右的三把手"。但他承认："1955年荃麟病休，批判丁玲、陈企霞反党小集团刘白羽是主要执行人。""荃麟"即时任党组书记的邵荃麟，刘白羽时任作协党组副书记，而中宣部分管作协整风、"反右"的是副部长周扬。由此，黎辛认为，周扬是领导作协整风与"反右"的一把手，划不划谁是右派，是由周扬说了算："周扬由于陆定一的支持，在反右派斗争中的发言权与决策权是超乎寻常的大的。"

据笔者所知，被黎辛当做领导作协整风与"反右"的二把手的邵荃麟，作为作协党组书记，1957年5月间曾去浙江出差，同浙江文艺界的作家们开座谈会，传达中央精神，鼓励他们鸣放。结果浙江参加座谈会的人士，很快几乎全部被划右，著名的如宋云彬、黄源、陈学昭等。"反右"运动开始后，邵荃麟被认为是去浙江煽风点火，检举材料送至北京。因此，邵荃麟虽参加领导了作协的反右派斗争，但他是一个属于"泥菩萨过河，自身难保"的人物。1964年，毛主席关于文艺问题的两个批示传达后，作协重点批判邵荃麟，认为他的"中间人物论"和"现实主义深化论"是资产阶级的文学主张。这时他不再被保护，1957年去浙江"放火"的材料被端了出来。有人就径直说邵荃麟是"漏网右派"。我想，这也许就是黄秋耘及我在《新观察》的老同事们认定1957年作协的"反右"运动是刘白羽主持的缘由。有关这方面的文字记载，除刘白羽当时发表的《让我们一道来扫除乌云》、《论文学上的右派寒流》、《美丽羽毛下的丑恶灵魂》、《秦兆阳的破产》等火药味十足的"反右"文章而外，郭小川也曾在1969年所写的《我的书面检查》中说："在讨论秦兆阳为右派分子时，我一言不发，只等着刘白羽开口提出不划。……对于秦兆阳划右派问题，我一直是动摇的；对李清泉，我更觉得可以不划，我的理由是作协划的右派已经够多了。实际上我看不清他们的右派实质，在思想上和他们有共同之处。刘白羽坚持要划，我才同意了。”（陈徒手著《人有病，天知否》第178页，人民文学出版社2009年9月版）

黎辛的《致黄秋耘信》，作为一家之言，对于当代文学史的研究，当然具有一定的参考价值。但是，此文早于《昨夜西风凋碧树》两年在《新文学史料》上刊出，且文中只字未提徐光耀，由此在我看来，将其作为刘白羽《致徐光耀信》的附件收入《天籁集》显然是不妥的。于是，在审稿单上明确表示了我的意见：撤下黎辛的《致黄秋耘信》，建议换上徐光耀的《致刘白羽信》。责任编辑是总编室主任杨德华，他虽很理解我的终审意见，但面有难色地说：“白羽同志若坚持自己的意见，不愿撤下黎辛的《致黄秋耘信》，那咋办呢？”我说：“如果不撤下黎辛的《致黄秋耘信》，出书后可能会挑起新的矛盾，影响到文学界的团结。反正不撤的话，我就不签发这部书稿。”

作家出版社是隶属中国作协的一个自负盈亏的事业单位，实行企业管理，每本书的盈亏与责任编辑的年终奖金直接挂钩。因此，像《天籁集》这样的任务书，只能由总编室主任亲自当责编。而刘白羽虽在1982年就已离休，但1990年又重出江湖，被任命为《人民文学》主编，在中国作协仍有着相当大的影响力。因此，杨德华担心，万一刘白羽坚持要将黎辛的《致黄秋耘信》收入《天籁集》，并去向中国作协领导打招呼的话，那该怎么办？我说，那就好办了，若有哪位领导同意白羽同志的意见，有书面批示，作家出版社执行就是了，到时可换一个终审者签发书稿，反正我不承担责任。杨德华看我态度很坚决，就只得硬着头皮说：“那还是我先和白羽同志沟通一下吧。”我对他说：“与白羽同志沟通，不是先得同他秘书联系吗？你不如让他秘书来一趟，与我们先交换一下意见再说。”后来，杨德华直接把《天籁集》的审稿单给白羽同志的秘书看了，秘书向白羽同志如实作了回报，然后回话说：“既然要撤下黎辛的《致黄秋耘信》，那就连《致徐光耀信》也一并撤下吧！”就这样，《天籁集》作为刘白羽此生最后一个散文集，由我签发，于2002年12月出版。遗憾的是，在这部散文集中，找不到他晚年著作中最大的一个亮点：《致徐光耀信》。

刘白羽同志于2005年8月19日逝世，享年89岁。2006年3月，解放军文艺出版社出版了由总政艺术局所编的《白羽同志英名永存——刘白羽纪念文集》。该文集末尾，附有两份《刘白羽同志遗物捐赠清单》，在第一份捐赠给中国现代文学馆遗物清单中，有他《天籁集》的大部分散文手稿和多封他与作家来往的书信手稿或复印件。但其中没有他与徐光耀关于《昨夜西风凋碧树》的相互通信。然而，在这部近56万字的纪念文集中，仍有许多篇怀念文章，提及那段轰动一时的“劫后传书泯恩怨”的文坛佳话，把刘白羽的《致徐光耀信》说成是他“内心感情的真实流露”，并“对他这种真诚、坦率、博大的襟怀表示钦佩”。其中，只有邓友梅的一篇，令我读出了别样的滋味儿——

> ……我到石家庄去参加光耀作品讨论会时，一见面光耀就拿出一封信来给我看，我见落款是“刘白羽”，心里扑通一声，忙问光耀：“你把《昨夜西风凋碧树》寄给刘白羽同志了?”他说：“没有，我写了他当年对我粗暴的情节，再主动寄给他看，不像是跟老人挑衅吗！我不会这样做。不知他从哪里听到了这书出版的消息，自己找到去读的。”
>
> 我把信从头读起。不读则已，读完大为震惊。我没想到近九十岁的老前辈，在读了指责他的文字后，不仅没有气恼，而且竟以发自肺腑的心声，写来一封信向晚辈“谢罪”，对他当年的一些言行深为忏悔自责。当我带着泪水看到“谢罪”这两个字时，同时也看到了写这两字的人的人格高尚的光环。
>
> 光耀见我感动，他说：“我也很感动。可也有人认为这些话未必发自真心。”我激动地说：“就是假的也难能可贵！不是有很多人从前做过错事，至今仍装正经，连假认错也不肯吗？……”

当年刘白羽向徐光耀究竟是真谢罪还是假认错？如今我把《天籁集》出版前的这段小插曲披露出来，对文学史家及读者诸君作出自己的判断或有所益吧！

2011年10月2日

张炜的愚公精神

第八届茅盾文学奖揭晓，张炜的《你在高原》名列榜首，一下子使这位山东作家成了热议的公众人物。其实，早在二十多年前，他的《古船》参评茅奖时，我和许多文友就曾寄予过厚望。

此刻，摆在我面前的正是一本打开的《古船》，插页上的照片说明是："1984，济南，写古船"。我发现，"1984"显然应是"1986"，因在张炜的案头堆着两摞书，最上面的两本，分别是王兆军的《蝌蚪与龙》和何立伟的《小城无故事》。这两本书归属我任作家出版社第一编辑室主任时策划的"文学新星丛书"第一辑，而《小城无故事》正是我当的责编。在《小城无故事》那摞书中，还有一本《1983—1984全国优秀中篇小说获奖作品选》，也是由我所在的编辑室编辑，都出版于1986年。于是我联想到，这三本书或许就是我寄赠给他的。因为我在1984年底召开的中国作家协会第四次会员代表大会上就与他结识了。

四次作代会时，我是《中国作家》杂志派出的驻会记者，当时各媒体记者在争相找报道和约稿线索时，发现最年轻的代表中，女的是1955年出生的铁凝，而男的则就是1956年出生的张炜。《中国作家》主编冯牧，一向重视对青年作家的培养，一再嘱咐我们要多发文坛新秀的佳作，因此，一上会，我就盯上张炜，把他当做了重点约稿对象。四次作代会后不久，中国作协在南京举行1983—1984全国优秀短篇小说、中篇小说、报告文学评选颁奖大会，我带着刚调来的年轻编辑赵虹赴会组稿，又一次见到了张炜。就在那次会上，他的《一潭清水》获得了优秀短篇小说奖。而在此之前，他的《声音》，已获1982年全国优秀短篇小说奖，他也与王润滋、矫健并称胶东文坛的三颗新星。王润滋、矫健后来分别因患病和下海经商而中断了写作，因此，与我一直保持联系的，只有张炜。1991年，我在《文汇报》上发表的题为《人说我像赵忠祥》的随笔中，曾提及这样一件趣事：

一次是我到中纪委招待所去看望在那里下榻的山东作家张炜。张炜说："这次来北京闹了个笑话，我把赵忠祥当成你了。"我问他是怎么回事？他接着说："前些天，赵忠祥也住在这里，录知识大奖赛节目。在食堂排队买饭，他排在前面，我以为是你，上去打招呼。他哪认识我是谁呀！"

在文坛崭露头角的张炜，尚未上过荧屏，赵忠祥当然不会认识他是谁，但在文学编辑的眼中，他堪称新时期以来最具代表性的中国实力派作家之一，是个不可小觑的人物了。上世纪80年代，大型文学刊物竞争激烈，都是以名家的优秀中篇小说当头条。张炜是很守信的，1985年秋，他就如约给我寄来了他的中篇力作《童眸》。收到后，我立即编发，在《中国作家》第6期上以头条位置刊出，赢得了读者的广泛好评。

在四次作代会上，我还曾找山东代表团的著名老作家萧平约过稿。萧平时任烟台师范学院中文系主任，他在从事教育工作时，兼攻文学创作，自上世纪50年代起，就以《海滨的孩子》、《三月雪》等名篇，奠定了他在当代文学史上的地位；进入新时期后，他的《墓场与鲜花》又获首届全国优秀短篇小说奖。但由于他后来担任了院长，公务繁忙，一直未能给我寄来小说新作。因我知道张炜和矫健都是毕业于烟台师范学院中文系，是他的得意门生，于是在收到张炜的《童眸》后，我就请萧平写了一篇《他在默默地耕耘——关于张炜和他的小说》，在《中国作家》1986年第1期的《作家写作家》栏目里发表。

萧平在此文中写道："我认识张炜是1979年春。他们几个爱好文艺的学生发起组织了一个文学社，并出版一个油印刊物，有些事来问我，以后又拿稿子来给我看。他给我的印象是性格有点内向，朴实，诚恳，有些拘谨。慢慢熟了，片片断断向我讲了些家庭情况和个人遭遇。"1978年，全国各高校兴起了一股文学创作热潮，在萧平的支持和辅导下，张炜等人创办的文学社叫"贝壳文学社"，和同是中文系的"同学文学社"共同创办的纯文学刊物就叫《贝壳》。张炜后来在《野地与行吟·校园忆》一文中曾回忆说："入校第一年，我们几个有志于文学的人便组成了文学社。因为当时全校有不止一个文学社，也不止一份油印文学刊物。我们的文学社比较壮大，组成的学生纵跨三个年级，出版有最漂亮的油印文学刊物《贝壳》。当时我们的刊物与省内外许多大学社团的刊物交换，活动频繁。文学社的各种文学讨论会、作品朗诵会不时召开。是对文学的虔诚无私，把我们这些不同年龄、来自不同地区的人凝聚一起。没有一个人开文学的玩笑，文学在当时是不容置疑的神圣之物。”

张炜毕业后，《贝壳》改由校团委主办。到1990年，贝壳文学社改名为“树人文学社”，创办文学刊物《春之声》，出版近20期，成为烟台师院（后改名为鲁东大学）较早的校级社团。直至2006年夏，树人文学社收回《贝壳》主办权，本着发扬大学生的精神风貌、提高大学生的文学修养、鼓励大学生进行文学创作的宗旨，又把《贝壳》转为纯文学杂志，使它成为了青年学子文学启蒙的摇篮。自1978年以来，从这里先后走出了张炜、矫健、李尚通、马海春、滕锦平、黄志毅、姜忠华及赵曙光、刘传夫、李慧志等一批饮誉中国乃至世界文坛的“鲁大作家群”。有学者评价说：“鲁大作家群”这种独特的人文现象和文化成就在国内高校是相当少见的。2007年4月20日，纪念萧平文学创作五十周年报告会暨“鲁东大学作家群展室”揭牌仪式在鲁东大学举行，身为山东省作家协会主席的张炜回到母校，与著名作家王蒙一起参加报告会并为“鲁东大学作家群展室”揭牌。会上，他充满崇敬地对年逾八旬的萧平说：“我仍记得第一次听老师作报告时的激动，是老师把我领进文学的殿堂。老师是一个‘腹富口俭’的人，难得听到他夸夸其谈，虽然每次说话都很少，但却很有深意，让人受益难忘。这种高尚简约质朴的风格深深影响了我。”

萧平在《他在默默地耕耘——关于张炜和他的小说》一文中，曾这样介绍张炜有些特殊的童年经历：“他的家在一个镇子上，后来又迁到了海边。住宅不在村里，而是孤零零地在一条大河入海口岸边的果园里。家里有许多书，他就读了不少文艺作品。十几岁的时候，离开了父母，到百多里外的叔叔家住了。叔叔家同他们家隔着一座大山。每年他都盼望着探家的日子，终于盼到了，背着包裹，翻过这座大山，走上百多里，回到家里，同父母姐姐团聚几天。而常年只能望着乌云漫漫或白雪皑皑的远山，思念着山那边的亲人。当他说起这些的时候，看得出是

张炜1986年在济南写《古船》

很动感情的。”接着，萧平分析说，张炜这特殊的童年经历，给了他难得的文学熏陶。而感情的磨炼和文学的熏陶，对于一颗幼小的审美心灵的形成，是必不可缺少的。最特殊的是那遗世孤居的生活，这在他心上难免留下阴影，但却把他投进了大自然的怀抱。因此，他心中的自然太多、美太多，他笔下的人物似乎是被自然淘洗了似的，作品的社会气息也被自然冲淡了。这形成了他的作品的艺术特色，也形成了他的创作的局限。萧平很赞赏张炜面对批评的严肃态度，夸他不是急功近利地匆忙往热闹的地方跑，去制作一些应时的东西，博取喝彩和掌声，而是默默地在自己熟悉并渗透着自己情感的那方土地上不断地挖掘。萧平在文末断言：“他将在‘芦青河边’这片土地上继续挖掘下去。挖掘不止，这是一种愚公精神。看来做什么都要有这种精神，从事创作也许更要有这种精神。”

编发萧平这篇文稿之后，未等1986年第1期刊物出版，我就调离《中国作家》编辑部，到作家出版社第一编辑室（即小说编辑室）主持工作去了。那时，我重点策划了“文学新星丛书”、“当代小说文库”两套丛书。我和编辑室的同仁们，从一开始就把张炜当做重点组稿对象，热切期望他能给我社一部长篇小说，来支持我们的“当代小说文库”。遗憾的是，《中国作家》编辑部在1986年脱离作家出版社，成了独立建制的杂志社，致使作家出版社丢失了让组来的长篇先在自家的刊物上发表，然后出书的优势地位，只能眼红地看着张炜的两部长篇《古船》、《九月寓言》相继在《当代》上发表，并由人民文学出版社出版。但张炜还是真够朋友，答应适当时候，一定给作家出版社一部他最满意的长篇小说，并表示，作为山东省作协主席，但凡山东青年作家写出优秀新作，他都优先向作家出版社推荐。

张炜没有食言，他不仅将他的包括《古船》在内六卷本的《张炜自选集》交由作家出版社出版，而且向我和我当年的副手杨德华推荐了多部山东作家的优秀新作。杨德华办事极认真，腿也勤，二十多年来，不知为此跑了多少趟山东。有一次，由张炜推荐的一位青年作家来京改稿，竟然在杨德华家住了一个来月。因此，尽管我后来调离了小说的编审岗位，但总能从杨德华那里得到张炜的信息。是他告诉我，张炜从省委办公厅档案部门调出，成为山东省作家协会的专业作家之后，名义上是到龙口挂了个副职，而实际上是为搜集第一手的写作资料，深入到社会的最底层去了。他制订了一个庞大到可怕的勘察计划：在胶东半岛，要不遗一村一镇地走，沿途记下社会生活情况、民风民俗和搜集民间传说。他曾两次徒步冒雪翻越南从蚕山北到渤海湾畔那样漫长的路途，常是风餐露宿，最狼狈时衣裳破旧沾土，头发长达一尺，扎起来赶路。就这样，单是他搜集的录音资料就有六大箱。而他住了十年之久的用于写作的一间小屋，更是简陋得令人难以想象，冬天连暖气都没有。由于生活过于简单和过度劳累，他曾多次晕厥。有一次晕厥时头部右侧撞伤倒地，失去知觉长达十几分钟，幸好被前去探望的朋友救起……

张炜这种挖掘不止的愚公精神，深深地感动了杨德华。在二十多年的交往中，他俩结下了深厚的友谊。杨德华在《张炜〈你在高原〉审读六记》一文中写道："坦言之，《你在高原》对于一般人的阅读习惯极具挑战性，这不仅有阅读者的文学修养、生活阅历、感悟能力等因素的差异，同时也存在阅读时间是否充裕等条件的问题。好在张炜之前出版的两本书《芳心似火》和《在半岛上游走》，为这部大书作了极好的诠释和导读。有了这样两本小册子的帮助，解读《你在高原》会更加容易，也不失为一种捷径。"而《芳心似火》和《在半岛上游走》，正是杨德华在担任作家出版社总编室主任期间，向张炜组来稿后，交给两位同事当责任编辑，予以出版的。

张炜（左三）与矫健（左一）、石湾（右三）、赵虹（右一）等文友1985年春欢聚在南京

《你在高原》是一部关于家园的心灵史和成长史，计有39卷，450万言，分成可相对独立成章的十本书出版。前不久，我碰到了仍在编《中国作家》的赵虹，她告诉我，向张炜约了二十年稿，直到去年初，才给了她一部长篇《荒原纪事》。她拿到稿子后，立即找了一个僻静的所在，闭门阅读。两天后，她就兴奋地打电话向张炜报告："你的稿子我看完了，很好。"未料张炜以为她是在骗他，说："我的这部小说是需要一字一句地慢慢读、细细品才能看明白的，你怎么可能用两天时间就看完了呢？"于是，张炜就提出书中的一个个人物、一个个细节来盘问她。她在不知自己回答对了多少之后向张炜解释说："我这是用的快速看稿法。先通读一遍，为的是写下审读意见，赶快提交主编终审。终审通过后，我还得再认真地看一遍，逐字逐句地推敲，认认真真做编辑工作。"张炜这才告诉她："我在半岛作了二十年的田野调查，用笔手写了二十年，才完成这部一共十本的系列长篇，差点儿把命都搭上了。原创稿在作家出版社副总编杨德华手里，本准备十本原创同时推出的，征得了杨德华的同意，才抽出一部让你们先发。"因赵虹没有看到《你在高原》系列中的另外九部，不知其全貌，《中国作家》刊发《荒原纪事》时，就请杨德华写了一篇《编后记》。但由于编发匆忙，竟忘了署杨德华的名字。事后赵虹为此向杨德华致歉，杨德华却笑答："我已肝癌晚期，都是死过好几回的人了，哪还在乎名和利呀！"因此，赵虹感慨地对我说："杨德华生前就说过，在他一生编的无数本书中，唯《你在高原》的精神品质和文学意义是最高尚的，是可以成为经典的大作品。这次《你在高原》中茅盾文学奖'状元'是实至名归。张炜用命写，杨德华用命编，在如今喧嚣、浮躁的年代，他们的这种精神真是了不起啊！"

2011年9月14日

官员作家落马的警示

前些日，正当茅盾文学奖备选篇目出炉之际，针对网络上有关“茅奖”备选作品作者多为作协主席、副主席的质疑，第八届“茅奖”评委会副主席高洪波在新闻发布会上回应：“作协不同于其它领域，不可能不懂创作就担任领导，职务和创作实际上互为因果，作家因其创作实力雄厚，成为作协领导，其作品参评也是顺理成章的事情，实际上进入评选之后，评委们却忽略了其身份，关注的还是作品。”信哉斯言！文学界的朋友都知道，绝大多数是真作家的作协主席、副主席，其实并不是有权有势的官员，也无须到作协上班。就说巴金先生吧，当了二十多年的中国作协主席，没到中国作协机关管过一天事，也没拿过分文工资，仅是名誉或声望的一种象征而已，谁也没把他当成正部级高官。

但是，毋庸置疑，在作协的历次评奖中，确有官员作家的作品参评。如浙江台州市国土资源局原局长刘长春的散文集《天台山笔记》就曾获第二届鲁迅文学奖提名。刘长春系中国作家协会会员、中国国土资源作家协会副主席，发表文学作品150余万字，著有散文集《旅途》、《山水境界》、《天台山笔记》、《墨海笔记》、《大地笔记》等8种，并获首届冰心散文奖及第三届“人民文学奖”提名等。2004年6月，他的散文《白鹤翔集的记忆》，曾成为浙江省高考自主命题语文阅读范文。未料这位备受全国文学界广泛关注，并给予高度评价的官员作家，竟是个为人不齿的腐败分子，因和房地产商“权钱交易”，受贿人民币75万余元、美金1万元，而在去年被仙居县法院以受贿罪一审判处有期徒刑12年。最令人嗤笑的是，在此前的庭审中，刘长春曾扬言“副处级法院不能审判正处级领导”，迅即成为网络上盛传一时的雷人语录。

随着房地产业的红火，国土系统职务犯罪居高不下，这是不争的事实。与国土系统相仿，交通运输系统随着高速公路和高铁建设的迅猛发展，一个个贪腐分子也浮出水面。这其中，就有一位官员作家：2011年

8月17日，湖南纪委官网发布消息称，湖南省交通运输厅党组成员、省高速公路管理局局长冯伟林涉嫌严重违纪被立案调查。对冯伟林实行“双规”的是中纪委。据知情人士透露，此前，冯伟林的手机就一直处于技术监控中。早在2010年9月，冯伟林的妻子、湖南省公安厅警务督察处副处级干部易杏莲就因涉嫌贪污受贿被湖南省纪委“双规”。说心里话，当我从人民网上看到冯伟林落马的消息时，着实一惊。因为他在文坛打响的历史文化散文集《谁与历史同行》，2003年10月由作家出版社出版时，就是我终审通过后签发的呀！

最初，责任编辑将《谁与历史同行》书稿送我终审时，明确告知这是一本作者自费出版的散文集，说请你在政治上把一下关就行了。但我一拿起书稿来读，就被冯伟林笔下贾谊、魏征、欧阳修、周敦颐、陆游、王夫之、魏源、左宗棠、郭嵩焘等历史人物所体现的厚重的湖湘文化深深吸引住了。看完全稿，我对责编说：“这部散文集，是我这些年所审读的质量最高的一本自费出版的书稿。就其品位而言，也许可以与余秋雨的《文化苦旅》媲美。”《谁与历史同行》出版仅一个月之后，即2003年11月26日，就在北京举行了研讨会。那天，出席研讨会的著名作家、评论家，都对《谁与历史同行》给予高度评价，认为它是散文写作的新的重大收获，是继余秋雨之后，进一步拓展了历史文化与现代经验相融合的创作路径，可称为“新儒生散文”。

就是在那次研讨会上，我第一次（也仅此一次）见到冯伟林，但由于与会的文学界知名人士很多，我没有发言，也未得机缘与冯伟林攀谈。会后，责任编辑依据与会者的提议，问我可否将《谁与历史同行》再版一次，向全国公开发行？我感到研讨会上文学界朋友给予《谁与历史同行》的评价恰如其分，是完全真诚的，并非溢美之词，就表示了赞同的意见。于是，《谁与历史同行》就于2004年2月出了第二版，由作家出版社交新华书店发行。由作者的“自费书”转为社里发行的“本版书”，这样的例证是极为罕见的。假如不开研讨会，没有文学界众多大腕人物的一致好评，就绝无此种可能。我当时就想，作者自掏腰包，为我们作家社省了一大笔宣传费用。不过，我也想过，开这样一次兴师动众的研讨会（包括会后买下有关报刊的版面刊登评论文章），少说也得花一二十万元吧？作者真是舍得“投资”呀！

“投资”效应立竿见影。《谁与历史同行》不仅获得了第二届冰心散文奖，并以20票的满票入选第四届鲁迅文学奖（终评时因时限问题遗憾地没有评上），而且，冯伟林的作品不断被收入国内数十家选刊、选本和大中学教材，他也被聘为湖南师范大学兼职教授、研究生导师，当选为湖南省作协理事、长沙市作协副主席，加上他2009年荣膺第八届湖南十大杰出经济人物特别贡献奖，就成了名声大振的官员作家。在冯伟林办公室悬挂着一幅字：“吏不畏我严，而畏我廉；民不畏我能，而畏我公。公则不敢慢，廉则不敢欺。公生明，廉生威。”冯伟林说，这是他为官一贯信奉的座右铭。然而，如今一则有关他涉嫌严重违纪被立案调查的消息，却瞬间揭穿了他的假面，原来并不是常言所说的“文如其人，人如其文”啊!

由冯伟林的落马，不禁使人想到近些年来自费出版诗文以至书画集并召开首发式或研讨会的官员屡见不鲜，真不知他们那些“自掏腰包”的巨资从何而来？说起官员作家，我想新中国成立后职务最高的当数陈毅元帅了。可身为政治局委员、国务院副总理兼外交部长的陈老总，在申请加入中国作家协会时，职务一栏里填的只是“国务院工作人员”七个字。而正是他脍炙人口的《手莫伸》，也早就向刘长春、冯伟林们敲响了警钟：“手莫伸，/伸手必被捉。/……吁嗟乎，/九牛一毫莫自夸，/骄傲自满必翻车。/历览古今多少事，/成由谦逊败由奢。”

2011年8月21日

德之光华

7月26日上午，向杨德华遗体告别之后，我走出八宝山梅厅，正巧碰上泪流满面的作家王兆军，我一把抱住他说：“我就是在你家认识德华，把他调进作家出版社的。”他哽咽着说：“是啊，你为作家社调进了一个栋梁之材。我们又少了一个好朋友……”

1985年秋，作家出版社新上任的总编辑从维熙将我从《中国作家》编辑部调出，主持第一编辑室的工作，策划组织“文学新星丛书”和“当代小说文库”的编辑出版。那年，王兆军的《拂晓前的葬礼》、《原野在呼唤》同时获得全国第三届优秀中篇小说奖和优秀报告文学奖，在文坛崭露头角。我们将他的首部作品集《蝌蚪与龙》列入“文学新星丛书”第一辑出版。1986年初，我到兆军家去组约他的长篇小说《盲流世家》，正巧那天杨德华到他家玩。兆军介绍说，德华是他复旦的同班同学，在中央党校教务处工作。在他的同班同学中，我知道已出了卢新华、颜海平、李辉、胡平、张胜友等文学新人，就问杨德华在党校搞教务是否就只好放弃所学的文学专业了？他回答说，来找兆军，就是想请他帮忙调进文学界。我说我们编辑室正缺人手，愿意的话，你就调过来吧！

杨德华于1986年2月调入作家社之后，很快就成了一个独具慧眼的文学编辑。如后来写出《尘埃落定》的茅盾文学奖得主阿来，当时尚名不见经传，而他的第一个集子《旧年的血迹》，就是杨德华去四川组来稿后，力主列入“文学新星丛书”第六辑推出的。他自定选题，编选了一本40万字的《市井小说选》，并请汪曾祺作序，出版后也深受读者好评。我觉得，杨德华的文学功底很扎实，也很勤奋，难得的是他英语水平也高，编书之余，不仅有短篇小说、散文、评论在《人民文学》等报刊上发表，并有翻译小说集《可笑的爱情》出版。这样全面的青年才俊在出版界是不多见的。1987年底，社里就决定任命两名副主任来协助我工作。我力荐的第一人选就是杨德华。1988年2月，32岁的杨德华就成了社里最年轻的中层干部。

1991年6月，社里人事调整，拟提拔我任副总编辑，不料，因上海突然有人向作协党组诬告我而告吹，所幸接任编室主任的是杨德华。他不让我把办公桌搬出编辑室，室内开选题会总邀我参加，他在工作上凡有新的设想和安排也都先来征求我的意见，真诚地说“我们都还是你的兵”，令我备感温暖。直到1992年底我创办《作家文摘》时，才把办公桌搬走。但在以后的日子里，我俩的心始终是相通的。最令我难忘的一件事是，1994年下半年，主持作家出版社工作的副总编秦文玉不幸因车祸而英年早逝，他来找我商量搞一次义捐，为秦文玉年幼的儿子募集一笔培育基金。我欣然赞同，并答应：《作家文摘》三名正式员工，从应得的年终奖金中捐出1万元。他随即拟了一份募捐倡议书，将我列为发起人之一。具体募集工作由他一手操持，最后，共募集到了7万多元善款。这在当年，就是一个相当可观的数字了。而杨德华为此献出的一片爱心，则更令人感到难能可贵。

我在办了五年《作家文摘》后，被聘任为作家出版社副总编。1998年初，我到张光年同志家拜访，得知他刚整理完成的40万字的《回春纪事》前些天由海天出版社的总编辑亲自来取走了。我为作家出版社不能“近水楼台先得月”而深感遗憾，希望他下一部书稿能交作家出版社出版。他夫人黄叶绿实话对我说：“光年正在编他的诗歌全集，不过，也已答应给南方的一家出版社了。”我问为什么不交给作家社出呢？她笑了笑回答：“多年前光年在你们社出过一本《惜春时》，薄薄的一个诗集，竟然有十来处错字！买了200本样书，还都堆在家里，没法送人。”我告诉她，如今诗集的出版归我分管，若光年的诗集这次能交作家社出版，我一定为他选个优秀的责编。但光年当时并未吐口表示同意。不料，没过几天，黄叶绿就打来电话，让我去取《光未然诗存》书稿。她告诉我，是日前王蒙和邵燕祥去拜访光年，说作家社已今非昔比，把诗集交给作家社出大可放心。2月14日，我去取回《光未然诗存》书稿，花一天时间浏览一遍后，就交给了我最放心的杨德华，让他担任责编。杨德华通读完书稿后，与我商定下编校、装帧设计及宣传发行整套方案，一起去光年家，当面向他汇报，征得他同意之后，杨德华认真

杨德华

1998年杨德华（左）与石湾（右）拜访张光年（光未然）

细致地加以实施，5月初书就顺利出版了。后来，当我和杨德华陪北京电视台《华夏书苑》主持人黄殿琴去录制光年同志的访谈节目时，光年一再向杨德华表示感谢，说这是他有生以来出得最快最精美的一本书。

2004年6月，我与另一位副总编同时退休后，杨德华在作家出版社领导班子新一轮调整中不仅意外出局，而且连总编室主任也不当了，挑头去创建文教中心，专编教辅与教材。2002年，他调任总编室主任时，文学图书市场日渐低迷，他提议开辟教辅选题，出中学、小学的《古诗文阅读》《现代诗文阅读》丛书。虽社委会一致赞同，但无编辑室愿承担这项任务。最后，只得由他亲自挂帅，在社外聘请一批专家来选编。当时，他提出，希望我担任这套丛书的终审，出于多年亲密合作的友情，我允承下来。这套丛书艰难出齐后，不仅年年要按教育部的教学大纲加以修订，而且，发行推广工作更为困难重重。当他创建文教中心时，又特意打电话给我，表示要返聘我，继续担任这套丛书和基础教育1至9年级新课标《语文》教材的终审。这一次，我没有答应他，并专门去社里当面劝他："与其艰难地去铺一个新摊子，还不如换个工作环境，调到想要你的兄弟报刊社去。"未料，他对我说："你当年升迁意外受阻后，独挑一摊搞《作家文摘》，不是成功了吗？"我一时无言以对。2005年1月，我的"编辑漫记"《昨夜群星灿烂》出版，他读后在《文汇报》上发了一篇书评。他写道："在此书的第二辑中，石湾讲述了他创办《作家文摘》的过程和心得。这是一个多么艰辛又多么辉煌的过程！命运上的多舛、人事上的掣肘、经济上的压力，这些都没有使石湾退缩，反而成为他成就事业的动力。至于《作家文摘》的成功，早已成为中国当代报刊史上的一大亮点，新闻出版界的同仁多有耳闻，只是现在再看看当事人的内心独白，会促使我们从中学到更多的东西。"由此，我感到凭着他对事业的执著的爱，他创建的文教中心，一定会取得成功。但付出的代价，可能远比我当年创办《作家文摘》要大得多！

果不出所料，由于透支了太多的生命，2007年夏，他终于在就任作家出版社副总编一年多后被肝癌猛然击倒了。抢救过来后，他自知来日无多，在病榻上写了一篇《生还记》。我去地坛医院探望时，他说："在一编室时，你就说文学编辑业余应多练笔。2000年，我加入中国作协，你又是介绍人。可这些年来，我写得很少。这下好了，在病床上有时间写了。今后我可能经常要找你指点啦！”然而，四年来，他仅给我看了一篇《海迪和她的母亲》，并委托我推荐一家刊物发表。四年间，他带癌生存，为文学出版事业付出常人难以想象的辛劳。近年来，作家出版社最引人注目的两个亮点，即销量已达220万册的《好妈妈胜过好老师》和张炜450万字的《你在高原》（10卷本），不仅都是由他终审，而且，《好妈妈胜过好老师》的责编郑建华，就是他在文教中心带出的兵。至于《你在高原》，则是他利用春节假期，亲临张炜家中组来的稿。当我得知他抱病操持这部鸿篇巨制的编辑、出版、宣传工作时，在心疼他的同时，也不免为出版这样一部超长小说会不会赔钱而揪心，生怕他拼尽此生最后一点力气而做了一件不讨好的事情。两个月前，当得知《你在高原》发行量已超过预期，绝不会亏损之时，我真为他在最后的日子里鞠躬尽瘁赢得的成果而深感欣慰！

德华啊德华！正是在这许多你不惜用生命为文学出版事业创造的骄人功绩上，我看到了你高尚品德迸射出的不灭光华！

2011年7月8日

天上飞来白桦林

自1898年清政府把秦皇岛开辟为中国第一个自开口岸以来，北戴河就成了名扬中外的避暑圣地。2011年7月8日，当我与京城的一群文友抵达友谊宾馆，参加“夏都巡礼——全国散文名家北戴河创作营”时，主人热情地问我此前来过北戴河没有，我不假思索地回答：“来中国作家协会北戴河创作之家休过两次假，第一次是1980年，第二次是1993年。”可当我从创作营活动手册上看到10日下午有考察游览北戴河湿地公园的安排后，才猛然想起，我在2005年5月还来过一次北戴河。那次不是来避暑，而是来观鸟，地点就是与湿地公园相邻的野生动物园。由此，我才意识到，如今的北戴河之所以举世闻名，不只是因为它有美丽的海滨浴场，被称做“东方的夏威夷”，而且还因为它有大片的湿地，每年都吸引着大量的中外观鸟团和游客在此驻足流连，被誉为“观鸟的麦加”。

那次来北戴河参加“爱鸟周”活动时，就得知了“观鸟的麦加”美誉的由来：因为湿地可以保护水体、净化水质、调节气候，为人类和动物提供良好的生存环境，所以被生态环境专家们称为“地球之肾”。我国是世界第四大湿地拥有国，湿地资源类型之全、数量之多、面积之大，令世人瞩目。而国际湿地保护公约命名的“北戴河湿地”，北依燕山，南接渤海，正是西伯利亚、中国北方与中国南部、菲律宾、澳大利亚之间候鸟迁徙的中间驿站。来此栖息的鸟类多达20个目61个科的416种，占全国鸟类总数的三分之一。北戴河曾一次就记录到东方白鹳2729只，超过以往世界最高纪录的一倍以上；鹊鹞14534只，为世界上一个地点发现鹊鹞的最高纪录。另外，还有浩浩荡荡凌空而过的丹顶鹤群和白鹤群也常常落地栖息……1985年初，英国剑桥大学博士、著名鸟类专家马丁·威廉姆斯根据丹麦人于上世纪30年代留下的一段旧资料首次来北戴河观鸟，震撼于北戴河丰富鸟类资源的马丁·威廉姆斯，惊叹北戴河为“观鸟的天堂”。当年秋季，马丁·威廉姆斯博士组织欧美观鸟团到北戴河进行观鸟活动，北戴河从此成了世界四大观鸟地之一。

然而，上次我们乘兴而来，却不免扫兴而归。记得我们所下榻的归属于中国野生动物保护协会的宾馆，就坐落在葱郁的树林之中。观鸟活动，安排在第二天早上。文人们一改爱睡懒觉的习性，凌晨5点钟就集合出发了。没想到当我们穿过一片白杨林，来到林间的大片湿地时，鸟群已在晨光熹微时匆匆用完早餐，回到林中去了。因此，我们围绕湿地走了整整两个小时，远远见到的仍在湿地里觅食的鸟儿不足百只，而在此垂钓者，却不下数十人！我想，也许是他们的来到，先把鸟群惊走了。他们来此钓鱼，不就是与鸟儿争食吗？同行的一位鸟类专家忧心忡忡地告诉我，一年多前，全国鸟类环境中心专家调查组曾来到北戴河湿地进行了一次调查，结果发现，昔日拥有的50多万亩滩涂、沼泽地，如今被开发、开垦、圈占蚕食得已所剩无几，原有的十多块湿地，现在只剩下四五块有鸟儿可观了。回京之后，我有感而发，给《中国绿色时报》写了篇题为《还鸟以天堂》的随笔，呼吁国人增强对生态环境的保护意识。一晃六年过去了，北戴河湿地公园是不是真的又成为鸟的“天堂”了呢？这就成了此行我最热切期待考察游览的一个景点。

我们是在10日下午的3点多钟来到北戴河湿地公园的。进园前，主人就介绍说，公园包括森林和湿地两个部分，森林面积很大，只有先穿过森林，才能到达湿地。为了节省时间，就让我们坐上了观光电瓶车。观光电瓶车一开进园，一股清新的空气就迎面扑来，仿佛进入了绿色的海洋，令我们精神为之一爽，赞叹之声不绝于耳！行车不到十分钟，带队的主人就招呼驾驶员停车，让大家下车来观赏路边盛开的鲜花。没想到待大家下车之后，美丽的导游姑娘竟出人意料地问：“你们看过电影《沙漠追匪记》吗？”参加写作营的文友大都上了年纪，异口同声回答：“看过呀！”《沙漠追匪记》是1959年由上海天马电影制片厂出品的一部黑白故事片，我记得主演是著名演员冯喆，他扮演解放军的骑兵班长钟永明，在西北的大沙漠里，奉命追击一小股漏网的武装残敌，历尽惊险，最后，在战友的配合下，终于追上了敌人，制服并活捉了特务头目金冶中……这部在茫茫沙漠里诞生的电影，与眼前的森林美景可谓风马牛不相及呀！谁知导游姑娘语出惊人：“你们猜不着吧，《沙漠追匪记》当年就是在这里拍摄的！”

怎么可能呢？这简直是一个神话！

这“神话”源自1954年一个偶然的机遇。那年夏天，周恩来总理来北戴河参加一个会议，当他从山海关机场乘汽车过秦皇岛途经山东堡至赤土山那段沿海沙土路时，只见路两旁是一座座光秃秃的沙丘。海风吹得沙子满处飞跑，有的路段竟被沙子埋上了。眼看这种荒漠景象，周总理不禁发问：“这里怎么不种庄稼？”同车的北戴河领导答：“沙丘不长庄稼。”周总理紧接着问：“那为什么不栽树？”“沙丘树也不长。”区领导回答。周总理又说：“可以试试嘛！”这时区领导领悟了周总理的心思，答应“我们试试”。这位区领导把周总理的意见向区委作了汇报，于是北戴河区委作出了在这一带植树治沙的决定。那时市里、区里都还没设林业局。第二年春天，区委请来省林业部门的专家，并通过发动群众想办法，找到了沙地植树的好办法。那就是用草袋装满土，将合适的树苗栽进去，然后把草袋子放入沙坑中，就这样，树苗稳固了，虽然成活率很低，但毕竟是种活了。半个多世纪来，北戴河人年年植树，才有了这沙窝变绿洲的神奇景观……

听完导游姑娘的讲述，我们又乘上电瓶车在林海中遨游。没想到的是，又一道神话般的风景线出现在我们面前：路的左侧闪现一片茁壮的白桦林！

众所周知，白桦树是耐严寒的乔木植物，是俄罗斯的国树。在我国只有大、小兴安岭和长白山才能见到成片的野生白桦林。在这以杨树为主的北戴河森林公园里，怎会突然冒出一片富有自然韵致和浪漫情调的白桦林呢？

“最初的白桦树种籽，是三只飞经这里的候鸟播下的。”湿地公园的一位负责人为我们解惑，“当我们发现这里长出三棵野生的白桦树后，我们就尝试着移栽兴安岭的白桦树苗，经过几年的精心管护，终于长成了这片白桦林……”

听到此，我才恍然大悟，原来这片白桦林是从天上飞来的！这正应了那句俗话：“林子大了，什么鸟都会有。”而鸟儿成群结队源源不断地飞来之后，又从遥远的北方带来了新的树种，在此落地生根，渐渐形成良性循环，使生态环境越来越好，北戴河也随之而变得越来越美！据主人介绍，为保护好北戴河及其周边的生态资源，秦皇岛市近年来投资上亿元，实施以恢复滨海生态环境为主要内容的“护肾工程”，为世人打造“海天一色、松涛鹭鸣、溪流草甸、杨林花境”的迷人景观。这片白桦林的诞生，就是这“护肾工程”造就的一大奇迹。如今，北戴河的海水质量、环境空气质量、每立方米空气中的负氧离子含量、城市绿化覆盖率和人均公共绿地面积等多项生态指标均已居全国之首。我想，若周总理地下有知，此刻也一定会和我们一起，为北戴河人在这沙窝上创造的绿色奇迹而叹为观止，露出欣慰的笑容……

2011年7月19日

荡桨天鹅洞

“让我们荡起双桨，小船儿推开波浪，海面倒映着美丽的白塔，四周环绕着绿树红墙。小船儿轻轻，飘荡在水中，迎面吹来了凉爽的风。”在宁化天鹅洞游览时，悠悠然，我想起了年少时最爱唱的这首脍炙人口的儿童歌曲。几十年来，我游历海内外许多的名山大川，乘过包括“贡多拉”在内的各种样式的游船，但从来也没有乘过像天鹅洞里这样要游客自己划桨的小船。观水面倒映的是比白塔还要美丽的石林，赏四周环绕的是胜过绿树红墙的彩岩玉壁，犹如进入梦幻般的童话世界，令我恍若隔世，真有一种返老还童之感。

说起来很有意味，千万年与世隔绝的天鹅洞被偶然发现，还真与孩童有关。导游在洞口介绍说，1990年的一天，湖村两个顽皮的孩子，到附近的一个桃园偷摘桃子，不慎被桃园主人发现，为了躲避桃园主人的追赶，慌不择路，藏进了山上的一个洞穴，未料迷途难返。两天两夜之后，打着火把的家长及乡亲，终于在这个幽深的洞穴中找到了这两个战战兢兢的小孩。惊喜之余，他们竟然发现脚下有一条小河在缓缓流淌，逆流而上，还有一片神奇景致：地下暗河中林立着形态各异的石峰。这一发现，立即引起了地质学家们的关注，经过实地考察、探测和研究，发现这水中石林形成于2300万年前的中新世，由于造山运动而使当地的岩石受力，产生垂直裂隙，而这洞中水量巨大的地下河又冲刷掉岩石裂隙中的碳酸钙，逐渐形成了这一喀斯特地质奇观。2005年，水中石林所在的这个洞穴被开发为旅游风景区，因其坐落于湖村天鹅山和洞内钟乳石如同天鹅般洁白而命名为“天鹅洞”。

我们采风团的第一站，是将乐的玉华洞。接下来是泰宁的金湖、尚书第、寨下大峡谷和永安的桃源洞。5月25日晚入住宁化的天鹅大酒店，26日上午出席2011年闽台粤赣“千里客家文化旅游长廊”区域协作会议和在客家祖地石壁村举行的采风活动开幕式，下午3点半即离开宁化，开赴连城的冠豸山。游览天鹅洞的时间安排在下午1点至3点。由于头两天的行程很紧，团友们大都有些疲惫，加上已看了有全国四大名洞之一称号的玉华洞，觉得石灰岩溶洞的景观，无非是大同小异的石钟乳、石笋和石柱，天鹅洞不看也罢。团长马力更是关照大家："好几天没午休了，咱们吃完中饭就好好睡两个小时，养精蓄锐上冠豸山吧！"在采风团中，数我年长，担心自己体力不支，金湖和桃源洞的两个"一线天"我都没敢去攀登，不免有些后悔。当我获悉游览天鹅洞是乘船而不用费劲儿爬山时，就决定单独随出席协作会议的大队人马去一趟，免得再留下终身遗憾。

已于2004年被批准为国家地质公园的天鹅洞群风景区，位于宁化县城东28公里处，仅半个小时车程，我们就抵达这一国内罕见的洞群世界。因大队人马按原定的行程去"旱洞"游览，所以，先看"水洞"的只有我和团长马力，加上当地旅游部门的陪同人员和导游，登上小船游洞的仅六人而已。洞内尚未配置音响设备，不仅令人感到分外幽静，而且还平添了几分神秘的色彩。我和马力兄坐在船头，各执一支小木桨。开划时，由于河道仅一米多宽，加上我们是个临时组合，动作难于协调一致，致使船头忽左忽右不说，还不时出现船头与河床石壁碰撞的窘况。好在划出去十多米之后，暗河忽然开阔起来，让我们有了边划桨边赏景的时机。也就在此时，罕见的地质奇观跃然眼前：一块块千姿百态的奇石立于暗河两侧，在七彩霓虹的辉映下，连成了一条美不胜收的画廊，即"水中石林"。

法国浪漫主义大师雨果，曾把巴黎圣母院形容成一部波澜壮阔的石头交响乐。如果我们把天鹅洞也比做一部波澜壮阔的石头交响乐的话，那么，这水中石林，就是这部交响乐的华彩章节。泛舟游览水中石林，与观赏昆明路南石林的感觉迥然不同。俗话说，万物有水则活。水是大自然万能的雕塑师，不只把这生长在溶洞中、发育在暗河里的石林雕塑得突兀峥嵘、出神入化，令人感到仿佛是又见到了"甲天下之美"的桂林山水，而且在明镜般的河面下，那扑朔迷离的石林倒影，也令人仿佛置身于神话般的龙宫之中。暗河长1000余米，宽处如幽深的湖泊，抬头一望，洞顶则平滑如板，整块石头不见一道缝隙；而窄处，则蜿蜒曲折、峰回路转，似过奇险三峡，令人叹为观止！行进二十来分钟，就在我们的小船刚划出水中石林之时，忽然传来一阵少男少女的欢声笑语，抬眼望去，我见不远处河面豁然开朗，波光粼粼，两只游船并驾齐驱，船上的一群中学生正相互撩水挑逗，乐得前呼后叫……如此美妙的水上欢愉场景，我想在普天下的溶洞中，也许是绝无仅有的吧？

我出生于江南水乡，自小与水结有一种特殊的情感。就在到闽西采风之前，我回过一次老家。见由于几十年未遇的大旱，从不缺水的故乡，好些小河都见底了，不免好生心疼。更令人揪心的是，据媒体披露，由于持续大旱，长江中下游“曾经烟波浩渺的洞庭湖、洪湖只剩下一块小水洼”，“洪湖水不再浪打浪，鄱阳湖变成大草原”；“飞流直下三千尺”的庐山瀑布，也已“气若游丝，奄奄一息”……因此，在游罢水中石林之后，我问导游，为什么在南方这样的干旱时节，天鹅洞的暗河水还如此充沛呢？导游告诉我，天鹅洞中暗河的水源来自不远处的蛟湖。蛟湖又名龙王潭，是我国仅有的永不干涸的“上升自流泉喀斯特溶岩湖”，水域面积1.3万平方米，水深近百米……听到此，我就明白了，有蛟湖常年源源不断补水给天鹅洞的暗河，那水中石林里，也就一定会常年回响不绝如缕的荡桨声和游客们的欢笑声。

2011年6月23日

萧殷公园

如今的广东，是我国人口最多的省份和经济最发达的地区之一。然而，在汉代之前，岭南尚未纳入中国统一的版图。公元前219年，赵佗（前237—前137）作为副帅，受秦始皇委派和任嚣一起率领五十万大军平岭南。岭南平定之后，由于龙川地理位置和军事价值都极其重要，赵佗被委任为首任龙川县令。5月末，我随闽台粤赣“千里客家文化旅游长廊”采风团来到粤东北的龙川，看到在“南越王”赵佗的“兴王之地”佗城，历经2200多年历史沧桑，至今仍留有越王井、南越王庙、考棚等多处文物古迹。在佗城采风临结束前，主人请我们到佗城影剧院去看素有“南粤艺坛一奇葩”之誉的龙川杂技表演。未料，在进场之前，我们发现“佗城影剧院”五个字是著名作家萧殷所题，于是就问接待我们的县委宣传部长：“萧殷是佗城人吗?”在得到肯定的回答之后，我们就提出，能否去看看萧殷的故居?

萧殷是中国作家协会创建时的元老之一，除担任中国作协青年作家工作委员会副主任外，还兼任《文艺报》副主编、《人民文学》编辑部主任和文学讲习所（鲁迅文学院前身）副所长。在我们采风团里，肖复兴原是《人民文学》副主编，王彬原是鲁迅文学院副院长，有机会来到萧殷的家乡，自然想趁便了解一下这位老领导早年的经历。而我也很想去看萧殷的故居，则完全是出于对这位文学编辑前辈的敬重。

前年，我在写《萧也牧悲剧实录》时，曾经接触到好些有关萧殷的资料，得知白桦的第一篇小说、邵燕祥的第一首诗，都是经他之手发表的，培养了一批新中国的优秀青年作家。其中，王蒙的一则回忆尤为感人：“我碰到的第一个编辑就是他。那时候我刚满二十岁，把自己的处女作《青春万岁》的初稿送到了中国青年出版社……这个出版社的文艺编辑室的负责人接见了我，那就是他。当我知道这位吴小武同志就是鼎鼎大名的受过批判的萧也牧的时候，我却产生了一种对他的怜悯之

萧殷故居

在萧殷故居门前

感。解放初期，我读过他的《我们夫妇之间》，读得蛮有兴趣，后来不知道怎么的就批上了，罪名大概是小资产阶级倾向之类（天知道这篇小说到底有什么倾向问题！），从此，他就沉默了。到1955年我在萧殷同志家里第一次与他见面时，已经有好几年没有见过他的作品了。一个作家而多年失去了发表作品的权利，其可怜与可悲，即使幼稚如当时的我，也是完全明白的。”萧也牧是因为曾挨过批判，才将王蒙的《青春万岁》送中国作协青年作家工作委员会审阅的。那天萧殷和萧也牧一起，在高度评价了稿子的基础和王蒙的艺术感觉后，指出书稿主要问题在于结构中没有主线，并说由作协出具公函，给他请半年的创作假，进行修改。自此之后，萧殷一直关注着王蒙的创作。1956年底，王蒙的《组织部来了个年轻人》受围剿，萧殷独具胆识，在《北京文艺》上发表文章，公开为王蒙辩护。因1957年萧也牧和王蒙都被错划为右派，致使《青春万岁》出版搁浅。十年浩劫中萧也牧被造反派整死，王蒙复出后，就找不到《青春万岁》清样的下落。未料有一份清样一直保存在萧殷身边，才得以于1979年正式出版。为此，王蒙著文称“我的第一恩师是萧殷”。

“反右”运动后，萧殷调回广东工作。1965年秋，周立波的散文《韶山的节日》在《羊城晚报·花地》发表，因文中讴歌杨开慧，触怒了江青，上头怪罪下来。然而，《羊城晚报》却不作妥协，1966年初又将稍作订正的《韶山的节日》重新发表，编者按的执笔者，正是时任中南局文艺处处长的萧殷。佗城出了这样一位德高望重的著名作家，龙川县委宣传部长自然引以为荣，她立即满足我们心愿，带我们去寻访行程之外的萧殷故居。

萧殷故居是一座很坚固的二层小楼，从外观看，粉墙黛瓦，是很典型的客家围屋。只可惜它已被后来杂建的民房所包围，致使我们不仅无法为它拍一张完整的照片，而且还不得其门而入。后来，好不容易才向路人打听到，一巷之隔的新渡新塘村52号，住着萧殷的侄子。萧殷的侄子告诉我们，萧殷的两个儿子都不在家乡工作，已多年不回来，萧殷故居现无人居住，由他家代管着屋门钥匙。他领我们穿过一户人家，绕到围屋的左侧，我们才来到萧殷故居门前。门额的石匾上，镌刻着“萧殷故居”四个红色隶体字。走近一看，系曾被鲁迅誉为“最有战斗力的青

萧殷公园一角

年木刻家”的赖少其所题。故居楼上楼下除一些破旧家什而外，可谓空空如也。我们问女宣传部长，既然门额上有“萧殷故居”的题字，当年是否有对游人开放的打算？她解释说，因萧殷故居是民宅，是否修缮开放，一是要征得他后人的同意，二是周围的民居要拆迁，这工程的花费就大了。因此，这事只能从长计议，但萧殷公园的改扩建工程正在进行之中。她立即打了一个电话，然后说：“我让文化局长马上赶到萧殷公园，由他来向你们汇报。”

到了绿树成荫的萧殷公园，我们只在园中央位置见到一块塑像基石。基石正面刻有“萧殷像”三字，另三面则是吴有恒（广州市委原书记、著名作家）所撰、赖少其所书的萧殷生平。县文化局长向我们解释说，这里原为街头的一个文化公园，俗称三角公园。萧殷先生1983年8月3日病逝于广州，龙川县委、县政府于1987年7月5日，在此举行了萧殷汉白玉半身坐像落成典礼后，才改称萧殷公园。萧殷汉白玉半身坐像原为一位著名雕塑家所作，现暂存于影剧院陈列室。萧殷公园改扩建工程是龙川县人民政府承诺今年为民办的十件实事之一，工程主要建设内容为公园地面铺设、围墙、萧殷全身雕塑像、绿化、景观、展览橱窗、公厕、值班室及水电安装等，总占地面积约2730多平方米，项目总投资约110万元，预定7月15日完工。当我们问到新的萧殷雕像是请哪位名家创作时，局长回答说，如果还请那位著名雕塑家，单是一尊萧殷全身像，少说也得花几十万元。龙川现在还是国家级贫困县，地方财政捉襟见肘，近两年来已投入6000多万元来修缮文物古迹，在“十二五”开局之年，花百万元来扩建萧殷公园，算得上是“大出血”了。如今县里还没有财力在此建萧殷纪念馆，只能先在公园里建一排橱窗，展出萧殷的著作及图片资料……

同行的作家朋友都知道，在全中国，除上海和青岛有鲁迅公园外，以作家命名的公园，唯有这萧殷公园一家。由此我联想到，作为我们敬仰的前辈作家，萧殷不只属于佗城，也属于中国，而萧殷公园作为千年古邑的新景观，必将对当地以至全国文学队伍的成长壮大产生影响。为此，我和同行的作家朋友连声向文化局长道谢，称赞龙川真正为人民的文学事业办了一件好事、实事！

2011年6月20日

白鹭古村女性祠

赣南是客家南迁的第一站，是公认的世界客家摇篮。位于赣县北部的白鹭村，已有860多年的历史，这里的客家民居群，素有“研究明清古建筑活博物馆”之称。我们去游览那天，一下车就见一条自东向西逶迤而来的清清河水，像玉带一样从古朴的村落前飘过。我好奇地问女导游：“这叫什么河?”导游回答：“鹭溪。”随即，她就讲起了白鹭村的来历：南宋绍兴六年（1136年），兴国县竹坝42岁的钟舆（字世昌，唐代名相钟绍京第十六代孙），携带一家四口，赶着百余只母鸭，走了60里路，来到这里歇脚。在河边住下的第一个晚上，他做了个梦，梦见河上白鹭纷飞。一早醒来，发现满地银光闪闪，百只母鸭竟一晚生下200只鸭蛋。于是，他就在这块风水宝地安下家来……

白鹭村现有561户人家，2500余口人，99%姓钟，都是赶鸭人的后代。女导游就是白鹭村人，也姓钟。跟随着她，我们踏着石板或鹅卵石铺就的古道，伴着青砖砌底的水沟中潺潺的流水声，走进了古村倒“丰”字形街巷。古道狭窄而幽深，两边的明清古建筑多为巍峨的祠堂。虽鳞次栉比的祠堂都大门洞开，却不见有村民走动或别的旅游团队，令我有一种身置世外桃源之感。据钟导游一路边走边讲，这偏隅一方的山村，至今仍保留着6万平方米古色古香的建筑群落，大小祠堂69座，多为钟舆的后人利用鹭溪便利的水路交通，将山中木竹运往外面的世界贩卖，使生活空前富足后所建。我们看到，这些祠堂都带有富丽典雅的徽式建筑风格，大抵高约10米，清一色的黛瓦青砖，威武堂皇。一道道排列整齐的风火墙，飞檐翘角，直凌霄汉。堂内雕梁画栋，玉柱花窗，大大小小的天井错落有致。官宦人家的祠堂门口无不排列着圆圆的“龙抱石”和长长的“旗杆石”，上面镶刻着文字、图案，向我们诉说着昔日的辉煌和岁月的沧桑。

白鹭村的客家民居，借古祠堂而独秀天下。其中，给我留下印象最

白鹭古村

深的，是王太夫人祠。由于导游并未事先预告，当我看到古祠门额上“王太夫人祠”五个端正的楷体字时，不禁大为惊讶：“在男尊女卑的封建社会怎么会有女性祠呢?”导游颇为得意地说：“王太夫人祠建于清朝道光年间，或许是我国第一座女性祠堂，这是我们女性的骄傲，也是白鹭村的骄傲!”确实，人们此前只见过为女性立的贞节牌坊，似这般颇具规模的女性祠堂无疑是古建筑中一个罕见的特例。我仰头凝视，见门楼上方的灰塑极其精美，富有变化的“卍”字形几何图案层次分明，点缀其间的麒麟、鳌鱼、凤凰、蝙蝠、葫芦、灵芝，更是生机盎然，意趣无穷……我心想，这王太夫人一定是非凡之人，在钟氏天下的白鹭村有着崇高的威望。不然，是决不会违背千年常规，破例修祠供奉她的。

王太夫人何许人也？王太夫人（1750—1822）一生贤淑，乐善好施，系清太学生、布政司理问、奉政大夫钟愈昌的副室，也即嘉兴知府钟崇俨的生母。钟愈昌的结发妻子早殁，继室为赵太夫人，作为副室的王太夫人一直帮助赵太夫人管理事务，后来赵太夫人去世，她一人主理家务二十多年，相夫教子，经常劝导丈夫和儿子要为人正直，扶弱济贫。

王太夫人祠前后两进，天井宽大。二进台明宽40米，从二进后天井

王太夫人祠

可拾级而上二楼回廊。一进楼面低于二进楼面，绕天井形成回形楼廊。导游指着天井里的大铁锅说，王太夫人平时布衣素食，把节省下来的积蓄用于办义学，让本村的农民子弟人人都有书读，连午餐都免费提供，是中国最早的“希望小学”。王太夫人不仅常施饭给逃难的人吃，而且，就连叫花子流落到白鹭村，也绝不会饿死！临终前，她唯一念叨的，是把所有积蓄拿出来设立义仓，叮嘱亲生儿子钟崇俨，义仓规模要达到一千石义谷，每年用于赈灾济贫，不得留存。王太夫人死后，钟崇俨遵照母亲的遗愿，办起了“葆中义仓”。这位女慈善家的善举，深深感动了族人，不仅在族谱中专列了《王太夫人传》，还特意将她的事迹报朝廷旌表。由于王太夫人义举不凡和儿子任嘉兴知府而“母以子贵”，朝廷特下懿命，诰封为太恭人，诰赠太淑人。族人以此为荣，为表彰她的功德，集资修建了这座祠堂。王太夫人祠建成后，楼上主要用做义仓储存义谷，楼下则是赤贫子弟读书的学堂。大灾之年，大天井成了摆放大铁锅熬粥施粥的场所。因此这大铁锅又称“千人锅”……

怀着深深的敬意，我们走进二进中厅瞻仰王太夫人彩塑像，导游说，王太夫人是苏州人，这尊彩塑是2008年修缮王太夫人祠时从苏州运来的。她还说到，正因为王太夫人来自苏州，所以她酷爱家乡的昆曲。她儿子钟崇俨任嘉兴知府期间，常带江浙的昆腔戏班来白鹭村为王太夫人演出。崇俨四子钟谷先后任湖北黄梅知县、卢汉铁路局专办。钟谷幼时深得王太夫人宠爱，耳濡目染，酷爱音律，也与昆曲结下不解情缘。光绪二十四年卸任回到白鹭后，常年免费亲授由自家乐队组建的“凝秀班”。凡进他家学唱昆腔的乡民，食住均免费招待；孩童有去他家学唱昆腔的，即赏糖果、点心。为此，白鹭、田村一带唱昆腔者风靡一时，班社达四五十个。后来，昆腔班社与当地的高腔、乱弹戏班逐渐融合，形成了风行于贡水（又称东河）流域的“东河戏”。同行的《中国民航报》记者姜涛酷爱昆曲，一听是王太夫人将昆曲引进到了赣南，就迫不及待地问导游：“王太夫人家在哪儿听昆曲？你会不会唱东河戏？”

没想到王太夫人祠与钟愈昌所建的恢烈公祠相通。恢烈公祠精致雅美，是白鹭村中规模最大、最具特色的客家民居，被誉为“山沟里的大观园”，只可惜部分建筑已遭太平天国石达开军焚毁。导游随即领我们去看了恢烈公祠尚存的露天古戏楼、绣花楼和中栋“友益堂”。友益堂

白鹭村恢烈公祠绣花楼

正厅里字画楹联琳琅满目，各式古董比比皆是，尤其是皇室成亲王书赠楹联及用特别原料制作的一块色泽黑亮、重达百斤的“金砖”独具文物价值，令人赞赏不已。导游说，这宽敞明亮的厅堂就是当年凝秀班的演习场所。离开了恢烈公祠，导游还果真满足姜涛的愿望，带我们进另一座古祠堂去听东河戏。她说，东河戏已被列入江西省非物质文化遗产名录，白鹭乡也把这一地方特色剧种的演出作为古村游的一大亮点，每天都有游客来此听戏。因我年轻时从事剧本创作，曾为北方昆曲剧院写过一部由洪雪飞主演的大戏，所以至今依旧牵挂着这一古剧种的命运。自上世纪70年代以来，我国已消亡了上百个古老剧种。当我在白鹭村首次听到由昆曲演变而来的东河戏又焕发青春时，不仅感到一种由衷的喜悦，而且，也相信“长在深闺人未识”的王太夫人祠，必将引来越来越多热切的目光……

2011年6月14日

书香振成楼

早些年就听说，远在冷战时期，美国卫星曾探测到中国南方丛林中有许多核反应堆、蘑菇云，这一情报让五角大楼出了一身冷汗。直到改革开放后，才真相大白，原来那是坐落在闽西南一带的客家圆土楼群。2008年7月7日，在加拿大魁北克市举行的第三十二届世界遗产大会上，中国的福建土楼正式被列入世界文化遗产名录。自此之后，客家圆土楼群就成了我心驰神往的一方宝地。今年5月下旬，我有幸参加闽台粤赣“千里客家文化旅游长廊”采风活动，得以先后观赏了有“土楼王”之称的承启楼和以“土楼王子”享誉天下的振成楼。两座土楼均气势恢弘、内涵丰富，但又各有千秋。说实话，作为文化人，我更偏爱振成楼一些，这是因为我在此闻到了一股沁人心脾的书卷气息。

那天，为我们讲解的导游是林日耕，他在楼前热情迎接我们，自豪地说：“我叫阿耕，是振成楼的第三代原住民，拥有四分之一的房产。早在1986年，振成楼的模型与北京天坛、雍和宫的模型一起，作为中国古建筑的代表，参加了美国洛杉矶国际建筑模型博览会。自福建客家土楼列入世界文化遗产名录以来，我已接待了来自几十个国家的几十万游客。2010年2月13日，大年三十，胡锦涛总书记来振成楼参观考察，也是由我接待、讲解的。”

在看过承启楼后，我就知道，每座客家土楼都有意蕴深长的楼名，并通常将楼名嵌入门联。振成楼的门联是：“振纲立纪，成德达材”。我问阿耕：“为什么这门联要嵌入‘振’、‘成’二字呢?”阿耕介绍说，他们是洪坑村林氏家族第十九代孙林在亭的后裔。林在亭出生在洪坑村的方形土楼光裕楼，因家境贫穷，靠种田养鸡为生。林在亭生有三子：德山、仲山、仁山。三兄弟靠经营烟刀和条丝烟生意发财后，于

振成楼内景

在振成楼前

1880年同心协力按府第式结构建成方形土楼福裕楼。1900年，德山、仲山相继离世后，老三仁山感到福裕楼虽豪华壮观，但通风采光不够理想，于是就精心策划，想独资再建一座圆形土楼。未料在58岁那年因劳累过度而不幸病逝。林仁山生有四子，长子早年夭折，次子鸿超从小聪明过人，琴棋书画无所不通，并从事《易经》八卦研究，他接管家业后，继承父志，1912年邀集几个叔伯兄弟来合资兴建圆形土楼，耗八万光洋，历时五年，终于大功告成。为纪念他家的上祖福成公、丕振公而将这座坐北朝南，依山傍水，与村落、梯田、自然浑然一体，尽展天、地、人的和谐的圆土楼命名为振成楼。

我问阿耕："林鸿超是你的什么人?"他回答："我的亲伯父。他是清末秀才，曾参加辛亥革命，民国二年（1913）在汀州府被选为全国众议院议员。你们进楼去看，孙中山先生和民国大总统黎元洪分别题赠的'博爱'和'里党观型'的匾额都还在。"

走进门后，阿耕如数家珍地介绍：振成楼由内外两环楼构成。外环楼为架梁式的土木结构，高16米，分4层，每层48个房间，有4道楼梯从一层通往四层。一层为厨房、膳厅，天井中有男女浴室、猪舍；二层为储藏食物的仓库；三、四层为卧室。外环楼按《易经》"八卦图"布局建造，分八卦，卦与卦之间设有防火隔墙。内环楼共两层，为砖木结构并仿西洋式建筑。中堂大厅，宽敞明亮，舒适大方。4根近5米高的粗大石柱挺立，石柱上架着数米长的石梁，形成三角形屋顶，酷似希腊雅典的神庙。整座楼堪称"外土内洋，中西合璧"的杰作……

对于建筑艺术，我是个门外汉。振成楼里最吸引我的，是无处不在的楹联题刻。其中，最为醒目的就是悬挂于中堂中央的民国总统黎元洪的题匾："里党观型"。它两边镌刻的则是明代清官海瑞的名联："干国家事，读圣贤书"。阿耕说，这副对联与门联"振纲立纪，成德达材"遥相呼应，都是提醒林家后人从小就要认真读书，明白只有讲仁义道德的圣贤之人，才能干好国家大事。

我留意到，除门联外，楼内的多副楹联，也都是嵌入楼名"振成"二字的藏头联，如：

振乃家声好就孝弟一边做去，

振成楼中堂大厅，最吸引人注目的是名家的楹联题刻

成些事业端从勤俭二字得来。

振作哪有闲时少时壮时老年时时时须努力，
成名原非易事家事国事天下事事事要关心。

振刷精神担当宇轴，
成些事业垂裕后昆。

显然，这些楹联均为古训嘉言，告诫后人一定要继承祖宗的勤俭美德，以耕读为本，崇文重教，才能成为家族中对社会对国家有用的人才。据阿耕讲，楼里本还有嵌“振成”二字佳联多副，可惜已在动荡岁月中被毁，游客已无法在现场品味，但他还是铭记于心，如：“振衣千仞岗，濯足万里流，大丈夫不可无此气概；成一代名人，作百代表率，士君子应有如是胸怀。”幸而这样陶冶性情、教化育人的楹联，振成楼里尚存20副。其中，对我心灵触动最强烈的，是楼外一间浴室门顶上的短联：“澡身，浴德”。看，既浅显易懂，又寓意深刻，是一副多么智慧的让人过目不忘的巧对啊！由此我联想到，一个好家园胜过一个好学校，像振成楼这样深含文化底蕴的客家民居，无处不是教子子孙孙如何

做人的课堂啊!

说到振成楼的“崇文重教”，阿耕眉飞色舞，告诉我们，这里已先后走出了40多位专家、学者、教授和一位中科院院士，这无疑与严谨的家训密不可分。他父亲林鸿辉毕业于日本早稻田大学，曾任永定县县长。他兄弟五个，四个哥哥均学有所成，唯有他自小不爱读书，全家族就数他的学历最低，才小学毕业。为此，他父亲希望他在家日日好好种田，特意给他起名叫“日耕”。因此，现在振成楼也只有他夫妇两个留守着，其他人都远在世界各地，就连他最小的儿子也在香港念大学。当我在他家的陈列室里观赏何少川（福建省委原副书记、宣传部长）题赠给阿耕的“土楼是一部读不完的书”后，就立刻领悟到，其实作为振成楼权威导游的他，每天都在读这部“读不完的书”，已经成为一位研究客家民居文化的专家了。他女儿为我们斟茶时也说：“我爸爸为了当好导游，搜集、研究了好多文献资料，还成了央视《百家讲坛》的忠实观众，几年前写的《振成楼探秘》已销售一空，今年1月增订再版，叫《阿耕与土楼》，等他领你们讲解完了，还要在这儿签名售书呢!”

“几百年人家无非积善，第一等好事还是读书”。受振成楼里这副佳联的启迪，告别阿耕之前，我买了一本《阿耕与土楼》，他在书上为我题了“和谐健康才是福”七个字后，签上大名并加盖了“阿耕”和“振成楼林日耕”两枚朱印。观赏之余，收获书香，这真可谓“第一等好事”，不虚此行啊!

2011年6月12日

铁树花开围龙屋

少小时就听人用“千年铁树开花，万年枯藤发芽”来形容世上近乎不可能看到的稀罕之事。果真直至我年届古稀，才第一次看到了铁树开花。铁树学名苏铁，原产于热带，在高纬度地区，终生不开花，是地球上现存的最原始种子植物之一，有“植物界大熊猫”美称，已列入国家重点保护野生植物名录。而我看到铁树开花，是5月末在广东梅县丙村镇群丰村的客家围龙屋——仁厚温公祠。

仁厚温公祠始建于明朝弘治三年（1490），占地2.3万多平方米，拥有厅堂及房间480多间，集宫殿式、府第式、四合院式于一体，为梅县迄今发现的规模最宏大、气魄最雄伟的围龙屋，也是唯一被收入中国建筑学会编撰的巨著《中国传统民居建筑》的客家围龙屋。发端建造者为丙村温姓九世祖应琼公，至十二世祖温斯润完成，因斯润公谥号“仁厚”，这座宗祠与住宅合一的民居建筑，就被世人称为仁厚温公祠。历经520年的岁月沧桑，呈现在我们面前的这座典型的客家围龙屋，保存完好，族人依然在此居住，生生不息。从历史、规模和文化内涵来看，我觉得它完全可以与福建的圆土楼和山西的乔家大院媲美。

作为一座典型的客家围龙屋，仁厚温公祠由堂屋、横屋、围屋、化胎、池塘组合而成。中间的堂屋有上、中、下三个厅堂和48间住房，上厅最高，中厅最大。中厅高5.65米，宽9.3米，深7.37米，可摆20台宴席。堂屋的两边各有四行横屋共“八横”，共有240间房。堂屋和横屋的后面是三层弧形的围屋，又有房102间。围屋形似长龙，美如彩虹。在堂屋和围屋之间是宽阔的化胎。堂屋、横屋的前面是一口半月形的池塘。整座建筑坐北朝南偏向东；中间有一中轴线，两边平行对称，由前至后渐次升高；后面的围屋与前面的池塘使全屋的外形呈椭圆形。围龙屋主人介绍说，之所以外屋要呈椭圆形，是因为中华民族历来对圆有着非常美好的想象和愿望。祖先们都说“天圆地方”，客家人把屋形造圆，就是

仁厚温公祠

围龙屋内景

向圆圆的天祈盼事事圆满、家家团圆……

仁厚温公祠最令我感到神奇的地方，是化胎。作为民居建筑的一个组成部分，用“胎”来命名，我从未听闻，充满了一种神秘色彩。我细一看，化胎的形状呈扁扇形的台体，中间隆起，极像女人的腹部。它上面都是用大小均匀的石块铺成，据说铺的石块越多，就预兆着子孙后代越多。500年来仁厚温公祠也确实人丁兴旺，现已传至二十九世，前后18代人，繁衍至400多户（不计外出定居的）了。屋主人说，20世纪70年代，这里曾同时居住了500多人，容纳了当时的两个生产队。一支族人500年群居一屋，凭着自己的智慧与勤劳，构建起一座巨型民居，繁衍发展到如此程度，就足以说明客家人的文化底蕴有多深厚，生存发展能力有多强劲了！而见证这一切的，则是宽阔化胎上生长着的两墩有400多年历史的苏铁。苏铁古朴苍劲，每墩直径有12米，高近3米；每墩有60多条分枝，占地面积有100多平方米；每墩外围周长达40多米，要30多人手拉手才能围拢它，就像化胎上两把撑起的巨伞。这是我此生见到的最古老、最壮观的铁树，不禁叹为观止，啧啧称奇！

这两墩挺拔苍劲的苏铁是温家十一世祖妣“斋婆太”亲手所植。传说这位“斋婆太”原姓杨，是富家之女，有才有貌，乐善好施，常年食斋，远近闻名。可惜“斋婆太”红颜薄命，丈夫英年早逝，年纪轻轻就成了寡妇。一伙强盗的头人闻讯后，心生贼念，就把她强行劫持去做压寨夫人达三年之久。但她始终不忘自己是温家人，时刻准备逃跑。一天的半夜，强盗头子外出，趁其家丁看管出现疏漏之机，她当即出逃。未料半途就见强盗们举着火把、拿着长矛追了上来。她急中生智，忙钻进路旁黑糊糊的树丛之中。众强盗赶到后，不见她的人影，就手持长矛向树丛中猛刺，竟一枪刺中她的大腿。她忍着疼痛，捂着伤口，一声不响。众强盗找了半天一无所获，只好空手而回。转眼天亮了，她为了感念这棵救命的大树，特地刨了两棵小树回家，种在这化胎上。从此，子孙后代把这两棵苏铁视为祖先的救命树、神树，备加爱护。当时并不知树名，见这树开的花像飞翔着的凤凰，就称它为“凤头树”。听完这神奇的故事，我颇好奇地问屋主人：“这铁树什么时候开花？”屋主人一听就笑了，说：“现在正开着花呢！”他随即钻到左侧的一墩铁树下，摘来一枝花递给我：“你看像不像一只凤凰？”我接过一看，凤头褐里

看，我手持的铁树花多像一只美丽的凤凰

透红，凤尾绿里吐翠，忙爱不释手地回答："像，像，真像！"屋主人说："凤凰是吉祥鸟，送给你吧，祝你好运！"

我满怀欣喜地擎起这只美丽鲜艳的"凤凰"，站在化胎上那墩已成为稀世珍宝的苏铁前，请同行的一位作家朋友为我照相留念。这一刻，我不仅为此生终于看到"千年铁树开花"而庆幸，也为我们国家保存有像仁厚温公祠这样象征着世代兴旺、团圆吉祥的客家文化遗产而感到骄傲……

2011年6月10日

常回老家住住

一看便知，本文标题是从流行歌曲《常回家看看》套用而来。我父母早已仙逝，兄弟姐妹七个，久瘫在床的妹妹已于几年前彻底解脱病痛，离我们而去了。而在兄弟五个中，只有作为老大的我，在远离故乡武进的北京工作。未退休之前，我自然无法“常回家看看”，直到七年前退休之后，才有机会每年都争取回老家一趟，而只要得知我回乡，住在常州城里的姐姐和招赘在外的三弟和四弟都会赶回老家石庄欢聚。因正巧赶上我的生日，所以数去年秋天我回老家那个周末之夜最热闹，外甥、外甥女和出嫁的侄女们都带着他们的配偶和孩子回来给我庆寿，坐了满满三大圆桌，真可谓济济一堂，亲情似火，其乐融融。

寿筵是在大弟刚扩建的新楼里操办的。而我真正的老家，是在小弟居住的地方，离大弟家有二三百米远。这些年我回乡，大弟和小弟都争着接待我。但因他们都还在城里或乡镇企业上班，白天都不在家，以至我每次回乡，他们都得调休后才能在家陪我。所以，为了不耽误他们的工作，我每次回乡总是只住一两天就走。头晚在大弟家办完寿筵，小字辈都纷纷开车走了，姐姐和三弟、四弟都留下来陪我及我的妻子。第二天中午，按惯例小弟两口子就调休，在他家设宴款待我们。寿筵是镇上的饭馆上门服务的，而小弟请我们吃的却是地道的农家菜。宰的鸡、鸭是自家喂养的不说，连一条大草鱼也是亲眼见他从他所承包的大鱼塘里钓上来后现杀的。我妻子对从他家门口自留地里采摘回的新鲜蔬菜更是赞不绝口，说：“要是每年都能回老家来多住些日子，吃这些无污染、无公害的农家菜该有多好呀!”

妻子说出的，也是我的心里话。怎样才能每年都回老家多住些日子呢？我打起了小弟三层小楼后三间老宅的主意。小弟的两个女儿都已出嫁了。那在我父母手里盖的三间老式平房，早就不能住人，只是用来堆放柴草和废弃的农具家什。我问小弟，假如拆掉这三间不能派多大用场的危房，在原址翻建三间新式的平房可以吗？小弟说当然可以。那天从小弟家吃完午饭回大弟家休息的途中，正巧遇上村委会的一位干部。我向他表示了这一翻建老宅的意愿，他爽快地回答："行！让你小弟给村委会打个报告，明年春天就可以开工！"我三弟的女婿小龙是做脚手架租赁生意的，前些年当过建房的包工头，他一听说我要翻建老宅，就向我许愿："大伯，这事你就交给我来办吧！盖三间房，整100多平方米使用面积，包括装修和买家具及全套电器，满打满算，花15万元足够啦！"我妻子一听，惊喜极了，说："在北京，15万元也就是够买几个平方米的钱吧。如今，这里已划归常州市的新北区，公交车已通到家门口，又早就用上了自来水。老宅翻建成了，东、北两侧紧临荷塘，前有庭院，后有林子，比城里的别墅不差呀！"小弟在常州火车站工作，说："京沪高铁快建成了。新建的常州站离我们石庄只有十公里，等明年新房盖得，你们乘高铁回来，四个多小时就到家啦！多方便啊！"

一切按商定的方案进行，到了今年4月底，我大弟给我打来电话，说房已盖得，用的是红色琉璃瓦，外墙贴的是白瓷砖，绿树掩映，姐姐已回来看过两次，说比预想的要漂亮得多，让我也赶快回去一趟，看下一步该如何装修？大弟本是瓦工，随侄女婿请的施工队一起干活；加上三弟是从县建筑公司退休的，特意回老家来为施工队烧饭，并负责现场统筹。由他俩监督把关，不仅工程质量高，而且进度也快，加上从4月15日开工起，一场雨也没落，仅半个月，就大功告成！5月4日，当我从北京赶回老家一看，还真有一种喜出望外之感！

5月5日上午，三弟说村上有一户人家的新房正在装修铺地砖，我们不妨去看看那工程队师傅的活干得怎么样，若满意的话，接下来就可请他们来我们家装修。就在我和三弟去那户人家的途中，迎面碰到一位端着碗的老太太，她问三弟："你们家里有人吗？"三弟回答："今天我小弟休息，在家呢！"她笑道："我腌的糖蒜，送一点儿给你们尝尝。"接着，她转过脸来对我说："我89岁啦！你可能不认得我了，按说你应该叫我婶婶哩！"

"婶婶？"待她从我俩身旁走过去十多米远时，我才猛然想起她年轻时的模样，对三弟说："对了，她原先是'红麻子'老婆，后来改嫁'红眼皮'了。"在我们石庄，只有两个大姓，"红麻子"与我家是同姓，按辈分我确实要叫他叔叔。村上人都知道，“红麻子”是个不中用的男人，与她是旧社会的包办婚姻，婚后不久，她便与姓蒋的“红眼皮”私通，曾遭“红麻子”家虐待，待新中国的婚姻法一颁布，她就勇敢地提出与“红麻子”离婚，嫁给了“红眼皮”，争得了自由与幸福，一时传为佳话。“二红”已先后过世，如今她儿孙满堂，安享晚年。我问三弟，印象中我们家与她家没有很亲近的关系，住得也较远，怎么会亲自送糖蒜来呢？三弟告诉我说，盖新房上梁那一天，按乡俗，都要放鞭炮，并要从梁上向前来看热闹的邻里乡亲撒糖果点心之类的。如今，白天村里只有七八十岁的老人，上梁时没什么人来看热闹，当场就不撒糖果点心，而是改由小弟媳妇挨家挨户去送上一包糖果和26只（寓意六六大顺）馄饨。那天，一共包了1000多只馄饨哩！她老人家来送糖蒜，是还礼啊！

三弟说到此，因要过一座很窄的小塘坝，就收住了话头。这小塘坝是近些年村庄扩建后才临时修筑的，不仅只有尺把宽，而且坝面坑凹不平，稍不留神，就有掉进河塘里去的危险。我随三弟小心翼翼走过塘坝之后，感慨地说：“啊呀，她老人家快九十高龄了，居然还敢过这么窄的塘坝来送亲手腌的糖蒜，真不易啊！”三弟说：“老一辈乡亲，还是像从前一样讲礼数！”三弟话音未落，我顿然感悟到，村上还有这么可敬的老一辈乡亲在，我此番回乡翻建祖宅之举，使晚年能常回老家住住，重享久违的淳朴民风，实是人生之一大幸事矣！

2011年5月22日

对酒当歌

当我突然听到王燕生的噩耗，惊愕之余，最先想到的就是曹操的名句：“对酒当歌，人生几何？”

在诗坛，提起王燕生，可以说是“天下谁人不识君”：其一，他是被称为“诗坛黄埔军校”的“青春诗会”第一届至第五届的“班主任”，人称诗坛“教头”，桃李满天下；其二，他善饮，虽酒量并不是很大，但几乎是每饮必一醉方休。

说起来有缘，我第一次见他之日，正是他当诗坛“教头”之时。那是1980年夏天，中国作家协会安排直属单位职工轮批去北戴河的创作之家休假，当时我在《新观察》杂志当编辑，赶巧轮到我那一批，恰好与参加《诗刊》社首届“青春诗会”的年轻诗人们一起从京出发，上了车，定睛一看，坐在我对面的竟然就是“朦胧诗”的领军人物舒婷！记得有位年长的同伴问舒婷：“你们写的‘朦胧诗’，我怎么看不懂呀？”舒婷幽默地回答：“我的诗是写给二十年后的年轻人看的，到时候，他们一定会喜欢。”这时，作为“班主任”的王燕生闻声走了过来，热情地向我们几个作协的同事作了一番介绍，说这次参加“青春诗会”的有王小妮、顾城、江河、叶延滨、杨牧、梁小斌等17名诗坛新秀，诗坛前辈艾青、臧克家、田间、贺敬之、李瑛、蔡其矫等将到会授课，由《诗刊》的主编、副主编严辰、邹荻帆、柯岩、邵燕祥亲自辅导，帮他们修改作品，相信再过二三十年，这批好苗子，就能长成一棵棵大树……真是日月如梭，三十年匆匆而过，当年到“青春诗会”授课和辅导的前辈诗人，多半已经谢世，而历届“青春诗会”的学生，也果真成了中国诗坛的代表人物。燕生兄没有食言，他后来被人尊为诗坛“教头”，更是当之无愧！

由于从上世纪80年代初开始，我就不写诗了，从北戴河回来后的几年间，就难得与燕生兄碰面。未料1986年作协分房，我与他家都搬至和平里北街甲1号6单元4层，成了门对门的芳邻。到了90年代初，我在作家出版社改任分管诗歌的四编室主任，并为27军政委朱增泉将军的《国风》当了责编之后，与燕生兄的交往就日渐多了起来。那时，诗人韩作荣（后任《人民文学》主编）住在我们两家楼上，朱增泉将军由石家庄来京开会，总要到我们三家来看望，后来朱将军调到总装备部任政治部主任、副政委之后，每年都要与我们仨聚会一两次。而每次聚会，朱政委必以茅台酒款待。因此，这样的雅集，就成了燕生兄最高兴的日子。记得有几次与朱将军畅饮归来，燕生兄醉意未消，怕嫂夫人嗔怪，总是先进我家的门，再醉眼蒙眬地海阔天空神聊一两个小时，直到夜半时分，才回他自己的家。

我与燕生兄只做了十年邻居，自1998年我迁住潘家园后，就又难得与他见面了。直到去年莺飞草长时节，应一家酒业集团之邀赴浙江上虞参加一个笔会，才又见他畅饮后那眯着醉眼拽着文朋诗友的胳膊聊得没完没了的笑模样。这次笔会是天津的一位青年诗人牵线张罗的。在此之前，曾在中国作协大楼开过这位青年诗人首部诗集的首发式暨作品讨论会。因这部诗集是作家出版社出版的，而不知是何因，那天作家出版社的领导班子的成员没一个到场，责编急中生智，就把我这个退休的“老领导”推上了主持人的座位。众所周知，如今的作品讨论会都是一片赞扬之声，若对作品提出尖锐的批评，就有犯忌之嫌。而那天，在会上唯有我和燕生兄，不约而同地对这位初出茅庐的青年诗人的一首有明显不当的诗，严肃地提出了批评意见。好在这位青年诗人不但不“记仇”，反而对我和燕生兄倍加感激，深知我俩当众批评他的诗作，是出于对他的爱护，期望他在创作上少走弯路。因此，当我俩再次与这位青年诗人相聚时，燕生兄感慨地说：“我历来不宠青年诗人，你看，这孩子知道，咱俩那次批评他的话说得很重，完全是为他好，因此，这次他又把咱俩请来了。好啊！”

在此次上虞笔会安排的参观游览活动中，有一项是事先没有向我们透露的，那就是4月16日（阴历三月三）去绍兴的兰亭举行“曲水流觞”诗会。在此之前，我曾两次到过兰亭，并在那里买了一把印有王羲之的《兰亭序》的折扇，盛夏几乎每天都要熟读《兰亭序》：“永和九年，岁在癸丑，暮春之初，会于会稽山阴之兰亭，修禊事也。群贤毕

王燕生在“曲水流觞”诗会上即兴朗诵

至，少长咸集。此地有崇山峻岭，茂林修竹，又有清流激湍，映带左右。引以为流觞曲水，列坐其次，虽无丝竹管弦之盛，一觞一咏，亦足以畅叙幽情。是日也，天朗气清，惠风和畅。仰观宇宙之大，俯察品类之盛，所以游目骋怀，足以极视听之娱，信可乐也。……”参加此次笔会的还有匡满、宗鄂、周所同、樊发稼、关登胤、尹世霖、金本等诗家，真可谓“群贤毕至，少长咸集”。主人特意选择三月三的午后，让我们仿照古人在此“一觞一咏”，确实是别有一番情趣，令人倍感欣喜。但因事先均毫无准备，当盛满酒的瓷盅随清流漂到各自面前，要立马捞起一饮而尽并即兴吟诗一首，可就得见功底了。我已多年不写诗，为免陷入难堪之境，就特意坐在了倒数第三个石墩上，待轮到我时，终于勉为其难地口占了四句：“惠风和畅三月三，诗友雅集会稽山。若问何景最难忘？曲水流觞咏新篇！”

而我能当场吟出这首打油诗来，则首先要感谢燕生兄。那天，与会的诗人大都是坐在石墩上吟诵自己旧作中的抒情短章，唯有燕生兄喝完酒后兴奋地站了起来，当众朗诵了一首为纪念艾青百年诞辰而作的抒情长诗。这首诗少说也有百行，而他已76岁高龄，竟然能不打一个磕巴地全文背诵下来，真是个奇迹！更难得的是，他满怀对艾青的崇敬之情，语调亲切，嗓音浑厚，神情真挚，如诉如歌，感人至深……连好些路过这里的游客，也误以为进了影视拍摄现场，是哪位明星在激情表演，纷纷驻足，专注地倾听他的朗诵，并报以长时间的热烈掌声，真可谓“足以极视听之娱，信可乐也”！我当时就想，文如其人，言为心声，燕生兄的精彩朗诵，足以证明他不愧是一个炉火纯青、宝刀不老的抒情诗人。他的朗诵，比起大型晚会上那些手捧诗稿的知名演员拿腔拿调的朗诵，不知要好出多少倍，给人以一种真正的艺术享受！感动之余，我才得以吟出了上述四行诗，也记录下这一难以忘怀的生动情景。

由上虞回京后，我就无缘再见到燕生兄。只是在春节前听到一则有关他的消息：国家给中直事业单位的退休职工加薪，本是皆大欢喜之事，未料有关部门好事没办好，把燕生兄的补发款少算了。燕生兄退休前是编辑室副主任（副处级），但他的职称却是副编审，按红头文件规定，加薪应就高（副编审）不就低（副处级）。他收到补发款后，发现是按副处级给他核发的，就提出申诉，有关部门当即认错，他才终于找回其理应享受的待遇，每月多补了100多元钱。听到这则消息，好些文友都不免感到辛酸。说实在的，假如不是上世纪80年代末、90年代初中国作协的职称评定工作因故停滞多年的话，燕生兄在退休前是理所当然能评上正高职称的。君不见，在他的弟子中，后来评上了正高职称，甚或当上了报刊社副主编、主编以至更高职务的，不是大有人在吗？更令人不胜唏嘘的是，好不容易盼到了加薪的日子，才不满三个月，病魔就夺走了这位诗坛伯乐的生命。噩耗传来，我打开电脑，立即翻检出去年我在兰亭抓拍的一组燕生兄当众激情朗诵长诗的照片（我曾选了其中的一张扩印出来，托《诗刊》的所同兄转交给他，以存作纪念），不禁感慨万千。我不知道在此之后，还有没有人为他拍过这般“对酒当歌”的彩照？人生苦短，假如这是他生前“绝唱”的话，那么，愿天国也有美酒佳酿，在又一个三月三即将来临之际，他能与“青春诗会”的导师艾青、臧克家、田间、蔡其矫、严辰、邹荻帆及他早逝的弟子顾城、骆一禾、何首巫再度雅集，也“一觞一咏”，好好“畅叙幽情”吧！

2011年3月31日

出门带手机

进入21世纪，出门带手机，这几乎成了城里人的生活习惯。就连我当了大半辈子农民的大弟，春节从江苏老家打电话来给我拜年，用的竟也是手机。记得七八年前，我老母亲还在世，就住在大弟家，而他家那时尚未安装电话。为了常能听到老母亲切的声音，我出资为他家安装了一部电话，才开通了“母子热线”。但农村人节俭惯了，若没有紧急情况，大弟是决不会给我打长途电话的。每当我给他家打过去，老母刚与我聊起家常，就会听到弟媳妇在一旁提醒她的声音：“妈，少说几句，长途电话费贵着哩！……”没想到，如今大弟用手机也习以为常了，才短短几年，多大的变化啊！

大弟今年66岁，称得上老农了。然而，在城里，不用或不会用、不善用手机（包括不会收发短信）的中老年人却还大有人在。

先说一个不用手机的朋友。他是我二十多年前在《新观察》杂志的同事，性格内向，交友甚少。记得他那时就已与妻子离婚，有一智障的女儿。前些年从一家报社退休之后，他就过起了独居的生活，几乎是在文坛消失了一样，常年不见其踪影，不闻其音信。未料，几个月前突然传来了迟到的噩耗：他因心脏病突发，死在了街头上。又因他身上无一证件，治安部门只得将其遗体存放到一家医院的太平间，直到二十多天之后，他亲友报案后，才找到他的遗体……好些朋友闻此噩耗，第一个反应就是：“他出门怎么不带手机呢？只要有手机在身，一拨他手机上储存的来往电话号码，不就可以找到他的亲友，确定他的身份，何至于死得如此凄凉呢？”是的，他早就应该出门带手机。几年前，他曾在街头突发过一回心脏病，是一位好心的出租车司机发现他倒在路边，将他送往医院，经抢救并安了支架，才又活了下来。这一次，他又一次突发心脏病，若能在神志尚清醒之际及时用手机拨打120紧急呼救，也许会又一次闯过鬼门关。然而，现在说什么都晚了……

像他这样至死不用手机的人，也许是个特例。但有手机而舍不得用手机打长途或漫游的人恐就多了。前年10月下旬，我为审读一套丛书，应邀去了江苏泰兴。在那里接到了一家行业报纸的女编辑从北京打来的电话，说经《人民日报》的某老友推荐，请我去福建为他们的一个专版采写一篇8000字的报告文学，任务紧急，11月15日务必交稿……因她说是某老友推荐的，我也就无法推辞了。我告诉她，我乘火车于11月1日上午8时许回到北京，2日才能从北京与她一起启程赴闽。未料几小时之后她就给我的手机发来信息，说赴福州的软卧车票已买好，是1日上午11点开车，约定10点半在北京站软卧候车室门前见面。那天我8点抵京时正下鹅毛大雪，匆匆回到家，洗了个澡，换了身衣服，就又回北京站。因我与此女编辑素不相识，准时到了软卧候车室门前，就掏出手机给她打电话，未料听到的声音却是："你拨打的用户已关机！"一连拨了好多次，听到的都是冷冰冰的这句话！她怎么会在这样关键的时刻关机呢？令我百思不得其解。我焦急地等待了十来分钟，我的手机突然响了，一接，手机里传来的声音居然与站在我面前的一位女旅客一样："石湾先生，你到了吗？"我答应之后，便惊诧地问："你怎么临时换了手机号码？"未料她回答："我没带手机，这是临时向一位旅客借的手机。"我心想，要是没人愿意把手机借给她用，恐怕我就很难与她接上头了。

上了车，在软卧车厢安顿下来之后，我才知道，这是经由安徽、江西的一趟慢车，行程36个小时。我不解地问女编辑："你不是说任务急吗，为什么不买机票呢？"她回答说："我有恐高症，历来不乘飞机。"我又问："由北京到福州的动车组早已开通，行程不到20小时，为什么非要买慢车票呢？"她的解释是："我与这个机车组熟，尤其是与餐车服务员关系好，你放心吧，车上的五顿饭，我保证你吃得很满意！……"既来之，则安之，也无法与她争辩什么了。第二天上午，我提醒她说："车到福州已是23点，到采访目的地，至少还得坐一小时的汽车吧？到时可得有你认识的人来接站啊！"她说："你放心吧，我已通知他们局长了，即使来接站的人我不认识，也没关系，在出站口找穿我们系统制服的人，准没错儿！"未料，我俩出了福州站，在站口等了十多分钟，同车的旅客全都走光了，也不见有与她穿一样制服的人来接我们。于是，我就怀疑她事先并没有给人家局长打电话。让她快用站口的公用电话与局长联系，并让她把我的手机号码告诉局长，让来接站的人给我打电话。不一会儿，我的手机果然响了，一接，是来接站的司机打来的："我早就到了，一直拨局长告诉我的×编辑的手机号码，每次接通后，都说我打错电话了……"这时，女编辑才吞吞吐吐向我说了实话："我是借餐车服务员的手机给局长发的信息……"敢情是局长误把餐车服务员的手机号告诉了来接站的司机，而司机又并非是公务员，不穿该系统的制服，致使我俩夜半时分孤零零地在出站口焦急地等了这么久！我不无埋怨地责备了一句女编辑："你出门怎能不带手机呢?"

去年9月，我与缪俊杰等老作家一起，应南国一家文学刊物之邀，赴汕头采风。该刊在京的特约编辑老周，负责张罗此事。因我知道此公无手机，所以就记取福州之行的教训，事先将行程安排都在电话中与他一一商定、落实，以免出现意外。那天，是我和老缪先到约定的首都机场2号航站楼，未料，我俩在大厅的显示屏上却找不到杂志社为我们预订的南航航班，也就无法凭身份证领取到登机牌。只得请东航的一位服务员帮我们查询，她很快在电脑上查到了，我们要乘的航班是在3号航站楼登机。于是我俩就立即出2号航站楼，去乘摆渡车，赶赴3号航站楼。就在我俩抵达3号航站楼时，我的手机响了，是特约编辑老周打来的，他说他刚到2号航站楼，发现没有我们要乘的航班，就用另一位作家（系他的大学同窗）的手机打电话与我联系……我告他，我和老缪已到3号航站楼，让他俩赶快乘摆渡车过来，在登机口会合。待我和老缪在候机厅坐定后，我就回拨老周老同学的手机，听到的却又是："你拨打的用户已关机。"在登机前的半个小时中，我一连回拨了不知多少次，竟然每次听到的都是"你拨打的用户已关机"！直等到绝大部分乘客已检票登机，才见老周和他的老同学气喘吁吁地赶到……一见面，老周就说："没想到你们早就进来了，我们还一直在摆渡车车站等你们哩！"我问他的老同学："你的手机怎么关机了呢?"没想到他回答说："平时我在家不用手机，每周约一位老友到郊外钓一次鱼，我选好点，用手机通知他会合的时间，为静下心垂钓，就立即把手机关了。刚才老周用我的手机给你打完电话，我就习惯性地又把手机关了。……"

如今手机的功能越来越多，已成为提高生活质量的不可或缺的现代化工具，尤其是上了一点年纪的人，若因循守旧，出门不带手机或舍不得用手机，恐怕就难免因赶不上时代前进的步伐，而铸成人生旅途上种种后悔莫及的憾事了！

2011年2月13日

创办《作家文摘》日记

我1980年4月调入中国作家协会当文学编辑，先后经历了《新观察》的复刊，《中国作家》的创刊，作家出版社一编室、四编室的创建和《文学四季》的创办，均因任务重、工作忙，未留下文字记录。进入90年代初，文学界陷入一片萧条，使我得以清闲，方写下1991、1992两年的日记。现将有关《作家文摘》创办经过的日记内容摘抄并注释如下，以供新闻出版界同行及热心读者参考。

1991年

4月15日　周一　下午与秦文玉[①]谈出版社办刊物事，我提议取名《作家月报》。

①秦文玉，江苏泰兴人。原为中国作家协会西藏分会副主席、《西藏文艺》副主编，1989年下半年调任中国作家协会机关党委副书记，清查工作结束后，任作家出版社副总编辑，因社长、总编辑从维熙已被免职，出版社的日常工作暂由秦文玉主持。秦文玉刚上任时，特意到我家拜访，征求我的意见，问出版社的工作该怎么开展？我俩是在他读鲁迅文学院时认识的，那时见面他总尊敬地称我为老师。后来在厦门开全国长篇小说创作座谈会，我是会议的主持人之一。他是来自西藏的作家代表，因我俩是江苏老乡，接触就多一些，相处甚欢。因此，他一进门就说："你是我到出版社后拜访的第一户人家。我没有搞过出版，不懂行。你作为我的老大哥，一定要助我一臂之力……"从此，他就改称我为"乡兄"了。我觉得他待我是很真诚的，我也就为他出了许多主意。其中，我提到，作家出版社原先办有大型文学双月刊《中国作家》。《中国作家》编辑部分出去单独建制后，出版社就失去了联系广大作家的一座桥梁。于是又创办了大型文学季刊《文学四季》。"六四"风波后，《文学四季》被精简掉，作家出版社就一个刊物也没有了。我说，社办刊物是出版社的一面旗帜。在全国，没有刊物的重点出版

社，也许就我们一家。因此，我建议他赶快设法再申办一个刊物。他问我办一个什么样的刊物好？我说，两年前作协整顿刊物时，无端把《小说选刊》砍掉了，广大读者和作家们很有意见。但想要复刊一时怕没有可能。我们不妨创办一个综合性的选刊，取名为《作家月报》，想必会得到读者欢迎，也可为图书的编辑出版提供信息、开辟稿源……秦文玉听了很兴奋，说："时机一旦成熟，咱们就一定把《作家月报》办起来！"

6月4日　周二　下午，秦文玉找我谈话，讲玛拉沁夫[②]同意办《作家月报》，要我筹划。我表示还是由别人来搞。秦说，在安排上确有政治和人事关系上的障碍。作为回答他的咨询，我建议不设编委会，编辑部主任拟在社外物色。

②玛拉沁夫，著名蒙古族作家，时任中国作家协会党组副书记、书记处常务书记，主持作协日常工作。我与玛拉沁夫相识于"文革"后期，当时我在文化部全国调演办公室宣传组工作，他以内蒙古文化局副局长的身份带团进京参加调演，适逢毛主席关于《创业》的批示下达。因他此前在长影写电影剧本《祖国啊，母亲》，与《创业》编剧张天民相熟，了解毛主席对《创业》作出批示的背景，所以敢于在调演期间召开的创作会议上，与我和王兴仁（行人）等一起，对江青及于会泳等的"根本任务"论和所谓"三突出"的创作原则提出了不同意见。"四人帮"垮台后，在全国文代会期间，我与行人采访了他，写成报告文学《挑战每一天——记蒙古族作家玛拉沁夫》，发表在英文版、法文版的《中国文学》杂志及《广州文艺》上。他进京任《民族文学》主编后，曾向我推荐查干的名作《长城》和张长的获奖小说《最后一棵菩提》在《新观察》杂志上发表。

6月15日　周六　秦文玉送来干部任免呈报表[③]，要求周一交。

③在这张干部任免呈报表上，拟任我为作家出版社副总编辑，我周日填好后，周一即交秦文玉，他当着我的面，在表上加盖了作家出版社的公章。

6月18日　周二　下午，玛拉沁夫打来电话，询问我到上海对何××讲了些什么，已经由陆××，将书面材料寄到作协党组，具体内容不能告诉你，明天就开会研究你的任用问题，你至今对党组是那种态度，怎么用呀？并说，"文革"和"六四"的事，都清楚了，但又发生这样的事，就不好办了。我表示任不任用，没有关系，但我对何××只讲了对汪国真诗歌的看法，未对党组议论什么，我也不了解党组的情况[④]。

④何××系《文学报》记者。1991年5月，我应邀参加安徽一家杂志的黄山笔会后，为采写有关时装表演的长篇报告文学《丽人行》，取道杭州、上海回京。因我此前已被聘为《文学报》的特约记者，与该报黎焕颐、江迅、石磊、何××等编辑、记者相熟。因黎焕颐临时出差，委托何××到车站接我。故我5月22日日记中记云："中午抵沪，何××因陪夫人去医院检查（下月生产），未来接站。乘115路，到曲阳新村黎焕颐家，其夫人联系，下榻赤峰招待所。"5月23日白天我到上海服装公司时装表演队采访，日记只提及"晚到何××家吃饭，石磊作陪"一句话。玛拉沁夫特意事先打电话向我打招呼时，我很镇静，向他表示了三点：一、我因为患有痛风病，从来滴酒不沾。所谓我酒后大骂作协党组，完全是无稽之谈；二、我和从山西调来的党组书记马烽同志素不相识，更无恩怨，我怎会骂他？而与你则是认识多年的老朋友，关系一直不错，我又怎么会骂你？三、党组不批准我当副总编辑是无所谓的事，我依然堂堂正正做人。希望党组对这一诬告事件进行调查，我愿意随时与举报人当面对质。老玛在电话里告诉我，他将兼任作家出版社社长、总编辑，安慰我说："我还是了解你的。暂时不能安排你，但出版社还是得发挥你的作用，让你有事干。"

6月23日　周日　下午，秦文玉来电话，告我任命事推迟，待《作家月报》刊号申办下来后再说。

6月25日　周二　上午，全社大会，作协党组施勇祥、干部部副主任岳巍来社宣布中层干部聘用名单，免去我的四编室主任职务，"参加文学选刊的筹备组织工作"。

6月27日　周四　下午，秦文玉与我召集四编室开会，杨德华（新任主任）参加，谈刊物构想，工作重点由发书稿向办刊转移。

7月1日　周一　上午，到出版科找刘贵祥，请他核算刊物成本、盈利数额。如发行10万份，每期能盈2—3万元。

7月2日　周二　起草申办《作家月报》的报告，交秦文玉，秦说很好，一字不改。

7月5日　周五　上午，玛拉沁夫在出版社处、室干部会上作"就职演说"。

7月6日　周六　中午，在利康烤鸭店，四编室欢迎杨德华、欢送我聚餐。

7月10日　周三　上午，玛拉沁夫到出版社，社委扩大会，讨论关于《作家月报》的申办报告，他的意见是每期10个印张，对刊名他也不甚满意，希再琢磨。王文平（副总编）提出带“中国”二字（后经作协书记处讨论，改为《文学大选》）。

7月13日　周六　林金荣（四编室编辑）提出要去三编室工作，认为跟着我办刊物太累，不得好，到三编室清闲，有时间写作。秦文玉说不予理睬。

7月17日　周三　上午，与杨德华、王淑丽（总编室编辑）同去新闻出版署期刊司，金毅泉（中直处副处长）接待，他说《文学大选》报告尚未送达。言谈中他对原《小说选刊》与作家出版社三编室很不满。说《大选》公事公办，不大可能很快批复，但对调整后的作协班子，我们是支持的。

9月13日　周六　刘方（四编室《孔子世家》一书责任编辑）从山东回京，说25日在曲阜开孔子文化节新闻发布会，出版社去六人。秦文玉来电话，说希望我能去。并讲刊物事，张伯海（新闻出版署期刊司司长）可望在下周请出来吃饭。

10月17日　周四　下午，与秦文玉一起去新闻出版署，通过报纸司司长梁衡⑤，见图书司杨昌彦、迟乃义副司长，谈出外国文学作品事；见期刊司金毅泉副处长，谈《文学大选》事。金毅泉近期将到作协来谈期刊事，由秦负责与党组、书记处联系。

⑤梁衡，著名散文家，1988年加入中国作家协会。他的同学徐泓（中新社北京记者站站长）曾向我推荐他的散文书稿，秦文玉也听中国作协机关的朋友介绍，梁衡的散文拟结集出版，于是就与我一起去向他组稿。

10月23日　周三　下午，到四川饭店赴宴，与会者有杜卫东、张桦、李林栋、甲乙、高洪波、长江、郝北上等。李林栋（中华文学基金会干部、《环球企业家》筹备人之一）说，新闻出版署金毅泉日前到作协，他与秦文玉、杨德华等参加座谈。

11月3日　周日　晚，秦文玉来电话，玛拉（沁夫）指示，刊物重打一份申请报告，请贺敬之、艾青、姚雪垠、徐迟、陈涌、刘白羽当顾问，马烽任主编。我说要陪由浙江来京的弟弟玩，推辞。并讲我恐不是他们满意的合适人选。

11月5日　周二　秦文玉征求《文学大选》第二次申办报告意见，我提议顾问加上巴金、冰心、秦兆阳。

1992年

2月27日　周四　秦文玉上午来电话，要我明天去新闻出版署取梁衡的稿子。

2月28日　周五　上午，到新闻出版署取梁衡的散文稿《三步集》，由他陪同，找期刊司司长张伯海问刊物事。张说他一直对此是很重视的，4月上旬开中直的刊物会议，到时再协商。

3月13日　周五　秦文玉说下周拟再去新闻出版署找张伯海谈刊物审批事宜。

3月16日　周一　下午，秦文玉来电话，说玛拉很关心我的工作安排问题，还希望我考虑到总编室任主任的方案，不接受的话，第二方案是列席社委会，完成社长交办的任务。我说有事我可以做，但不必列席社委会。我现在难得心境平和，不想急于有所安排。感谢他俩的关心。

3月20日　周五　上午，与秦文玉一起去新闻出版署，金毅泉说刊物是有希望，但还是要等等，张伯海去南方开各省、市期刊会议了，4月初开中央各部委的刊物会议。

3月22日　周日　梁衡来电话，仍说他散文集事，希望快些。并说，李准（中宣部文艺局局长）就《文论报》仍改为报纸事求助于他，他要与李准通话，希秦文玉就选刊事向李准打招呼，让李准出面向张伯海表个态度，这样也许顺利些。

3月23日　周一　上午，给秦文玉打电话，转述昨晚梁衡的意见。

4月26日　周日　晚，秦文玉来电话，说到开始评职称，要我参加考评小组。

4月28日　周二　上午，到出版社开社委扩大会，秦文玉传达关于评职称的文件，宣布考评小组名单。

7月2日　周四　与秦文玉谈办纪实周报的设想，他颇兴奋[⑥]。

⑥那天，秦文玉找我，说明天再去一趟新闻出版署。我对他说，看来《文学大选》的刊号是批不下来了，并告诉了他一个重要信息：人民文学出版社已申办《中华文学选刊》。我说，张伯海调署里之前，是人文社的副总

编辑，他当然希望作协定下先办《环球企业家》，而把选刊的首创权顺水推舟批给人文社。秦文玉觉得我的推断很有道理，颇为沮丧地说：那我们就无路可走了吗？我说，至少这路在期刊司是走不通了，不如改办报纸，去敲报纸司的门。他问我办什么报？我说，前些年韩少功、蒋子丹办《海南纪实》，我是特约编辑，帮他们在京组稿，创刊号就一炮打响，发行100多万份。报刊整顿时，《海南纪实》也被精简掉了，如现在办一张纪实周报，一定能畅销。

7月3日　周五　上午，与秦文玉一起去新闻出版署，张伯海的意见，今年作协只能批一个刊号，希作协表态，先批哪家？哪怕打一个电话来也行。秦文玉实在憋不住劲儿了，就拽着我去见分管报刊工作的副署长王强华。王强华表示的原则意见，和张伯海基本一致，说只要你们作协定下来先办《文学大选》，我们立即就批给你们刊号。见过王强华后，又去找梁衡，希望他能以作协会员的身份，在署里为我们说情。梁衡表示：看来你们很难拿下刊号，不如由我帮你们解决一个报纸号。我提议办《作家文摘》如何⑦？

⑦那天，张伯海坚持说：按规定，一个部级单位，一年只能批给一个刊号。是办《文学大选》还是办《环球企业家》，仍由你们作协党组、书记处研究确定吧！我说，《文学大选》是先申办的，应该先批嘛！但张伯海说，《环球企业家》申办报告上定的主编人选是柯岩和张锲，若是先把刊号批给了你们，我们也作难呀！梁衡听说王强华表示的原则意见，和张伯海基本一致，就觉得他出面去为我们说情也无济于事。接着就说按署里的规定，一个部级单位一年允许申请一个报纸刊号，我来给你们解决一个报号如何？我立即说，目前纪实文学走俏，我们就办张《纪实周报》吧！梁衡说，纪实文学常因失实而惹事，叫《纪实周报》的话，署里肯定不会批。我灵机一动，说："那就叫《作家文摘》吧！我们原先申办的本就是选刊，文摘和选刊是同一个性质。何况又是作家出版社办的文摘报，叫《作家文摘》也名正言顺。"梁衡说文学界还没有一份文摘类报刊，《作家文摘》正好填补这个空白。你们回去起草申办报告吧！

7月11日　周六　上午，秦文玉给我看以作家出版社名义给作协、新闻出版署打的关于申办《作家文摘》的报告，稍作修改后，重新打印。主编一栏改为由出版社主要负责同志兼任。副主编一栏删去。他讲由他和我担任。

7月22日　周三　与梁衡联系未果，据徐泓讲，他已外出度假。

9月15日　周二　王增如（总编室副主任）告，《作家文摘》已获新闻出版署批准。

9月17日　周四　秦文玉找我谈《作家文摘》事宜，传达玛拉指示：拟改名《中外作家文摘》，提议一批编委名单。秦提议由杨德华来兼编辑部主任。我均表示异议。并表示，如不是安排我作为出版社副总编分管此报，则另请高明。他表示理解，并负责向玛拉转达，建议玛拉找我谈话。

9月21日　周一　下午，秦文玉、李燕平（行政办公室主任，兼管人事）来访。秦传达社长意见：对我的安排，仍不能提升，并称中宣部有通知，干部冻结。还说这次职称考评，考虑我晋升正高，就是为了担任《作家文摘》的三审，我说不要以此来威胁我。你有你的活法，我有我的活法，我不当官，可以写作，一样活得很充实。你们不必为难，同时也不要为难我[8]。晚上青青（我女儿）来电话，对童心（我妻子）说，现在要为自己打工，不要为别人打工。这是一件好事。

⑧几乎与《作家文摘》申办成功同时，《环球企业家》和《中华文学选刊》也获准创刊。真可谓三全其美，皆大欢喜。不过，悬置起来一年多的关于我的职务问题并没有因此而得到解决。秦文玉和李燕平一起，郑重其事来到我家转达“上面的意见”：“安排你担任《作家文摘》主持工作的副主编，但还是正处级。”我问：以前，《中国作家》和《文学四季》主持工作的副主编，都是作家出版社当然的副总编辑。这次忽然改了章程，这不是明显欺负人吗？秦文玉一再申明，这不是他的本意。说他是了解我也完全信任我的，只是“上面的意见”他也无力违抗，劝我先接受下来再说。我说，既然一年前有人诬告我的问题尚未调查清楚，就不用安排我的工作了。让我“参加文学选刊的筹备工作”，任务已经完成。至于我今后的工作，回到编辑室当个普通编辑或者调离出版社都可以。《作家文摘》就另请高明吧！秦文玉看我态度很坚决，只得无可奈何地表示：“好吧，我尊重你的意见。”

9月22日　周二　晚，晓蓉（《文艺报》新闻部主任）来串门，谈及江苏文艺出版社约她写《吴阶平传》，因吴是泌尿科及性学专家，她采访多有不便，希望我能接下来。我未置可否，将来看情况再定。

9月26日　周六　上午，与王文平聊天，他问报纸批文下来没有？秦未给他看批文。连去年社里总结，秦一人起草打印上报，未经社委会成员讨论。他说老玛曾与他谈过我的安排，主要是有人设障，一时不好解决，只能走职称这条路，报纸可以先干着，造成既成事实。

10月6日　周二　收到《家庭》三峡年会通知，寄去回执，定下26日下午乘飞机去重庆，11月4日乘38次火车返京。张玉太（作家出版社财务科长）示发在《北京晚报》上的《卵石》诗（言顽石被岁月的流水无情地磨去了棱角），他对秦文玉说，这是用血泪写成的。

10月9日　周五　下午，人民出版社刘振声（《新华文摘》转载我的报告文学《无花果》时，他是责编）来访，他已调出《新华文摘》，到农村读物编辑室，听朱盛昌（《当代》副主编）说作协要办一报一刊，拟找秦文玉、李荣胜（副社长），设法调到作家出版社工作。我向他介绍了有关情况，认为他来办报是合适的，亦有可能办成。

10月20日　周二　秦文玉下午找我说，《作家文摘》作协机关想拿过去办。社委会的一致意见，仍要我办。秦说，可单列账号，给一定自主权，并讲王增如愿参加办。我仍未答应。

10月21日　周三　到刘家驹（原《解放军报》记者、《炎黄春秋》负责人）家，签承包《炎黄春秋》明年第5期合同。

10月22日　周四　秦文玉找我说，党组已通过《作家文摘》的任命，玛拉不兼总编，改由他兼任总编，副总编就我一人⑨。王增如为编辑部副主任。

⑨9月20日秦文玉与我的谈话不欢而散之后，我反而感到无官一身轻，自在得很。这时，正好《家庭》杂志邀请我参加三峡笔会，我就欣然答应，准备逍遥去了。没想到临走之前秦文玉就找到我说："作协党组关于《作家文摘》的任命文件下来了。"我接过文件一看，他是主编，我是副主编。在我的名字后面特意加了一个括弧，内写三个字：正处级。我说，那天你不是表示尊重我的意见吗？怎么依然这么办呢？我不能接受这项任命。他说："你不接受可以。因为党组已经下达正式文件，你不接受这项任命的话，你就写一份正式的辞职报告吧！"他显然是在将我的军了。我沉思了一会儿，说："你逼我写辞职报告，不正中那些诬告我'大骂党组'的人的下怀吗？

我怎能做给他们留下继续整我的把柄的蠢事呢?”秦文玉的脸上忽然露出了笑容,说:“这就是说,你答应干了!太好了!本来就是你提议办的报纸,这事非你莫属!任命我当主编,只是挂个名而已。你知道,出版社的一摊工作,已把我搞得焦头烂额。《作家文摘》的创刊,你就全权负责吧!”

10月23日　周五　下午,《作家文摘》第一次碰头会。我说了近期需办的18件事。人员拟采用特区打工仔的办法,聘离退休人员和大学文科实习生。

10月24日　周六　找《诗刊》办公室主任龙汉山、文联大楼管理处副主任魏斌谈借或租房问题。

11月4日　周三　火车晚点30分钟,于凌晨4点30分抵京,乘大发车于5点回到家。下午,与王增如通话,除报纸登记证办妥外,其余事项尚未落实。报纸在申报与批文过程中,误将4开写成8开,拟与梁衡联系,予以改正。

11月5日　周四　下午,与王增如一起去市公安局办理刻《作家文摘》报社及编辑部印章。途中经茅盾故居,找“作家文摘”四字未果。

11月6日　周五　上午,北师大研究生武卫政来谈“打工”事宜。下午,与王增如一起去市报刊零售公司,金汕[⑩]陪同。零售公司王世安说必须搞试刊,他们才能承接[⑪]。痛风又发。杨葵找王文平谈,王同意他调离一编室,参加办报[⑫]。

⑩⑪金汕,北京社科院文学所研究人员。从1985年开始,我就和金汕一起被广东《家庭》杂志聘为特约编辑,他曾为《家庭》的在京发行,与零售公司有过卓有成效的合作。到1992年,《家庭》的期发量已由几万份跃过200万大关,成为全国最畅销的杂志之一。我想,凭这层关系,或许零售公司会网开一面,给《作家文摘》一条生路。然而,没想到零售公司的同志一点面子也不给。他们觉得,《家庭》和《作家文摘》不可同日而语。尤其是那位老经理,一句话就把我们噎了回来:“这年头,凡是带‘作家’二字的报刊都没人要。你们怎么还要办什么《作家文摘》呢?如果你们是自负盈亏,我劝你们趁早别办。”我知道,这位老经理讲的全是实情。在读者眼里,曾在20世纪80年代辉煌一时的新时期文学日渐滑坡,已跌入低谷。报刊市场竞争激烈的严峻局面,促成我狠下决心:创刊号必须一炮打响!因是自负盈亏,如老经理所说,如果不从创刊号起就盈利的话,那资金

就无法周转，创刊号就有可能成为终刊号。当我向他们表达“不成功便成仁”的决心时，后来接任经理的王世安（外号“大毛”）说：“你说得无论多好，全没有用。要让读者认你这张报纸，必须先办三期试刊。每期3万份，由我们公司代销。说好听了是代销，说不好听了是白送。这年头，你做一个广告要花多少钱？试刊三期，权当做广告，向读者免费赠送。”

我接受了他的先出试刊的建议。但当时已是11月下旬，要在元旦前连续试刊三期，无论是时间还是财力，都无这种可能。我回答说：“试刊可以，但只能试一期。到时先请你们看大样，你们能代销多少，就代销多少。”

⑫杨葵，毕业于北京师大中文系，系作家出版社当年最优秀的青年编辑，他参与《作家文摘》的创刊，是我最得力的帮手。虽然两个月后他又回到作家出版社一编室去编书，但我至今不忘那段精诚合作、艰苦创业的情谊。后来杨葵在《农展馆南里10号》一文（《过得去》，广西师范大学出版社2010年4月出版）中也留下了这样愉快的回忆：

石湾老师是我同乡，江苏人。他最早到作协，在《新观察》杂志工作，我父亲曾经是他的老领导。有了这个渊源，我一进出版社，他就对我格外照顾。不过当时我在小说编辑室，他分管的却是诗歌、散文、报告文学那方天地，所以我虽心向往之，却无缘近受教诲。

后来终于有了机会。1992年底，作家社拿到一个刊号，准备出版《作家文摘》周报。石湾主动请命，组班子筹备。当时正逢报界那场著名的周末版大战，各类小报如雨后春笋，都要赶在新年初遍地开花，市场竞争非常激烈。业内同行和社内同事，都对尚未诞生的《作家文摘》不抱指望，社里开大会讨论到这项内容，众口一词都在推测，一年要赔多少钱进去。石湾老师不畏人言，顶着众说纷纭，塌下心，憋股劲，起早贪黑干上了。我有幸被石湾挑中，作为报社唯一的编辑，参与筹备。

石湾老师、主任、财务、印制加上我，五个人只有一间十几平方米的办公室，开办费五万元，石湾带着我们逆风飞扬。那是我在文联大楼十几年中最苦最累的一段时间，每天早上六点起床，骑五十分钟的车到文联大楼，晚上常常九点才能离开办公室。也奇怪了，一点不觉得累。想来原因有二，一是石湾来得比我们还早，走得比我们还晚，我要再抱怨，真说不过去；二是发现跟着石湾，真能学到好多东西，我几乎是贪婪地从他身上掘取财富，一天都不想落下。

《作家文摘》一上市即博得满堂彩，出到第五期，销售量已有二十五万。一切闲言碎语，一切质疑讽刺，全都不攻自破。那段时间石湾老师心情不错，经常听他开怀大笑，笑声响彻楼道。

石湾老师身上有很多老派文人的优点，珍惜时间，讲求效率，编辑写作两不误，报刊上经常能读到他的大作。文如其人，他文章写得严谨而老派，穿着打扮上亦是如此，永远西服笔挺，头发梳得一丝不乱，看着就干净利落。他的办公桌永远纤尘不染，井井有条，在整个杂乱无章的文联大楼里，像个异数。

11月7日　周六　到人民日报印刷厂，见厂长及生产科副科长，他们同意承印，拟周五出版，印发5万份，收支才能基本持平。

11月8日　周日　昨晚痛风剧痛，一夜未眠，直到今午12点30分方起。王小强（经解放军文艺出版社董保存介绍）打电话来，洽谈来报社打工事宜。

11月9日　周一　下午，玛拉沁夫来出版社，与秦文玉、王增如和我谈《作家文摘》筹备事宜，讲如出版社不出开办费，作协出；如出版社不办，作协办，带走石湾一人。要我大胆干。

11月10日　周二　上午，向社委会汇报报纸筹备情况，各成员均表示支持。《诗刊》房子因有位编辑室主任表示恶人做到底，不同意借，只得社内解决，决定李荣胜到社长室，李燕平到总编室，腾出财务科……先借支5万元，建账号⑬。人员，先调杨葵、于震、刘英武。下午，分别给叶永烈、郭济访（江苏文艺出版社《往事悠悠》一书责编）、莲子（《家庭》杂志社编辑部主任）电话，约稿。叶说他有《毛泽东与蒋介石》将在《海上文坛》明年第一期发表，不日来京。

⑬秦文玉说是让我全权负责，并非戏言。《作家文摘》办理工商登记证和纳税登记证时，秦文玉让我当了报社的法人代表。这一方面表现出了他的大度，另一方面又把经济上的压力加在了我一人肩上。起初我向社委会提出，拨给《作家文摘》25万元开办费。但当时全国文艺界的报刊大多不景气，普遍入不敷出，需要国家补贴。因此，对创办《作家文摘》，社内多数人持并不乐观的态度。有人还公开在大会上提出《作家文摘》将成为出版社一个沉重的经济包袱，主张不如不办，何必因人设事？在此情况下，拨25万元开办费的方案，迟迟得不到实施。按规定，刊号批下来之后，必须在六个月内出报，否则刊号自动吊销。玛拉沁夫见《作家文摘》迟迟不得启

动，就对社委会说："出版社不办的话，作协就将刊号收回，单抽调石湾一个人，放到其它部门去办！"真要是这样做，岂不是要落下出版社不能容人的话把儿吗？秦文玉立即表示，《作家文摘》还是放在出版社办。但怎么办呢？社委会作出决定：《作家文摘》不与出版社经济挂钩，单列账户，自负盈亏。于是就先借支5万元钱，到银行开了一个账户。至于会计，出版社也不予派出，只得由我到社会上花钱去聘。报纸尚未出刊，风凉话就满天飞："这年月创办什么报纸？看石湾折腾去吧，非赔个底朝天不可！"未料《作家文摘》创刊三个月后，即向出版社偿还了借支的5万元建账号款。

11月11日　周三　上午，报社人员第一次会议，秦文玉传达玛拉讲话及社委会意见，我谈办报构想。下午，刘英武表示如不让他学车，他就不干⑭。秦、王及我，三人找他谈话，未有结果。与叶永烈通话，要三张江青与毛泽东的照片⑮。

⑭刘英武，原在鲁迅文学院工作，秦文玉在鲁院就读时与其结识。秦到作家出版社任职后，刚由武汉大学作家班毕业的刘英武调入作家出版社四编室，后主动要求到《作家文摘》负责发行工作。他提出的条件是立即为发行部购置一台客货两用的面包车。因出版社不愿给报社拨付开办费，所以就不可能购置面包车，刘英武也就未调入报社工作。待《作家文摘》正式创刊并略有盈余后，才为负责到人民日报印刷厂拉样报和送取校样的于震（原资料室管理员），购置了一辆摩托车。

⑮《作家文摘》试刊号头版及2版拟以《江青与毛泽东结合内幕》为题选载叶永烈的《江青，从上海到延安》（原载《海上文坛》1992年第5期）一文，我向叶永烈要的读者当时难得一见的三张资料照片是：《1938年11月19日，毛泽东和江青结婚》、《1938年8月，江青调到军委办公室当秘书，在毛主席身边工作》和《江青20世纪30年代刊登在〈联华画报〉上的剧照》。

11月13日　周五　上午，王小强、张树红（中国艺术研究院刚毕业的电影史专业硕士生）、宋建华来谈打工事。下午，与于震一起，从茅盾遗墨中遴选报头。

11月16日　周一　《作家文摘》全体编辑会议，张树红、武卫政参加。大体确定试刊号版面安排，分头准备稿子，周五下午汇总。下午，与秦、王谈报社当前工作。确定打工人员报酬支付办法。收到叶永烈寄来照片及郭济访信、肖华的序[16]。

⑯肖华，电影导演张艺谋前妻，与张艺谋离婚后写出《往事悠悠》一书，拟交江苏文艺出版社出版。我由江苏《莫愁》杂志的文友处得此信息，即与郭济访、肖华联系，征得他们同意后，在试刊号上先转载《往事悠悠》的序《别了，张艺谋！》，后从第1期至第13期以《我与张艺谋的友谊与爱情》为题连载全书，深受读者欢迎。

11月17日　周二　上午，董保存夫人郑宜（北师大传媒学院教师）来谈打工事。下午，办公桌由405搬至410。

11月18日　周三　上午，去《文摘报》，向张慕勋主编咨询办报谋略及加入中国文摘报研究会事。到零售公司谈发行事宜。他们对试刊号内容很感兴趣。印5万份估计问题不大。下午，给程德培（《海上文坛》主编）打长途电话，他很支持转载《海上文坛》明年第一期发的蒋介石与毛泽东在年轻时的交往，并告第6期有洪炉写的李敏与李讷的文章，可转载。

11月20日　周五　下午，报社全体会，汇总试刊号稿子，议定海报内容。

11月21日　周六　上午，与王增如、杨葵、于震一起到人民日报印刷厂，与纪副厂长、周副科长洽谈试刊号流程。下午，画试刊号版式。

11月23日　周一　秦文玉说，试刊号先不发唐达成的小说，因支持我们办报的是另一派的人物。我说可以，但希望你留一个文字的东西给我。他不留。为了平衡，我找了一篇马烽的《桥儿沟忆旧》[17]。

⑰唐达成，著名文学评论家，1985年初出任中国作协党组书记、书记处常务书记，1989年“六四”风波后辞职。《作家文摘》试刊号拟在《名人新作》版上转载冰心的《心灵深处的叶圣陶》、唐达成的小说《夜惊》及杨绛的随笔《窗帘》。秦文玉在鲁院和北大作家班就读时任班党支部书记，很受唐达成赏识，下调令将其调中国作协升任机关党委副书记，而待其来作协报到，并参与清查工作时，唐达成已辞职，由马烽接任党组书记。《夜惊》原载《中国作家》1992年第6期，是唐达成公开发表的第一篇小说，我想，以文学评论著称的唐达成下台后写起了小说，该是一件引人关注的颇有意味的事，《作家文摘》试刊号予以转载，定然会具有新闻效应，我在发稿单的终审栏里签了“同意”二字。作为主编，秦文玉当然有权否决我的

意见，但他不敢留下文字依据。我考虑到他左右为难的处境，退让了一步，抽下《窗帘》（延至第2期刊用），选摘了马烽的一篇题为《桥儿沟忆旧》的散文，与唐达成的《夜惊》一起放在冰心新作下方一左一右并列刊出，反倒在文坛内外引起了意想不到的反响。事后，秦文玉向我苦笑道："你真会一碗水端平啊！"

11月24日　周二　上午，王增如联系的景山街道工厂的会计来洽谈工作。下午，《作家文摘》试刊号发稿。

11月25日　周三　下午，全体会，小结试刊号发稿工作，酝酿新闻发布会事宜。晚上，文采阁宴请叶永烈。

11月26日　周四　由人民日报印刷厂取回毛条，校对。

11月27日　周五　毛条校对完毕，全天画版式。

11月28日　周六　上午，至人民日报社，与报刊发行局谈捆包问题。后与王增如一起去找银鸽的妈妈张佩华，请求协助解决纸张问题[18]。下午，一大样到，杨葵、王增如的两块版有空白，19点20分搞完，全体在四川餐馆吃饭。

⑱银鸽系我文友，原为《中国妇女》杂志文艺部主任，1990年随其夫赴美陪读。她爸爸原为轻工部造纸局负责人，她妈妈退休后在一家经营纸张的公司任顾问。因当时纸张供应紧张，《作家文摘》未赶上全国纸张订货会，创刊前只得四处求援，设法解决用纸困难。

11月30日　周一　社委会，讨论《作家文摘》新闻发布会及电话、办公条件诸问题。下午，到印刷厂，取二大样，然后到零售公司洽谈试刊号发行问题：外埠2万，赠阅；本市3万，寄售。

12月2日　周三　上午，到人民日报印刷厂签字付印《作家文摘》试刊号6万5千份。下午，到张佩华处，与马悦洽谈购纸事宜，后到文采阁洽谈新闻发布会事宜。

12月3日　周四　上午9时半，《作家文摘》试刊号运抵文联大楼。晚，秦文玉看到郑伯农（中国作协党组成员、《文艺报》主编）带到中国作协工作会议上去的试刊号后，由厦门打来长途电话，说会上争看该报，很振奋。

12月4日　周五　胡金兆（原《戏剧报》编辑）打电话来，希望到《作家文摘》报社协助工作。地铁退休干部孟启宏表示愿包销《作家文摘》，中午请我和王增如吃饭。

12月5日　周六　上午，孟启宏运走1万4千份《作家文摘》，按六折包销。下午，回家途中考察《作家文摘》零售情况，北新桥附近的几个摊点反映均好。

12月8日　周二　到零售公司，与王世安洽谈试刊号加印问题，他同意加5万份。然后到文采阁，写新闻发布会会标。下午，新闻发布会。张锲（中国作协书记处书记）、郑伯农、杨子敏（中国作协书记处书记、《诗刊》主编）、邓友梅（中国作协书记处书记、外联部主任）、梁衡、张慕勋、刘炳振（人民日报印刷厂厂长）讲话。

12月9日　周三　安排杨葵、于震休息。到印厂签字，加印5万5千份。谈明年用大胶印，不用树脂版事宜，纪副厂长说如提前付印，可考虑。

12月10日　周四　拉回5000份报纸，付加班费150元。

12月11日　周五　小结前段工作。选题会。打电话给江迅（《海上文坛》特约编辑），让《海上文坛》寄叶永烈《毛泽东与蒋介石》稿。他讲已收到试刊号。与叶永烈通话，他也已收到试刊号，甚满意，答应寄来他发在《上海法苑》上的《江青就擒记》。

12月12日　周六　秦文玉打电话来说，不同意用《王蒙自画像》，理由是怕玛拉不高兴。

12月13日　周日　下午，到王府井书店购资料。

12月14日　周一　聂春生来交预付金1000元，拟向外埠发6万份。下午，到印厂签字加印。并谈纸张问题。吴克文联系的200令纸系1989年产品，已变色，51克，非U型，不能用。决定不要，改买787石岘纸100吨。

12月15日　周二　下午，到工体及城市宾馆、天地大厦等考察租房价格。

12月16日　周三　第三次印试刊号6万份出报，到人民日报印刷厂，聂春生取走全部报纸。外聘会计刘本如（《中国青年报》供应科退休干部）上任。下午，与王增如一起，由张树红陪同到她姐姐的天树策划集团洽谈广告承包事宜。对方负责广告事宜的张华提出，他们按10%分成，设计费5%，如制作，则加5%。

12月17日　周四　上午，报社全体会议，讨论第1期选题。晚，杨葵到玛拉家，玛拉谈起“文化快餐”，甚为兴奋[19]。晚10时，秦文玉通知，明天上午玛拉来看望报社同志，我原约去《三月风》出席严欣久邀集的作家座谈，看来只得作罢。

⑲《作家文摘》试刊号刊登的征订广告及随试刊号赠送给各零售摊点的大幅海报，均以“关注热点，荟萃精品。九十年代的文化快餐”为宣传口号。这是我在《作家文摘》创刊新闻发布会上讲的办报宗旨，会后首都十余家媒体均作了报道。

12月18日　周五　上午，玛拉沁夫来报社看望，与我、秦、王三人谈报社方针及发展战略，他竭力主张财务独立，待出了几期后即与他签承包合同。下午，王增如与杨葵去零售公司解释6万份问题。

12月19日　周六　公安大学出版社李文华来访，她受商丘市文联李振东委托，谈合订本事宜。因零售公司王世安昨与王增如、杨葵谈起愿搞，故他们希望不大。5002318安上分机，但办公室负责人不交钥匙，为此引起不快[20]。

⑳当时中国文联大楼内的十多个单位共用一个电话总机，各单位仅有一两部直拨电话可打长途电话。《作家文摘》报社创立后安不上直拨电话，只得将作家出版社行政办公室的5002318号直拨电话安上分机供报社使用，但报社使用时，必须到行政办公室拨按钮，而行政办公室午休及下班后即锁门，总机下班后分机就无法使用，报社无开行政办公室门的钥匙，急需时就无法往外打电话，因而我与办公室负责人曾多次发生争执。

12月20日　周日　孟启宏来电话，《作家文摘》从创刊号起，他每期要1万份。

12月21日　周一　创刊号发稿。我正打长途电话时，办公室负责人拔掉电话插头，并说你们不是白天不用直拨电话吗？我质问他：是谁给你的权力？

12月23日　周三　全天在人民日报印刷厂校对创刊号小样，画版式。下午4时结束。张树红说，昨天中央人民广播电台来电话通知，《今晚八点半》节目播出《作家文摘》创刊稿，她忘了转告大家，她自己也没收听。

12月25日　周五　上午看创刊号大样。下午，到人民日报印刷厂，与供应处谈纸张问题，刘本如与他们是老关系，对方表示一定帮这个忙，第1期先解决10吨770新闻纸。

12月26日　周六　上午，到人民日报印刷厂看大样，签字付印。下午，到市报刊零售公司，与王世安谈创刊号印数，最后他确定15万份。珍藏本一季度做一本。全市，创刊号订数为1万7千份，最多邮局要3000份。孟启宏说订了1万份，显然是谎话。晚通知他，不准备为他增印。一姓胡的个体户来电话，要求发行报纸。

12月28日　周一　发第2期稿。张菱送来友好血液净化中心广告[21]。

㉑张菱，中日友好医院血液净化中心副主任，曾在“七省市中老年时装模特大赛”中获中年组一等奖，我在写作《丽人行——时装表演在中国》一书时采访过她。中日友好医院血液净化中心，是我国第一家从日本引进40台血液透析机的医疗机构，张菱送来的《肾病患者的福音——友好血液净化中心》广告，后刊登在《作家文摘》第2期上，是《作家文摘》刊出的第一个通栏广告。

12月29日　周二　上午，与董保存一起去汪东兴家取来他的近照两张[22]。

㉒《作家文摘》第2期将选摘《小说家》杂志1992年第6期发表的汪东兴日记：《我随毛主席第一次出访苏联》。为吸引读者注意，特配发了一张汪东兴走下政坛后与秘书的合影。

12月30日　周三　上午，编辑部会，讨论第3期选题，于震取回创刊号样报。下午，看第二期小样，画版式，至晚8点15分。

12月31日　周四　上午，拉回创刊号3万份。下午，原定聂春生3时来取报，因他喝醉了酒，直至5点30分才来取走。看完校样，画好版式交于震，3日早8点退工厂。

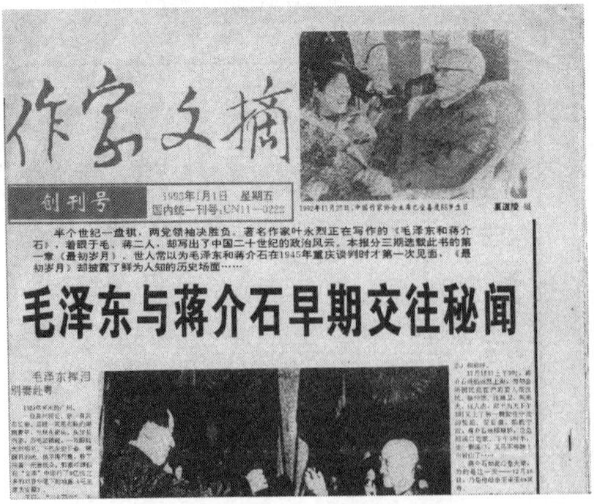
作家文摘
创刊号
1993年1月1日　星期五
半个世纪一盘棋，两党领袖决胜负。著名作家叶永烈正在写作的《毛泽东和蒋介石》，着眼于毛、蒋二人，却写出了中国二十世纪的政治风云。本报分三期选载此书的第一章《最初岁月》。世人常以为毛泽东和蒋介石在1945年重庆谈判时才第一次见面，《最初岁月》却披露了鲜为人知的历史场面……
毛泽东与蒋介石早期交往秘闻
毛泽东挥泪别妻赴粤

1993年1月1日，《作家文摘》创刊号面世

在1993年作家出版社新春联欢会上，秦文玉（左）与我共庆《作家文摘》成功创刊

报刊宣传日与发行部主任王增如一起在中山公园现场售报

附记：万事开头难。《作家文摘》于1993年元旦正式创刊后，选稿审稿、画版校对、下厂付印、发行广告、财务收支及接待读者等等，事无巨细，令我忙得不可开交，自元旦至1月9日，仅留下四天的日记。其中，1月6日的日记为：“付印第2期，王世安只要6万份，发本市，把外埠让给报社自发。决定印20万份。”14万份报纸要在一周内售罄，压力及工作量之大，不言而喻。编发第4期时，正值春节，考虑到每期报纸都能盈利，我决定春节假期也不休刊，照常出报并继续部分自办发行。从此之后，我每天累得精疲力竭，很晚回到家，就再也顾不得写日记了。过完春节，秦文玉就到中央党校学习去了，一年后回社不久，竟在到福建组稿时遭遇车祸，致颅内出血，救治无效，于1994年10月23日不幸逝世。因此，我虽为副主编，但《作家文摘》创刊后一直是我主持工作。截至1997年10月我通过公开招聘、推选，就任作家出版社副总编辑而调离《作家文摘》时，每期发行量已逾37万份，当年利润高达800多万元。而当时全报社在编员工包括我在内仅八人，我们白手起家，齐心协力，取得如此好的社会效益和经济效益，这在全国文艺类报刊中，也许是个绝无仅有的先例。因此，我存留的这一年多的日记，也可以说是一部鲜为人知的《作家文摘》创业史吧。

1993年报刊宣传日《作家文摘》高悬在中山公园上空的彩色气球

2010年12月2日

诗歌应恢复单篇评奖

红孩在《奖作家不如奖作家笔下的人物》（《中国文化报》2010年11月14日）一文中提到，在第五届鲁迅文学奖开评之前，他曾发表文章，提出“散文（包括诗歌）应设置单篇奖”：“结果是你提你的，人家该怎么做还是怎么做。因此，当鲁奖评出后，遭到诸多质疑、炮轰时，我一点也不觉得奇怪。相反，我倒很理解主办者的苦衷……应该说，如果评出了单篇作品，那么，这篇作品不仅是这个作家的名篇，也一定是这个时代的名篇。然而，主办方没有做。想来，主办方也怕，你评出的作品如既不是这个作家的名篇，也不是时代的名篇，那可真丢人了。如此，还是评集子保险些。”红孩年轻，殊不知中国作家协会新时期举办的首届（1979—1980）优秀诗歌奖评选，评的就是单篇，而非诗集。

记得与中国作协首届（1979—1980）优秀诗歌奖同时评选的优秀报告文学奖，和优秀短篇小说奖、优秀中篇小说奖一样，评的都是单篇奖。可以说那次获奖的诗歌，如舒婷的《祖国啊，我亲爱的祖国》、雷抒雁的《小草在歌唱》、叶延滨的《干妈》、熊召政的《请举起森林般的手，制止！》等等，无不既是获奖诗人的名篇，也是时代的名篇。最令人难以忘怀的是韩瀚的《重量》：“她把带血的头颅，/放到生命的天平上，/让所有的苟活者，/都失去了/——重量。”仅仅四行共二十八字，相当于一首古代的七绝。这首歌颂张志新的短章，深受广大读者所喜爱，我至今尚能背诵出来。当年我在《新观察》杂志当记者，是住进京西宾馆出席颁奖大会，采写有关报道并组织了评论文章的。可以肯定地说，当年的评奖结果，不仅从未遭到任何质疑与炮轰，主办者也从未说过评单篇奖有什么为难或“苦衷”，而且文坛内外都心服口服、皆大欢喜。30年过去了，上述的获奖诗歌，依旧是获奖诗人的代表作，也依旧是新时期叫得响的名篇。到了1995—1996年那次，中国作协双年度的优秀文学作品评奖，定名为鲁迅文学奖，不知出于何种考虑，把诗歌奖由单篇（首）奖改成诗集奖了。这一改，就改出麻烦来了。因为从上世纪90年代末以来，诗歌的图书市场严重萎缩，几乎所有的诗集都是作者自费出版，诗集无法进入流通领域，所以，获了鲁迅文学奖的诗集，读者一无所知，就再也不会出现那种《祖国啊，我亲爱的祖国》、《小草在歌唱》、《干妈》、《请举起森林般的手，制止！》、《重量》等获奖名篇被广为传诵的动人情景了。

第二届鲁迅文学奖（1997—2000）揭晓之后，有一本获奖诗集是作家出版社出版的，而我当时正是分管诗集终审的副总编辑，有文友打电话来向我索要这本获奖诗集，我说是不是搞错了？因我从未终审也从未见过这本诗集。到资料室存档的样书柜里去查，竟然也不见踪影。于是，我就写了一篇《找不到的获奖书》，发在2001年11月1日的《文论报》上，引起了有关人士的关注与不悦。但我至今都敢担保，我在《找不到的获奖书》一文中讲的全是事实，经得起历史的检验。我后来查清楚了，那本获奖诗集用的确实是作家出版社的书号，只是他自费印了500册赠送亲友，未送一册样书交作家出版社存档，广大读者就更是一无所闻了。由此，我也就想到，与其给读者看不到的自费出版的诗集评奖，还不如恢复给在报刊上公开发表的单篇（首）诗歌评奖呢！

我曾经查阅过《全唐诗》，王之涣的作品仅六首，加起来只有二十四行，而其中至少有两首，即《登鹳雀楼》和《凉州词》是脍炙人口的千古名篇。只留下六首诗的王之涣当然是出不了诗集的，如果不以单篇（首）评奖，王之涣就无资格获唐代诗歌奖了。可是，谁能小视王之涣在中国诗歌史上地位呢？其实，古往今来，真正的大诗人，不在其出了多少本诗集，而在其留下了多少名篇或名句。乾隆皇帝留下的诗可谓多如牛毛，够出几大部厚厚的诗集，但其中无一首传世名篇，若要给清代诗歌评奖，恐绝不会有人投他的票。王之涣与乾隆爷两相比较，就知道出不出诗集对诗人来说无关紧要，只要写出名篇名句，就可千古流传。就说现当代的大诗人吧，被人们记住并经常引用的，也往往只有几行，如艾青的“为什么我的眼里常含泪水？/因为我对这土地爱得深沉”、徐志摩的“悄悄的我走了，/正如我悄悄的来；/我挥一挥衣袖，不带走一片云彩”、卞之琳的“你站在桥上看风景，/看风景人在楼上看你”、臧克家的“有的人活着/他已经死了；/有的人死了/他还活着”……

新获鲁迅文学奖的五本诗集，我一本也没见到过，不知道其中是否有这样可被读者广为传诵的名篇或名句？但是，在我的阅读视野内，近年来在报刊上发表的诗歌中，至少有一首是可以称之为当代名篇的，即白桦的《从秋瑾到林昭》。老诗人屠岸曾称：“《从秋瑾到林昭》所代表的是中国知识分子——中国人的最高良知，是人类灵魂的最终颤动！就这首诗所达到的思想高度和艺术深度而言，它抵达到一个几乎空前的水平。作为一名读者，如果他的血还有一点热度，如果他的心还有一点红色，那么他读这首诗时，就不可能不流眼泪，不可能不思考，不可能不自省！”（《文学报》2009年11月1日）这样一首难得的好诗，却被列在鲁迅文学奖的评奖范围之外，不能不说是一种遗珠之憾吧。

2010年11月14日

学子天堂

一个城市有一个城市的标志性建筑。9月13日下午4时许，当我和缪俊杰、母国政二兄结束为期四天的汕头采风，乘AC1378航班回京时，飞机一腾空而起，我就急切地透过舷窗朝下望，试图搜寻形似线装书书盒的汕头大学新图书馆。我所在的20排L座，尽管紧靠舷窗，但不巧的是，窗外的右下方就是横展的银色机翼，挡住了我的视线，致使我未能在空中一睹其丰采。但作为此次采风中给我留下最美好印象的一座标志性建筑，它已深深地铭刻在我记忆的光盘上——

二十年前，我在参加广东一家期刊举办的笔会时，曾与贾平凹、汪洋等作家到过潮汕。至今尚存记忆的只有韩文公祠和峡山镇的水货市场。如今，潮州已不归汕头市管辖，而峡山镇的水货市场也不复存在，因此，当我正值汕头开埠一百五十周年和沿海经济特区创立三十周年之际又一次来到这座美丽的城市，内心依然充满着好奇，映入眼帘的一景一物、一草一木，都觉得新鲜别致、生机盎然。其中，最令我流连的，就是汕头大学新图书馆。

9月11日上午，我们是先参观了广澳深水港区和华能海门电厂之后，才来到汕头大学的。按照事先安排的行程，在汕大逗留的时间只有40分钟，校方曾提出要组织部分师生与我们座谈交流，我们以“希望多看看”为由而婉谢了。汕头大学是香港知名爱国人士李嘉诚先生捐资20亿港元兴建的一所综合性大学，设有文学院、理学院、工学院、医学院、法学院、长江商学院、艺术与设计学院、新闻与传播学院和成人教育学院，面向全国（含港澳台地区）招收博士、硕士和本科生。学校坐落在风景秀丽的汕头北区。占地面积1.26平方公里，建筑总面积45.55万平方米。校园依山傍水，建筑风格优雅，被誉为“高校建筑之花”。显然，仅仅安排40分钟的时间，我们是不可能赏完这朵“高校建筑之花”的。感谢主人的精心安排，特意请我们先赏“花”之“蕊”——到两年前落成的图书馆新馆参观。

馆长杨明华教授告诉我们，该馆是由李嘉诚先生亲自指定的台湾十月设计公司建筑设计总监陈瑞宪先生设计的，这位才华横溢的建筑师曾被日本媒体选为当代华人世界最具影响力的五位建筑家之一，2005年凭借诚品书店高雄大远百店荣获“亚洲最具影响力设计大奖”，设计风格以清新自然、精致舒适见长。陈瑞宪曾到汕大为师生进行演讲，说作为大学学习的“精神中枢”，汕大新图书馆的设计概念，他是取意自中国的线装书，外部观感造型体现了中国线装书书盒的雅致结构，内涵空间中则渗透出中国传统书院园林空间的精神理念。整体设计成品是“中国古代知识盒子的现代演绎”。

作为一个文化人，我对图书馆怀有一种特殊的情感，在我曾经学习和生活过的苏州、南京和北京，无论是学校和机关的图书馆，还是市图书馆以至国家图书馆，都是我最熟悉、最钟爱之所在。退休之后，距我家仅一站地的首都图书馆新馆，更是我三天两头光顾的地方。但当我一走进汕大新图书馆，迎面扑来的，就是一股现代化文化设施的气息：读

在杨馆长（右二）陪同下参观汕头大学图书馆

者自助借还图书，已不用经由图书管理员办理借还手续了。在自助借还台前，杨馆长亲自向我们演示了两本书的自助借阅手续，快捷简便极了。她说，汕大新图书馆采用的是与宁波远望谷公司合作开发的超高频图书管理系统，每本藏书中都有电子标签，比采用条形码的管理系统更先进了。由自助借还台左拐，是自动检索台，检索台上并摆着一排电脑。杨馆长饶有兴致地说："几位作家，要想知道我馆有没有收藏你们的著作，请台前的几位同学帮你们在电脑上检索一下就行。"我笑道："女士优先，就先检索'曾明了'吧！"一位同学立即敲击键盘，输入"曾明了"三字，果然液晶显示屏上出现一行令我颇感欣慰的文字：

《风暴眼》，作家出版社1994年2月北京第1版。

这真是太巧了：《风暴眼》是曾明了的小说处女集，当时列入"文学新星丛书"的第十二辑由作家出版社出版，而这套为文坛新秀出第一本书的"文学新星丛书"的策划人，恰好是时任小说编辑室主任的我。从1985年开始，"文学新星丛书"每年至少出一辑（五本），到1992年底我去创办《作家文摘》时，已出到第10辑。尽管《风暴眼》不是经我手编发的，但在此前我已与在鲁迅文学院就读的曾明了结识，并把她的第一本书纳入了"文学新星丛书"的选题计划。记得《风暴眼》出版后，曾明了给我寄赠了签名本，并在附信中写道："本想到报社看望您，但又怕打搅您。只好给您写信，向您表示我的谢意。我的中篇小说《生死界》得到您的器重，并在贵报载出，是令我高兴和感动的。感谢老师对我作品的关心和扶植，更感谢老师对文学的真诚。"她的这封信，至今还夹在她赠我的签名本里。曾明了南飞广东大展宏图已十余载，没想到进入21世纪后与她第一次重逢，就在汕大新图书馆出现了这样意想不到的一幕，作为一个文坛老编辑，我怎能不感到分外高兴呢！当年列入"文学新星丛书"的作者，如阿城、莫言、刘索拉、何立伟、张平、蒋子丹、残雪、刘震云、池莉、迟子建、阿来、余华、毕淑敏等，如今都已成为中国文坛的中坚，我想，作家出版社为他们出的第一本书，汕大图书馆都会有收藏吧？

在检索了曾明了之后，那位同学又依次检索缪俊杰、毋国政和我，均各有收获。俊杰兄说，除花山文艺出版社出版的有关研究《文心雕龙》的两本专著外，他已出版的著作，汕大图书馆大都收藏了。至于我的拙著，从1985年工人出版社出版的报告文学集《春光属于您》，到2005年作家出版社出版的“编辑漫记”《昨夜群星灿烂》，竟有十来本！此外，还有我分别与水舟、林金荣合编的《青年爱情诗抄》和《女性爱情诗抄》，真令我感受到了一种他乡遇故知似的愉悦。据汕大图书馆办公室主任翁桂南先生说，汕大新图书馆现有藏书56万册，每年的借阅率都在98%以上。这说明，我们这几位作家的作品还在莘莘学子中广为流传，这岂不是人生中一次值得庆幸的体验吗？这也就在悠然间增添了我对汕大新图书馆的亲切感，仿佛是回到了自己温馨的书房一样。

接着，我们紧跟杨馆长走进新图书馆大堂，深色的地板、木质的书架、柔和的灯光，简洁大气的设计让人眼前一亮，诱人的书卷气扑面而来。迎面映入眼帘的是一面巨大的书墙，这面书墙共有4层，摆放的都是《四库全书》、《孔子世家谱》等装帧精美的珍贵书籍。这也许是有史以来世界上最高最宽的一面书墙。因为无论哪家图书馆大楼，都是有楼层的，每层书库的高度充其量也就4米上下，而这三层楼高的汕大新图书馆，作为主阅览厅的大堂，却采用挑高的设计，不仅书墙给人以一种顶天立地的感觉，而且，书库围绕中央空间而设，阳光间接地透过天窗照射进来，为大堂注入了一种汲取知识、滋长创意和培养个性的氛围。我们站在大堂环顾四周，或随杨馆长沿着走道深入阅览室各处，见到处都是书，很有一种驾一叶扁舟在书海中荡漾的美妙感觉。

杨馆长告诉我们，汕大新图书馆颠覆了一直以来大家对图书馆的既有印象，这里设有研讨室、语言学习馆，还设有书店、咖啡厅、茶室，其功能布局分为阅读、学习、藏书、交流四大空间类型。目前，全馆共有阅览座位2118个。我看到，每个座位都很宽阔，即使是在满员的状况下，也不会给人以拥挤之感。最吸引我的，是每排座位前，间距不大就有一盏米黄色的外形典雅的台灯，把这座知识的殿堂装点得分外柔和、安适。如果是在这里静静夜读，我想，每一盏台灯下就是一个可以专注自修的空间，让每个学子都能在知性、灵性和情感上获得丰厚的滋养……

从大堂中央南拐，拾级而上，再穿过一个楼梯下的甬道，我们步入了学子们的阶梯自修室。阶梯自修室的“外墙”是明亮的落地大玻璃，当学子从书中抬起头来，阶梯式的座位可让他们俯瞰户外波光粼粼的水池，诱发其反思外部处境及内观自性。而自修室又恰好面向大学新设的正门入口，可让到访汕大的宾客甫进校园，就能看到学子们埋头苦读的景象。陈瑞宪先生这样利用水景和天空等自然元素把室内和室外连为一体的巧妙设计，使阶梯自修室不仅让在此深造的学子们成为汕大的焦点，而且也成了学子们舒缓身心的佳境，仿佛是天堂一样，令人叹为观止！

当离开阶梯自修室时，我发现甬道上方和左右两侧的墙上贴的不是普通的装饰纸，而是一整张放大了的书页，印着一行行文字。右侧的门柱上，标明这些文字，取自马可·奥勒留·安东尼的《沉思录》。作为一个参观者，当然无法在此读完那上面所有的文字，但似乎设计者早就考虑到了这一点，他特意把书中具有哲理性的警句以特大号字凸现出来，如“善的源泉是在内心”、“每时每刻都要坚定地思考”、“怀着友爱、自由和正义之情感去做”、“更新你自己吧，让你的原则简单而又基本”，都十分醒目，令人瞬间就从中获得启迪。记得曾有人问过美国前总统克林顿：“除了《圣经》，哪本书对你的影响最大?”他略微沉思了一下，回答说：“马可·奥勒留·安东尼的《沉思录》。”我想，常到这里来自修的汕大学子们，不仅已把壁纸上这位古罗马皇帝的这些名言牢记在心，而且也一定熟读过这部流传了两千年的心理励志名著了吧?

只可惜安排我们参观汕大的时间太短了，我们在新图书馆只逗留了20分钟。临出馆门前，主人提醒我们说：“外墙前的雕塑很有意味，来我校参观的宾客都喜欢在那里照相，你们也不妨去拍张合影留作纪念吧！”那由一个高高的大人和一个矮矮的小人组成的雕塑果然很新颖、很奇特，细一看，原来那大人是由无数个小人拼接而成。主人告诉我们，这雕塑构图的含义为“建立自我，追求无我”，是由一位英国的著名艺术大师创作，以小我躯体仰视、大我躯体低俯，对立默思，蕴含兼容并蓄、回馈互补，引导读者的思想和想象空间……在这给我们留下奇特印象的雕塑前拍完合影后，我们就匆匆与主人挥手作别了。说实在的，假如不是已到回迎宾馆集体用午餐的时间，我真想单独留下来，进这座标志着21世纪大学图书馆发展趋势的现代化文化设施再体验一回。

在接连两天的集体采风结束之后，9月13日上午，我终于争取到了一个重访汕大新图书馆的机会。作陪的市作协秘书长辛瑞玲女士是《汕头日报》的主任记者，她问我怎么对汕大新图书馆这么感兴趣？我告诉她，一是参观汕大新图书馆唤醒了我半个世纪前入南京大学读书时的许多记忆，想到汕大新图书馆去找当代大学生聊一聊，作些思想交流；二是我带来了三本近几年出版的新书，其中有一本在上个月刚刚面世，原本是准备赠送给新结识的文友的，但觉得不如让莘莘学子都能读到更有意义，就决定改赠汕大新图书馆了。

我和辛秘书长是九点一刻抵达汕大新图书馆的，接待我们的是办公室主任翁桂南先生。他说："今天牛津大学校监彭定康勋爵率代表团莅临我校访问，下午要到新图书馆来参观，杨馆长忙下午的接待准备工作去了，请您稍等一下。"

彭定康是末任港督，没想到他退出政坛后搞起了教育，他特意来汕头大学访问，并要到新图书馆参观，这当然是一件值得杨馆长高度重视的事情。于是，趁等候杨馆长的时间，翁主任和我先聊了起来。翁主任告诉我，汕大是1983年开始招生的，当时就建有图书馆。如今新、旧图书馆共有中文图书90万册，外文图书10万册，电子图书90万册，外加10万册期刊合订本。利用率高的约50万册图书都搬到新馆来了。因学生毕业后都是凭本事找工作，所以这些年学风好多了，新图书馆从早8点到晚10点向学生开放，利用率相当高。全校在读学生为7000人，4年级学生大都外出实习或寻求就业岗位，实际在校生约5000人，平均2.3个人在新图书馆有一个座位。每到期末时来馆的学生最多，但也都能找到座位。此外，新馆设有大、中、小共27个研讨室，为读者提供交流互动空间。他强调说，他们的职能不是管理，而是服务。在当今网络发达、咨询爆炸的时代，现代图书馆的功能已经有了很大变化，关注点逐渐从书走向人，关注的是人的需求，主要是营造一个自然、舒适、和谐、温暖的空间和氛围，让大家都愿意到图书馆来。馆里夏天有空调，读者中午在休闲沙发上午睡也都是可以的……

在我和翁主任交谈的半个多小时中，他接了好几次电话。我看他很忙，就说："看样子杨馆长上午不一定能抽出时间来了，还是请您帮我找几个学生，到一间研讨室去交流互动一下吧！"他答应之后，我就将带来的三部拙著签名本递上，赠送给汕大图书馆。他高兴地收下后说：

“每收到作者的赠书，我们图书馆都会有一封感谢信给作者。我先带您去研讨室与学生对话，待一会儿再给您呈上感谢信。”

进了一间研讨室，翁主任先找来的读者是一位刚入学的法律系的女生，叫何腾飞。她告诉我，她家在茂名农村，进校才一个星期。学校规定，新生进校后，有两周的适应环境时间，到9月20日才正式上课。在这第一周中，她已经进新图书馆七八次了，借阅了三本书。可以说，她的大学生活，就是从这座舒适的现代化图书馆开始的。翁主任随后找来的三位男生，其中化学系的林朝政和生物系的李可国都是09级的本科生。还有一位叫刘彪，是09级的学工程结构的研究生。这三位同学，也是农家子弟，都为有幸能进入环境设备这么好的大学而感到骄傲。我问他们是不是常来图书馆自修，林朝政和李可国回答说几乎每天都来，尤其是夏天，图书馆有空调，学校每天为每个学生支付5毛钱电费哩，不来享受岂不是浪费吗？刘彪则说，因为他是研究生，有自己的实验室，所以来新图书馆的时间相对少些。但这里的条件比起他原先上的湖南文理学院，不知要好了多少倍，简直可以说一个是天上，一个是地下。他对在座的三位广东籍的本科生说：“这里的本科生太幸福了，真让人羡慕！”他还说，去年他同时报考了清华大学，也被录取了。汕大的导师是常德人，与他是同乡，动员他来的，说这里的环境不比清华差，果然如此！他的女朋友原是西北大学化学专业的研究生，看到汕大条件这么好，也转学到这里来读了。

说到此，三位本科生都感慨万千，说这都要感谢爱国爱家乡的李嘉诚先生，是他捐资建了一所环境设施这么好的大学。这是他们这些农家子女过去做梦都不曾想到的幸福，真好比从穷乡僻壤，一步跨进了天堂！他们没有理由不利用这么好的条件努力学习，学成之后，也要像李嘉诚先生一样，竭诚报效祖国、报效家乡……

听他们说到此，辛瑞玲问我：“你回北京之后，是不是要去北大、清华图书馆看看，与这里比较一下？”我说：“不用了。我的母校南京大学，解放前是中央大学。半个世纪前我进校时，图书馆的藏书量就有140多万册。当时全校近万名学生，图书馆的自修室，却只有几百个座位。我们班的党支书，是个调干生，毕业后留校，当了图书馆馆长。因此，我每次回母校，都要到图书馆看看。南京大学在全国高校中，综合实力一直处于前几名，有时甚至排在清华、北大之前，但图书馆并未新建，设施肯定不如汕大这么先进！我也是农家子弟，如果当年一进大学，看到有这么好的一座图书馆，就更会觉得，是一步登天啦！”

与四位同学的对话交流结束之后，我就到图书馆办公室去向翁主任告别。翁主任郑重地将一张印有汕大新图书馆外景的赠书纪念卡交给我，我翻开一看，是一封感谢信：

尊敬的石湾先生：

承蒙馈赠图书《真情永远年轻》、《记忆常新》、《红火与悲凉——萧也牧和他的同事们》三册，谨致谢忱！所赠文献将珍藏我馆供广大读者阅览。

敬颂

文祺

汕头大学图书馆特色文献部

2010年9月13日

我注意到，信的落款处加盖的是“汕头大学图书馆”的红色圆印。翁主任说：“今后，每到年末，您都会收到我馆寄出的新年贺卡。对所有赠书给我们的作者，我们一个都不会忘记！”由此使我想到，从此我也就和汕大图书馆结下不解之缘了。这是一件多么有纪念意义的幸事啊！

临近11点半了，杨馆长尚未回办公室，据说她马上要去出席学校招待彭定康勋爵的午宴，我就向翁主任告别，走出汕大新图书馆，乘车返回宾馆。尽管两次造访汕大新图书馆的时间加起来仅三个小时，但它留给我的记忆太深刻也太美好了。以至回到北京后，我还试图从互联网上搜寻彭定康勋爵参观汕大新图书馆的资讯。苍天不负有心人，我果真在互联网上读到了一则报道：

……在新图书馆，杨明华馆长向代表团作了简单介绍。美丽的图书馆给彭定康勋爵留下深刻的印象，他非常有兴致地走到阅览室参观，盛赞图书馆的优美环境，并说：“看到图书馆就想在汕头大学读书。”

参观新图书馆后，代表团来到演讲厅，彭定康勋爵作了题为《发展教育，应对挑战》的演讲。演讲由执行校长顾佩华主持。

彭定康勋爵首先感谢汕头大学的邀请。他说道：“如此美丽的图书馆让我甚至想以后的岁月都在这里度过。”

……

谁都知道，牛津大学是世界上顶尖级的名牌大学，今年6月，我去英国旅游，不仅在同一个航班上遇到了多位赴英留学的中国学生，而且，我们的中文导游，也是从辽宁赴英留学后留在伦敦就业的，因他的未婚妻正在牛津大学攻读博士学位，所以他就住在牛津大学。没想到中国学子正大兴赴英留学潮时，身为牛津大学校监的彭定康勋爵却盛赞汕头大学新图书馆的优美环境，并说“如此美丽的图书馆让我甚至想以后的岁月都在这里度过”，这对汕大新图书馆是多高的评价呀！由此，我联想到9月9日汕头市委常委、宣传部部长陈茸会见我们几位前来采风的作家时曾说过的一番话：“市委前不久召开常委扩大会和九届九次全会，就建设文化强市、推动科学发展、奋力赶超进位，为建设‘幸福汕头’作出了新的部署……”呵，汕大新图书馆，不正是“幸福汕头”的一个先期象征吗?

2010年9月29日

请记住这些红色经典的编辑们

在当今世界，反映一个国家文学创作水平的，主要是长篇小说。因此，自新时期以来，中国当代文学的最高奖项，是茅盾文学奖。这一奖项，是根据茅盾先生的遗嘱，用他捐献给中国作家协会的25万元稿费作为奖励每年最优秀的长篇小说的基金而设立的。从1982年首届茅盾文学奖获奖作品的评出至今，在已评出的31部长篇小说中，唯有姚雪垠的《李自成》（第二卷）是茅盾先生在生前看过，并予以很高评价的。

当年把《李自成》初稿送给茅公看的人是中国青年出版社的文学编辑江晓天。他曾回忆说："《李自成》二卷初稿近80万字。茅公一气读了两遍。这对于八十高龄、身体不好，眼睛患老年性黄斑变性病，一目外不见五指、一目视力为0.3的老人来说，更是超乎寻常、令人吃惊、深受感动的！《李自成》在当代长篇历史小说创作上，别开生面，艺术上作出了多方面的探索和创新，引起了茅公极大的兴味和热情，接连写出了三十多封长信，进行分析、点评，特别是二卷稿，从《商洛壮歌》到《河洛风云》十个单元，逐一作了详细的评析，这在我国现当代文学史上，是从未有过的。"《李自成》（第二卷）获首届茅盾文学奖时，在中国青年出版社当了27年文学编辑的江晓天，已走上中国文联书记处书记的岗位，在所有获奖长篇的责任编辑中，资历与地位这么高，在我国当代文学史上，也是从未有过的。

说起新中国20世纪五六十年代的长篇小说，有口皆碑的是"三红一创"和"山青保林"八部，前四部即由中青社出版的《红日》、《红旗谱》、《红岩》、《创业史》，后四部则是由人民文学出版社出版的《山乡巨变》、《青春之歌》、《保卫延安》、《林海雪原》。由此可见，那时中青社的文学编辑实力，与人文社相当，处于全国的领先地位。然而，中青社担负文学图书编辑工作的，只有一个编辑室。当年担任该室主任的，正是江晓天。1983年，在得知江晓天兼任作家出版社恢复建制后的首任总编辑后，我就投奔他的麾下，由杂志编辑改做了图书编辑。尽管江晓天因当时还兼任文联理论研究室主任，工作任务过于繁重，所以只在作家出版社

《红火与悲凉》封面

兼了两年多总编辑，就辞谢了，但在我此后二十年的文学编辑生涯中，是一直牢记着他的教导，以他为楷模的。2007年，即我从副总编的岗位上退休三年之后，在报上读到一篇《“四大名编”的故事》，也就触发了要为我所景仰的江晓天等前辈名编立传的心愿。年近八旬的江晓天当时已病得骨瘦如柴。我去采访他时，他谦虚地说：“你就不用写我了吧，集中精力先写萧也牧吧。他是建国后第一个挨‘棍子’的作家，《红旗谱》的责编、《红旗飘飘》丛刊的创办人，‘文革’中又为保卫《红岩》被整死了，在当代文学史上的地位可不是其他名编可以替代的！我觉得，你能为他立传的话，比写一个开国时的将军或省委书记还要有价值。”

萧也牧原是江晓天的副手，正是他俩带领的编辑团队，创造了令同行们无不钦羡的红火业绩，影响了新中国几代人的成长。于是，遵照江晓天这番真诚的嘱托，我的采访和资料搜集工作，就先围绕着萧也牧进行。可是，当一些重要的采访线索接连中断之后，我就觉得自己动手太晚了。最了解萧也牧的张羽（《在烈火中永生》、《王若飞在狱中》、《红岩》责编）和黄伊（《高玉宝》、《烈火金钢》责编）已不在世，等我众里寻他千百度，终于和萧也牧的大儿子联系上时，方知萧也牧的夫人李威也在我准备采写这本书时含恨长逝了。加上一些杂务的干扰，使我的采访和搜集材料工作断断续续进行了近一年，也未能开笔。直到见到张羽的遗孀杨桂凤，告知我张羽生前曾想写《萧也牧传》，并把张羽当年采访李威、康濯等的一批记录手稿慷慨地提供给我之后，才使我掌握了许多珍贵的史实，揭开了好些鲜为人知的事件真相，开始了《萧也牧悲剧实录》的写作。尤其是建国初丁玲、冯雪峰对萧也牧创作

建社初期，中国青年出版社文学编辑室合影。前排左起为唐家淑、施竹筠、凌芝、黄伊、韦钟秀，二排左起为周振甫、萧也牧、张沛霖、王立道、陈斯庸、毕方、周仲德，后排左起为唐微风、李震羽、陶国鉴、庄似旭、江晓天、张羽

倾向的那场批判运动的来龙去脉，我终于梳理清楚了。

始料不及的是，当我正着手写《江晓天的编辑生涯》时，江晓天在2008年重阳节不幸病逝了。江晓天生前是个很低调的人，立下了“死后不发讣告，不举行遗体告别仪式，将骨灰撒入大海”的遗嘱。但在许多文友的恳求下，中国文联还是为他举行了遗体告别仪式。那天，去为江晓天送行的文学界的好些前辈和朋友，都鼓励我尽快实现为江晓天立传的夙愿。他们提供的不少珍贵史实，更使我得以顺利完成了《江晓天的编辑生涯》的写作，并与此前陆续完成的《〈红旗飘飘〉的创刊与停刊》、《〈红日〉是这样喷薄而出的》、《一部〈红岩〉血凝成》、《萧也牧悲剧实录》合编而成《红火与悲凉——萧也牧和他的同事们》一书，列入上海咬文嚼字文化传播公司的“编辑学刊丛书”，交由上海锦绣文章出版社于今年8月出版。

《红火与悲凉——萧也牧和他的同事们》面世之日，正是30集电视连续剧《江姐》热播之时。当我把样书赠给老作家毕方（《创业史》责编、《红旗飘飘》被迫停刊前的负责人）时，她感慨地说：“江晓天、萧也牧当年带领的编辑团队，真是一个令人怀念的精诚团结、甘于奉献的优秀集体啊！就说建国后发行量最大的长篇小说《红岩》吧，最早是《红旗飘飘》第六集上约罗广斌、刘德彬、杨益言写的革命回忆录《在烈火中得到永生》。而《红旗飘飘》的刊名是萧也牧起的，《红岩》的约稿信是被打成右派后的萧也牧起草的。《红岩》初稿叫《禁锢的世界》，江晓天和我都看了，曾反复与作者交换意见，讨论修改方案，最后才确定由张羽当发稿的责编。可以说，没有江晓天、萧也牧，就没有《红旗飘飘》；没有《红旗飘飘》，就没有《红岩》；没有《红岩》，就没有电影《烈火中永生》、歌剧《江姐》和新近播出的电视连续剧《江姐》……可是，如今的读者和观众有谁知道这一红色经典是怎样诞生的呀？至于萧也牧、江晓天、张羽的悲凉命运就更鲜为人知了。这都是当代文学史上不该遗忘的故事啊！……”

是的，作为晚辈，我为有幸能记录下这些不该被遗忘的名编故事而备感欣慰。

2010年9月4日

面对父老乡亲

我住过不少小山村
到处有我的父老乡亲
小米饭把我养大
风雨中教我做人
临别时送我上路
几多叮咛
几多期待
几多情深
啊父老乡亲
我勤劳善良的父老乡亲
啊父老乡亲
树高千尺也忘不了根……

这首彭丽媛的代表性曲目《父老乡亲》，我曾在电视荧屏上见她激情演唱过多次，可以说是耳熟能详了。但是，以前每听这首歌，都是作为休闲时的一种寻常的艺术欣赏，而当7月1日早晨，我在淅川县城的丹阳迎宾馆餐厅吃早餐时忽然听当地新闻节目里播放这首歌，见荧屏上出现的移民车队浩浩荡荡开出姚家湾村、移民群众与女乡长向晓丽依依惜别的生动场景，我才忽然感悟，此刻听这首歌，是在经受一场沁人灵魂深处的精神洗礼，不禁热泪盈眶……

面对这样的移民，乡政府的工作有多难啊！

我第一次见到大石桥乡乡长向晓丽，是在头天下午的淅川采风“大移民”座谈会上。座谈会开始时，先由县委副书记、县移民指挥部常务副总指挥宋超致词暨介绍县情，然后是由县移民指挥部办公室、县委宣

向晓丽在大石桥乡政府门前

乡亲们搬迁当日，向晓丽是现场总指挥

传部及各乡镇的有关负责人发言，向十位前来采风的作家讲述艰难曲折的淅川移民史和他们在这场伟大的国家行动中所付出的才智与辛劳……因为座谈会后就要敲定每个作家的采访选题，所以我们必须聚精会神地听他们每个人的发言，而我29日凌晨两点才从英国旅游归来，当天下午就随采风团由京经郑州飞赴南阳，至深夜抵达淅川时，已经48小时未得休息了。由于时差还没有倒过来，尽管座谈会上的发言个个都很精彩，令人深受感动，但要我坚持认真听完十位移民干部的发言，我实在是感到有点力不从心。因此，当向晓丽的发言刚一结束，我就悄声对坐在我左侧的采风团团长说："后面还有六七位干部发言，肯定还有许多更生动的素材，可我脑子昏沉沉的……我的选题就确定写向晓丽，明儿去大石桥乡采访吧！"

座谈会开到晚上8点多才结束，原定在晚餐后举行的采访选题协商会只得临时取消，改成边用餐，边商定。我之所以最先确定选题，除了上述原因外，其实主要还是因为向晓丽给我留下的第一印象特别深刻：做移民工作，被称做"天下第一难"，在座谈会上发言的移民干部，唯有她是女性，也唯有她的声音是因为终日操劳而变嘶哑了。再有，她发言一结束，就离开了会场，准是又一心扑到移民工作中去了。她的发言只有一二十分钟，用她的话说，只是讲了她经历这"天下第一难"的"冰山一角"。我想，作为一个女干部，她做移民工作，就更是难上加难了。各位作家的选题商定之后，县委书记袁耀生对宣传部长陈助民说："通知各乡镇，明天上午8点半，准时派车来接各位分头下去采访的作家。"我没有想到的是，当我吃完早餐，下到宾馆大堂，准时赶来接我的，竟是向乡长本人。我很有些过意不去，说："您这么忙，还亲自来接我。您家是在县城吗？"她回答："我家是在县城住。可这一段移民工作正处搬迁的最关键时刻，我已经一个多月没回家了。昨天是姚家湾村174户725名乡亲搬迁，我们乡的罗建伟书记送乡亲们到邓州去了。您没见我昨天下午匆匆赶来参加座谈会，发完言就走了吗？我们乡的班子成员，这些天连续作战，一天至多睡三四个小时觉，送走姚家湾村的乡亲，我就放他们一天假，让大家回去休息一下，就留下我在乡政府值班。昨天晚上快11点钟了，才接到县委宣传部的电话通知，说您今天到我们大石桥乡来采访。这样，就只有我来接您了。"

向乡长快人快语，听了她的这番解释，我就知道，她是一个非常讲究办事效率的基层干部。她接着告诉我："您大老远从京城赶来，不容易啊！您的时间宝贵，不可能一个移民村接一个移民村地去采访。今天一早起来，我就通知下去了，让各个移民村的支书、村主任和群众代表，到乡里来开座谈会。下午，再开乡干部的座谈会。您想了解什么，座谈会上都可以随便问，然后，明天您再对感兴趣的人和事，深入到村里去采访。至于我们大石桥乡的概况，上车后我就给您汇报。山区路不太好走，在车上我们至少可以聊40分钟哩！"

大石桥乡位于淅川县城西南方，距离县城65公里，是一个集山区、库区、移民区、贫困区为一体的农业乡镇。经济发展缓慢，乡情民情复杂，信访稳定工作压力大。2008年底，国家启动南水北调中线工程移民迁安工作。大石桥乡共有11个村，191个村民小组，16000多人的移民任务，占全县的十分之一。按照省委省政府提出的"四年任务两年完成"的目标，大石桥乡平均每天要迁走220人。规模之巨、困难之多，排在全县11个移民乡镇之首。作为一乡之长，向晓丽肩负的担子之重，也便可想而知。车进入大石桥乡境内不久，在路过一个村庄时，向乡长指着窗外说："你知道新时期共产党员的优秀代表郭秀明吧？党中央树立的农村党支部书记的一面旗帜。他就是1950年11月27日在这个郭家渠村出生的，这里是他的老家！"

由郭秀明，向乡长向我说起了淅川辛酸的移民史："早在1958年，丹江口水库就开工建设。1959年3月，8008名淅川库区青年响应号召，带着配发的一件军大衣、一套军棉被，胸戴大红花，乘坐专列，怀着美好的愿望，热血沸腾地挥别秀美的丹江，赴青海安家落户，支援边疆建设。第二年，支边青年的家属4709户，14300多人随着迁移去了青海。郭秀明就是库区第一代移民的孩子。正值三年自然灾害时期，他们在海拔3000米的高原上刀耕火种，吃不饱、穿不暖，加上可怕的瘟疫和人为的武斗，在短短一年的时间里，数千名移民患病或非正常死亡。死亡人数高达移民总数的30%。余下的绝大多数移民在青海难以生存，只得一路讨饭，返回淅川。可怜的是，有好些乡亲惨死在了返迁途中！郭秀明就是随父亲讨饭到陕西铜川县时，由热忱好心的惠家沟村人接纳了他，那年他才11岁。郭秀明积劳成疾，1999年逝世时只有49岁。如果他1960

年不迁移到青海，活到今天，也才60岁。那么，这一次他就要和1000多名郭家渠村的乡亲一起迁移到邓州市林扒镇去啦!”

前些年，在全国掀起向郭秀明学习的热潮时，郭家渠村人以至整个淅川县的干部群众，无不为库区是这个先进典型的出生地而感到无上荣耀。但是，从2008年底国家启动南水北调中线工程移民迁安工作起，郭秀明随父颠沛流离的悲剧，就在郭家渠村1000多名列入迁移计划的村民心头蒙上了挥之不去的阴影。水往低处流，人往高处走。无论是谁，都是向往美好的生活，假如新的安置点居住和生产条件远不如世世代代生息繁衍的故乡，到时候，郭秀明那一代移民的悲剧不就会重演吗?

按照长江水利委员会拟订的方案，郭家渠村的移民准备安置在邓州市高集镇吕堂村。对于这个安置点，村里群众感到很满意，认为靠近集镇，交通便利，而且土地肥沃，适宜农业种植。然而，有一个现实的问题却摆在了村民们的面前，那就是这个安置点仅能容纳200多人，远远满足不了郭家渠村1000多名移民整搬整迁的需求。于是，向晓丽一方面积极向县里反映，另一方面认真同安置地政府协商，最终使郭家渠村的安置点重新选定在与高集镇各方面情况比较接近的一个镇——邓州市林扒镇内。没想到的是，少数移民对这个“新家”却不认账，说：“离集镇远，办事不方便，庄稼地又差，往后生活咋过?”

李家营组的移民李德龙显得很有情绪。之后，他多次到县里上访，向移民局领导“喊冤”，就是不愿意搬到这个新的安置点去。

今年3月的一天，向晓丽只身一人来到了李德龙家。刚刚和李德龙说了几句，他就显得不耐烦了，拿起锄头起身离去，把向晓丽一人扔在屋里。

白天没谈成，向晓丽就在晚上又一次来到了李德龙家。等李德龙吃过晚饭后，她谈政策、说形势、作对比，耐心地做着李德龙的思想工作。就这样，一直谈到深夜。李德龙嘴上虽没说什么，可依然认为那里条件不够好，一声不吭。

为了做通李德龙的工作，向晓丽几乎找遍了能和李德龙说上话的人——村干部、亲戚、邻居等，先后找了50多个人给他“说好话”，费尽了口舌，也仍旧不奏一点儿效。

为消除李德龙心里的疙瘩，向晓丽亲自陪着李德龙和其他移民，到安置点去“实地考察”。在那里，向晓丽从吃、住、行等方面让李德龙亲自感受，并且特意让他走进农田，看土质，看庄稼长势。回来后，又连续两次做李德龙的工作。在向晓丽的不懈努力下，李德龙终于被感动，同意搬迁。

李德龙的思想工作是做通了，可在郭家渠村，至今不同意搬迁的人还大有人在。向晓丽告诉我说：“郭家渠村是淅川县出了名的‘告状村’，有好几个人常年在外告状。他们不到县、市、省里去告，而是直接上北京，到国务院信访办，扬言要找温总理解决安置点的问题。他们为啥说要直接找温总理？理由是2005年春天温总理到淅川丹江口库区视察工作，冒雨看望库区移民时，曾语重心长地对身边的省、市、县三级领导说：‘南水北调的重点在中线，中线的重点在丹江口大坝加高，丹江口大坝加高的重点在移民。你们要想尽千方百计，认真做好移民工作，要做到迁得出，稳得住，可发展，能致富！’‘迁得出，稳得住，可发展，能致富’这十二个字，是移民工作的指导方针。移民对安置点不满意，就告你县、乡政府不执行温总理的指示……每有这样的移民到国务院信访办告状，都管吃管住，通知南阳市驻京办的同志去把上访者接回来，回乡也不用花车票钱，等于隔一段时间就免费逛一趟京城。前几天市里打电话来，要我们派乡干部去南阳站接郭家渠村老去北京上访的郭××，他可真的是郭秀明的本家哩，没想到他在南阳的前一站悄悄下了车，让我们派去接站的乡干部扑了个空。至今不知他去了哪儿？说不定又返回北京上访去了。您看，面对这样的移民，我们乡政府的工作有多难啊！……”

面对这样的移民，我觉得他们最可亲！

行进途中，向乡长突然招呼司机靠路边停车，然后对我说：“请您下一下车，来看看我们大石桥乡一块最肥沃的土地。”我随她下车后，她指着公路左侧一块平整的开阔地说：“这块地是张湾村的，五泉汇流，一半土地属于自流灌溉，素有‘九顷八十亩，不靠老天爷’之说，种水稻根本不用施肥，年年旱涝保丰收。还有，张湾的莲菜、红心鸭蛋也闻名中原。这里常年气温保持在摄氏12度左右，冬暖夏凉。您说，老百姓怎么舍得离开这块风水宝地啊！”我诧异地问向乡长：“老百姓住在什么地方？怎么四周都不见有村庄呀！”她笑道：“张湾村已经在这块土地上消失了。”她转身指着公路的右侧说：“这里就是原先的张湾村，依山傍水，自然条件好着哩！去年，作为淅川10个移民试点村之一，8个村民小组，共1533人，全都搬迁到新野县去了。这里，将来都将成为库底了。为了让进京的一库清水不受污染，张湾村的乡亲们迁移之后，我们就组织人力把旧房的断壁残垣全都扒了，清理掉了生活垃圾，平整了土地，还栽上了杨柳树。您看，杨柳都快一人高了，杨柳不仅不怕水淹，而且还能起到保护水质的作用呢！”

回到车上之后，我问向乡长：“去年张湾村搬迁一定很艰难吧？”她回答：“是啊，那是我们乡的‘头号工程’呀！”

在下午召开的乡干部座谈会上，第一个发言的是主抓移民工作的副乡长张自亮，首先向我讲述的，就是这大石桥乡的“头号工程”——

张湾村被县里确定为移民试点村之后，大石桥乡政府就组织工作队，准备驻村包组入户，与移民结对子、交朋友，听心声、讲政策，使各种矛盾、问题得以顺利解决。进村前，向晓丽明确提出了移民干部的“六到户”工作法，即：“一名干部包一户，入户宣传，听取意见，真正做到移民政策‘宣传到户、干部走访到户、议题公示到户、问题解决到户、矛盾调解到户、群众评议到户’，用真心、动真情、说真话、办实事，把工作做到移民的心坎上。”可是，没有一户人家愿意把空房出租给工作队当指挥部，工作队找不到驻点，自然就无法开展工作。后来，好不容易才联系上了一户在外打工的村民，把他家的闲置房租了下来。

以往，乡干部进村，都是在老乡家吃派饭。如今，工作队就只得背粮食、买菜蔬、运柴火进村，自己起火。工作队自己起火，也时常吃不上饭，因为只要见到工作队员背粮食、买菜蔬、运柴火进村，村民就上前拦阻，死活不让他们进指挥部，想方设法要逼工作队撤点。无奈之下，工作队只得在夜深人静时，悄悄地把食品和生活必需品运到指挥部，以免断炊之虞。等到工作队终于在村里扎下了根，又是只要移民干部找上门去，白天户内准是空无一人，到了晚上则全都让移民干部吃闭门羹。村民坚决不与包户的移民干部打照面，那就只有先做村支书的工作。把村支书的思想工作做通了，再通过村支书去做移民的思想工作。

可就在这时，意想不到的事件发生了：村民们为了阻挠搬迁，把村支书张占芳家的祖坟给扒了。这还不算，还在房后堆放了柴火，要烧他家的房子。幸亏发现及时，才没有酿成大祸！

发生这样惹张占芳不快的事，他就想撂挑子不当村支书了。这正中了那些拒绝搬迁者的下怀。县里见张湾村的移民工作举步维艰，一度曾想放弃这个试点，免得对全县的移民进程造成不良的影响。向晓丽想，如果就此退缩，张湾村试点首战告败，那么，日后大石桥乡的移民工作就会面临更严峻的挑战。怎么办？只有亲自去做张占芳的思想工作。在当地，乡干部们开创了一个屡试不爽的“小酒场工作法”：二两花生米、一瓶白酒，炕上盘坐，喝上几盅，在拉家常谈大天的亲情氛围中，打破了干群隔阂，往往起到了四两拨千斤的“奇效”。正所谓：“人逢知己千杯少，话不投机半句多。”向晓丽是全县在任时间最长的女乡长，多年的历练，也就逼她赢得了一个外号，叫“向一斤”，意思是她在用“小酒场工作法”时，喝一斤白酒也不会醉。那天向晓丽请张占芳喝酒，果然喝得很尽兴，趁张占芳酒兴正酣、心情畅快时，她就使出了激将法：“你要是撂挑子不干村支书，就说明你被人家吓趴下啦！”话音未落，只见张占芳一拍胸脯，掏出了心窝里的话：“士为知己者死。我张占芳一个八尺高的男子汉，说啥也不能被那些龟儿子们吓倒。就是再难，我也要把这个村支书干下去！”

在张湾村，现任村支书张占芳在群众中有较高的威信和影响力，但一些老村干部也还余威犹存，一言一行也往往左右着群众的行动。其中，张丰岐就是向晓丽关注的一个重点人物。张丰岐是张湾村前任党支部书记，可是开始的时候，他对移民工作的抵触情绪很大。他的思想，在一定程度上影响了不少群众。向晓丽便以亲情、友情去感化他。2008年冬天，张丰岐腿关节患病，到郑州做手术，回家后，只能架着双拐走路。向晓丽知道后，亲自到张丰岐家看望，关切病情、了解民情、开导心病，鼓励他发挥党员的先锋模范作用，带动群众，支持移民。临别的时候，她掏出500元钱给张丰岐，让他买点营养品滋补身体。2009年春节前，县民政部门给生活困难的移民户送慰问品，一袋面粉、一袋大米。因张丰岐不属于贫困户，没有领到慰问品，他便借机发牢骚，思想波动很大。向晓丽听说之后，就决定再去看望他。

那天是农历正月初七，刚休完假，第二天就要上班了。对于张湾村的移民来说，这是在家乡度过的最后一个春节。年过得怎么样？思想是否稳定？向晓丽想利用去看望张丰岐的机会，探听个究竟。于是就叫上乡党委副书记杨建波、副乡长张自亮，冒着小雨夹雪，一起去张湾村，给张丰岐拜个晚年。进了张丰岐家，他们仨刚坐定，还没说上两句话，就听屋外有人大喊了一声："乡里来抓人了——"村里的百姓随即呼啦啦地围了过来，屋内、院里、大门口密密麻麻站满了人，少说也有二百来个。

向晓丽先是一惊，然后非常镇静地说："春节了，我是来看望咱移民的，给大家拜个年！"

"拜年为啥不白天来？你们夜里来干啥，来抓人？"人群中不知是谁开了一"冷枪"。

向晓丽端起茶杯，喝口热茶压了压惊。没想到村民们并不买她的账，一个老人冷不防上前一步，摔碎了她刚放回到桌上的茶杯，说："你还有脸喝茶？看你给我们安置的啥地方？"

"那里原先是劳改农场，你让我们也去当劳改犯呀？"

"就是嘛，那根本不是人待的地方，搬过去是死路一条！"

"让我们去那样的地方，肯定是你们乡干部吃了人家的好处，签字画押了！"

……

起哄声接连不断，沸沸扬扬，一片嘈杂。

"安置点是长江委定的，不是乡政府能说了算。"向晓丽和颜悦色地作着解释，话刚开了个头，电灯就突然被人拉灭，屋里顿时一片漆黑。转瞬之间，不堪想象的混乱发生了：只听得砖头、石子哗啦啦从院外往院内扔，"砰"的一声，一只啤酒瓶猛然在向晓丽脚前落地，炸开了花。在此千钧一发之际，向晓丽想，无论如何要控制住现场的局面，若自己的情绪稍微有些冲动，就可能引发不可想象的后果。她清了清嗓子，严肃地对张丰岐说："张丰岐同志，你是一位老党员，你应该知道，如果我们三个乡干部在你家出了事，你是脱不了干系的，将会承担什么样责任，你自己掂量。现在，我请你把电灯拉亮！"

张丰岐的妻子胆小怕事，听向晓丽的话，急忙把电灯拉亮了。灯亮之后，向晓丽脸上露出了惯常的微笑，对大家说：“都是一家人，你们说啥、骂啥都没关系。大家有什么要求，尽管提。只要是在政策范围内的，我们无条件解决。解决不了的，向上面反映解决。咱们有啥只管说啥好吗？……”

向晓丽和杨建波、张自亮当即掏出了笔记本，准备认真记下移民群众的每一条意见。可是，显然是有人在幕后煽动，根本无人心平气和地反映移民群众的正当要求，而硬是说他们仨是来抓人的。向晓丽说：“现在是依法治国，真要抓人，应该公安干警或检察院的人来，我们是乡干部，哪有权力随便抓人？……”她以超越常人的镇定和女性特有的细腻，一遍遍向群众作解释，回答了一个又一个问题。直到11点多钟了，还有一群移民围着他们仨不让动。有人甚至扬言：“我们已经把路挖断了，你们今晚要回乡里去，就把你们的车掀到沟里去！”显然，他们是要逼着向晓丽表态，把张湾村从移民试点村的名单上撤下来。在这样的原则问题上，她当然不会退让一步。于是，局面只有继续僵持下去，屋里闹闹嚷嚷，不得消停。最后，是住在隔壁的张丰岐的儿子过来解的围，他在外地打工，回家过春节的，觉得这样闹下去，不但搅得他一家无法睡觉，而且也解决不了实际问题，就劝乡亲们先送向乡长他们走，对移民工作还有什么意见，日后直接去找乡政府！……

那夜，向晓丽回到乡政府，已经是凌晨1点了。就在年初八的晚上，张湾村的一个与她相熟的妇女，给她发了一条手机短信，告诉她，有人在村里策划鼓动，准备年初九上午领不明真相的移民群众来乡政府闹事，让她有个思想准备，或者是回避一下。

接到这条手机短信之后，向晓丽反复思考，觉得移民群众找到乡政府来，她决不能回避，唯有笑脸相迎。说实在的，她就怕群众像当初移民干部进村时那样总躲着，不让移民干部见。见不到群众，就无法向他们宣讲国家的移民政策、法规。如今，他们找到乡政府来，不就是给她提供了一个宣传移民政策、法规的讲台吗？她拿定主意：没有别的办法，作为一乡之长，只有与移民做朋友，把移民当做亲爹亲娘，只能是宣传，宣传，再宣传。人都是有感情的，张湾村的移民不是不懂道理，只要晓之以理、动之以情，就没有过不去的火焰山……

初九早晨起来，向晓丽向窗外一看，正纷纷扬扬下着大雪。心想，这样的坏天气，张湾村的老百姓看来是不会来乡政府“闹事”了。洗漱之后，她就拿着饭盆和筷子下楼到食堂吃早餐去了。没想到的是，她刚跨进食堂门，食堂的一位工作人员就来向她报告：“乡长，张湾村的群众队伍围攻乡政府来了，有三四百号人哩！”她连忙放下碗筷，走出食堂，去迎接张湾村的乡亲。一看，走在队伍前头的全是老人和妇女，后面才是蹬着三轮车、骑着摩托车的青壮年，就连声说：“大叔、大妈，我是乡长向晓丽，有什么事，你们就找我说！”她话音未落，两个老年妇女就扑了过来，一人抱住她的一条腿，跪倒在地了。向晓丽连忙俯下身，想把两位老大妈搀扶起来。可是，不仅这两位老大妈死死抱住她的两条腿不放，硬是不肯站起来，而且其余的老年群众也纷纷跪了下来，直嚷嚷：“你要我们搬迁，我们死也不搬！”至于后面的青壮年则更是大呼小叫，说什么“你就是用机关枪打、用大炮轰，我们也不去新野县……”

乡政府大院里从来也没有见过如此混乱的场面，向晓丽心里很不是滋味，但因早有思想准备，所以她清醒地意识到，无论群众有何过激之举，也不能乱了方寸。她之所以要这样做，就因为自己面对的是父老乡亲。“群众是父母，移民是亲人”，这是她坚定不移的用来完成这项“头号工程”的指导思想。因此，她依然微笑着说：“乡亲们来乡里找我，是对我的信任，更是对政府的信任。我的心情和你们一样，都向往生活越过越美。移民是国家行动，安置点是长江委定的，乡亲们有什么意见，尽管提！但是天这么冷，我怕许多老人家挨冻受凉，是不是选派一二十个代表，咱们到二楼会议室，一个一个发表你们的意见？在我职权范围能解决的问题，一定负责解决！”

“我们都是张湾村的代表！”群众异口同声地回答。两个老年妇女依然紧紧抱住向晓丽的腿，不让她挪动一步。

向晓丽很有些无奈，说：“那好，乡亲们有什么问题，就在这儿提吧！”

“你回答，让你向晓丽搬迁到新野县的那个安置点去，你能去吗？”有人提出了一个向晓丽意想不到的问题，想将她一军。

“是啊，你能去吗？你能去吗？……”群众的附和声像浪潮一样朝向晓丽猛扑过来。

向晓丽不恼不怒，动感情地说：“我今年43岁，是党培养起来的一个普通的基层干部，大石桥乡是个穷乡，我到大石桥乡任职已经八年。在淅川县，恐怕找不出比我在任时间更长的乡长了，可以说，我把一生中最好的年华献给了大石桥乡。但我无怨无悔。我上有父母，下有儿子，为人妻、为人母，家在县城，我完全可以在家享受天伦之乐。我在这里工作为的什么，不就是为大石桥的父老乡亲生活一天比一天过得好吗？如果组织上要调我到条件更差的地方去工作，我也无条件地服从党的安排，因为我是共产党员，为人民服务是我的天职！……”

眼看向晓丽发自肺腑的话打动了她周围的一部分移民的心，躲在远处的少数发难者不干了，他们故意朝前挤，一时间，你推我搡，骚动的群众一波又一波涌向向晓丽，直把她挤到办公楼的墙根前，无路可退。乡干部们怕向晓丽受伤，纷纷跑过来保护她。为了那两个抱着她腿的老年妇女的生命安全，向晓丽让乡干部们不用管她，先去保护她身前的老年群众，结果，她一次次被推搡倒地……就在这样爬起又倒地、倒地再爬起的过程中，向晓丽始终脸上挂着笑容，苦口婆心地断断续续与群众对着话。最后她向群众郑重承诺：“我和乡亲们的代表一起去看新野县的安置点，你们满意的话，就自愿在安置交接书上签字；不满意，可以不签字。只有你们100%自愿签字了，张湾村才搬迁，若有一户不同意签字，就全村都不搬迁！”

有了向晓丽这斩钉截铁的承诺，围攻乡政府的张湾村群众才纷纷撤离，这时已是下午两点半了。精疲力竭的向晓丽由同事扶着回到办公室，此刻她才感到了腿疼得厉害，拽起裤管一看，腿已经受伤，殷红的鲜血正一滴滴往下淌呢！

向晓丽的腿伤，一个多月后才痊愈。3月15日，她和张自亮等乡干部，带领张湾村的29名移民代表到新野县王庄镇的安置点上去作实地考察。省移民办和新野县政府很配合，派负责干部陪同他们考察，倾听移民代表的意见，凡是移民代表提出的合理的意见、要求，他们都当场拍板，解决问题。譬如，好些移民代表说：“王庄的地不如我们张湾。我们张湾是自流灌溉，浇地的时候，把水渠一扒，水就流到地里了。王庄的地虽说也是水浇地，但是，这里是用井水，没有电，水就浇不到地里。你说，光这一项，一年得多花多少钱？”新野县政府当即表示，拨出一笔相应资金，在安置新村修建一条水渠，把移民耕地建成旱涝保丰收的高产田。

灌溉的问题解决之后，移民代表李××忽然提出了一个土质的问题："我们张湾是沙土地，而王庄是黏土地。政府必须负责把这块黏土地改造成沙土地！"新野县负责移民工作的副县长王洪朝原先是在淅川县工作的干部，告诉大家，这里的黏土地并不比沙土地差，种麦子，亩产800斤不成问题。可李××偏不相信，非要求政府把黏土地改造成沙土地不可！问他怎么个改造法？他自作聪明地说："先在这块黏土地上铺15厘米高的细沙，然后用拖拉机深翻三遍！"李××原先当过张湾村的党支书，他的意见在群众中有很大的蛊惑作用，好多移民代表都附和说："不把黏土地改造成沙土地，我们就是不搬迁！"

显然，用掺沙子的办法，黏土地是不可能改造成沙土地的，省移民办和新野县政府当然不能答应。他们说，现今北方好些省份的土地都在防止土地沙化呢，往黏土地里掺沙子，不就是人为地让土地沙化吗？由于双方意见相持不下，当天29名代表都拒不签字。没有办法，只得安排他们在新野县招待所住下，耐心细致地做他们的思想工作。向晓丽和张自亮副乡长商量，必须对李××采取措施，把他与另28名移民代表隔离开，假如李××和其他移民住在一起，他肯定还会继续散布阻挠移民的言论，使这次考察活动陷于困境。晚上11点多钟，代表们纷纷休息之后，为了防止移民代表们出去找李××，张自亮副乡长就躺在招待所门厅的沙发上过夜。果然，清早4点多钟，移民代表就陆续起床，四处找李××，来问张副乡长："李××去了哪里？"张副乡长回答得很巧妙："他去了他该去的地方。"其实那天是把李××控制在了新野县检察院，向晓丽找他谈话，做他的思想工作。向晓丽说："张湾村的移民工作之所以出了这么多问题，几次三番围攻乡干部，就是有人在幕后挑动。但我们不知此人是谁。这一次，他终于露面了，就是你。乡里知道，你自己心里更清楚，你当村支书时，手脚不是那么干净的。如果你要继续在移民工作中挑事，你自己掂量着办！"

28名移民代表虽已群龙无首，但大部分不懂农业科学的代表，依然坚持要用掺沙子的办法把黏土地改造成沙土地，否则就不签字。在此情况下，新野县副县长王洪朝提出一个妥协的方案："关于土壤改良问题，我们同意移民代表的意见。但在具体实施前，必须请省、市农科所的专家来作可行性论证。”就这样，双方终于达成共识，包括李××在内，29名代表全都签了字。

向晓丽和张自亮告诉我说，事后新野县副县长王洪朝挨了县委书记的批评，说李××提出的往黏土地里掺沙子的馊主意明显是不科学的嘛，怎么能不坚持原则，向他让步呢？幸好后来他们又在麦收季节领张湾村的移民代表到新野县王庄镇来考察，见黏土地的小麦产量确实超过了800斤，土壤改良之事也就一风吹了。

原先对搬迁意见最大、几次带头围攻乡干部的张湾村七组组长张红华，也忽然来了个180度的思想大转弯，特意找到向晓丽的办公室，笑嘻嘻地说：“向乡长，以前的事，你可不要介意！七组群众第一批搬，给全乡移民树个榜样！”74岁的张大妈是出了名的大嗓门，此前骂得最凶的她，竟然高兴地编了曲儿到处唱：“叫咱搬迁难上难，乡长一来心就软；移民搬迁有问题，去找乡长向晓丽；找到向晓丽，就能办成事……”为此，向晓丽很受感动，眼睛湿漉漉地对我说：“不管以前吃了多少苦，挨了多少骂，看到群众最终对我们的工作理解和支持，我就觉得很满足了。面对这样的移民，我觉得他们最可亲！”

面对这样的移民，是一场心灵与体力的冲撞

“群众是父母，移民是亲人”，向晓丽用真情感动了南水北调移民试点张湾村的父老乡亲，用真心换来了这1533名父老乡亲于2009年8月28日顺顺利利地搬迁到了新野县王庄镇的移民新村。进入到2010年，大石桥乡的第一批移民多达5630人，涉及5个村，将分别迁往南阳市的宛城区、卧龙区和邓州市。作为一乡之长，向晓丽肩负的担子，自然比前两年搞移民试点时要重得多。年初，她在乡干部誓师动员会上激昂表态：“‘百尺竿头，更进一步。’试点移民成功只是阶段性胜利，大批移民启动才是真正的决战。不怕移民工作责任大、不怕政治风险大，我们要把参与南水北调移民迁安作为光荣的使命，作为人生的骄傲；我们要以只争朝夕的干劲，以坚忍不拔的意志，以顽强拼搏的作风，确保‘四年任务两年完成’，向组织向人民交上一份优秀的答卷！……”然而，尽管她对这场“决战”的艰巨性和复杂性有了充分的思想准备，但在三四月间爆发的西岭村移民的群体事件，其严重性还是远远超出了她的预想，

真可谓惊心动魄、骇人听闻！

西岭村共有3100多人，是一个远近闻名的大村，现居条件比较优越：有山、有水、有平原，可谓是山清水秀、交通方便、土地肥沃、五谷丰登。移民搬迁动员工作开始后，过去积累的村务债务矛盾、计划生育问题、家族矛盾等因为移民而集中爆发，加上某些别有用心的人散布谣言，说原先长江委定的安置点是条件优越的宛城区和卧龙区，是大石桥乡乡政府将其改成了邓州市的高集乡。并扬言，已经有移民自发去高集乡查看了，那里交通闭塞、土地贫瘠、生产生活条件恶劣，天时地利无一和谐，是个“鳖不下蛋”的地方：“西岭村全体村民誓死不会在交接书上签字，我们宁肯在西岭村灭亡，也决不到邓县饿死！……”于是，少数不明真相的村民强烈要求更换安置点，并采取过激行为，抵制搬迁。工作人员进村做工作，轻则遭受谩骂，重则被施以人身攻击，有一次更是被围困在一所房子里，限制人身自由。村级党组织已完全瘫痪，县委派出的工作队根本进不了村。

采访过程中，向晓丽向我介绍，丹江口库区移民分属湖北、河南两省，河南库区移民均从淅川县迁出，全县16.2万移民，超过小浪底移民最多的新安县，也超过三峡库区农村移民人口最多的万县市，搬迁安置力度和强度在中国水利移民史上罕见，压力前所未有。这是国家行动，移民安置点方案是长江委拟订并报国务院批准后发布的，作为一个基层组织，大石桥乡党委、政府根本无权更改西岭村移民的安置点。像西岭村那样3100多人的大村，移民故土难离，一时的不理解和思想不通在所难免，但有些人甚至在一些有影响的网站上骂他们对意见置之不理，欺侮“弱势群体”，那是完全没有根据的。

西岭村的群体事件，是从3月27日开始的，导火线是3月26日向晓丽带着部分移民代表去了邓州市的高集乡，查看移民安置点。极少数别有用心的人就煽动不明真相的移民群众，在村前的209国道上设置障碍，不让过往车辆通行，想以此来制造舆论，给乡党委和乡政府施加压力，企图逼迫政府作出退让，答应更换西岭村的移民安置点。堵塞209国道的事件愈演愈烈，至4月5日达到最高峰。一群不法分子竟然强行把正在移民群众家里做思想工作的大石桥乡党委、政府领导班子中的7名成员——张自亮、张振伟、田健、马志强、李涛、陈士鹏和张年豪，连拉带扯弄到现场，逼迫他们并排坐在一条横架在公路上的木杠子上，然后让不明真相的群众轮换着把他们团团围住，在太阳下连续暴晒了4个小时，不让吃饭、喝水。那天张振伟副乡长正患感冒，他们一口水也不准他喝，渴得他发起了高烧，也不准他挪动一步，他被折磨得险些晕倒在现场。那天正是清明节，驾车回乡扫墓的人多，被堵的汽车达300余辆。当有些司机与现场围观的群众发生争执时，那些策划堵塞交通事件的不法分子，就把责任强加到这群乡干部身上，挑唆过往车辆的司机去找他们算账，说："只要他们答应给西岭村更换移民安置点，我们就立即恢复209国道的畅通无阻！……"时至今日，我们还能在互联网上搜索到那些不法分子盗用"大石桥乡西岭村全体村民"的名义发表的一封《给社会各界的公开信》，他们在公开信中宣称：

> 恳请各界爱心人士，如果你有一颗博爱之心，请拯救这些淳朴、善良的弱势群体吧，他们没有更好的办法、途径表达自己心中的愤怒和不满，他们也没有能力和淅川县的"好公仆"们对峙，他们什么都不是，只能被这一个个寄食者宰割摆布。希望各界媒体能不辞劳苦来这里了解实际情况，帮百姓做事，为百姓鸣不平。全体西岭村村民谢谢你们！

显然，"这些淳朴、善良的弱势群体"，所采取的"表达自己心中的愤怒和不满"的这种自以为得计的办法和途径是不可取的，也难以达到他们不可告人的目的。采访时，我问向晓丽："你怎么没有被拽到那根木杠子上罚坐?"她说："那伙人那天四处找乡党委罗书记和我，是事先有村民给我发来了手机短信，报告村里有人要把事闹大，准备将在西岭村做移民工作的乡干部统统押到公路上去罚坐。得此信息后，罗书记和我当机立断，将西岭村的移民指挥部临时转移到了杨营村。杨营村离西岭村不远，但不是移民村，因此西岭村出动好几百人找我和罗书记，都没有找着。在临时指挥部里，罗书记和我一面指挥疏通交通，一面想，只有动员和组织西岭村同意迁往高集乡的老百姓，到闹事现场去做那些不明真相的老百姓的思想工作，若是罗书记和我亲自去现场解救我们乡领导班子的7名同志，那只会火上加油，把事态扩大，弄得不可收拾！”

正因为清明节那天西岭村少数不法分子在209国道上闹事时未能找到乡党委书记罗建伟和乡长向晓丽，而被罚坐杠子的7名乡干部又自始至终忍辱守职，向不明真相的群众反复宣讲移民政策，所以才使那些不法分子的预谋未能得逞。但是，他们并没有善罢甘休，经过一番秘密策划，终于在4月21日，纠集起四五百人游行，一早就一路放着鞭炮，到乡政府示威来了。说起来还真有点不可思议，游行队伍打的横幅标语、呼的口号，除“宁在西岭灭亡，也不到高集饿死”而外，竟然是“造反有理”和“打倒罗建伟”、“打倒向晓丽”……仿佛是文化大革命重演。更令人惊讶的是，他们还抬来了一只大铁锅，扬言如果不答应改换移民安置点的话，他们就要在乡政府支灶起火、安营扎寨了！

7点40分，游行队伍一进乡政府大院，就点名找罗建伟和向晓丽。当时正下着大雨，他们是有备而来，都打着雨伞或穿着雨衣，罗建伟和向晓丽到院中间与他们对话，他们却不让他俩打伞和穿雨衣，一任冷雨把他俩浇灌成了水淋淋的“落汤鸡”，禁不住直打寒战。罗建伟和向晓丽不只是在雨中被围了11个小时，还被不堪入耳的语言辱骂了11个小时。在这11个小时中，他们不准他俩喝水、吃饭、上厕所，更不准他俩接听手机和用手机往外打电话，仿佛是将他俩囚禁在了一个临时用人墙围起的露天监狱，企图以这种非人道的残暴手段，从精神上把他俩摧垮。更令人难以容忍的是，极少数不法分子竟然对罗建伟动起拳脚，扯烂了他的外衣。尽管未有人敢撕扯向晓丽的衣服，但是他们时不时用伞尖戳她的脊梁骨和腿肚子，真的是想把她就地“打倒”……

难能可贵的是，在这遭受围攻的11个小时中，罗建伟和向晓丽面对这样“文革”式的批斗场面，自始至终保持着高度的克制和超常的冷静，坚持“骂不还口，打不还手”，并不厌其烦地面带微笑向暂时误解他们的群众做着解释和劝导工作，直至喉咙说哑、唾沫耗尽……现场的人们还注意到了向晓丽的一个十分理智而又非常聪明的细节：她的两只手，在长达11个小时里，始终紧紧插在左右两个裤兜里！这是她意识到，在这样遭辱挨斗的时刻，自己若稍有一点表示不满或反抗的动作，就有可能给别有用心的人以可乘之机，说乡长动手打了老百姓，从而扩大事态，并把酿成这一大乱子的责任反扣到乡党委和乡政府的头上！从这个意义上说，她紧紧插在裤兜里的两只手，守护的岂不是一颗对父老乡亲的赤子之心、一个人民公仆独具的崇高尊严吗？以往，我们听过许多革命先烈面对敌人的酷刑大义凛然的壮烈故事，此刻，向晓丽在一种特殊的情境中，却是以忍让和软弱，表达了她对党、对祖国社会主义伟大建设事业的挚爱与忠诚，与战争年代的革命英雄一样，实令人肃然起敬！

在此紧急关头，南阳市委常委、政法委书记常康，南阳市副市长、市南水北调指挥部常务副总指挥崔军，南阳市政府市长助理、公安局长马学民，淅川县委书记袁耀生等市、县领导亲临西岭村督导，并再一次不厌其烦地深入移民群众中做思想工作。在极个别人依然我行我素，把党委、政府和干部的忍让当做软弱，视法律为儿戏的情况下，当日下午，600余名政法干警列队进入大石桥乡，成功抓捕了涉嫌非法拘禁、聚众冲击国家机关、聚众扰乱交通秩序的陈某、徐某、寇某、王某四人。在抓捕过程中，刘某、王某、郭某、韩某等四人因涉嫌妨碍公务也被公安干警现场抓捕。此时天色已黑，当向晓丽看清亲自带队来解救她和罗建伟的是县委书记袁耀生时，激动得顿时热泪直流，遭围攻时刚强坚毅得几乎忘了自己性别的她，此刻才想起自己本是个柔弱善感的女人……

第二天，县委书记袁耀生，分包大石桥乡的县委常委、宣传部长陈助民及罗建伟、向晓丽等县、乡干部又来到了西岭村。此时村民的情绪依然抵触。袁耀生站在村委会二楼的平台上，向群众和村民代表耐心地解释国家政策，说明少数村民的不理智行为已经触犯法律，然后又心平气和地解释分析搬迁政策。经过长时间的沟通、做工作，村民们同意派代表到安置点查看。4月28日，西岭村的移民代表由陈助民部长亲自带队，去邓州市高集乡做移民对接工作。高集乡乡党委、政府高度重视，热情、周到地接待西岭村移民代表到实地进行考察选址，先后共接待1400人次，耐心细致地介绍安置点的情况。通过多次的交流沟通，高集乡在政策允许的范围内，以最大的努力、最优越的条件满足了西岭村移民要求，变更了几个安置地点，很快互签了安置交接书，达到了双方满意。

就在西岭村移民群众对安置点的看法发生了根本性的改变，认可率达到100%时，还有人在互联网上散布谣言，说什么“西岭村发生了两千人的聚众示威事件，强烈抗议迁往生产生活条件恶劣的高集乡”……为使广大网民了解事实真相，淅川县委、县政府及时在网上作出了明确的回复——“经查，大石桥西岭村移民安置点规划在邓州市，目前对接仍在邓州市”，并简要介绍了高集乡的具体情况：

高集乡位于邓州市西，乡政府距市区13公里，全乡现有人口6.2万人，21个行政村，耕地10.5万亩，中学两所，小学22所。

1. 产值情况。农业种植经济作物以烟棉为主，全乡烟叶面积4000余亩，棉花5000亩左右，粮食以小麦、玉米为主。现有工业区项目17个，棉桥纸业年产值6000万元，星光集团炮引车间年产值近亿元，辖区内现有灰沙砖厂和生态砖厂6个，正开工建设的物理法造纸预计年产值近亿元。畜牧养殖业以养猪为主，在今、明两年要在全乡建成10万头猪的规模养猪场两处、年产30万吨饲料加工厂一处。上海某股份公司拟在代岗投资800万建成养鸡和养猪场一处，乡域内现有百头以上猪场8处。

2. 农业基础设施情况。乡中东部以刁南干渠自流灌溉为主，西、北部分以坑塘和井灌溉为主，中部有张沟水库一处，为邓州市大型水库，除供应城区用水外，还有灌溉作用。邓州市百万亩土地整理项目覆盖高集全境，未来三年要投入上亿元资金，其中移民用地近5000亩，计划首批整治，土地整理项目为50亩地一眼井，生产路为3米水泥路，主干道为4米水泥路，沟、路、渠、林、井配套，建成后为标准的农业示范园区。

3. 交通情况。乡域内现有邓陶公路横贯全境，现正在重修，标准为每公里60万元的6米宽水泥路面，预计9月底建成，建成后13—14分钟到达市区。南北各有东西水泥路两条，内邓高速过境7公里，现已开工。邓州市公路网规划南北过境内外环公路两条，东部在吕堂，西部在袁庄，均横跨刁河。国家重点铁路项目郑渝高铁从邓州市区和高集交界处横贯南北。

4. 计划安置移民情况。本次计划安置移民2840人，分两个安置点，为方便移民均计划安排在镇区，镇区附近土地平坦，水浇条件好，其中镇东安排1500余人，镇西安排1000余人，均靠近邓陶公路，农用地靠近安置点。新村生产用地全部纳入土地整理项目，每亩投资1400元，生产路3米水泥路，50亩一眼机井，土地耕种条件明显提高。

西岭村的移民是否真的100%同意迁往生活生产条件如此好的高集乡了呢？7月2日上午，我特意去探了个虚实。头天晚上，向晓丽托送我回淅川丹阳迎宾馆的司机师傅赠了我一件大石桥乡移民干部的工作服，白色T恤衫的背部，印着四个醒目的蓝字：“情系移民”。我就是穿着这件“情系移民”的工作服由副乡长张振伟陪同走进西岭村的。每遇到一个村民，无论老少，我都询问：“你们对迁到邓州市高集乡是否满意？”得到的回答都是“满意”二字。很有意味的是，张副乡长那天没有穿“情系移民”的工作服，有两位中年农妇还真把我当成了乡里的移民干部，问我：“我家有一宗官司打赢了，可宣判后还没有拿到判决书，这一搬迁，败诉方还能赔我们钱吗？……”我回答之后，笑着对张副乡长说：“看来这件工作服在老百姓眼中还是挺亲切的呀！”随后，张副乡长带我去看了清明节他们被罚坐围攻的地方。张副乡长告诉我，靠公路里侧的二层红砖楼就是西岭村村委会，那里矗立着一块落款为“中共大石桥乡党委、大石桥乡人民政府”的大幅宣传牌，写着：“和谐移民，重建家园”。两个多月前，这里就是209国道被人为堵塞的地方，如今不仅车辆来往畅通无阻，而且西岭村移民的心情也都舒畅了，见到张副乡长都热情地打招呼，亲如一家人。在村委会的二楼平台上，我们正巧碰见了村支书徐青合，张副乡长向他介绍我的来意之后，我就请他谈谈对西岭村移民多次围攻乡干部的事件怎么看？他说：“问题都已经解决了。我写了一篇题为《透过移民问题，西岭人民应该反思》的博客，你上网查一下，我的看法，在博客里都说到了。”

徐青合在博客里是这样说的：

从3月27号开始，西岭村老百姓上路，堵车开始，到4月28号正式对接成功，历时一个月，一个月以来，西岭三千人，经历了暴风骤雨式的洗礼。所有的恩怨，情绪上的发泄，心中的愤恨，辱骂与暴力，谣言与诽谤，委屈与辛酸，随着时间的流逝，都将渐渐地淡去。当所有的一切都将要忘却的时候，我一直在想，西岭人应该反思点什么？

西岭是我们的根，这里的山、水，以及西岭山水所蕴含的文化底蕴，并由此产生的精神依托，成了我们骨子里赖以骄傲的魂。当我们因移民要去一个新的地方时，精神上我们最不想舍弃的，也许就是这种西岭人骨髓里赖以寄托的魂。当我们理论对接在邓州高集的时候，因为这里没有山的清气，没有水的灵气，自然条件下缺失的文化底蕴让我们排斥,就像人，都有其自身的修养和内涵的缺陷。假若，这个地方有山、有水，或者说有寺、有庙，香火不断，文化上有其向心力和凝聚力，相信，就是离城再远，我们第一观感不会去排斥。高集缺的，不是地缘上的优势，也不是经济上的潜力，而是西岭山水所蕴含的骨子里的文化底蕴，缺的是高集地缘文化上的向心力和凝聚力。后续，我们只能去做点什么，来改善弥补地缘骨子中的缺失。

中国人有其窝里斗的劣根性，而这种劣根性，十年来，西岭人民发挥得淋漓尽致，围绕着权力的角逐和斗争，曾经善良的西岭人迷失了本性和方向，为了达到个人目的，你死我活，是非不分，黑白颠倒，善恶不明，真假不辨，忠奸难分。所以，谣言、中伤、辱骂、侮蔑、攻击，使我们仅有着的内心的道德失去了平衡，除了混乱和争端，别的没有什么可以选择，违法和暴力自然成了必然。

人类的天性，有其向往美好生活的情感，每当这种朴素的情感被别有用心的人利用的时候，往往会走向极端。当我们所想的和现实出现了差距，内心产生了失落和沮丧，演变成了痛苦和愤怒，被别人利用的时候，所有内心的善良都成了邪恶和犯罪的发泄，最终成了暴力和悲哀，这成为我们上路、堵车，最终导致违法的缘由。“四分”、“五裂”的结局是西岭人民的因果，虽然，个别人，大家，心随所愿，各得其所，各奔前程，但结局的不尽如人意，除了客观和主观的因素，你，我，所有西岭人都应感到羞愧。

……

徐青合的反思无疑是深刻的，但我不明白他说的“四分”、“五裂”是啥意思。从西岭村回到乡政府，向晓丽告诉我说：“西岭是个大移民村，3100多人不可能安置在一个点上。高集乡原来是准备了两个安置点，4月28日双方对接时，为了充分满足西岭移民的要求，安置点由两个改成了四个，这四个安置点中，有一个后来又一分为二，所以，老百姓就说成是‘四分’、‘五裂’了。也就是说，搬迁之后，一个完整的西岭村是不复存在了。徐青合作为村支书，在接受这个结果时，心里不免有些伤感。但是，签了安置交接书之后，西岭村移民的情绪非常好，包括4月21日被刑拘，后来释放的8名闹事者在内，一点儿反复也没有。”

我感慨地对向晓丽说：“徐青合说西岭人在三四月间‘经历了暴风骤雨式的洗礼’，我想，对于你来说，更是一场难忘的严峻考验吧？尤其是4月21日那雨中遭围攻的11个小时。”她回答：“是啊，在和平建设年代，我们基层哪会想到还要经历这样暴风骤雨式的洗礼呀！说实在的，那天在雨中遭围攻的11个小时，面对一时不理解我们的移民群众，是一场心灵与体力的巨大冲撞！我当时能坚持下来，就是认准了一条：‘群众是父母，移民是亲人。’我面对的是父老乡亲，我坚信，只要我们坚持执政为民的理念，真正做到权为民所用、利为民所谋、情为民所系，他们最终是会理解我们、支持我们的。”当她说到此，我就立即意会到，为什么大石桥乡移民干部的工作服上，要印上“情系移民”四个字了。我穿着这“情系移民”的工作服采访，也为大石桥乡有她这样一位好乡长而感到光荣与骄傲！

面对这样的移民，我真舍不得他们搬走啊！

在采访向晓丽时，我提到了县委书记袁耀生在采风“大移民”座谈会上讲的三句话：我们有幸（即有幸参与南水北调这样伟大的工程）；我们是有压力的（即任务艰巨，肩上有压力）；我们骄傲（即为淅川有这么好的一支移民干部队伍而骄傲）。在阐述第二句时，袁书记讲：“去年就是在这个会议室，省长郭庚茂来视察移民工作时，问我：你干不干得了？你要是干不了，可有人干得了！”我觉得，把袁书记讲的这三句话，用到向晓丽身上，也是很贴切的。尤其是第二句话，作为大石桥乡的乡长，她所顶住的压力比预想的要大得多。假如换一个人，在那雨中遭围攻的11个小时里，心理承受能力稍微差一点儿，挨辱骂时还了一句口，或挨伞尖戳时用手挡了一下，那就很可能由此而酿成又一个“瓮安事件”，出大乱子。但她面对言词、行为过激的移民群众，始终“骂不还口，打不还手”，在忍让又忍让的困境中表现出一种非凡的刚强个性，验证了她对事业的忠诚和政治上的成熟。于是，我对向晓丽说：“大石桥乡也有幸，组织上把你放在这样一个重要的岗位上是放对了。你在雨中遭围攻的11个小时，看上去是人生道路上的一个很大的不幸，但那正是你品格修养迸发出灿烂火花的时刻，这样的历练，将成为你此生一笔最宝贵的精神财富。从这个角度讲，你在大石桥乡当乡长，正如袁书记那天所说，是有幸的！历史的机遇造就了你。”

“是的，我是有幸的！”向晓丽动情地掏出了心底的话，“我确实也感到自豪。前不久，北京电视台到我们大石桥乡来录制节目，采访了我。我说，当2014年你们北京人喝到丹江口水库流去的一泓清泉的时候，知道这里面有我们大石桥乡干部、群众的一份辛劳、一份奉献、一份深情，就是工作再苦再累，我也很知足，感到很有幸啦！”

接着，她一口气给我说了她的几个“有幸”：

“首先，我有幸有一个好的家庭。我出生在历史上有名的紫荆关镇，母亲毕业于襄樊师范，在农村当小学教师，教的是复式班，平时很忙很累，没有时间照顾我，从而培养我有了一种独立自强的精神。我从小就很倔，在学习上，不考前三名就不甘休。我虚岁十七时高中毕业，那是上世纪80年代，恢复高考不几年，大学招收的名额很少，我有幸考进了中专，学了两年医，毕业后先在卫生业务部门工作，1995年3月，通过竞聘选拔，成为干部，副乡长一干就是七年，调大石桥乡当人大主席一年后转任乡长至今。在基层，我学到了很多东西，从不熟悉到熟悉，再从熟悉到熟练。母亲从小就教育我要果断、干练，使我成为同时被提拔的那批年轻基层干部中的佼佼者，我感谢母亲！

“我还要感谢我的丈夫（说到这里，她从兜里掏出钥匙链，指着有机玻璃钥匙牌上的照片说），你看，我丈夫长得很帅！我长得也还可以吧？我俩结婚二十多年了，两人都没有绯闻。他原先在另一个乡当计划生育办公室主任，那也是农村最难的一项工作，可他年年被评为先进工作者。现在他当副乡长，那也是个移民乡，工作像我一样，很忙。但他那个乡就挨着县城，每天可以回家住。可我常常是一个月也回不了一趟家。这一阵子，大概有四十多天没有回家了。因此，我俩相互信任、相互理解，也总是相互牵挂着、惦记着，无论多忙，每天都要通一次电话，报个平安。

“我也要感谢我的儿子。我乡里工作忙，哪顾得上管他。他从小脖子上就挂着钥匙，放了学自己开门回家，做完作业自己弄饭吃。从小学到高中，年年都是优秀生。现在城里的独生子女都稀罕得不得了，上学、放学都由家长接送。我儿子上广西师范大学四年，每年回来过寒暑假，我有车，可从来也没有接送过他一回。他很懂事、很要强，从来没有给我找过一点儿麻烦，去年他报考研究生没能考上，至今没有就业，他也不要我帮他找工作岗位，坚持自己的路靠自己开创。这就是对我全身心地做好移民工作的最大支持。

“第二，我有幸有一帮团结战斗的好弟兄。在大石桥乡的领导班子里，就我一个女同志。可他们从来没把我当成女同志，没有瞧不起我。大石桥乡是个穷地方，人多地少，民风又差，外地的干部都不愿意到这里来工作，来了也很难站住脚，乡里好些不错的中层干部，都被人告状告走了。在班子成员中，我是在这里工作年头最长的干部了，九年啦，没有被人告走，真是很幸运了。说明乡里的弟兄们对我很尊重，给了我很多的帮助、很多的鼓励，使我挑好乡长这副担子、圆满完成移民任务更有了底气。他们都是四十来岁的中年汉子，一家之主，有的上有老人生病住院，有的下有子女考大学，赶上这段移民工作最紧张的时刻，他们也都回不了家，坚持战斗在第一线，从早忙到晚，连衣服还得自己洗，不容易啊！

“再有，我有幸有一个好身体。在1995年选拔的那批基层干部中，我是进步最慢的，现在只剩下我还在乡里工作。这也就成就我在基层做了个实干家。我知道，组织上在考验我，我就只有拼着命工作。作为女人，我也有一副柔肠，可我必须显出一副刚强的样子；我也爱美，想每天都有梳妆打扮，照着镜子自我欣赏一番的时间，可我每天很少能够安静下来吃顿饭，往往工作到深夜，回到宿舍倒头就睡，实在是太累了。又时常天不亮就被电话叫醒，急忙起床后哪还顾得上认真修饰一下自

向晓丽（中）与两位即将迁移的乡亲一起开心地笑了

己？……一拼命工作起来，我就忘了自己是个女人。要拼命工作，就得有一个好身体。就说前两天姚家湾村搬迁吧，我们在拟订移民搬迁执行方案时，必须考虑到每一个细节是否合适、到位。姚家湾村规划移民725人，174户，涉及5个组。计划2010年6月30日一批搬往红泥湾镇。统计总需货车88辆，乘客479人，特护车2辆，运送棺木车辆4辆。谁乘哪辆车，谁押运哪辆车，货车什么时间到村、什么时间装车、什么时间出发……一项项落实、踏查。细节决定成败。我们必须做到万无一失。29日晚，是姚家湾村移民在故乡度过的最后一夜。房子都已经拆了，电线也扯掉了，村里漆黑一片。为了保障现场的安全，防止一切意外的情况发生，我们乡里组织了四十人的巡逻队伍，通宵值勤。没想到的是，当我打着手电筒去看望住在帐篷里的乡亲，一户一户与他们话别时，途中遇到了县委常委、公安局局长党建辉亲自带领的巡逻队伍，迈着齐刷刷的步子迎面走来，我一数，整整40名公安干警哪！说明县委、县政府对我们大石桥乡的移民群众是多么关心、多么爱护啊！我作为乡长，怎能不深受感动，并加倍感到自己肩负的安全责任有多重呢！

"那天夜里，我凌晨1点多才回到乡政府休息，清晨4点半钟，就又赶到了姚家湾村。要背井离乡了，乡亲们那天晚上其实都睡不着觉！二十多年来，为了今天的搬迁，他们一直住在破旧的老屋里，他们作出了多大的牺牲啊！可金窝银窝不如自家的草窝，一旦真要挪窝，他们心里还很不是滋味，一个个与我来握手道别的时候，我心里也一阵阵辛酸，真舍不得他们搬走哇！有两个移民姐妹还对我说：'向乡长，辛苦您啦！我们知道您为了我们的搬迁受了许多委屈、遭了不少罪，到明年春天，我们一定带着新家园树上采摘的桃子，回大石桥乡来看您啊！……'我们仨抱在一起，都禁不住哭了。我也是一个有血有肉、有情有义的人，移民群众把我当成了贴心的亲人，我真为在有生之年能参与服务南水北调这项惠及千秋万代的国家工程而感到荣幸啊！我所受的那一点委屈，比起移民群众二十多年来作出的巨大牺牲，算得了什么呢！上午9时整，我命令移民车队出发之后，现场的几个工作人员见我满脸通红、晕晕乎乎的，急忙叫医生来给我量血压，一量，还果真低压升了30，高压升了20！此前血压从未这么高过，我想，不是我身体顶不住了，实在是目送着父老乡亲们离别故土，心里难受呀！……"

说到此，向晓丽眼眶里泪花闪烁，一时说不下去了。我默默地凝视着她，不禁联想起7月1日早晨她出现在淅川电视台新闻节目中的那个难忘的场景，耳边又回响起彭丽媛那饱含深情的优美歌声：

啊父老乡亲
我同甘共苦的父老乡亲
啊父老乡亲
树高千尺也忘不了根……

2010年8月12日

却话巴山夜雨时

正值盛夏雨季，我随中国文联创作采风团来到位于川东北的普光气田，同行的还有从河南濮阳来的中原油田歌舞团。采风团的刘兰芳、霍勇、韩延文、奇志等艺术家分两批先后与中原油田歌舞团同台演出，前三场是在达州市和宣汉县城的剧场，而最后一场，也是最重要的，即慰问开发、建设普光气田的数千名中石化将士，却是安排在气田现场的露天演出。我们抵川以来，连续三晚都下了雨，距此仅200多公里的重庆已因连日暴雨而造成不小的水灾，那么，假如这最后一晚还下雨的话，这场露天演出岂不要泡汤吗？

7月11日下午3点，我们到应急救援中心参观，见工人们正在应急救援中心大楼前的广场上搭台。距演出只有4个小时了，我见舞台上方遮雨的棚布还没有扯起来，就问陪同我们参观的中原油田普光分公司党委副书记王俭："这台下午能装好吗？"他底气十足地回答："没问题！你没见舞台两侧各停着一台大吊车吗？演出之前，一准把顶棚吊起来，决不会让艺术家们淋着雨！"果然，下午6时许，当我们从生产管理中心餐厅吃完晚饭出来，就见对面的广场上，两台大老吊已经把一个百十平方米的顶棚高悬在舞台上方。而映衬这露天舞台的，是云烟缭绕的青峰翠峦，好一幅瑰丽秀美的画卷！我对王俭书记说："我从来也没见过这么美的用大吊车架起来的大舞台！"他说："用大吊车架顶棚，我们是第二次了。今晚的演出，无论下多大的雨，也保证没问题！"我说："老天真要下大雨，演员淋不着，观众可得挨浇啦！"没想到他笑道："你放心，挨多大的雨浇，观众也不会乱，我们这支长年奋战在大巴山里的石化队伍，经历过的大风大雨多了去啦！……"

王俭书记的话，不禁令我想起唐代大诗人李商隐的名篇《夜雨寄北》："君问归期未有期，巴山夜雨涨秋池。何当共剪西窗烛，却话巴山夜雨时。"这首诗，《万首唐人绝句》题做《夜雨寄内》，"内"就是"内人"，即妻子。记得我们采风团与中原油田歌舞团8日下午抵达"气都"达州时，中石化川气东送建设工程指挥部常务副指挥王春江在致欢迎词时就说："普光气田的数千名将士，这些年大都没有休过假，最想的就是1000公里之外的家！歌舞团是代表中原油田二十四万职工、家属前来慰问我们的，见到亲人，我们真有千言万语要说啊！"9日下午，我利用参观和演出的间隙，对王俭书记进行了一次突袭式的采访。他回忆说，他在中原油田任宣传部副部长，那天接到入川参与大会战的命令很突然，事先一点儿征兆也没有，回家告诉在油田中学任教的妻子，她竟然根本不相信："哪会呢？别开玩笑啦！"他一本正经地回答："军中无戏言。你快给我准备行装吧，明天就出发！"他告诉我说："从入川至今，我没休过一天假。在这五年多的时间里，虽带队回中原油田开过几次会，但加起来不足十天，来去匆匆，和家人团聚的机会，更是少得可怜！川气东送建设工程指挥部的首长常说，要把最放心的干部放到最不放心的地方去，直到6月30日，我还在抢险现场呢！"呵，望着窗外正下个不停的大雨，我立即意识到，对于他这样开发、建设普光气田的战将来说，当真是"君问归期未有期，巴山夜雨涨秋池"啊！

说来也巧，我们赴普光气田采风之日，正是英国石油公司在墨西哥湾发生漏油事件尚未将井口封死之时，能源的安全开采利用成了举世关切的热门话题。无论是哪个国家，经济发展和人民生活，都离不开能源。现当代的许多国际争端以至世界性的战争，也大都与争夺石油、天然气等矿藏密切相关。王俭谈起上世纪80年代初，王涛担任石油部部长时，曾向国务院立下军令状：年产原油1亿吨。三十年过去了，随着改革开放步伐的加快，国民经济飞速发展，GDP已经翻了好几番，而我国原油的年产量，截至2009年底，尚不足两亿吨，不得不每年从国外购进大量的石油和天然气……因此，当历尽波折，终于探明在川东北地区天然气储量丰富，普光气田是迄今为止我国最大的海相整装气田，中国石化集团公司党组于2005年1月13日宣布把普光气田开发建设的重任交给中原油田时，犹如一声春雷，激起中原油田二十四万职工、家属的豪情壮志，迅速组建起一支精锐之旅，开赴川东北。开弓没有回头箭，他们既深感肩负的担子重如千钧，更明白面临的将是一场史无前例的严峻挑战！这是因为，普光气田具有储量丰度高、气藏压力高、硫化氢含量高、气藏埋藏深的特点，对其开发是世界级难题，国内外几乎无经验可供借鉴。加上其所处的巴山南麓属褶皱山，因石灰岩分布广泛，喀斯特地貌发育，有峰丛、地下河、槽谷，以至古冰川遗迹，山高路险沟深，生态环境敏感，施工之难，难于上青天！王俭对我说："硫化氢是剧毒气体，人只要吸上3秒钟，就会当即丧命！川东北地层是世界上硫化氢含量最高的地层之一，我们在这里钻井，无疑是每时每刻都在与死神较量。"他问我知道发生在重庆开县的"12·23"中石油罗家寨16号井特大井喷事故吗？在那场事故中，剧毒硫化氢夺走了243条人命，4000多人中毒就医，10万人连夜疏散，直接经济损失达6432万元。而中石油罗家寨16号井，与他当时正在打的一口井直线距离仅40公里，为记取这惨痛的教训，他带着他的钻井队伍，赶赴事故现场查看过。那是一段刻骨铭心的记忆。当得知悲剧的酿成，仅仅是因为某个工人操作上的一个小小的疏忽，就使高于正常值6000倍的毒气——硫化氢，如同一个从地下冒出的恶魔发威肆虐时，他们更感到在川东北钻井，就像天天坐在火山口上，必须将生命置之度外！

在开发普光气田的过程中，由中原钻井队伍施工的普光7井、普光104-2井、普光102-1井、普光303-2井等，都先后在钻进过程中发生溢流、井涌、气侵、气窜……可以说，在普光地区钻井危机四伏、险象环生！王俭率队钻的清溪1井，也曾在2006年12月20日发生可控性溢流放喷事件，在连续13天的抢险中先后四次压井，才将凶狂的"气老虎"制服。他这样向我描述当时的恐怖情景："那大钻头打到了一个裂缝，气一下蹿了上来，先是像原子弹爆炸似的腾起一团蘑菇云，接着是燃起熊熊烈火，火焰高达四五十米，气流呼啸声惊天动地，我们上去组织指挥抢险、压井，叫喊声根本无人能听得见，只能用手比划。那场面真的是吓死人，四条输气管线用合金钢制成的管汇，就像面条一样在天上飞舞，你想，那放喷的力量该有多大?！说实在的，我带领'党员抢险队'第一时间冲上去时，就没有准备活着回来……"我问："事故中有人伤亡吗?"他回答："幸好那口井的天然气中不含硫化氢，把整个井压住后，没死伤一个人。只是翻了一辆车，车掉进深谷，毁了，车里的人却奇迹般地爬了出来。"

清溪1井发生溢流放喷后，清溪场构造被人们称为川东北的钻井

“雷区”。为了川东北的井控安全，中石化专门制订了12项井控制度。西南工委坚决落实谁检查谁负责制度，从工委领导到岗位职工，层层在井控责任承诺书上签字。王俭告诉我，就在距清溪1井仅12米的地方，组织上把钻探新清溪1井的任务交给了他。而他是1986年由河南大学中文系毕业，在中原油田当过七年中学教师、六年《中原石油报》记者，算是个小文化人，对打新清溪1井所采用的国际上最先进的空气钻井技术，本是个外行。但作为书记，就得在井控责任承诺书上签字。他坦言：“火热的现场不准许你害怕，更不准许你不成熟。不放在这样的环境里，你也是练不出真本事！我觉得，不懂专业技术不丢人，只有不懂而又不学习，甚至不懂装懂、不懂还瞎指挥才丢人！因此，我虽坐镇现场检查，却委任技术干部当总指挥。也就是说，出了事由我书记负责；干成了，功劳全归总指挥。”经过八个月的奋战，新清溪1井于2008年6月15日顺利完钻，并采用近平衡深井尾管固井技术，确保了固井施工一次成功。当闻知新清溪1井获得的是不含硫化氢的高产工业气流时，中石化的一位负责人曾兴奋地说：“这是上帝赐给我们的礼物！”讲到此，王俭不禁这样感叹：“真是‘苦心人，天不负’！普光气田共打成39口井，唯有新清溪1井产的天然气不含硫化氢，于2009年3月5日投产，日产气120万立方米，专供我们气田自己用。假若没这口井，我们还作难呢！”

普光气田主体区部署的38口开发井，分别位于三座大山上，需建设3条大的输气干线，把天然气从井站汇供到净化厂进行脱硫处理。地面集输工程需建设16座集气站、1座集气总站、1座污水站、38公里酸气管道、29座管道阀室、18座放空火炬、5条隧道、27处大中型穿跨越、57公里矿区道路……施工队伍在短短两三年的时间里，要完成如此巨大的建设任务，困难之大已不言而喻，而更大的困难是选定在赵家坝建天然气净化厂，不仅共拆掉28万平方米的房屋，组织1022户农民搬迁，而且要搬走8座山峰、填平3个峡谷、改道一条河流，平整3400亩山地。王俭告诉我：“建净化厂，共挖填土石方4000万立方米，相当于三峡工程的三分之一。三峡工程用了10年时间，而我们只用了14个月！”2010年6月17日，随着第六联合装置安全顺利投料试车，生产出高品质纯天然气，规模居世界第二、亚洲第一的普光气田天然气净化厂全面转入生产运行

2010年7月作者在普光气田净化厂

工人们在应急救援中心大楼前的广场上搭台

阶段，并达到了年产120亿立方米天然气、200万吨硫磺的处理能力。我们中国文联创作采风团，是有幸在普光气田建设圆满地画上句号后来到的第一批参观者。王俭全程陪同我们参观了P301集气站、应急救援中心和天然气净化厂。在P301集气站，王俭介绍说："这座集气站有两口井，一口井的日产气量，就可以供一个中等城市用一天。1米多直径的输气管道，像一条长达1700公里的'气龙'，跨越四川、重庆、湖北、江西、安徽、江苏、浙江，五次从长江底下穿过，一直铺设到了上海。上海世博会，就用上了我们生产的优质天然气……"歌唱家韩延文、刘君侠当场激情地和集气站的工人们一起唱起了《天路》、《咱们工人有力量》等歌曲，我也即兴挥毫题词："浩气天然"。我赞佩的，不只是建设川气东送工程的将士们为祖国开发出了一个如此浩大壮观的气田，更是他们在挑战世界级难题中所焕发出来的一股足以惊天地、泣鬼神的浩然英气！

感谢老天爷有眼，晚上广场露天慰问演出时竟没下一滴雨。为赶第二天由渝飞京的航班，我们采风团的成员在演出结束后就连夜乘车离开普光气田。我对前来送行的王俭书记说："气田建成投产了，送走了我们，你也该休几天假了吧？"未想到他回答说："一个新油田或气田投产后，为保持产储平衡，都得在周边继续勘探新井。组织上已任命我兼任钻井党委书记，明天一早，我就要回到钻井第一线去。欢迎你们下次再来！"呵，真是"君问归期未有期"啊！挥手向他告别时，天又下起了小雨。我想，若真能有"何当共剪西窗烛，却话巴山夜雨时"的机缘，我们一定会听到他们更加振奋人心的辉煌战报……

2010年7月22日

苏格兰结婚小镇

从英国旅游归来，正值我的结婚纪念日，于是，在回顾这九日游的难忘景点时，首先想起的，就是有“结婚天堂”之誉的苏格兰小镇葛特纳格林。

那是此行的第三天傍晚，当我们游览了爱丁城堡后，正准备乘车去用晚餐时，导游先生说，大巴车出了点故障，司机正在那边忙着修呢，只能请各位跟我步行去餐馆了。在晚餐行将用完时，我们见满手油污的司机进了餐馆，庆幸大巴车修好，就不会耽误既定的行程了。晚餐后，等旅友们都上了大巴车，导游就歉意地说：“对不起，今天让各位多走了一大段路。作为小小的补偿，明天我将带给大家一个惊喜：增加一个行程表上没有的景点！”当旅友们问他是什么景点时，他做了个鬼脸，笑道：“现在就告诉你们，那还叫什么‘惊喜’呀?”

按预定的行程，第四天是返回英格兰，前往位于英国中部的温德米尔湖区游览。大巴车向南开了不到一个小时，就在临出苏格兰疆界时，在一个并非加油站的空场上突然停了下来。导游说：“各位下车吧，苏格兰结婚小镇葛特纳格林到了！”旅友们问：“这就是你要带给我们的‘惊喜’吗?”他说：“是啊！别看这是一个很不起眼的小镇，可是天下有情人都向往的地方。听说过吗？英国王储查尔斯在王妃戴安娜去世之前就与卡米拉有私情，当时曾有传言说，查尔斯王储要与卡米拉到这座小镇来登记结婚呢！”

我们一下车，就听到了悠扬的风笛声。导游连忙向我们介绍，说苏格兰凯尔特人有着奇特的婚俗文化，风笛声贯串婚礼的始终。风笛手先是演奏婉转的风笛乐曲迎接来宾，然后再吹风笛请新娘和她的父亲参加婚礼仪式。再是来宾们在风笛声中尽情狂欢，直到奏响婚礼进行曲，一切才宣告圆满结束……

我知道，对于苏格兰民族来说，风笛早已不仅仅是一件乐器，而更是民族的精神图腾。无论是硝烟弥漫的战场上，还是欢歌笑语的节庆上，风笛都是不可或缺的乐器。两天前，我们由伦敦赴爱丁堡的途中，在英格兰和苏格兰的交界处的石碑前，就看到一位头戴羽毛盔、身穿呢绒格子裙的苏格兰艺人在专心致志地吹奏风笛。我们在那里下了车，几乎每个旅友都好奇地和那个魁伟的风笛手在界碑前合了影。此刻，当又一次听到诱人的风笛声，旅友们自然格外兴奋。就是这动听的风笛声，把我们吸引到了一个美丽的花园中。导游指着风笛手身后一座粉墙黛顶的屋子说："那就是'铁砧牧师'的故居。被人称为'铁砧牧师'的，是葛特纳格林小镇上的一名老铁匠。铁匠和牧师本是风马牛不相及的职业，但其工作却有着异曲同工之妙。铁匠要把两块铁烧红，放在铁砧上敲打在一起，而牧师则是把两个人撮合成一个家庭。所以，把老铁匠打铁用的铁砧当成教堂的圣坛为新人举办婚礼，成为很受欢迎的创意。从此，'铁砧婚礼'玉成了一对对新人。人们都称这位老铁匠是'铁砧牧师'，而那块铁砧也成为'荣幸砧'。到1962年退休时，'铁砧牧师'共主持了5147对新人的婚礼。"

乐于成人之美的"铁砧牧师"已经过世了，这里成了一个供人游览的纪念馆。我走进纪念馆一看，右面墙上就是一整幅老铁匠为一对新人办理结婚登记的老照片。他左手按着摊在铁砧上的结婚证书，右手将一支用做签字的羽毛笔递给内心充满甜蜜而又面带几分羞涩的新娘、新郎，那美妙的情景真是令人为之动容。我问导游，为什么英国人喜欢到这样一个简陋的地方登记结婚呢？他回答，这首先要从英国的婚姻法说起。当年的法律规定，在英格兰，凡不满21岁的年轻人未经父母批准而结婚，则视为非法。而在苏格兰却十分简便，情侣只需在一个见证人眼前立下誓言，其婚姻就算成立。所以，很多真心相爱却又无法得到家庭认同的恋人便纷纷投奔北方。而葛特纳格林恰好是到达苏格兰最先落脚的地方。最初，这里只是苏格兰与英格兰边界上的一个小旅馆。令人吃惊的是，从18世纪中期开始，许许多多争取婚姻自主的英国男女纷纷私奔到这里来办理登记手续，留下了不少动人的传说，其中有的情节还被写进了小说。譬如在简·奥斯汀的名著《狂妄与偏见》里，小女儿莉迪娅就曾瞒着父母打算与她的军中情人投奔到这个小镇结婚……久而久之，这里就成了"私奔者"的"结婚天堂"。

在“铁砧牧师”纪念馆前，我俩也这样牵手

权当是补拍一张结婚纪念照吧

走出“铁砧牧师”纪念馆，街心花园里最吸引人的是一尊尊各种材质的艺术雕塑。其中，最大的一尊是由两只长臂搭成的门状的雕塑作品，仿佛是在向前来举行婚礼的一对对幸福伴侣和来自世界各国的游客行拱手的欢迎礼。置身这样充溢着温馨、甜美气氛的花园里，我想，凡是已婚的男女，都会怦然心动，情不自禁地联想到自己当初喜结连理的情景。我和我妻子虽是自由恋爱，但结婚登记时正赶上“文革”中社会最动荡、生活最清贫的时刻，不仅没有举行婚礼，而且连一张结婚照都没有拍。最可气的是，那时的结婚证上不仅没有照片，而且竟然印有林彪的语录——“读毛主席的书，按毛主席的指示办事，做毛主席的好学生”之类，致使林彪一垮台，就成了废纸一张。因此，当我俩此次办理英国旅游签证，旅行社向我俩索要结婚证时，我俩回答“没有”，年轻的业务员竟一脸惊讶：“怎么会没有呢?”我向她解释：“‘文革’中，几乎所有的公民都失去了做人的尊严，合法的婚姻没有一张具有法律效力的结婚证是不足为怪的事。”细想想，人的一生中有许多典礼，但结婚典礼恐怕是最具尊严的吧？当我和妻子结婚四十余年之后，来到这座别具浪漫风情的结婚小镇，望着花园里一组又一组以爱情为主题的人物雕塑，怎能不感慨万千呢!

妻子是话剧演员出身，旅途中总爱模仿她所喜爱的人物雕塑照相。在一座橘红色的青年恋人拥抱雕像前，我俩也相拥着照了一张相。她说：“咱俩的结婚纪念日快到了，就当是我俩在此补拍了一张结婚照吧!”这时，我看到，那个满面笑容的风笛手又特意吹响了他紧抱着的风笛，仿佛是向我俩祝福似的，那欢快、曼妙的曲调至今还在我的心底缭绕……

2010年7月15日

易水壮士今复还

“风萧萧兮易水寒，壮士一去兮不复还！”

当接到中国报告文学学会的电话，嘱我赴河北易县采写见义勇为的道德模范田永生时，司马迁在《史记·刺客列传》里的这句千古绝唱就立即在我脑际回荡。

四十年前，我曾到过一次易县，那时，我正下放在文化部团泊洼“五七”干校劳动，一年难得有三天探亲假，去看望下放在38军驻高碑店某炮团的妻子。未料，坐火车到高碑店，找到炮团驻地，方知我妻子所在的中国青年艺术剧院下放连都到狼牙山下的部队农场劳动去了。“文革”之前，电影《狼牙山五壮士》可谓家喻户晓，而我抵易县之时，虽五壮士中幸存的葛振林、宋学义尚健在，但他俩并非易县人，我到部队农场后向38军的同志打听，他们也不知两位老英雄辗转到了何方，我自然就无缘一睹其壮士风采。加上那次我在部队农场只住了一晚，第二天就匆匆返京，再取道天津，改乘长途车返回位于静海县的团泊洼“五七”干校，根本无时间去瞻仰闻名天下的古迹荆轲塔。没承想，易县壮士辈出，时隔四十年后，我竟有幸再次来到易水河畔、狼牙山下，见到了新时代的英勇壮士田永生……

从正道上一路走来

此次赴易县采访之前，我先在网上搜了一下有关田永生的英雄事迹。新闻报道都很简短，只说他是易县北市村党支部书记，2006年10月25日与持刀抢劫的歹徒殊死搏斗，身体两处被刺伤，仍奋不顾身带领群众擒获了两名歹徒，被评为河北省十大道德模范之一，2007年9月18日，曾在北京人民大会堂受到胡锦涛总书记等党和国家领导人的亲切接见。至于他长得什么模样，则没有只字描绘。我从北京乘长途汽车抵达易县，仅用了两个小时，上午11点多，就由前来接站的县文明办高主任带路，进了县委大楼。在县委宣传部，高主任领我去见了宣传部到任不久的常务副部长后，向我介绍的第二个干部模样的人，就是“田书记”，我愣了一下神，才恍然明白，这位五短身材、干练憨厚的“田书记”，就是我此行的采访对象——英勇壮士田永生。在我的想象中，这位与两名歹徒顽强搏斗的英雄，应该是一个魁梧伟岸的壮汉，个头怎会比中等个儿的我还矮呢！看上去，他的体重也就百十来斤吧，当年他顽强地与两个歹徒搏斗，哪来的那么大的力量和胆气呢？就是这第一面的印象，引出了我采访他的第一句问话：“在你成长的道路上，对你思想影响最大的人是谁?”

田永生回答：“是我爸爸。他没什么文化，但打小我爸就教育我说：‘你爷爷怎么说我，我还怎么说你。老话说，邪不压正。就是说世上有三条道，人从小就要走中间的正道，不要走左右的邪道。’我牢牢记住了这句话。”

据县委宣传部的同志介绍，至今易县还属贫困县，全年的财政收入，还比不上南方沿海城市的一个村镇，勉强够给公务员和教师发工资。田永生所在的北市村，隶属易州镇管辖，离县城较近，只有三里路。他年少时，家境相当困难，致使他早早就走向社会，谋求生路。未读完初中的他，十五六岁就出门当小工去了。在建筑工地上干一天活，只挣三四元钱。两年干下来，攒下了两千来元钱。他的新婚妻子赵尔曼不无自豪地对我说：“穷则思变，俺家永生的脑子可活啦！在北市村，几乎所有的‘第一个’，都是他干出来的!”

赵尔曼说的田永生最初干的“第一个”，是投资两千元钱，开了个“北市村小卖部”。京赞公路从村里穿过，每天都有大量的车辆和行人从这里经过，田永生的小卖部就开在京赞公路边上。小卖部真的很小，占地面积仅2米宽、6米长，特别简陋。这块地是村民李仲芳的，因在公路边上，一年种下来，也没多少收成，所以田永生租下这一小块地，每年的租金只是补偿李仲芳60斤玉米、60斤小麦。而从开了这个小卖部，他每天就能挣到十多元钱，一月四五百元，一年下来，就有五六千元的收入。在上世纪80年代末，一个贫困地区的农民，一年能挣到这么多钱，就相当可观了。但是这钱挣得也很不容易。他告诉我，开小卖部时，挣钱的门道主要是靠捣腾香烟。一地的烟民有一地的嗜好，河北、山西几个邻近的城市，生产的香烟又有地区差价，他就来来回回地奔波。但工商部门管得严，一旦一车货被稽查队扣查，麻烦就大啦！为了货物不被罚没，就得走门子请客送礼，花销也不小。因此，小卖部只开了两年多，他就洗手不干了。

接下来田永生在村里干的“第一个”，是在京赞公路边上开了个“永生摩托车修理部”。这以自己名字命名的修理部，真可谓名副其实，老板和修理工就是他一个人。我问他：“你哪儿学来的技术？”他告诉我，小卖部生意不做之后，他和弟弟一起到一家砖厂拉砖坯去了。干了近两年，砖厂经营不善，工资开不了，关张时，老板就把一辆破旧的三轮摩托车抵给了他哥俩。他修理摩托车的技术，就是在砖厂开三轮摩托车拉坯的两年里边干边琢磨出来的，属于自学成才。

摩托车修理部生意很红火，每天都有做不完的活，田永生的收入比开小卖部时大幅增长。而当时在北市村，除此而外，既无企业，又无商业，村里一些公务性的开支，村委会往往无能为力。每到这样捉襟见肘的时刻，村干部就来永生摩托车修理部，求他帮忙。他呢，还总是有求必应。因为跑遍全村就他这里有活钱进账，所以几年下来，他究竟为村里垫付了多少钱，他也记不清了。说实在的，他也没把这点儿钱放在心上，觉得为乡亲们作点儿力所能及的贡献，是应该的，不足挂齿。日久天长，村干部们在感激他的同时，都觉得他是一个急公好义的后生，是个培养对象，村支书就找他谈心，勉励他申请入党。那时县委有指示，要基层党组织选拔35岁以下的年轻人当干部，他就成了选拔对象，进了村委会。当上村委会委员后，他分管治安工作。于是，他从此就义不容辞地把保护村民生命财产安全的重任担起来了——

2001年，村民肖志强的媳妇有一天早晨赶到他家来向他报告，说她清早下地，刚走进她家的塑料蔬菜大棚，就听到有人酣睡的呼噜声，把她吓了一跳，也不知那陌生人是流浪汉还是坏蛋。他一听到此情况，就警觉起来，拔腿就往现场赶。不料，待他赶到时，那夜宿塑料蔬菜大棚的来历不明者已不知去向。他寻思，肖志强的媳妇并没有惊动那陌生人，那人说不定还会到这蔬菜大棚里来过夜。于是他就和村里的治安巡逻队员一起，晚间悄悄地在蔬菜大棚外蹲守。没想到，连续蹲守了两夜，那陌生人并没有出现。待到第四天一大清早，肖志强的媳妇又来向他报告："那家伙又睡在我家蔬菜大棚里了，你快去看看吧！"当他带着治安巡逻队员赶到时，那人提着行李包撒丫子就跑，他领着治安巡逻队员追了两里地，就把那身份不明的人截住了。问其是什么人，那家伙一下子就慌了神。田永生让那家伙打开行李包，一看除一堆假证件和金戒指等细软外，竟还有一把匕首。于是，他断定其不是好人，当即将其扭送至派出所，一查，此人原来是网上通缉的一名逃犯！

2002年8月的一个傍晚，他正在家门前修车，村民张连勇打来电话，说自己放在公路边的摩托车几分钟工夫就不见了。他判断，盗车贼肯定是沿着公路逃跑，不是朝南就是朝北，朝北是往易县县城，可能性小，他就让张连勇往北追，而他自己则立即骑上摩托车，风驰电掣地向南追。一直追出十多公里，终于见前面一人骑的摩托车是他熟悉的张连勇的牌照，于是就加大马力冲了过去，在那辆摩托车前紧急拐弯刹车，将其挡住，把盗车贼扭送到派出所，使张连勇的摩托车完璧归赵。

2005年夏末秋初，一辆机动车在京赞公路上肇事，将北市村一位开三轮摩托车的村民连人带车撞伤后逃逸。田永生闻讯后，先将伤者从路边的沟里救起，随后问清逃逸机动车的车型，就驾起自己的小车急追，直追得肇事者无路可逃……

抑恶扬善，匡扶正义，作为村委会中最年轻的干部，田永生从正道上一路走来，在村民中的威望和声誉越来越高。2005年，在乡亲们的拥护和信任下，他成为了北市村的"当家人"——村党支部书记兼村委会主任。那年他才38岁，像他这样"双肩挑"的年轻村官，别说在北市村的历史上是第一个，就是在有着56万人口、469个行政村的易县，当年也是凤毛麟角。

滴滴鲜血洒在追擒飞贼的路上

北市村地处半山区，自然条件相对较差，全村270户，1020人，作为"双肩挑"的"当家人"，田永生既要带领乡亲们脱贫致富，又要保一方平安，担子着实不轻。为了有现场感，我对他的采访，是从他的家门前开始的。他家就住在公路的西侧，是两间向阳的红砖平房，距住房约二三十米，有一间朝东的小房，他告诉我，那就是他原先开的永生摩托车修理部，修配工具和废旧摩托车零件还堆在里面。当年永生摩托车修理部关张，是因为他未经技术考级，领不到工商部门颁发的特许行业经营证。摩托车修理部关张之后，他在自家的院子里办起了一个地板砖厂。这也是北市村的第一个民营企业。地板砖的原料是水泥和石子，用模具压制而成。村里的青壮男人大都外出打工去了，因此他办地板砖厂，专招村里生活相对困难的妇女来当工人，让她们挣钱改善家境，她们干得可欢实啦！厂里生产的水泥地板砖质量高，销路也好，每年的盈利，大约有十来万元。然而，当我随他走进他家的院子时，这里一片静悄悄，西侧的厂房空荡荡，不见一个工人，只见压砖机摆在院子中央，机器旁是一堆散乱的石料和砖块。我问田永生："地板砖厂怎么停工啦?"他回答说："地板砖厂生意原本相当好，可是从我当了村支书兼村委会主任，工作太忙了，哪还顾得上厂里的事，只得把厂停了。"

为了忙村里的事，一年要少收入十来万元，田永生真不愧为舍己为公的好"当家人"。他说，尤其是突发性的偷盗事件，一有村民向他报告，他就得赶赴现场处理。2006年6月2日凌晨三点来钟，村民李注江一觉醒来，发现放在桌上的几十元钱不见了，深更半夜不知如何是好，就赶紧给田永生打电话。不到5分钟，田永生就赶到李注江家，帮李注江向派出所报了案。第二天，他就召集党支部和村委会开会，决定成立治安巡防小组，每晚由村干部带队在村里巡逻，一旦发生情况，几分钟内就能赶到现场，让乡亲们晚上能睡个放心觉。

晚间有巡逻队值勤，乡亲们心里踏实多了。但是，白天还常有抢劫的案件发生。一天，在杏林医院上班的玲儿姑娘来找田永生，说她下班回村途中遇到两个骑摩托车的飞贼，把她的手提包抢走了。手提包里除有1000多元现金外，还有一张银行卡。田永生对玲儿说："现在去追飞贼是不可能了。既然你包里有银行卡，飞贼明天就一定会到银行去取款。银行8点钟开门，我们7点半钟到附近的银行蹲守。"未料，第二天他俩在银行门前蹲守到8点半钟，也未见飞贼出现。他俩到银行柜台上一查，营业员说，玲儿卡上的钱已于凌晨3点在另一银行储蓄所的自动取款机上被人取走了。他和玲儿就立即赶往那家银行储蓄所，心想只要调出昨夜现场的监控录像来，就能看清凌晨3点取款人的真面目了。哪知按银行的规定，只有公安部门才有权调看储蓄所的监控录像，无奈之下，他就只得先到派出所去报案。好在他与派出所所长很熟悉，所长立即带他去储蓄所调看监控录像，没想到因摄像探头年久失修，监控录像一片模糊，根本见不到人影儿！田永生对我解释说："您不知道，前些年农村的好些设备都是陈旧落后的，何况我们易县还是个贫困县呢！"

玲儿的手提包被抢后不久，在一家建筑公司管库房的村民张淑芬，在骑自行车下班途中，被一辆擦肩而过的摩托车撞倒，未等她爬起，骑摩托车的飞贼就拎走了她车筐里的手提包，驾驶摩托车急速逃窜……张淑芬挣扎着爬起来后，就直奔田永生家，来向他报案。他一听，嫉恶如仇、义愤填膺地说："最近一段时间，抢劫团伙活动很猖獗，闹得易县城乡不得安宁。有朝一日若飞贼撞在我手里，你放心，我拼死也非得把他活捉不可！……"

田永生对张淑芬说这话，还真仿佛是有预感似的。2006年10月25日，上午11点多，田永生正在家里和村民张海军谈事，忽然听到外面一阵刺耳的汽车刹车声，接着有人高喊："抓强盗！抓抢劫犯！……"田永生和张海军迅速冲出屋门来，只见一胖一瘦两个人，正骑着一辆摩托车走投无路，不得已在他家的摩托车修理部前强行拐弯。胖子有一米八的个儿，是个彪形大汉，戴着黑墨镜、白口罩，手拎红色女用挎包。瘦子矮一些，却穷凶极恶、面目狰狞。此时，刚刚停稳的小轿车上急忙跳下一男一女，指着骑在摩托车上的胖子和瘦子说："他们是抢劫犯，快抓住他们！"田永生一听，顿时火冒三丈，心想，抢劫玲儿和张淑芬手提包的飞贼，也许就是这两个家伙，便一个箭步冲了过去，使劲儿把摩托车上的两个飞贼撸了下来。摔倒在地的两个歹徒见势不妙，爬起后就弃车而逃。仓皇间，这两个歹徒就像无头苍蝇，分不清东西南北，不知路在何方，撒腿就逃进了田永生家的院子。一看这情景，田永生就拿定了主意：今天要是放跑了这两个小子，不知他们以后还会祸害多少人呢，既然撞到我的家门口，你俩就休想跑掉！他一面掏出手机打110报警，一面向张海军示意，两人一起向两个歹徒追了过去。两个歹徒见血气方刚的田永生和张海军紧追不舍，就觉得事态不妙，便一边向后退，一边把手里抢劫来的女包扔掉，嚷了一声："嗨！把包给你们了，你们就他妈的不要追了。"说着，这两个家伙同时掏出了弹簧刀，凶狠地说："过来就捅死你们！"

面对手持弹簧刀的两个歹徒，田永生毫不畏惧，捡起地上的石块，一步步逼向歹徒。年轻气盛的张海军也从后面跟了上来，准备与两个歹徒作一场殊死的搏斗。两个歹徒一见他俩步步紧逼，便狗急跳墙，越过北侧的竹篱笆，逃进了一片小树林。田永生和张海军知道，这片小树林只是一块菜园子，再往北就是一条死胡同，两个歹徒跑不出去。于是，他俩也就越过竹篱笆，猛追了过去。张海军是个很机灵的小伙子，刚出菜园子，就一个“饿虎扑食”，把那个胖子绊倒了，可是由于惯性，他自己也摔倒了，右腿摔伤。田永生一个箭步冲上去把那胖歹徒摁住，向后掰他的手腕，奋力夺刀。谁知那瘦子又返回来救胖子，手里的弹簧刀直接刺向田永生。田永生急忙腾出手来招架，顺手拾起一块砖头向瘦子砸去。这时，胖子趁机翻身，在田永生没有防备的情况下向他连刺数刀，田永生的左胸和左腿被刺中，顿时鲜血涌流。趁田永生被刺之机，瘦子拉起胖子就跑，张海军爬起来就要追，田永生忍痛喊道：“快用石头砸！”于是，一场边追边打的“石头大战”开始了。两个持刀歹徒非常凶残，田永生一面向两个歹徒投掷砖头石块，一面打手机通知村民治安巡防小组紧急出动，任滴滴鲜血洒在了1里多长的追逃路上……

追打途中，张海军一石头砸在了瘦歹徒的肩上，打了他一个趔趄。那个胖歹徒也用石头还击，张海军用胳膊一挡，石头就砸在了他的小臂上，疼得他一下子蹲在了地上。那胖歹徒正在得意之时，村民组长历林福赶来了，迂回到了胖歹徒的身后，照他的后脑勺就是一砖头，胖歹徒当即栽倒在地。而瘦歹徒的一块石头同时也打在了历林福的小腿上。此刻，闻讯而来的村民越来越多，有的拿了铁锹，有的拿了锄头……瘦歹徒见势不妙，撒腿就跑。田永生见张海军受伤较重，就安排他和几个村民看管已经倒下的胖歹徒，自己继续追打瘦歹徒。瘦歹徒逃到死胡同的尽头，一面4米多高的围墙挡住了去路。因围墙下堆放着土石，围墙这侧露出的墙体只有两米来高，真可谓“狗急跳墙”，瘦歹徒竟然一跃而上，翻墙跳了下去，掉进了墙外的深沟。这家伙满以为已负伤的田永生不敢跳墙再追赶了，没想到英勇的田永生早已将生死置之度外，带领历林福和随后赶到的张海州、张永刚、张永明等年轻的治安巡防员奋力翻墙，跳了下去，一步步逼近已经筋疲力尽的瘦歹徒。这时，55岁的田海老人也拿着铁锹带领部分群众赶到。瘦歹徒自知已插翅难逃，靠在一棵大枣树上一边呼呼地喘着粗气，一边哆嗦着向田永生求饶：“大哥，大哥，我把刀子扔掉，你们也别用石头砸我、铁锹劈我了……”田永生见瘦歹徒真的随手扔掉了弹簧刀，就指挥乡亲们说：“抓活的！”而正在瘦歹徒束手就擒之时，县公安局刑警二中队接到报警后，队长带领4名民警赶到了。田永生眼看着乡亲们把两个持刀抢劫的飞贼押上警车，顿感胸口疼痛难忍，用手一捂伤口，才发现鲜血已湿透上衣，前胸一片殷红……乡亲们见他两处负伤，失血过多，连忙把他抬上赶来救援的易州镇派出所的巡逻车，送往易县医院，紧急抢救！……

采访时，我让田永生撩开上衣，给我看了他左胸上的那处伤疤。他说：“那歹徒的弹簧刀不长，但很锋利，这一刀正捅在我筋骨边沿儿上。据抢救我的大夫说，这处刀伤为1×1×3cm，刀尖距心脏仅有几毫米，十分危险。经全力救治，一个多月后我才痊愈出院。不过，在我被刺伤的那会儿，心里只想着一定要活捉飞贼，为民除害，根本忘了自身的安危，也不知两处伤口都在流血。事后的一些通讯报道都写到‘田永生因伤势过重，晕倒在血泊中’，那是夸大事实、宣传过头了！在警车未赶到前，我一直憋足劲儿在追打瘦歹徒，更没有晕倒。直到见乡亲们把瘦歹徒押上警车，我才松了一口气，猛然间感到剧烈的伤痛……”

田永生的这番话，令我震撼，更令我感动。令我震撼的是，他在身负重伤之时，仍不忘自己作为北市村“当家人”肩负的重任，带领乡亲们追打歹徒，尽显英雄正气；而令我感动的则是，当他成了名扬全县、全省以至全国的道德模范之后，仍不失平民本色，诚实质朴，有一说一，不图虚名，尽显高尚的做人品格！

在带民致富的大道上勇往直前

在田永生向我讲述他与两个飞贼那场惊心动魄的较量时，我感到他似乎遗忘了一个重要的细节：一句也没提被抢手提包的受害人。于是，我就对他说：“明天上午你要是有时间，就带我去采访周小娟吧！”田永生不解地反问：“周小娟是谁？我不认识呀！”我这才告诉他，由京来易县前，我在百度上搜集有关他的资料，读到了一篇题为《易水河畔斗劫匪》的“纪实小说”，主人公分明是他，而被抢手提包的受害人是“桥头乡一个石材企业的女老板”，叫“周小娟”。她“这天签了一个大单，需要支一笔钱用”，“到农行取了5万元钱”。“已是上午11点钟，周小娟来到飞马北边的邮政局营业厅邮了一封信，很快就又出来了。”一出邮局，“就见两个人骑一辆摩托车直奔她而来，她下意识地抓紧了挎在右肩上的皮包。果然，两个家伙要下手了。就见一错车的工夫，坐在后座上的大胖子王辉劈手就夺过了周小娟的皮包，然后一个急转弯儿向南驶去。周小娟当时竟然出奇的冷静，扔下车子，招手拦住了一辆红色夏利出租车迅速向二贼方向追去。出租车司机王滨是个有十年驾龄的老司机，沉稳老练，平时就是一个颇有正义感的哥们。这次遇到抢劫，他二话没说，眼睛瞪得老圆，死死盯住了前边的劫匪。周小娟立刻掏出手机报警”……

听我复述了这“纪实小说”的开头，田永生笑了，说：“瞎编！那受害人我不认识，但我知道那个给她开车的司机是哪个单位的，他根本不是出租车司机。2006年的时候，易县县城里难得见到一辆出租车，她的包被抢了，哪儿去找出租车帮她追赶飞贼呀？她和那司机有着不便公开的关系，案发当天，他俩当场取走飞贼扔下的手提包就开车走人了。后来再也没露过面。”

“你被歹徒刺伤，流了那么多血，她也没到医院来慰问和报答你吗？”我问。

“没有。”田永生回答，“追擒行凶抢劫的歹徒，是我应该做的事，也无需她报答。那两个抢劫犯抓到之后，警方顺藤摸瓜，一举打掉了两个在易县、涞水、高碑店等地疯狂作案27起的抢劫犯罪团伙。此后，我们这里的治安状况就变好了，再没有发生过此类抢劫案。我也就把精力集中用在带民致富、建设社会主义新农村上啦！”

说起建设社会主义新农村，田永生讲了几年来村里办成的几件大事。其中，最为乡亲们称道的，是解决家家户户的吃水问题。还在老支书当政时，由于连年干旱，村里大多数人家的井都枯了，要跑很远的路去向人家借水，然后再费劲儿挑回家来。为了筹措打机井的费用，当年曾由老支书拍板，把村干部的一处办公用房以20多万元的价格卖了，结果这笔钱花光了，请来的打井队也没能打出水来。田永生上任之后，召开的第一次“两委”班子会，就把解决村民用水难列入日程。紧接着，他去找县水利部门帮助，请来专家找水，确定井位，经过一个多月的紧张施工，终于打出了一口深水井，看到清澈的井水喷涌，乡亲们无不热泪盈眶、激动万分。但是，要彻底解决村民的用水困难问题，必须在全村铺设自来水管道。在召开村民大会讨论集资安装自来水时，却有人提出异议："给每家每户安装自来水是好事，但需要20多万元，村里没钱，那么多困难户咋办?"田永生想，此事决不能半途而废，就拍着胸脯说："困难户我来管，安装自来水决不丢下一家。"未料由于工程量大，施工过程中投资又出现不小的缺口。田永生不只拿出自己的积蓄，还以自己的名义担保借钱，经多方筹措，终于解了燃眉之急，如期完成了全村自来水的安装工程，为乡亲们办了一件实实在在的大好事。

田永生上任后干的第二件为人称道的大好事，是在村里办了一家服装厂。多年来，北市村的集体经济名存实亡。他上任后，看到村小学因校园合并后一直闲置，便四处奔走，设法将其租出去。2006年春天，村里终于同高碑店一家服装企业达成协议，在此建立分厂，不仅避免了集体资产的流失，还安置了30多个富余劳动力就业，使几十户村民增加收入，走上了脱贫致富之路。

把水泥路修到每一户村民门前，这是田永生上任后办的第三件大事，提起此事，田永生不无遗憾地说："开始修两条主路的时候，我前妻宋春菊还在呢！等第二期工程开工，她就因查出肝癌晚期住进北京307医院了。"他告诉我，村里原都是土路，坑洼不平，一下雨就泥泞不堪，出行很不方便。尤其是住在村西的十几户人家，出行的路非常窄，还有三个死弯儿，到了麦收、秋收时节，连粮食都没法往家运。待开了两条主干道之后，就解决了村民出行难的问题。为了方便群众，他又好事做到底，还是以他个人的名义担保借钱，把水泥路修到了每户村民的家门前，没有让任何一户村民掏一分钱，就让北市村的交通面貌焕然一新。听他说到这里，我不禁怦然心动，说："你带我到村里转转、看一看好吗?"他立即答应，并让我坐上他的小车，亲自驾车，沿着平整宽阔的水泥路进了村，路上给我的感觉，仿佛是行进在一座新城的街道上，舒心又畅快。转悠到村西头时，他停下车，让我下来，指着山坡上的一座房子说："你看这户人家离村子比较远，中间还隔着一条小铁路，新房盖成后，四年通不上电，一直点煤油灯。我一上任，户主龚振江就来找我，反映他家用不上电的困难。我就立即去找供电所协商，供电所自然也有为难之处，来回奔波了好多趟，供电所才答应埋杆拉电。

可是，因埋杆要在田里挖坑，两户村民不愿意，我一连五次上门去这两户村民家苦口婆心做工作，嗓子都说哑了。前后折腾了半个月，近300米长的电线终于架到了龚振江家。龚振江感激地说：‘灯亮了，我心里也亮了！’……”

龚振江这句话说得太好了！这使我立即意会，作为北市村的“当家人”，这些年，田永生就是在用心中的火热的大爱，去把每个村民的心点亮。为此，他要付出多少心血、智慧和积蓄啊！从村里转了一圈回到田永生家，我就问起他家这几年的变化：“你前妻从患癌住院到去世，花了多少钱?”他回答说：“少说也有30万元吧！农村合作医疗只给报销了两万多元。其余大都是我弟弟和亲戚朋友帮忙周济的，他们知道我当村支书、村主任之后，原来家里的一点积蓄都在为村里办几件大事时垫付掉了，也就不要我还，具体他们到307医院代我交了多少款，因为我村里的事太忙，两头来回跑，所以也就搞不清楚啦!”

听他说到此，我为他算了一笔账：假如他家的水泥地板砖厂不停办，每年有十来万元盈利的话，他前妻患癌的医疗费，是绝不要亲友来帮忙解决的。之前他告诉我，按今年的新规定，村支书、村主任月津贴提高了，但加起来才770多元钱，一年下来，尚不足1万元的收入，只等于他家办水泥地板砖厂时盈利的一个零头而已！听我算完这笔账，田永生感慨地说：“你知道吧？现在村支书和村主任都是全体党员、全体村民每人一票投票选出来的，乡亲们心里装着咱，咱心里就得装着乡亲！为乡亲们排忧解难，多作点奉献，是咱神圣的职责啊!”

“他这人就是这么实诚，当村干部吃亏，一点儿也不后悔!”坐在一旁的赵尔曼，冷不丁插了一句话。

我问赵尔曼：“明知他当村干部吃亏，那你怎么还愿意嫁给他?”

田永生一听笑了，说：“她在县科协上班，公务员，嫁给我这个农民，也吃亏大啦!”

县城里的公务员嫁给贫困村庄的农民，这是我闻所未闻的新鲜事儿。我问赵尔曼：“你父母当初没反对吗?”

“反对说不上，顾虑倒是有一点儿。”赵尔曼回答，“但他的模范事迹摆在那儿，都知道他是个乡亲们信得过的村干部，人好！最后，父母召集家庭会议，包括请姑家、姨家的亲戚参加，讨论决定这门亲事！说只要他人好，吃亏也得嫁！从我俩认识到结婚，一年多了，我全力支持他在村里的工作，从没闹过矛盾，他的两个孩子，和我处得也很好，就像亲生的似的。我们这个家庭可和谐啦！……”

采访临结束时，赵尔曼说，他俩结婚好几个月了，田永生还没有陪她出去玩过呢，执意要我在易县多住一天，和他俩一起去游览清西陵、燕下都、紫荆关等易县境内的名胜古迹。我说，村里的工作那么忙，我就不多占用他俩的时间了。如果荆轲塔离北市村不远的话，去看一下也行，以弥补我四十年前的遗憾。田永生说，他家离荆轲塔仅两里多地，那是他小时候经常去玩的地方。于是，在我乘末班长途汽车回京之前，田永生开车，与赵尔曼一起陪我去看了荆轲塔。荆轲塔位于易州镇荆轲山村以西的荆轲山上，始建于辽乾统三年，即1103年，明万历年间，清康熙、乾隆年间均进行过修葺，现塔旁还有石碑为记。但经风雨常年侵蚀，碑文已难以辨认。赵尔曼说，县里也规划把荆轲山建成一座旅游休闲的公园，别看如今这里很冷清，到公园建成之后，来登荆轲山的游人就会多了。此刻，当我瞻仰巍巍荆轲塔，又情不自禁地吟起司马迁名句“风萧萧兮易水寒，壮士一去兮不复还”时，深感荣幸的是，带我登上这荆轲山的是当代壮士田永生。荆轲“壮士一去兮不复还”的英雄精神被人们传颂了两千年，在荆轲山下成长起来的田永生，不也继承了这种英雄精神吗？只是时代不同了，这种英雄精神有了新的内涵。我相信，作为易水新壮士，他见义勇为、舍己为公，在带民致富的大道上勇往直前的模范事迹也一定会在燕赵大地上广为传扬！

2010年6月8日

面对荧屏

在兄弟五个中，我是老大，除我读完大学到北京工作而外，因家境贫寒及遇上“文革”劫难，四个弟弟文化程度都较低，小弟几近文盲，只得全都在故乡当农民。弟弟们渐次长大后，要结婚娶妻就得盖房子。那年月，我年迈的父母哪有能力连续造四座新屋？不得已，就将我二弟、三弟招赘出了门。因我自小多病体弱的妹妹远嫁在浙江余杭农村，为对她有个照应，三弟也就招赘到了余杭。虽说近一二十年来，我常有机会回江苏武进老家看看，但与三弟却总难碰面。因此，4月16日（农历三月三）我应邀到绍兴参加上虞笔会时，就在“曲水流觞”饮酒赋诗的现场，用手机给我三弟家打了个电话。接电话的是他女儿向华，向华一听我笔会结束后要去她家看望，兴奋极了，说：“太好啦！正巧我家新楼落成，明天吃上梁酒，大办宴席呢！您明天就来吧！我开车到杭州去接您！……”

17日上午11时许，我就到了三弟家。我没有想到，他家盖的是一座别墅式的三层小楼，内装修也相当考究，如果放在北京，恐怕花1000万元也买不下来。三弟一家人忙着去接待络绎不绝前来赴宴的亲朋好友，就让我先在客厅里喝茶看电视。电视机是崭新的，超薄的液晶屏，足有50英寸。面对荧屏，我不禁想起了上次到他家来的情景——

那是1987年。其时，三弟是自产自销豆芽菜的个体户，虽小本经营，生意却相当红火，手上有了点儿余钱。在枇杷将熟之际，就把父母亲从武进接到他家去尝鲜。二老在他家刚住下，他就心急火燎地接连写信来，催我给他在北京买一台彩电，托运到余杭去，好让二老一饱眼福，晚年生活多一些乐趣。他这份孝心很令我感动。但他也就此给我出了个难题：那年月彩电是紧俏商品，有钱也买不着。我记不得费尽心机托了多少关系、走了多少门子，折腾了一两个月时间，也毫无收获。意想不到的是，到了7月初，我堂哥援外归来，在北京歇脚，向我说起他们是县建筑公司派到科威特承建工程的，一年为期，归国时每人都可以在外经贸部的出国人员服务部免税购两大件家用电器。因为打工仔们的家大都在农村，刚解决温饱问题，彩电、冰箱之类，对他们而言，尚属高消费商品，所以，在京停留期间，他们大都托人把所持的免税家用电器指标卖掉，好换些现钞回家。这下就解了我的燃眉之急。那时候我的经济并不宽余，兴冲冲地花了近千元买了一台14英寸的彩电，就立即在外经贸部的出国人员服务部办了托运手续，发往余杭我三弟家。未料，就在彩电托运后的第三天，我突然收到三弟发来的电报："父今晨不幸病故，速来余杭超山火化场殡仪馆……"等我乘火车第二天赶到余杭时，三弟告诉我，父亲是患感冒转肺炎病逝的，前后就两天时间，走得太急了，好不容易才为他买到的那台彩电，竟然还没有来得及托运到余杭，铸成了他老人家终身的遗憾！

一晃，时间不觉过去了23年。如今，随着我国改革开放步伐的加快，彩电不仅再不是紧俏商品，而且早已在城市普及，"飞入寻常百姓家"，诸如创维、TCL、康佳、长虹、海信、海尔等叫得响的国产彩电品牌，都深受消费者青睐。去年10月，我到福清检验检疫局采访，一走出办公楼三层的电梯间，迎面就见墙上挂着一块"冠捷科技集团"赠送给福清局的牌匾，上书两个遒劲的大字："敬業"。我注意到，那"業"是繁体字。由此，我才了解到，"冠捷"最早是一家台资企业，经过十多年的发展转型，已成为全球化的高科技电子公司，拥有七大生产制造基地（分别位于福清、北京、武汉、苏州、波兰及巴西的玛瑙斯、圣保罗）、七大销售中心（分别位于中国大陆、美国、巴西、德国、荷兰、印度、日本）及分别位于台湾和大陆的两个研发中心，单福清基地，在当地就拥有配套企业50多家，并通过了国家免验。在福清检验检疫局一位检验员的陪同下，我去参观了这家全球化的高科技电子公司，在所有标志性图案都是用液晶显示器拼接成的产品展示大厅里，冠捷集团负责进出口业务的一位资深处长向我介绍说，在全球市场，如今每100台显示器中有30台由"冠捷"制造；在中国市场，则每100台显示器中有45台由"冠捷"制造。冠捷科技集团已是名副其实的行业老大。我不知像"冠捷"这样实力雄厚的高科技电子公司我国还有多少家，但自到"冠捷"参观之后，我就断定，我国已是一个无可匹敌的彩电生产大国，日本彩电一统天下的年代一去不复返了。我三弟家这台新彩电，液晶显示器说不定就是冠捷公司生产的呢！

面对荧屏，我又想到为应对国际金融危机、拉动内需，国家适时出台了“家电下乡”的惠农政策：从2009年2月1日开始，“家电下乡”在全国范围内风风火火地开展，农民在“家电下乡”中购买彩电、冰箱等产品，将得到销售价格13%的财政直补，实施时间暂定为4年，预计财政补贴104亿元，将拉动9200亿元农村消费市场。一年多来，已有数千万农民从这项改善民生的重要举措中受益。我想，随着国民经济的回升向好，广大农民群众的生活质量也会不断提高，不仅是像我三弟所在的沿海经济发达地区，而且在经济欠发达的西部以至“老少边穷”地区，日用家电也会逐渐普及，那里的农民兄弟也一定会看上彩电。可以预期，在不久的将来，这样令人鼓舞的喜庆景象就会在荧屏上频频出现……

想到此，我不禁感叹：假如父亲能活到今天，此刻我能陪他老人家在这三弟家的新楼里看卫星播送的彩色电视节目，该有多好啊！

2010年4月25日

霍懋征老人的哀荣

人至耄耋之年，若头脑尚且清晰，定然会想到身后之事。我的一位老领导，生前就曾立下遗嘱："逝世后不发讣告，不印生平传略，不举行告别仪式，火化后骨灰撒入大海。"但像这样令人崇敬的离退休老干部不是很多，倒是屡屡听说，有的死者家属为了《生平》中对老人评价的分寸或告别仪式规格的高低而与组织上争执不休，一再拖延告别仪式及火化的时间，闹得沸沸扬扬。2月19日上午9时许，享年88岁的北京第二实验小学原副校长霍懋征告别仪式在八宝山革命公墓举行，人们意想不到的是，中共中央政治局常委、国务院总理温家宝及刘延东、严隽琪、罗富和等党和国家领导人亲自前往，在霍懋征遗体前肃立默哀并鞠躬作最后送别，与亲属一一握手，表示慰问。一个小学副校长，如按行政级别来套，充其量是个副处级干部，但其享受到的后事的规格，恐怕已超过了省部级干部。如此高的哀荣，霍懋征生前是决不会想到的。

那么，温总理为什么要打破常规呢？2月27日，他在与网民在线交流时回答："最近我去送别实验二小的老校长霍懋征老师，我对她特别尊重，因为她曾经给我写过信。她提过一条重要的建议，就是要提倡大学毕业生教小学，或者是小学教师要是大学毕业生，因为她本人就是师范大学1943年的毕业生。她在几十年的教育生涯中，有各种升迁的机会，比如教育部曾经调过她，教育出版社曾经调过她，但是她都没离开她那所小学，而且到八十岁的时候还上讲台作示范教学。她最让我感动的一句话就是'没有爱心就没有教育，没有学不好的学生，只有教不好的教师'，她是把爱整个倾注在教育一线的。我之所以为她送别是想告诉大家：一个普通的小学老师，也应该得到社会的尊重，只有这样我们的国家才有希望。"

温总理讲得很清楚，霍懋征是一个"把爱整个倾注在教育一线的"好老师，她一生中有过多次升迁机会，但她都主动放弃了。也就是说，她从没有在行政级别、工资待遇、生活福利等问题上与组织讲过条件、与他人争过高下。尽管她只是一个普通的小学老师，但她的思想境界之高，却是那些一心想着升迁发财的庸官、贪官无法比拟的。可以说，她以自己辛勤的一生为教师这个职业赢得了尊严。有人说，操劳国事、日理万机的温总理专程去为霍懋征一人送行，是用实际行动来表示对教育的重视、对教师的尊重，温暖了全国1200万教师的心。而我觉得，温总理此举，也令从各条战线上退下来的老同志、老干部深受感动。如果我们都能像霍懋征那样一生把爱倾注在为国为民的事业中，就一定会赢得全社会的尊重，被铭记在党和人民的心上，至于后事的规格，尽可置之度外！

行文至此，我不禁想起了臧克家的名诗《有的人》：“……把名字刻入石头的，/名字比尸首烂得更早；/只要春风吹到的地方，/到处是青青的野草。/他活着别人就不能活的人，/他的下场可以看到；/他活着为了多数人更好的活的人，/群众把他抬举得很高，很高。”霍懋征老人的哀荣，正是给了我们这样的启示。

2010年3月23日

文学报刊的行政级别

2月27日，温家宝总理第二次与网友在线交流时谈到：“我们现在的教育确实存在许多问题：一是教育行政化的倾向需要改变，最好大学不要设立行政级别；二是让教育家办学，我这里所说的教育家，他们可能不是某些专业的专门家，但是他们第一热爱教育，第二懂得教育，第三要站在教育的第一线，不是一时而是终身。如果两三年一换，那么哪一所学校都不可能办好。”这段话可谓一语中的，直击我国教育的症结所在。由此我联想到，文学界存在的要害问题，又何尝不是日趋严重的“行政化的倾向”呢？

去年，浙江省作协的《江南》杂志，就《文史我鉴》一书的出版，来京在中国作协大楼举行首发式暨座谈会。因《文史我鉴》是《江南》的一个专发作家命运故事的专栏，所以汇集成书后，封底上印上了一副富有深意的对联：“浙江昔有半部中国现代文学史，《江南》今见一片世纪文坛作家林”。我以为这也是《江南》主编袁敏确定的办刊宗旨。袁敏曾与我在作家出版社共事多年，有过很好的合作，可谓知根知底的文友。我是临时被袁敏邀请参加座谈会的，本无发言的准备，座谈会临结束时，她恳请我也说几句，我才即兴发言道：

“我刚拿到《文史我鉴》这本书，只读了袁敏的《写在前面》。她说：‘我离开作家出版社，入主《江南》，从书人变成了一个杂志人。从我选择做杂志人的那一天起，我就一直梦想构架一座连通杂志和书的桥梁，我希望我们通过杂志推出的优秀作品和精心打造的文化栏目在提供精神食粮的同时，也能做成让读者爱不释手的图书，让那些有分量、有价值，可以让人一读再读的文字通过图书的形式永久地保存下来。’《文史我鉴》，就是袁敏梦想中的‘大江南文丛’的开山之作。她是我们作家出版社业绩最出色的优秀编辑，是在我退休一年之后调离的。她原就是正处级，属于平调，但她在出版社每年拿的奖金，都是最高的，税前六七十万，她的调离，是甘愿在经济收入上作出了巨大的牺牲。因此，我在为她被《江南》公开招聘去当主编而感到高兴的同时，也很为她的这种奉献精神所感动。今天，当我看到《文史我鉴》的隆重推出，就更觉得她的选择是对了，值！我是从杂志人变成书人的，我觉得《江南》办成现在这个样子，正如刚才有同志所讲，在各省市的大型文学刊物里面，已经跑到前面了。确实，袁敏如此全身心地办刊，是值得赞赏的。

“人所共知，我国的文学刊物办了那么多，但几十年来，基本上是‘千刊一面’，就几个板块：中篇、短篇、散文、诗歌、评论，如此而已。像《江南》这样有自己特色的文化栏目的刊物，实在是太少。尤其是文学刊物，刚才有同志讲当代人写的文学史里面没有故事，这确实是件让人读得很乏味的事。其实，包括文学刊物里面，也看不到作家故事。我原先办刊物的时候不是主编，但是我一直想，如果我当文学刊物主编，就一定要介绍作家。记得当年《中国作家》创刊的时候，我们就设了一个栏目，叫《作家写作家》。几轮主编转换，这个栏目就不见了。再比如说，诗歌刊物如今也有很多种，但也都是只发诗作和诗评，不介绍诗人，看不到诗人的故事，这也是一个缺憾。前两年上海终于办了一个刊物，叫《上海诗人》，起始我很高兴，结果，待到《上海诗人》出刊，一看，未料和其它诗刊一样，依然是只发诗作和诗评，看不到上海诗人的命运故事，颇有些扫兴。由此，我就觉得办刊，主编必须有自己的办刊理念、宗旨和坚持不懈的追求。必须有这样一个掌舵人。我一直在想，搞出版、搞刊物的人，用现在的行政级别来套，到时候就要升迁，换人来掌舵，那就很难保持原有的特色和品牌了。一个出版社、一个杂志，如果将来走改革的路，不要用行政的路子来办，就得像巴老那样，几十年不倒，做《收获》的终身主编。他的办刊思想一以贯之，坚持用稿标准，以质量说话，不登广告、不拉赞助，形成独特品牌，就在读者中树立了威望，发行量始终在文学刊物界遥遥领先。而大多数文学刊物的主编，一两年、两三年，就像日本的首相一样，老换。反正是一当上主编后，就正处奔副局，副局奔正局，正局奔副部，朝思暮想能拾级而上……主要精力根本不放在审稿办刊上。我想大家都记忆犹新，新时期之初，像从维熙的《大墙下的红玉兰》、张一弓的《犯人李铜钟的故事》等闯禁区的作品，都是经巴老亲自拍板发表的，而如今，有些刊物、出版社的主编、总编，压根儿一篇稿子也没审读过。因此，从报刊社级别行政化之后，就再也出不了编辑大家……”

上述发言记录，我是从网上下载的，只是稍作了些订正和整理。虽说当时是即兴发言，但文学报刊的行政化倾向，则是同行们多年来就厌恶的了。因此，我想当同行们听到温总理说到“教育行政化的倾向需要改变”时，内心一定会激起强烈的共鸣：文艺界的各个协会及其下属的报刊社的“行政化的倾向”，也已经到了“需要改变”的时候了。显然，要想繁荣文学，就应该让热爱文学、懂得文学的人主持作家协会和文学报刊社的工作。再有，像被称做“作家摇篮”的鲁迅文学院，总该是由作家或文学理论家当院长，才能办好吧？

2010年3月8日

燃“煤”之急

我从江南到北京生活已46年，今年是最冷的一个冬天。记得有一天的最高温度是摄氏零下9度，假如是在生煤球炉过冬的上世纪六七十年代，住在漏风的陋室里，那日子就不知该如何过了。幸好如今已住进有新型暖气设备的楼房，书斋里依然吊兰吐翠、盆花飘香，每天的室温从未低于摄氏18度。据报道，新年伊始，不只是北京，全国大部分地区都遭遇了百年罕见的低温雨雪天气，各地电网负荷持续攀升，耗煤屡创历史新高。特别是华中湖北、湖南、江西三省及京津唐地区出现电煤供应紧张局面。针对电煤供应严峻形势，铁道部决定自1月10日至1月30日，在全路开展为期20天的抢运电煤大会战，集中力量突击抢运电煤，以解各地电厂燃“煤”之急，确保城乡居民用电和国民经济平稳运行……我注意到，报道中没有提及福建。福建为何无燃“煤”之急呢？我不禁想起两个多月前在福建的一次采风——

在福清检验检疫局三楼接待室的大墙上，挂着“秦发集团”于2009年9月赠送的一块大匾：“依法行政　为国把关　优质高效　热情服务”。当我向局长问起这块大匾的来龙去脉时，他说，福清作为沿海城市，江阴港现已开通国际航线十余条。“秦发集团”就是临港工业区的国电福州江阴电厂。它是福建省“十一五”重点建设项目，华东电网的主要枢纽，为海峡西岸建设提供充足的电力资源。为了减少对国内生态环境的破坏，在国外煤价有所下降的契机下，江阴电厂决定从2009年6月开始，首次进口煤炭。当时，码头尚未通过开放验收，福清检验检疫局积极向上沟通，争取特事特办，准予临时靠泊。2009年6月20日上午10点整，“萨拉莫号”货船满载着7万多吨印尼动力煤靠泊在了国电福州江阴电厂专用码头的前沿，检验检疫人员迅速行动，登轮检疫、水尺计重、机械取样。时值盛夏，热浪灼人，为了做好水尺计重工作，一位年过半百的老检验员乘着小渔船，在烈日暴晒下，反复测量了两个多小

检验员在软梯上目测运煤外轮的吃水深度

时，终于获得了精确的数据。而第二天，当他们彻夜对前沿码头和取样间进行巡查时，却又遇到了9级热带风暴卷来的狂风骤雨……为了感谢他们在这样艰苦的条件下圆满完成了首次进口煤炭检验检疫任务，电厂特意送来了这块大匾。

局长还告诉我说，从6月以来，福清局帮扶国电码头边申请开放边完善质量管理体系、更新取样设备，临时靠泊期间已累计进口10艘次近70万吨原煤，保证了重点企业的原料供应。讲到此，他抬腕看了一下手表，对我说："今天中午12点半，正好有一艘运煤的外轮泊岸，你有没有兴趣去江阴港实地看一看？知道'曹冲称象'的故事吧？水尺计重，用的就是曹冲称象的原理。现在是11点整，到那里只需50分钟的车程。"这么凑巧的机会我当然不能错过，当即兴奋地回答："好呀！"

当我乘车来到江阴电厂的煤码头时，4名做水尺计重工作的年轻检验员也赶到了。上船之后，外轮代理商告诉我们，这是一艘巴拿马货轮，船员全是菲律宾人，从印尼运来的动力煤是71500吨。出乎意外的是，用来做水尺计重的小船在航行途中被风浪卷走了，因此不得不用软梯来替代。软梯是用两条麻绳加一根根短木棍绑成的，沿着船帮吊向海面，我见检验员仅穿一件救生衣而没有系安全带，在顺梯而下，目测船吃水深度时，脚底是滔滔海浪，真有一种惊心动魄之感。菲律宾船员和我们的两位检验员目测的数据分别为60、59、61，最后取平均值，定为60厘米。一位检验员告诉我，差1厘米就是70吨煤呢，不认真目测不行。没想到的是，当我看他们完成水尺计重任务后，由于退潮，船位降低了两米左右，我们无法上岸了。几个菲律宾船员急忙来拴网搭梯，足足用了20分钟，才凌空架起了一条临时索道，当我颤颤悠悠沿索道走上岸时，一位检验员说："呀，你应该事先把相机给我，为你拍一张惊险上岸的照片留作纪念多好呀！"

对于我来说，这样惊险的经历确实从未有过，但对于他们来说，却已习以为常了。随着江阴电厂发电量的快速增长，如今每月将有8艘运煤外轮抵达江阴港。而每艘运煤外轮抵达后，他们就得风雨无阻地忙乎三四天。从码头到电厂仅3公里，外煤是通过3公里长的传送带直接从船舱送进电厂的。从江阴港回到福清，已是傍晚。过了下班时间依然在等候我回城的局长问我："怎么样，采风有收获吧？"我说："收获很大，也很受启发。过去，我只知道，为了换取外汇，山西等地的优质煤通过天津港大量出口日本，没想到，到了国民经济飞跃发展的新世纪，我们也从国外进口电煤了！等江阴港55个泊位全建成后，你们的工作量怕就要翻几番了，将为国家建设作多大的贡献呀！……"

从福清江阴港采风回京之后，每有媒体报道由瓦斯爆炸造成的大小矿难，我都会想到，在外汇储备相当丰厚的今天，我们国家为何不能多进口一些电煤呢？假如把天津、秦皇岛等原先出口煤炭的大港都转换成进口煤炭的大港，日后再遇今冬这样百年罕见的低温雨雪天气，就不至于再发生燃"煤"之急了吧？

2010年1月26日

看世界最高楼新年放花

随着时代的发展，不断崛起的超高大新颖建筑，已成为城市现代化的重要标志。例如北京的鸟巢、水立方和国家大剧院，正吸引着越来越多的来自世界各地的观光客。在未到台湾旅游之前，我一心向往的只是人所共知的阿里山、日月潭等自然风光，直到2009年12月30日，当我们环岛游览一周后回到台北，才知这里竟然有一栋可称雄世界的高楼。这栋楼毗邻台北市政府大楼，总高度达508米，因其有101层，故称做101大楼。101大楼融合东方古典文化及台湾本土特色，造型宛若劲竹，节节高升、柔韧有余。导游告诉我，拍摄101大楼的最佳距离、角度是在国父纪念馆前。确实，只有从这里才能看到101大楼鹤立鸡群的英姿。

我从101大楼既似劲竹又如古塔的外形来看，猜想它一定有别于北京的鸟巢、水立方和国家大剧院，决计不是老外设计的。一问，还果真是出自本土的建筑大师李祖原之手。李祖原曾在美国求学，接受西方教育。30年前，发扬中华文化的使命感让他毅然决定回到台湾。为了寻求中国式建筑的文化精神，他从头学习东方文化，笃信禅宗，接近佛学，潜心研究老子、庄子等哲学思想，进入中华文化的深层核心区。因此，在他多年来的设计中，中国传统美学元素被运用得出神入化，“意”与“象”共生，“圆”与“方”相融，建筑因此有了文化的沧桑与底蕴，也因此有了生命的灵动和精气。巍然屹立在我们眼前的这座101大楼，则运用高科技材质及创意照明，以透明、清晰营造出了视觉穿透效果，令人叹为观止。

更令人意想不到的是，乘电梯登上101大楼89层的观景台，只花了38秒。我想，也许这是世界上最快速的电梯了。使人饶有兴味的是，乘如此快速的电梯，我竟然一点儿也感觉不到耳鸣和眩晕，相反，仰望天花板，只见上面的星辰图随着电梯上升而扩散开来，给了我一种像是在神秘之夜一飞冲天的美妙感觉。到89层室内观景台后，我们绕360度大

2009 年末作者在日月潭

大陆就在那一边

圈，兴致勃勃地尽览了台北美丽的全景。没想到的是，导游并没有带我们从89层乘电梯下楼，而是领我们穿越“遨游星空”与“漫步云端”的多媒体走道，到88层去参观世界上最大的也是唯一外露的“风阻尼器”。

在此之前，我和旅友们都不知风阻尼器为何物。导游说，因为台湾是地震高发和台风肆虐地区，所以建101大楼这样的超高建筑就必须有应对地震和强台风造成的摇晃之策。挂置在88屋至92层间的一个重达660吨的巨大钢球，可利用摆动来减小建筑物的晃动幅度，这就是我们第一次看到的风阻尼器。风阻尼器镀成金黄色，仿佛是一轮太阳，旅友们纷纷以它为背景留影，浑身都映满灿烂之光。导游还说，假如天气晴朗，本来是可以带我们由89层拾阶而上，到91层的户外观景台，去近距离观看508米高的塔尖，体验高空风速、云雾围绕和宽阔的视野。91层还设有视听室，在那里，可以观赏大楼建造过程的影片和自2005年以来的跨年烟花影片。无奈天公不作美，我们看过风阻尼器后就由88层乘电梯下楼了。但我们并没有因未能登上91层而有所遗憾，反倒为我们的元旦下午才登机返京的行程安排而备感欣慰，令我们有幸得到了亲眼目睹101大楼燃放跨年烟花的绝好机遇！

自2003年起，每年12月31日晚间的跨年活动，台北101大楼会以由下往上逐层熄灭的灯光作为新年的倒数计时，自2007年起则改为以由下往上逐层亮起的方式倒数。而每到新年开始的第一秒，小型烟花就会逐层四射而出。因此，每到迎接新年之际，台北101大楼就成为吸引台北市民及观光客的热闹跨年据点，让许多情侣与家庭拥有一个幸福夜晚的美妙记忆。在2010年来到之前，几乎所有的台湾电视台的新闻节目，都在为跨年烟花秀造势，预告说：今年台北101大楼这一地标建筑的保留节目将呈现出几大特色。首先是烟花数量多达22000发，比去年多出6600发，堪称历年之冠，同时，还将采用1700发烟花齐放形式，壮观可期。再就是将首度在高楼段尝试180度、90度烟花，配合45度及30度，以及两段式烟花，透过角度的多元化，让烟花的呈现更加多姿多彩。此外，在表演中还首度采用火轮烟花、游星火束、时雨花束等跑动式烟花，以挑战低空组合烟火的极限。而在色彩上，更是将全球目前已研发出的烟花颜色全数用上，金、银、红、绿、蓝、紫，甚至往年极少量采用的黄色，今年也大量采用，预计聚集到台北市府广场的民众将超过50

万，为此，台北的三条捷运（地铁）将全天二十四小时不间断运行……导游头天就提醒大家："你们都是第一次来台，人生地不熟，千万别挤到市府广场去看跨年烟花秀，万一被挤丢了就麻烦大啦！"那么，我们到哪儿去看这舍不得错过的跨年烟花秀呢？正犯愁之际，在我们下榻的碧瑶饭店大堂的电梯口，喜出望外地发现了一张海报——"请住店贵宾23点30分在大堂集合，由服务生引导登上楼顶，观赏101大楼跨年烟花。"

这安排真是太好了！碧瑶饭店楼高11层，尽管我和妻子住的1108房间就在11层，但因是背朝101大楼，所以我们还是准时先到大堂集合，23点45分，与旅友们一起再乘电梯上11层。从11层到楼顶，有一条拾级而上的拐道，每一级楼梯的两端都亮着一盏烛灯，营造出了浓浓的喜迎新年的气氛。更没有想到的是，我们刚登上楼顶平台，饭店的主人就热情地给每位宾客递上一碗热气腾腾的豆沙甜汤圆。我初以为这只是为大陆同胞准备的，后来才知道，在陆续登上楼顶的宾客中，有不少是来自台北的周边市县。这就是说，欢聚在一起吃豆沙甜汤圆，是意味着海峡两岸的同胞在一起过其乐融融的团圆年。一对来自基隆的青年情侣对我说，他们每年12月31日都赶到台北来观赏101大楼的跨年烟花秀，但与大陆同胞欢聚在一起，还是第一次。他们还说，当天媒体有报道，两岸直航后，截至年末，大陆居民赴台旅游人数已超过60万人次。预计到明年，就可和更多的大陆观光客一起看101大楼的跨年烟花秀了……

刚吃完豆沙甜汤圆，就临午夜时分，我们朝着东南方向齐声倒数"5、4、3、2、1"，就见缤纷的烟花在众人的惊呼声中蹿升夜空，101大楼外墙骤然亮起"2010 Taiwan UP"（意谓2010年台湾会更好）字样。令人目不暇接的红、绿、银、金烟花多角度炸开，101大楼仿佛变成了一株参天神树，绽放出了无数世间最绚丽的花！尽管22000发烟花只燃放了188秒，但因是与台胞们在一起观看，我内心还是升腾起一种从未有过的震撼感。基隆来的那对青年情侣说："今年的烟花比去年好得多，让你们赶上了，真是幸运啊！你们知道吧？因为金融危机，高达800多米、160层的迪拜塔再过三天才举行竣工典礼，所以我们今天看到的，还是世界第一高楼最精彩的跨年烟花表演。"就在我们频频点头称是之际，饭店的主人为每个观光客送上了一杯红葡萄酒，我高举酒杯，

101 大楼新年烟花

向基隆来的这对青年情侣祝新年快乐，并说：“我相信，2010年台湾会更好，大陆会更好，两岸关系也会更好！”一片“干杯”声中，我看到，两岸同胞脸上会心的笑容如同方才101大楼燃放的烟花一样灿烂……

2010年1月6日

陆文夫与扬陋学塾

上世纪末，高晓声去世后，我曾写过一篇题为《作家里的乡亲》的怀念文章。十年过去了，我由故乡武进乘渡轮过江，到了陆文夫的故乡泰兴，方知陆文夫其实也是我的一位“作家里的乡亲”。

文坛的朋友都知道，陆文夫和高晓声是一对因所谓“探求者反党小集团”而被打成右派的“难兄难弟”。两人上世纪70年代末平反复出后，每次到北京来领奖或开会，都是同住一个房间。1957年高晓声戴上右派帽子后，沉到了生活的最底层，一直在家乡当农民。他操的一口武进方言，一般人是无法听懂的。好在他每次在会上发言，陆文夫都在他身旁坐着，义务为他当翻译。其实，苏州话与武进话差别很大，而据陆文夫回忆，他首次见高晓声就是发起《探求者》的那一天，即1957年6月6日，地点是在叶至诚的家里。两人被打成右派后，过了整整21年才再见面。这就是说，在复出之前，这对“难兄难弟”在一起交谈的时间极其可怜，那陆文夫为何能每每为高晓声充当“专职翻译”呢？今秋我到泰兴，才知道陆文夫原籍武进，是从他祖父那一代才迁居到泰兴去的，而他本人，又自幼是由祖母带大的，长到7岁，才回到母亲身边。因此，他孩提时代，与祖母生活在一起，说的无疑就是武进话。尽管他后来定居苏州，人称“陆苏州”，但对自小说的武进话，肯定是忘不了的，为高晓声当翻译，岂不是顺理成章、义不容辞吗？

我到泰兴，是帮市文联出版一套“银杏文艺丛书”。因我是在苏州读高中时受陆文夫的影响走上文学道路的，所以一到泰兴，就向市文联的朋友打听，陆文夫的故居是否还在？得到的回答是：“早就不在了。原先他家住在扬子江边上的小村庄四圩，后来搬到靖江的夹江港，夹江港已经改道，1984年陆文夫从江阴摆渡过江，赴扬州开会，路过靖江、泰兴，一路寻找，都没能找到他的老宅。”就在我颇感失望之际，有幸结识了隶属市文联的陆文夫研究会的秘书长冯晓。她一听我讲陆文夫与

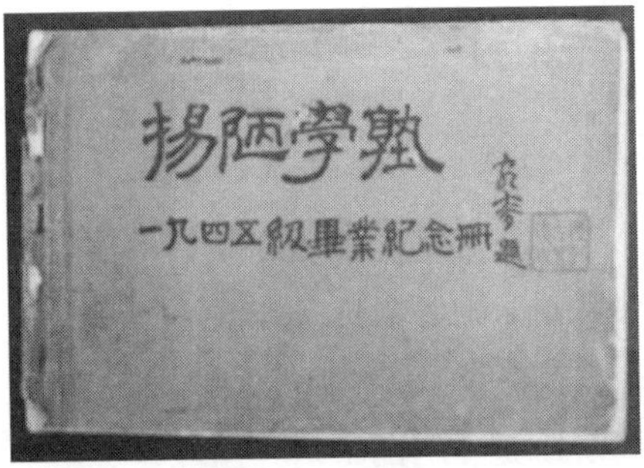

《扬陋学塾一九四五级毕业纪念册》

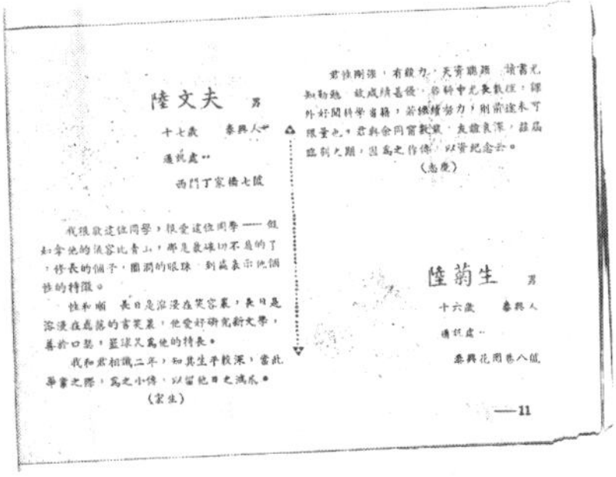

陸文夫 男

十七歲 泰興人

通訊處：

西門丁家橋七號

我很欽這位同學，很愛這位同學——假如拿他的法容比青山，那是最確切不過的了，修長的個子，圓潤的眼珠，到處表示他個性的特徵。

性和順，長日是沉浸在笑容裏，長日是沉浸在嘉藹的言笑裏，他愛好研究新文學，善於口談，籃球又為他的特長。

我和君相識二年，知其生平較深，當此畢業之際，寫之小傳，以留他日之鴻爪。

（宏生）

君性剛強，有毅力，天資聰穎，讀書尤知勤勉，故成績甚優，在校中尤長數理，課外好閱科學書籍，若繼續努力，則前途未可限量也。君與余同窗數載，友誼良深，茲屆臨別之期，因為之作傳，以資紀念云。

（志慶）

陸菊生 男

十六歲 泰興人

通訊處：

泰興花園巷八號

—11

纪念册第 11 页

在第四次作代会上与陆文夫合影

我是苏高中的校友，就兴奋地告诉我："巧啦！我爸爸和陆文夫也是校友，他俩在初中是同班同学。我家还保存着一本他们的毕业纪念册呢!"

10月31日下午，我应邀出席泰兴市第三届诗歌节闭幕式，冯晓是闭幕式文艺演出的策划人，我一进会场，她就把那本她家珍藏的《扬陋学塾一九四五级毕业纪念册》带给我看了。陆文夫在《忆朱砚馨同学》一文中曾提到："手头还有一本我们当年毕业时的同学录，是我的老同学周俊崧复印给我的，那本同学录里每个人都有几百字介绍，是同学们你写我、我写你，大家自由发挥，倒也基本上写出了各人的特点。"（《陆文夫文集》第四卷第101—102页）那么，同学们是怎样介绍陆文夫的呢？我翻到纪念册的第11页，见在"陆文夫"的题头下，是这样写的：

> 我很敬这位同学，很爱这位同学——假如拿他的仪容比青山，那是最确切不过的了，修长的个子，圆润的眼珠，到处表示他个性的特征。
>
> 性和顺，长日是溶浸在笑容里，长日是溶浸在磊落的言笑里，他爱好研究新文学，善于口瑟，篮球又为他的特长。
>
> 我和君相识二年，知其生平较深，当此毕业之际，为之小传，以留他日之鸿爪。（宏生）

时隔六十多年，我们回过头来看，这位名叫宏生的同窗好友，对陆文夫的描述是很准确、很形象的。他后来之所以能历经磨难成为卓有成就的大作家，其兴趣爱好和个性特征，真的是早在读扬陋学塾时就留下了雪泥鸿爪。也可以说，在他成长的道路上，在扬陋学塾求学的这两年，是他一段至关重要的难忘时光。

1999年，泰州市文联主席陆镇余，为刊印市文联《扬子江》杂志"庆祝中华人民共和国成立五十周年特刊"，打电话恳请文夫先生赐稿。陆文夫说："因为身体不好，已经很长时间不写稿了，你们要出特刊，我考虑考虑，即使写，只能写个小稿，凑凑数，用不用由你们决定。"他这篇给家乡刊物唯一的小稿，就是《忆朱砚馨同学》。此文与其说是怀念一位女同学，还不如说是感激扬陋学塾对他的培养。一开头他就写道："上了年纪的人有一个特点，对青少年时代的人和事记得十分真切。”“当我在炮火中读完小学要升入初中时，已经是1942年，那时候的农村里没有中学，升学就必须到城里去，城里的公立学校都是敌伪所办，爱国者认为是奴化教育。当年的泰兴城里，有几位爱国的士绅和知名人士，还有一些抗战前就在上海、扬州教书的很有名望的老师，他们都不愿到日伪的学校里去做事，于是便在戴为敷、杨元毅两位先生的带领下成立了一个‘扬陋学塾’，戴为敷先生当塾长。我还很清楚地记得，戴为敷先生是个胖子，夏天穿一件白夏布的长衫，戴一顶铜盆帽，手拿一根手杖，在泰兴城里是个很有名望的人。扬陋学塾只办了一年就名声大振，一是教育质量高，二是有民族气节，不教日语。我慕名而往，从延令中学转学去读初中二年级。”

关于扬陋学塾的创建，纪念册在《级史》一节亦有文字存证：

> 本塾诞生于民国二十九年春，时变方殷，闾里不靖，青年学生彷徨歧途，莫知所从，邑中教育先进戴、杨二先生，目击心伤，亟思补救，遂毅然创立本塾，俾吾侪得免失学，幸何如之。
>
> 吾级于三十一年春秋季始业，溽暑方消，录取男女齐集戴宅大厅，静听诸师之训诲，几忘其荆棘遍地、烽火弥天矣。

冯晓曾对我说：“也不知道这学塾为什么取名叫‘扬陋’?”在读了陆文夫的《忆朱砚馨同学》一文后，我就明白了，这分明是指这是在扬子江边因陋就简办起的一所初级中学，他们班的教室就是戴为敷先生家的厅堂。陆文夫这样写道：“我们的一个班共有五十多人，那个大厅很大，坐五十多人也不觉得挤，只是那个大厅没有屏门，靠天井的一边是敞开的，雨天会打雨，冬天会飘雪。我们的这一个班远离其他的班级，所以同学们相互之间都很亲密，下课时同在一个天井里嬉戏，真的像是一个大家庭。假期里还组织联欢会，男女同学在一起唱歌或说故事。我会吹口琴，常常担任伴奏，奏的都是些当年的流行歌曲，什么《秋水伊人》、《花好月圆》等等。”“初中毕业后正是抗日战争胜利，同学们各自分飞，纷纷到大城市里去考高中。那时候泰兴的学子都是奔南京、镇江、扬州、苏州等地去考高中。朱砚馨考入了扬州中学，我考入苏州中学。”据他在《道山亭畔忆旧事》一文中的回忆，“苏州的学校很多，苏高中是首屈一指、全国有名的，报考的人从四面八方来，地板上都睡得满满的，平均要四五十人中才能录取一个”。他自觉考得并不好，考罢“心就凉了半截”，没想到发榜时“大名赫然在焉”！他“想来想去可能是一篇作文帮了忙”，“不知道被哪位阅卷的老师看中了，给的分数大概是很可观的”。（《陆文夫文集》第四卷第141—142页）我是1956年考入苏高中的，比陆文夫晚了11年。那年正好是他的成名作《小巷深处》在《萌芽》上发表，引起轰动，回母校来与文学爱好者们谈创作体会，也就成了我此生见到的第一位作家，或可以说，是他在道山亭畔，把我引上了文学的不归路。

苏州是园林之城，苏高中就在著名园林沧浪亭的西侧，校园内由挖两方池塘（名为碧霞池）而垒起的一座小山，山上树木葱茏，山顶古色古香的道山亭是学校的标志性建筑。《道山亭畔忆旧事》是陆文夫在1979年为纪念母校创办七十五周年而写的。读了冯晓给我看的《扬陋学塾一九四五级毕业纪念册》，我不禁想起我与陆文夫共同的母校，想起道山亭畔第一次见到他的情景和我毕业21年后第一次有机会回母校，是借到苏州去向他组稿之便……冯晓问我：“听说你是陆文夫《井》的责编?”我说：“陆文夫复出后，就作品的产量而言，比王蒙、高晓声、张贤亮、邓友梅他们那一批人要少得多，所以组到他的中篇小说稿很不容易。他答应把《井》给我当时所在的《中国作家》发表，就看在我是他的小校友分上。”我想，冯晓作为陆文夫研究会的秘书长，热忱地将《扬陋学塾一九四五级毕业纪念册》供我一阅，兴许也是看在我和她父亲冯泰成与陆文夫都是校友加乡亲的分上吧？这不能不说是我这次泰兴之行的意外收获，实令我感动。

2009年12月23日

生命始于90岁

我想，当读者看到此文的标题，多半会惊异：生命怎始于90岁呢？常言说“人生七十古来稀”，有幸能活到90岁者，就更是稀之又稀了。

10月24日，我出差时路过南京，特意去探望我的师母杨苡先生。一见面杨先生就说，事先没想到今天有两位不速之客：“你突然来了，还有资中筠要来。”她还说，这些天上门的客人特别多，她接连过了阴历和阳历的两个90岁生日，明天是重阳节，她所在的南京师范大学，还要来人祝贺她90大寿，等于再过一个生日……

我知道杨先生今年90岁了，但并不记得她的生日是哪一天。我在她的客厅兼书房坐下之后，见室内并无过生日的迹象，只是发现，比我去年6月来看望她时，书柜里添了两帧大幅照片。一张是巴金先生的哥哥李林，一张是她自己的哥哥杨宪益。今年年初，她去北京看望患病的哥哥杨宪益时，住在她女儿赵蘅家，在那里，她特意给我看了一本刚出版的关于李林的新书，那上面就有李林的这张照片和她早年写给李林的一组十四行诗。照片和诗珍藏了六七十年才公开发表，足见李林在她心中的分量有多重，实令我震撼。记得她当时说：“这是刚收到的一本样书，不能送给你了。”这次，她指着书柜里李林的照片说：“你的赵瑞蕻老师走了好多年了，我也90岁了，摆出李林的照片，不会有人说什么了。我之所以要摆我哥哥的这张照片，你是知道的，他今年95岁了，2006年秋天查出前列腺癌，动了一次手术。他很坚强，一辈子没因为病痛哼过一声，后来发现癌转移到淋巴附近，辗转多家医院，10月15日在北京煤炭总医院又做了一次手术。手术很成功，但肿瘤位置靠近咽部，影响吃饭和发声，进食只能靠鼻饲了。我最佩服我哥哥了，这一次动手术，他脸上依然没有现出一丝痛苦的表情，真了不起！……”

我在杨苡先生家坐了两个多小时，基本是她一人侃侃而谈。其实这些年在北京和南京见面，几乎每次都是这样，她的健谈和思维敏捷，在她的晚辈文友中是有口皆碑的。而每次谈话中，总离不开两个她心中的偶像：巴金和杨宪益。这一次，她告诉我，11月25日是巴金的105岁诞辰，上海要开一个国际性的学术会议纪念巴金，她已接受李小林的邀请去参加。倒不是要到会上去发什么言，主要是巴金的故居要腾出来做巴金纪念馆了，小林希望听听她对纪念馆布置的意见……她感慨地说：“这将是我最后一次去李先生家了！”我说：“等你从上海回来，天就冷了，今年还去北京过冬吗？”她回答：“看我哥的情况吧！明年1月17日是他96岁生日。他生病的这几年，每年我和我姐都是一起去给他过生日的。”杨先生曾告诉过我，她妈是96岁仙逝的，她家有长寿基因。她姐杨敏如长她三岁，是北师大中文系教授、顾随的得意弟子。兄妹仨不仅事业上都卓有成就，而且到了耄耋之年脑子都一点儿也不糊涂，实属世上罕见！临别时，我问杨先生：“最近写文章了吗？”她答：“翻译了一篇小东西，正想请你看看。”她随即把一篇中英文对照的《生命始于80岁》递给了我：“原文是一位朋友从美国带回来的，我觉得挺有意思，就把它译出来了。”

“我有好消息告诉你。前80年过得最不容易。后80年就是一连串的生日宴会了。”

——我看完此文的首句不禁笑了，这不正好印证了杨先生一见我说的这些天她在接连过生日的话吗？这篇译文仅五六百字，作者法兰克·劳巴赫写道：“70岁的时候，人家可以为了什么事对你发脾气”，“根本没什么好玩的”，而“你如果活到80岁，人家就会惊奇你还活着。他们满怀尊敬地对待你，因为你还这么长寿。实际上，他们看来是惊讶你还能走路，而且谈吐敏锐”。写得多好呀！我每次来看望我所尊敬的杨苡先生，确实都惊讶她的谈吐敏锐，对当今文坛洞若观火，常一语中的，令人折服。

饶有意味的是译文的结尾，打印稿为：“朋友，请努力活到80岁吧。这是生命中最好的时刻。人们可以原谅你的一切一切。让我说，生命始于80岁。”我看到，杨先生亲笔对最末两句作了改动，变成为：“人们可以原谅你的一切一切。你要是问我，我就说，生命始于80岁。”

2002年，到小金丝胡同拜访杨苡先生（中）的哥哥杨宪益（左）

2011年11月2日赴宁看望杨苡先生，她刚过92岁生日

（楷体字为改动处）

杨先生向我解释，译稿是一位学英语的研究生帮她打的字，自作主张把她的原稿改了几处，她觉得还是原稿表述得准确，就用笔又改回来了。我再看译文下的英文打印稿，杨先生还在一个词汇中加了一个“r”，足见她对自己笔下的文字，依然是精益求精、一丝不苟。当我念出“你要是问我，我就说，生命始于80岁”时，只听杨先生笑着说：“你要是问我，我就说，生命始于90岁！你要是喜欢这篇译稿，就送给你吧！”呵，我立即意识到，这是杨先生为自己90岁生日准备的礼物，怪不得她充满自信地对我说“生命始于90岁”呢！

我11月4日晚从南方回到北京，第二天在《文汇报》《笔会》副刊上读到曾伯炎写的《心仪杨宪老》时，自然就联想到杨苡先生对我说的那句话：“生命始于90岁！”我发现，曾文在提到杨宪老的年龄时，说小了1岁，于是立即打电话给赵蘅核实，顺便问问杨宪老的病情。赵蘅说：“我成天在医院守护着舅舅，不知道《文汇报》有写舅舅的文章。再过两个月，舅舅就要过96岁生日了，我们都祈祷他能平安挨过这个生日，可是这些天他病情加重，妈妈为了保舅舅这一头，决定不去上海了……”11月24日，当我看到赵蘅发来的“舅舅走了”的伊妹儿时，就立即拨通杨苡先生的电话，问她是否赶来北京为杨宪老送行？她说，海内外的媒体对她哥哥的逝世都很关注，她身在南京，已接受了当地媒体的采访。如果她赶到北京来参加哥哥的告别仪式，肯定要被中外媒体记者包围，她哥哥的生前友好又多，到时她的身体肯定吃不消，就不准备来北京了。她还说道：“幸亏你那天打电话给赵蘅，赵蘅后来找到了11月5日的《文汇报》，把那篇《心仪杨宪老》念给她舅舅听了。当时他神志尚清楚，听完微笑着点了一下头。这是他听到的最后一篇写他的文章……”

挂上电话，我想，杨宪老如果不是95岁高龄，我在报上读到一篇写他的文章，是决不会打电话告诉赵蘅的。“生命始于90岁！”此刻，杨苡先生的话，又一次在我耳畔回响。

2009年12月10日

桃花马尾绣

说起中国民间刺绣，人所共知，苏、蜀、粤、湘四种地方绣，素有“四大名绣”之称，其中尤以苏绣最负盛名。我出生在江南，自小就见苏绣运用普及于日常生活，对绣品上种种喜庆、吉祥的图案至今记忆犹新。至于马尾绣，我则闻所未闻。2009年9月下旬，我随中国作家采风团来到像凤凰羽毛一样美丽的黔南三都水族自治县，才得知这中国唯一的水族自治县，有三项首批国家级非物质文化遗产：水书、水族端节、马尾绣。热情好客的主人，在采风活动的开幕式上，就将一幅精美的马尾绣作品作为礼物赠送给了组织这次活动的中国散文学会。采风团团长、十届全国政协教科文卫体委员会副主任、中国作家协会原党组副书记王巨才在开幕式上特意说到，他来三都的头天晚上，到北京展览馆参观为庆祝新中国六十华诞而举办的《辉煌六十年》大展，第一次看到了马尾绣，没想到第二天就来到了马尾绣艺术的发祥地，真令他感到喜出望外！与他一样，采风团成员，除梁衡先生外，也都是首次踏上这片神秘的土地，对水族这特有的民间艺术，产生了浓厚的兴趣。因此，在两天丰富的采风活动临近尾声时，都想抽时间到土特产商店看看，买一两件马尾绣工艺品留作纪念。未料，在主人领我们去的第一家土特产品公司，竟未能如愿以偿，只得转寻第二家——“桃花马尾绣”。

一进店门，我就被正墙上一幅招贴画所吸引，只见在“桃花马尾绣”五个红色大字下的大幅彩照上，是一位右手托着奖杯、左手举着获奖证书的绣花女——“贵州名匠第一人韦桃花”。转身一看，柜台里的店主，正是彩照上的韦桃花！我立即明白，这里销售的马尾绣工艺品，均出自店主韦桃花之手，“桃花马尾绣”在当地已被打造成一个知名品牌。据陪同我们采风的主人介绍，以个人命名的马尾绣专卖店，在三都以至贵州仅此一家。这是因为，2006年9月在“开磷杯”多彩贵州旅游商品设计大赛、能工巧匠选拔大赛总决赛上，韦桃花凭借精湛的马尾绣工艺夺得“贵州名匠”特等奖，位列100名“贵州名匠”之首。“桃花马尾绣”果然名不虚传，一幅幅古朴典雅、华美精致的绣品吸引了我们的眼球。团长满心欢喜地指着一幅他相中的绣品询问售价，韦桃花回答：“70元。”兴许是这幅马尾绣的艺术价值在团长心中相当高吧，他竟然问：“150元买两幅行吗?”逗得大伙儿都开心地笑了起来，忙提醒他说：哪有你这么讨价还价的呢？他随即掏出140元买下了两幅“桃花马尾绣”，说：“真值啊！”是啊，这位水族同胞太淳朴善良了，像这样令人赏心悦目的“桃花马尾绣”是完全可以开出更高售价的呀！

因光顾“桃花马尾绣”专卖店是行车途中的临时动议，所以我们只在她店里逗留了十来分钟。离店之时，我不免有些后悔：假如是早一天得知三都有这样一位“贵州名匠第一人”，我就会事先请主人安排我专程采访她了。令我感动的是，没想到当为我们采风团一路打前站的县民族研究所的潘兴文先生得知我这一心愿时，当即在这天晚上也就是我们返京的前晚，把韦桃花请了来，陪她在都柳江宾馆接受了我的专访。

韦桃花一见面就很抱歉地向我解释，她去贵阳的省博物馆现场表演马尾绣三天，上午刚回到三都，我们下午去她店里时，她根本不知我们是从北京来的作家采风团，一点儿准备也没有。店的门面很小，她有好多独具特色的马尾绣工艺品都藏在里屋，没有能展示给我们看。吃过晚饭，她一接到通知就随潘兴文先生赶到都柳江宾馆来了，只带来了一件深蓝色的水族女上装给我看，说：“这是我亲手绣的。”

我接过一看，绣在领边、袖口和衣角的图案生动活泼，漂亮极了。我问她这由鱼、凤凰、蝴蝶、蝙蝠、花草、闪电等串连成的复杂图案是谁设计的，是否有底样？因在我的记忆里，江南姑娘做女红，都是先买来花样，然后用印蓝纸把花样拓到绷起的丝绸面料上，然后才一针一线地精心绣将起来……没想到韦桃花回答说：“图案都在我心里，我都是直接绣上去的。”事先不拓样，连中线都不画，要做到两边图案完全对称，如天衣无缝，该要多高超的艺术天赋啊！通过近两个小时的访谈，不仅使我了解到水族马尾绣工艺如何独树一帜，而且也为韦桃花艰苦攀登艺术高峰的精神而深深感动……

马尾绣是水家妇女世代传承的在刺绣艺术方面的独具匠心的创造，已有数千年历史。由于社会变革、环境变迁等方面的原因，尤其是到了所谓“破四旧”的“文革”年代，马尾绣工艺传承出现严重断层，绣品质量明显下降。1968年出生在三洞乡板告村的韦桃花心灵手巧，从小就酷爱马尾绣，13岁开始向奶奶学习绣花技艺。奶奶是水乡远近闻名的马尾绣高手。每放学回家或下地归来，她就痴迷地坐在奶奶身边，聚精会神地观察、琢磨，一丝不苟地模仿、练习，往往绣得连饭都忘了吃。据她介绍，马尾绣制作工艺十分繁复，第一步先取马尾3至4根做芯，用手工将白色丝线紧密地缠绕在马尾上，使之成为类似低音琴弦的预制绣花线。第二步再将这种白丝马尾芯的绣线盘绣于传统刺绣或剪纸纹样的轮廓上。第三步用7根彩色丝线编制成扁形彩线，填绣在盘绣花纹的轮廓中间部位。第四步再按照通常的平绣、挑花、乱针、跳针等刺绣工艺绣出其余部分。采用这种工艺制作的绣品，如背带、翘尖绣花鞋、女性的围腰及胸牌、童帽、荷包、刀鞘护套等，均具有浅浮雕感，造型抽象、概括、夸张。其中，以背带最能集中体现这一古老工艺的精湛水平，由于其手工精细复杂，要经过52道工序，往往需要一年左右的时间才能绣成。因此，水族人常把拥有马尾绣背带看做是体面和富有的标志。水族女子出嫁后，生育第一个孩子，马尾绣背带是娘家探视新生孩儿的必备礼物。每个水族女子的一生中都只能得到娘家送的一副马尾绣背带，就算婚姻遇到变故，另嫁再生，娘家也不会再送。在无数个水族家庭里，兄弟姐妹都是由一副马尾绣背带背大的。孩子们长大后，马尾绣背带的色彩依旧娇艳如故。这时，它就会作为“子孙背带”，被藏入箱底，一代代传下去了。“子孙背带”浸润着母亲辛勤的汗水，也记载着兄弟姐妹的欢歌笑语，是水家人幸福生活的象征。

对技艺娴熟美妙的韦桃花来说，绣制马尾绣背带绝对是拿手好戏，出自她手的马尾绣背带也深受水家乡亲的喜爱。她说，在她创作的马尾绣背带上，蝴蝶图案是必不可少的。这是因为，在古老的传说中，一位勤劳的水族妇女背着自己的孩子去找水，太阳晒得母子俩几乎昏死过去，就在这时飞来一只大蝴蝶，遮住了阳光，使母子俩得救了。所以，世世代代的水家人都把蝴蝶当做本民族的远古图腾和祖先的化身。基于对祖先的氏族崇拜，她总是把被视为祖先化身的蝴蝶作为主题纹样，绣在背带最突出的部位上，以示祖先对下一代的赐福与庇护；带有吉祥寓意的龙和蝙蝠，则绣在背带的下方，以示多福和望子成龙。早在她18岁时，农闲时绣的一床背带拿到三洞场坝就卖了300元。那床背带，她在煤油灯下绣了四个月。当时她父亲在县水电局工作，一月工资也只有30多元。到她21岁的时候，她绣的背带就卖到了500多元。如今，一床马尾绣背带的售价比二十年前翻了几番尚供不应求，可惜她没有充裕的时间来精心绣制了。

命运对韦桃花很是不公。11年前，她丈夫农闲时做木材生意，她帮着记账。闲时，她也琢磨怎样把花绣好，卖个好价钱以补贴家用。那时她绣的花十里闻名，许多人慕名前来订货，她常常是在取货人的等待中绣完最后几针。婆婆对她疼爱有加，包揽喂猪做饭等家务活，还帮她带孩子，好让她一心一意绣花。未料，好景不长，继婆婆去世后，1999年丈夫也因脑溢血突发而撒手人寰，全家的生活重担一下落到了她一人身上。一个三十刚出头的农家妇女，拖着五个孩子（最大的14岁，最小的仅4岁），日子过得如何艰难便可想而知。丈夫去世后，孩子们要念书，承包的地单靠她一人种，绣背带耗时长，哪还顾得上？为了供孩子念书，她只得添置了一台缝纫机，开始做衣裳、背包卖，起早贪黑，含辛茹苦，一连做了七八年，还几乎年年都落下了亏空。就在她的命运跌入最低谷时，忽然有了重大转机，那就是2006年6月，濒临失传的水族马尾绣列入了国家首批非物质文化遗产名录。仅过了两个多月，她就在2006年“开磷杯”多彩贵州旅游商品设计大赛、能工巧匠选拔大赛总决赛上，以一幅吉祥的马尾绣交上好运，中了头名“状元”！

韦桃花夺冠的路并不平坦。在丈夫突然去世后，她毕竟成年累月为维持一家人的生活奔波劳累，花绣得少了，致使她在参加2006年“开磷杯”三都分赛区选拔大赛时，只拿了个优秀奖，奖金仅100元。赛前，水族乡亲都说她的花绣得好，去参赛肯定拿第一。可怎么会只拿了个优秀奖呢？她很有些想不通。但她并没有就此而气馁。没有想到的是，随后参加的黔南赛区选拔赛中，不服气的韦桃花，却又是只拿了个优秀奖。幸运的是，她被州组委会选入黔南赛区向省组委会推荐参加复赛的选手名单。能工巧匠选拔包括现场比赛和作品评选，经由专家评审委员会对复赛作品进行独立打分，她得以入选总决赛。参加总决赛时，要求每个选手递交两幅成品、两幅半成品，在3个小时内，现场将两幅半成品绣完。总决赛前，韦桃花不仅认真挑选了两幅最能体现她风格和水平的绣品，而且一连好几宿睡不着觉，琢磨在决赛现场如何把花绣得更好看、更能打动评委……有志者事竟成，这一次，她终于众望所归地捧回了特等奖奖杯！

通过“两赛一会”，韦桃花和水族马尾绣的名气一下子冲出了三都和贵州！获奖归来，她在当地政府的帮助和鼓励下，将家从边远的山寨搬到了三都县城，用参赛所获的5万元奖金做本钱，开了一家民族工艺品经营部，正式打出了“桃花马尾绣”的品牌。最令韦桃花难忘的是她2008年三次进京。第一次是奥运会开幕的第二天，她应邀进驻北京奥林匹克公园公共区的贵州“祥云小屋”，参与“中国故事”大型文化展示活动，现场表演马尾绣绝活。这也是她的马尾绣第一次在来自五大洲的游客面前公开亮相。一位老外一进“祥云小屋”就看中了一幅她的马尾绣工艺品，问她要卖多少钱？她回答：“5000元。”外宾惊讶地反问：“怎么这样贵?”她解释说：“这不是一般的刺绣，而是世界上独一无二的水族马尾绣，可以说是刺绣艺术的‘活化石’。”她边说边当众演示了做马尾芯的高超技法……当那位老外看明白奥妙所在之后，连声说5000元不贵，毫不犹豫地付款买走了那件马尾绣工艺品。

回忆当年的情景，韦桃花颇有些懊悔地对我说：“进京通知上说，表演者要多带几套民族服饰，我就一只行李箱，只带去十几件马尾绣，没想到在现场全卖光了。”我问她卖得最贵的一件是什么？她捧起带来给我看的水族女上装说：“和这件一模一样，7000元。那次一共卖了两万多元。”她还告诉我，她的马尾绣工艺品，底布用的都是水家妇女自纺自织的深蓝色土布。她出嫁的时候，嫁妆里有40匹土布，二十多年来，全都绣完了。而如今水家织土布的人已越来越少，土布的价格也就涨上去了，质地好的水家土布比高档丝绸卖得还贵。因此，在“祥云小屋”，老外都夸她的马尾绣工艺品货真价实，没一个讨价还价的。展卖所得，全归了她自己。活动举办方奥组委和国家文化部，不仅没让她上交分文，而且还给了她2000元生活补贴。最令她感到振奋的是，奥组委和国家文化部还在8月24日给她颁发了大红的荣誉证书。证书上写着：“作为北京2008奥运会参与者，您的出众才华和完美工作使得‘中国故事’文化展示活动圆满成功，为中国文化与奥林匹克文化的交流弘扬作出了积极贡献。鉴于此，特授此荣誉证书予以表彰。”

韦桃花精心制作马尾芯

继奥运会之后，残奥会和“十一”黄金周期间，她又应邀进京在贵州“祥云小屋”作了马尾绣现场表演。这不仅使她增强了民族自豪感，而且也使她增添了传承水族马尾绣的责任心。不理想的是，她的五个小孩全都是儿子，没一个女儿接班。我说：“你绣花不就是跟你奶奶学的吗？那就等你也当了奶奶再传授给孙女吧！”她回答：“还有四个儿子在上学呢，要把他们养活大，我在经济上的压力大着哩！现在我开的那个店，地点有些偏僻，生意火不起来，收入只能勉强维持一家人的生活。我急于想把店搬到热闹的街面上去，可就是缺本钱啊！”

谈到此，潘兴文先生插话说：“要想把生意做大，她确实应该尽快把店开到县城的黄金地段去。现在，‘桃花马尾绣’已经是一个叫得响的品牌了。文化部2006年授予的国家级非物质文化遗产项目水族马尾绣代表性传承人，是她娘家村上的一个90岁的老太太，现已去世。而贵州省文化厅在2007年10月命名的省级非物质文化遗产项目水族马尾绣代表性传承人只有两个——她和她的堂嫂宋水仙。她又获得过‘贵州名匠第一人’的称号，上月她携三件马尾绣作品到杭州参加‘锦绣中华·中国织绣精品大展’，作品又分别荣获银奖、铜奖和优秀奖，名气更大了。前些时我到贵阳去，就见一家工艺品公司在销售‘桃花马尾绣’。回三都后，我问她那是不是她提供的货源？结果，她回答说不是。她从来没有委托和授权他人经营‘桃花马尾绣’……”

韦桃花赠送给作者的“吉祥”背包

听了“桃花马尾绣”品牌遭盗用和假冒的情况，我也很为韦桃花着急，对她说：“我们这次来三都采风，听县委书记、县长介绍，县上正抓住历史机遇，大力实施‘城建旅游活县、民族文化塑县’的战略，随着途经三都的贵阳至广州的高铁、高速公路在不久的将来开通，三都的旅游业必将有一个飞跃式的发展。到那时，‘桃花马尾绣’就将真正迎来一个盛开的旺季。看来要等你的孙女来接班，那就晚了。你应该尽可能寻求政府的扶植，把你的经营部开设到县城的黄金地段去，并招募一批水家绣花女，办马尾绣培训班，把你的技艺传授给她们，搞规模化生产，把‘桃花马尾绣’品牌打出贵州、打出国门去！”

她笑着连连点头：“你说得对，我心里也是这样想的。”

临近晚11点，采访才匆匆结束。韦桃花说，抱歉的是她只带来了一件绣品，要不明天一早她再送一批绣品来给我看看。我说，下午到她店里去时，因事先不知今晚能采访到她，所以也没在店里拍几张照片。干脆，还是明早我到她店里去看吧！就这样，26日一早，赶在早餐前，由热心的潘兴文先生来为我引路，去她的店里作了补充采访……临别时，她执意要我选一件“桃花马尾绣”留作纪念，我不得不遵命选了一只绣有“吉祥”（水书）二字的民族特色鲜明的小背包。回到北京后，恰好有位阔别二十年的好友从美国回来探亲，我就把这只“桃花马尾绣”小背包作为礼物，转赠给了这位好友。好友一看，爱不释手，高兴地说：“我女儿看到了肯定比我还喜欢，非抢占不可！”我知道好友女儿正在美国的一所名牌大学读书，就说：“那就转告你女儿，若来自世界各国的莘莘学子见了，问她这是什么工艺品，那就请她回答：这是传统刺绣的“活化石”——水族马尾绣，中国国家级非物质文化遗产，堪称世界一绝！”我坚信，越是民族的，就越是世界的。“桃花马尾绣”一定能赢得越来越多的异国朋友的喜爱和赞赏！

2009年10月9日

我的总编江晓天

决定一个人的命运的，无非是两件大事：事业和爱情。而每当我想起此生主要从事的文学编辑事业，总不忘两个人：先是1956年，在苏州读高中时，陆文夫回母校来与小校友们座谈他的成名作《小巷深处》，引我走上了爱好文学创作的不归路；后是1980年，我由中国艺术研究院调出时，作为院领导小组成员的江晓天，曾热情地为我顺利调入《新观察》杂志助过一臂之力。《新观察》是一本新闻性很强的文学半月刊，在我到《新观察》当编辑的四年多时间里，新闻记者出身的主编戈扬，曾一再表示要让杂志社与中国作家协会脱钩，成为隶属中国记协的名正言顺的新闻类刊物。而我却依旧钟情于文学，因此，当得知中国作协将恢复作家出版社建制，并由中国文联书记处书记江晓天兼任总编辑时，我就立即去他家拜访，恳切地表达了调到他麾下工作的愿望。因通过王兴仁（行人）、关木琴等朋友，他对我的文学志向早就有所了解，所以，他当场就一口答应了我的请求。记得他还郑重地向我叮嘱：“你在思想上要有一个转换，出版社编辑工作与报刊编辑工作不同之处，在于它要为国家民族积累文化财富，主要的不在于追求急功近利、一时社会轰动效应，而是力求多出精品和传世之作。”并说：“我在中国青年出版社做过多年文学编辑，深感编辑实际上是站在提倡或推动某种文学潮流的第一线的人，干系重大……”虽然他因当时还兼任文联理论研究室主任，工作任务过于繁重，只在作家出版社兼了两年多总编辑就辞谢了，但他当初对我提出的这番要求，一直是我从事图书编辑工作的行为准则。或可以说，在我此后二十年的文学编辑生涯中，是一直牢记着他的教导，并以他为楷模的。

2004年6月，我从作家出版社副总编辑的岗位上退休，至今恰好整整五年。五年来，也许是大半辈子凝聚的文学编辑情结，文学出版界的历史云烟和时代风潮，依然时时刻刻在牵动着我敏感的神经。尤其是两

江晓天

江晓天与周扬（右）、夏衍（左）在一起

年前，《文汇报》发表的一篇《“四大名编”的故事》，一下子触发了我要为我所景仰的前辈名编立传的心愿，也选择了四位名编即萧也牧、江晓天、李清泉、王朝垠的故事，写成了《也说京城名编》一文。拙文2007年10月7日在《文汇报》上刊出之后，接连有好多位文学界的师友打来电话，给了我很大的鼓励。还有些未看到这篇文章的朋友，打电话来问我要那期报纸看。而那时我尚未收到样报，就想先找一张给我的老总编江晓天看看。我找到芳邻李兴叶先生，结果他说：“这张报纸我不能给你，因为你写的四个名编中，有两个是有恩于我的，江晓天是我在中国文联理论研究室工作时的领导，还为我的长篇小说《草原帝国》三部曲写过序，我最早的一个短篇小说，又是他推荐给李清泉在《人民文学》上发表的。但对他俩在文学编辑事业上的成就我过去了解不多，所以，你这篇文章我得好好保存起来……”过了些天，我遇见兴叶兄，又说起这篇文章。他说：“可惜《文汇报》只能提供给你一个整版的篇幅，让人看得不过瘾。你能不能在此基础上，扩展成一本二十万字的书呢?”

我当即接受了他的建议。这是因为《也说京城名编》原本写了近两万字，除了萧也牧、江晓天、李清泉、王朝垠，还写了张羽和人民文学出版社的几位名编，但想在报纸上发表，就不得不“削足适履”，压缩到一万余字，所以才使他读罢有了一种“不过瘾”的感觉。然而，有精彩故事的京城名编何其多矣，即使是写二三十万字，恐怕也写不周全，无论遗忘了谁，都是一种不该原谅的憾事。于是，我就想，不如单写江晓天和萧也牧当年带领的那个出色的编辑团队。写这个团队的理由，我在《也说京城名编》一文的开篇部分，就提到了：

> 上世纪末，我在参与“百年百种优秀中国文学图书”的编辑工作时，发现从建国到“文革”前的十七年中，入选的长篇小说共六部，除《保卫延安》、《青春之歌》是人民文学出版社出版而外，其余四部，即《红旗谱》、《创业史》（第一部）、《红岩》和《李自成》（第一卷），都是由中国青年出版社出版的。此期间入选的中短篇小说及散文集，只有孙犁的《白洋淀纪事》，也是出自中青社。由此可见，那时中青

社的文学编辑实力，处于全国的领先地位。然而，中青社担负文学图书编辑工作的，只有一个编辑室，江晓天、萧也牧当年分别是编辑室的主任和副主任。他俩诲人不倦，手把手地带出了张羽（《红岩》责编）、黄伊、毕方（《创业史》第一卷责编）、王扶（后任《人民文学》副主编）等一批优秀编辑，形成了一个精诚合作的集体，在抓稿、编稿方面自有一套非凡的功夫。

兴叶兄很赞赏我的这个采写方案。于是，我就先奔江晓天家，开始了采访和资料的搜集工作。已骨瘦如柴的老总编抱病与我长谈了两个多小时，临采访结束时，他谦虚地说："你就不用写我了吧，集中精力先写萧也牧吧。他是建国后第一个挨'棍子'的作家，《红旗谱》的责编、《红旗飘飘》丛刊的创办人，'文革'中又为保卫《红岩》被整死了，在当代文学史上的地位可不是其他名编辑可以替代的！我觉得，你能为他立传的话，比写一个开国时的将军或省委书记还要有价值。"

他这番真诚的话，对我启发很大。于是，我的采访和资料搜集工作，就先围绕着萧也牧进行。可是，当一些重要的采访线索接连中断之后，我就觉得自己动手太晚了。最了解萧也牧的张羽和黄伊已不在世了，等我众里寻他千百度，终于和萧也牧的大儿子联系上时，方知萧也牧的夫人李威也在我准备采写这本书时含恨长逝了。加上一些杂务的干扰，使我的采访和搜集材料工作断断续续进行了近一年的时间。始料不及的是，当我刚动笔写《萧也牧悲剧实录》时，去年重阳节那天，江晓天就悄然驾鹤西行了。

噩耗也是兴叶兄转告我的，本来，我是想和他一起赶赴江晓天家吊唁的，但因事先答应要去出席一个会议，兴叶兄就单独先去了。他吊唁既毕，就打电话告诉我说："李茹大姐讲，晓天生前写下遗嘱：'身后不要麻烦组织和朋友们，直接由家属送去火化后，再通知机关党委和亲朋好友。不必搞遗体告别，不要请单位写什么《生平》。我是什么样的人，早印在别人心目中了……'李茹遵照晓天的遗嘱办，就不在八宝山为他举行遗体告别仪式了。你开完会，还是去他家吊唁吧。"下午开完会，我在途中买了一束素花，就匆匆赶去了。李茹老师一见到我就说：

“昨天，有家报纸来约人赶写悼念老江的文章，你看我一忙乎，怎就没有想起你呢?”我当即自责地说：“我本想遵照老江的意见，先把萧也牧的传写完，再来采访老江和您，接着写老江的编辑生涯的……”就在那天，我与李茹老师约定，等办完老江的后事之后，我就来她家作补充采访，争取早日完成这本书的写作。

直到今年2月，在我终于写完《萧也牧悲剧实录》之后，才和兴叶兄一起，去看望李茹老师。在谈到因未发讣告，许多朋友未能出席老江的遗体告别仪式时，李茹选了几封新收到的唁函给我俩看，其中，周扬原秘书、中国文联办公厅原主任露菲的信是从美国寄来的。她在信中说：“晓天的正直、公道和善良，在日常工作中，特别在复杂的斗争中，显得如此高洁，想想，这样的人还真是少有……记得周扬同志为人道主义、‘异化’被批判时，那时不少人看风向都疏远了‘老爷子’。恰恰在这个时候，晓天同志约我去看了周扬同志。我记得是一天晚上，我们坐12路电车，‘咣当’到西单，步入安儿胡同1号。他劝慰周扬同志不要把这事放在心上（周扬同志点点头。可是周扬同志还是为这事一病不起了）。当时的政治气氛非常压抑。多少有些风险。他这一举动使我深受教育并为之感动。”

看了露菲给李茹的这封信，我立即想起，晓天不只是经常去看望逆境中的周扬，还在周扬一病不起之后，为周扬出了两本书：《马克思主义与文艺》和《周扬近作》。

记得是1983年冬，得知晓天将兼任恢复建制的作家出版社总编辑后，我和《新观察》编辑部主任张凤珠一起去他家，向他表达调往作家出版社工作的急切愿望。他说：对你们俩我都了解，欢迎你们来一起创业。不过，你们都是办杂志的，没有搞过图书出版，还得调几个有图书出版经验的老编辑来才能开张。张凤珠向他提议可调她当年在文讲所的同学、人民文学出版社名编龙世煇，我则建议不妨先创办一个大型文学刊物，可以叫《中国作家》，为出版社树起一面旗帜，吸引和团结一批作家。张凤珠和我的这两个建议他都采纳了，只是因为《新观察》主编戈扬不肯放我走，致使我比张凤珠、龙世煇晚到了半年。1984年8月，我到作家出版社报到时，《中国作家》编辑部已有了三四个编辑，而图书编辑部还空无一人。然而，9月，作家出版社出版的第一本书，即周扬编的《马克思主义与文艺》（修订本）就面世了。谁当的责任编辑呢？一问，才知是江总编辑在社外特聘的吴泰昌。

据泰昌兄讲，1959年北大中文系55级同学集体编著的《中国文学史》、《中国小说史稿》等书将完成时，系主任杨晦曾给他们布置一项新任务：协助周扬同志修订1944年延安解放社出版的《马克思主义与文艺》一书。但到1962年夏天，不知什么原因，书稿按周扬同志的意见整理好后，就从此没有下文。1983年，作家出版社恢复建制时，因兼任社长的张僖和江晓天曾想将他调去任副总编，所以他偶有机会参与商议作家出版社最初的选题计划。有次他向江晓天谈起周扬的《马克思主义与文艺》修订本，请晓天以作家出版社的名义正式征询周扬意见。不久，晓天就告诉他，周扬同意了，让他负责此事并直接找周扬面谈。这样他就去见了周扬。那天周扬情绪很好，在谈完修订意见后，对他说："这本书是根据毛泽东同志《在延安文艺座谈会上的讲话》的精神编纂的。序言1944年4月11日在延安《解放日报》上发表，毛主席看后肯定过。这次出修订本，就用原来的序言，文字我再看一下，内容不动。"事隔几年，泰昌才得知毛主席在看了这篇序言后给周扬的信中说道："你把文艺理论上几个主要问题作了一个简明的历史叙述，借以证明我们今天的文艺方针是正确的，这点很有益处。"（《毛泽东书信选集》第228页）至于序言中提到的人，周扬说："有的后来政治上有了很大的变化，也不动了，那是历史，历史是不能任意改动的。"前不久，我重读周扬写于1944年3月的这篇《序言》，发现最后一句话是："对在校阅和翻译上曾为本书出力的陈伯达、乔木、曹葆华诸同志，我于此一并致谢。"仔细体味周扬对泰昌说的"历史是不能任意改动的"那句话，就更觉这本书在《序言》不作改动的情况下再版的深意了。

众所周知，周扬和胡乔木，从延安时代起，就是在党内齐名的杰出的马克思主义理论家，都是曾受到毛泽东赞赏和器重的"大笔杆子"。由于时代的局限，周扬身上长时间地套着个人崇拜的精神枷锁，致使他在建国后的17年里，宣传过"左"的理论，执行过"左"的政策，甚至整过人。但经历了"文革"的劫难，复出后的周扬，却从理论的高度，对自己在17年中的工作进行了痛切的反思，尤其对在"左"的路线指导下伤文、伤人的过错有了醒悟。作为一位"人性回归"的理论家，他接连写出了《关于真理标准问题的讨论》、《三次伟大的思想解放运动》、《关于马克思主义几个理论问题的探讨》等敢于突破理论禁区、大胆探求真理的重头文章。没有想到的是，他的思想转变，引起昔日战友、此时正主管意识形态工作的胡乔木的不满。1984年1月，胡乔木发表了一篇公开批判他的长文——《关于人道主义和异化问题》，并由此引发一场“清除精神污染”的运动，冷不防周扬又一次被击倒了。1984年9月，心情抑郁、痛苦的周扬在广州摔了一跤，很快住进北京医院，诊断为患无法治愈的脑软化症。就在周扬这样最危难的时刻，经江晓天签发的《马克思主义与文艺》由作家出版社出版（印数为12000册），不只是在精神上给予周扬一种强有力的支持和抚慰，而且也借此向世人证明，周扬在传播、探索和创新马克思主义理论上的历史性贡献，是任何人都抹杀不了、否定不了的。江晓天选择周扬编的这本书作为作家出版社新时期打出的第一炮，不能不说是一个具有震撼力的果敢之举，他为了护卫他所崇敬的周扬同志的声誉，连胡乔木这样当政的大人物也敢得罪，真的是豁出去了。

继周扬编的《马克思主义与文艺》之后，1985年6月，作家出版社又推出了顾骧编选的《周扬近作》。关于这本书的编选，顾骧先生在接受学者徐庆全的采访时曾说：“编这本书也是在这一年1月。当时的情况是这样的：周扬同志第一次报病危，人们试探中央能否公开为周扬平反，以最高领导人去医院探视的方式？难以做到。习仲勋同志告，经请示耀邦同志，可以采取将周扬的《关于马克思主义几个理论问题的探讨》这篇遭批判的文章再次公开发表的方法以达此目的。如何公开发表不显得太突兀？于是有了编一本周扬同志近作选集出版，将《探讨》文章收进长的想法。”徐庆全问：“鲁迅在编辑瞿秋白遗文时曾经说过，手中捏着亡友的遗稿好比捏着一团火。不知当时您是否有这样的心态？”顾骧回答：“周扬同志虽然还在世，但是我抢在他生前将这本书出版，也有类似手中捏着一团火的心情。”（《知情者眼中的周扬》第152—153页，经济日报出版社2003年3月出版）我想，江晓天作为总编辑，在承接这部书稿出版任务时的心情又何尝不是如此呢？

在与兴叶兄一起去看望李茹之后，3月间，我又专程对李茹进行了一次补充采访，然后投入了《江晓天的编辑生涯》的写作，6月初完稿之后，就将此前已在报刊发表的《〈红旗飘飘〉的创刊与停刊》、《〈红日〉是这样喷薄而出的》和《一部〈红岩〉血凝成》三篇文章作了修订，加上已在《江南》杂志上刊出的《萧也牧悲剧实录》，合为20万字的《红火与悲凉——萧也牧和他的同事们》，交给上海的一家出版社出版，使我为这支优秀的文学编辑团队立传的夙愿终于得以实现。

回顾《红火与悲凉——萧也牧和他的同事们》的采写过程，每当看到新发现的史料或珍贵的老照片，我也都有“手中捏着一团火”的感觉。我不只叹息他们悲凉的命运，更感受到了他们难能可贵的人格魅力和奉献精神。他们是新中国第一代文学编辑中真正的精英，我为有萧也牧、江晓天这样杰出的前辈同行而感到骄傲！与此同时，我发现，历史上的许多现象以至细节，都有惊人的相似之处。因此，采写他们的故事，我往往会联想到自己曾经历过的创业艰辛、奋斗坎坷和成功喜悦。可以说，我是在写前辈的命运，品自己的人生。记得我在《也说京城名编》中就曾说过：“当想起我在作家出版社二十年的编辑生涯没有虚度，对领我入道的江晓天依然心存感激。”今天，在《红火与悲凉——萧也牧和他的同事们》一书即将付梓之际，我更加想起他对我的知遇之恩。尽管我只在他的麾下工作一年多时间，但在我的心目中，他永远是我的总编！他身上所体现出来的敬业精神和大家风范，依然在激励我为文学事业竭尽绵薄……

2009年7月11日

临亭口之忆

前些时，电视剧《潜伏》热播，据一位文友说，该剧是根据天津作家龙一的同名小说改编的。小说只有一万多字，但人物关系设置特殊，编导姜伟竟然将其扩展成30集的连续剧，这番功夫真是了得！日前另一位文友发来电子邮件，说她在网上浏览，读到一篇署我名的文章，写“文革”期间随文化部门下放到天津临亭口的事。她注意到，只有我的文章和龙一的《潜伏》作“临亭口”，而其他地方均作“林亭口”。问我这里是否有个地名的历史沿革问题？随即我也上网浏览了一下，才知小说中余则成是到宝坻县的临亭口接翠平去的天津。当年宝坻是河北省的一个县，而如今已划归天津市，成为宝坻区。“文革”中的临亭口公社，也改为林亭口镇了。我注意到，网上有极少数企业的所在地，标的依然是“临亭口”，我不知这里面究竟有何地名的历史沿革问题，但一提起临亭口，四十年前的情景就恍若眼前——

我被下放劳动是在1970年初，比我所在的中国戏曲研究院的同事们晚了半年。当时，文化部分了两个“五七”干校，即文化部机关和中国文联、中国作协的干部下到湖北咸宁县的向阳湖，而除作协以外的各个协会及隶属文化部的几个事业单位的干部，则下到河北怀来县沙城的黑土洼。我之所以没有下沙城干校，是因为在此之前就被抽调到驻文化部军宣队总指挥部的写作小组去了。但是，万没想到我们辛辛苦苦写了五个多月，竟一篇稿子也没有能发表出来。不是我们无能，写不出文章来，也不是我们觉悟高，抵制写批判所谓“文艺黑线”的文章，而是因为我们搞的是“假批判”，写出的文章，统统被报社“枪毙”了。直到通知写作小组解散，让我们一过春节也都下干校时，军宣队总指挥部的参谋耿再飚（耿飚将军的侄子，有渠道了解到一些高层斗争的内幕）才向我们透了底，说派驻文化部的65军宣传队是归周恩来总理管的，而当时的舆论阵地都控制在江青、张春桥、姚文元手里，他们早就给当时仅有的几家报刊下了指示：驻文化部军宣队写作小组的稿子一概不能见报！写作小组解散之日，也是派驻文化部的军宣队被撤换之时。由河北省军区派出的宣传队也许是为了摆脱65军宣传队的“阴影”，刚进驻文化部就决定将沙城干校迁往宝坻县的黄庄洼，着实将他们眼中的一大群“臭知识分子”苦苦折腾了一番。

我是独自乘长途汽车下宝坻干校的。在临亭口站下车时，我问当地的乘客，到南清沟怎么走？这时，有位个子高高的乘客打量了我一眼，微笑着问：“你是去文化部‘五七’干校三连吧？跟我走就是了。”我点头说：“是啊！”随后，他自我介绍说：“我是二连中国摄影家协会的，叫陈勃。”陈勃不仅是有名的摄影艺术家，而且还是摄协的秘书长。我知道，在中国文联的十大协会中，唯有摄协是毛主席亲笔题的会牌，摄协主席石少华还有幸成了教江青摄影的老师。因此，摄协在“文革”前执行的就不是周扬的“反革命修正主义文艺黑线”，而是毛主席的“红线”。身为摄协秘书长的陈勃，自然也就不是“走资派”，加上他一副和蔼可亲的面容，就更令我感到在此刻遇到他，是一种难得的幸运。

陈勃对我说，到干校所在地还有十多里路呢，已经12点多钟了，咱们到镇上的小饭馆吃点儿东西再走吧！我就跟他进了一家小饭馆。我已经回忆不起那天我俩吃的是什么了，但有一件事至今印象犹深。那就是吃饭时陈勃悄声问我：“在里边一张桌子上吃饭的矮老头，你认得他吗?”我说不认识。他说：“他是美协的蔡若虹。”我一听这名字，不禁“喔——”了一声。心想，这可是个大名鼎鼎的人物啊！抬眼看去，见蔡若虹买的是一碗红烧肉，吃得正香呢！陈勃叹了口气说：“他们五连的伙食很差，今天是星期天，老蔡是到公社改善生活来了。”蔡若虹在“文革”前是中国美术家协会的党组书记，“文革”初就作为“走资派”被公开点名批判，说他是周扬“文艺黑线”在美术界的代表人物。陈勃和他显然早就相识，但我们不能等他吃完饭后结伴同行，因为他属于中央专案组的审查对象，尚未定案呢！一路上，陈勃告诉我，在我们干校，像蔡若虹这样属于中央专案组管的名人，还有音协的吕骥，剧协的赵寻、凤子，美协的华君武、丁聪，影协的袁文殊、程季华、钟惦斐，以及我们中国戏曲研究院的张庚和吴祖光……他们都没有能回北京去过春节，生活上的清苦是可想而知的了。像蔡若虹那样趁星期天到小镇上去买生活用品的机会，顺带改善一下生活，花的是他自己的钱，即使是被革命群众发现了，也很难给他上纲上线，定什么罪名。可我们连的吴祖光，却因为吃了贫下中农的“宴请”，而挨了一场批斗。这是我下干校后第一次参加连点名，听军宣队训话时说到的“阶级斗争新动向”。

事情的经过是这样的：春节前，吴祖光得了急性阑尾炎。因他是属于中央专案组管辖的审查对象，不准他回京就医，只得到设备简陋、条件很差的临亭口公社卫生院去动手术。干校派了一个人去照看他，而实则是去监管他。此人到了公社卫生院，便以革命干部自居，不但不好好伺候病人，反而还时常欺侮病人，竟将吴祖光花钱买的营养食品吃去了大半。见此情景，连医生和同病房的老乡都觉得此人有失身份，很是瞧不起他。于是，富有同情心的老乡就邀祖光到他们家里去过年。祖光欣然赴宴，自然也买了些烟酒、糖果之类作为贺年的礼品。那位负责照看他的革命干部，理所当然不会受到老乡的邀请，他便因此而耿耿于怀，回干校向军宣队告了吴祖光的刁状，说吴隐瞒了自己的“黑帮分子”的身份，到老乡家去吃请，还以“糖衣炮弹”拉拢腐蚀贫下中农……军宣队一听，这当然是阶级斗争的新动向了，就立即派人去把吴祖光从病床上揪了回来。

我和祖光同在一个班。好在我是刚下干校，不了解情况，批判会上也就没有吭声。但这件事无疑是给我敲了一次警钟：借住在老乡家里，千万别吃老乡家的一口东西！在宝坻干校期间，我所在的二排，主要的劳动任务是脱坯烧砖。两座砖窑离我们驻扎的南清沟村有好几里地。我们住的是临时搭起的木板房。那是我们在干校度过的最艰苦的一段生活。因为不只是劳动强度大，而且生活上有诸多的不便。一日三餐和饮用水都得靠一台手扶拖拉机运送，而那年春夏时节，雨水特别多，每遇大雨天，道路泥泞，手扶拖拉机不得启动，我们就得被困在窑场的木板房里挨饿。抽去烧窑的，大都是像我这样“文革”前夕参加工作的青壮劳力，而祖光当时已五十多岁了，哪还适合去卖这样的苦力？显然，让他也去遭这份罪，是因为那里远离村庄，不让他再有“拉拢腐蚀贫下中农”的机会。而正是在那里，我才与祖光渐渐熟悉起来，对他有了更多的了解。那时，我们在窑场上干活，每天都要出几身大汗，根本没条件洗澡，收工后，只得打盆水擦身。有次擦身时，他就让我看了他做阑尾手术留下的一道蚯蚓似的疤痕。我说怎么愈合得不很平整呀？他笑了笑说："公社卫生院就那个技术条件，能救我一命就算很幸运了。大夫、护士都很尽心，只是没有机会去看他们，连写封感谢信都不允许……"窑场是个前不着村、后不靠店的偏僻所在。不只是作为中央专案组审查对象的他被剥夺了通信权利，就连我们这些所谓的"五七战士"，实际上也几乎与世隔绝了。

干校迁到宝坻县不到一年时间，就又一次搬迁，最后定点在静海县的团泊洼劳改农场。为什么又要搬迁呢？原因是明摆着的：黄庄洼的地势确实是太低了，我们千辛万苦种下的麦子和玉米，抗不住夏涝，所收无几，等于是白干了一场。再说，尽管像我这样的壮劳力组成的一个排，去窑场上干了几个月，烧出了几窑砖，但在洼地上盖房、建校舍，绝对是下下策，一旦遇到洪灾，就得"全军覆没"。记得在干校迁往团泊洼之前，是军宣队清查所谓"五一六反革命分子"最起劲的时候，狠抓"阶级斗争新动向"，把我们管束得死死的，几乎失去了人身自由。因此，下宝坻干校后我从未离开过南清沟，也再没有到过临亭口镇。也就是说，回想起来，此生我在临亭口镇上充其量只逗留了半个小时，但它毕竟是我下干校的一个起点站，人生道路上的一个标志性的关口——三年干校生活，仿佛是陷进了一座炼狱，正是我一生中最不堪回首的痛苦岁月！而今，沧桑巨变，境遇大换，当我见到《潜伏》提及临亭口时，怎能不又一次勾起这段刻骨铭心的记忆呢？……

2009年6月25日

老来下厨房

今年春节前夕，温家宝总理赴四川灾区和当地群众过年，并亲手为乡亲们炒了一道菜。于是，2月28日下午，在他通过中国政府网、新华网与全球网民进行在线交流的过程中，就有一位网友提问："我们在电视上看到您的回锅肉炒得不错，饺子包得也很漂亮，平时您在家做饭吗？拿手菜是什么？您喜欢吃什么菜？"温总理笑着告诉网友："自己也会做一点儿饭，但现在没时间在家做饭了。厨艺是年轻时候培养的，那时和爱人谁下班早谁就做饭，吃得很简单。"

说来很有意思，就在此后的一段时间里，几乎每天都有人好奇地问我："怎么，你也上早市去买菜呀？""你在家里也要做饭？""你会炒什么菜？"……确实，尽管我已退休五年，但平时我总关在书房，难得下厨房，几乎没上早市去买过菜。只是因为妻子在小年夜摔倒了，颈椎病引起眩晕，卧床不起半月有余，又正好赶上过春节，一时也请不到保姆，所以这买菜、做饭的活儿才不得不由我担当起来。街坊邻居见我忽然勤快起来，竟天天上早市买菜，产生一连串的疑问也就在情理之中了。从那天在网上看了温总理和网民的在线交流之后，我就借用他的话来回答街坊邻居：年轻的时候，我和爱人也是谁下班早谁就做饭。不过，因为她是演员，晚上往往有演出，所以，平时大都是我买菜做饭。说得不谦虚一点儿，她的好些拿手菜，还是我教会的呢！

和我同楼的住户，大都是知识分子出身的干部。其中，上世纪30年代末、40年代初出生的就有好几十个，可以说和温总理是同一代人，凡是会做一点儿饭的，都如温总理所说，"厨艺是年轻时候培养的"。但由于种种原因，也有些人长期依赖机关食堂，至今对厨艺仍一窍不通。说起来令人难以置信，有位文学编辑界的行家里手，连碗面条都不会煮。有次说起此事，我调侃了一番，说这老兄一辈子咬文嚼字，把"煮面条"的"煮"字嚼得太碎了，头一回煮面，竟然是先把面条放在凉水锅里，然后点火慢慢煮，熬成了一坨糨糊。而在我们苏南，叫“下面条”。如说“下碗阳春面”，那是往沸水锅里下生面条，面一煮熟，就立即用竹筷和笊篱把面捞出来，存进飘着香葱的鲜汁汤碗里。如此操作，就绝不会闹出凉水煮面的洋相来。此公退休之后，宁肯埋头帮人看一部书稿的校样，也不愿下厨房向被他称为“饲养员”的夫人学点儿烹调技艺，结果，每到夫人生病住院，他家就无法开伙，只得天天去医院陪夫人吃病号饭。当然，如此“厨盲”只是个特例，但像我这样因夫人老来得病而不得不下厨房并厨艺渐长的同代男人，估计则是越来越多了。

在旧社会，小康人家择媳的一条重要标准是“上得厅堂，下得厨房”。到了新社会，就我们这一代“文革”前夕走出大学校门的干部而言，就大都是只上得殿堂（包括官场）而下不得厨房了。临近古稀之年，独生子女又大都不在身边，几乎全成了“空巢老人”，只得谁身体好就谁下厨房做饭了。有人对我说：你们这些上了岁数的人啊，就是想不开，不能请个保姆来家买菜做饭呀？我说，十几年前，我妻子刚患腰椎病时就曾请过几年保姆。但是，如今的小保姆都是来自贫困地区，哪会有一手好厨艺呀？我家请的那个小保姆来自吃水都很困难的甘肃农村，进京之前连鱼都没见过一条，头回叫她做鱼，她不知所措，简直都傻了。再说了，一个人有一个人的饮食习惯，像我这样偏爱淮扬菜的苏南人，到哪儿去请来自江浙一带的小保姆呢？这也就是说，即便家里雇了小保姆，真想吃一些喜爱的有风味的菜肴、点心，也还得自己下厨才行。

譬如说，每年开春之际，我家都要到早市去买荠菜回来蒸包子、裹馄饨吃，以往当然全是我妻子的活儿，我至多也就是在看书写作的间隙帮着择一下菜。今年我则责无旁贷地接了班。每天去早市，都是先奔卖荠菜的摊位。而当我买荠菜时，总会有顾客在一旁问我：“这是什么菜？好吃吗？怎么个吃法？”我发现，大部分北方人，都不知它是一种最鲜美、最有营养的时令野菜。只有一次，未及我回答这样的问话，就听有人说：“这菜可好吃啦！给我也来两斤！”我回头一看，是位年纪与我相仿的男人，“乡音无改鬓毛衰”，我忙问：“你是常州人吧？”他笑答：“是呀，常州乡下，武进。你怎么知道？”我说：“听你口音，咱们是真正的老乡。从小就爱吃荠菜！”他说：“不过，那时候是亲手到野地里去挑荠菜，现挑现烧了吃，又嫩又鲜，味道比这摊上卖的好多啦！”我问：“买回家是你自己亲手做吗？”他答：“我老伴是北方人，无论是荠菜馄饨还是荠菜包子，当然得我来做，那才有家乡风味啊！……”

两个月前，妻子住院治疗，我每隔三两天就给她送荠菜包子去吃。她常分给病友品尝。病友们都说好吃，问是在哪家包子铺买的？妻子笑答：“我老公的荠菜包子铺今年刚开张！”我听了颇有些得意，心想，这老来一下厨房就赢得声声夸奖，看来，为了晚年生活得更加和美舒畅，还得坚持不懈，多长点儿厨艺，也多得点儿乐趣啊！

2009年5月30日

减寿与加寿

1988年，我曾在《光明日报》上发过一篇题为《走近退休》的随笔，文中提及南国的一位杂志社总编辑，因恋栈而到派出所改了年龄（减去一岁）的事，为免惹对号入座之烦，行文时我故意将“她”写成了“他”。未想到拙文一见报，竟然在京城文学圈内引起了一点儿意外的涟漪，文友们纷纷打电话来，夸我不留情面揭了某报社一位副总编的短。我连忙解释：“误会了。此前我根本不知他也改了年龄。我分明写的是远方的一位杂志社总编么，怎被误以为是京城报社的一位副总编了呢?”但就因为这位报社副总编的名声远比那位杂志社老总要大，无论我如何解释，文友们也不相信。后来，当再有人说起此事，我就索性不再解释了。因为在这样敏感的年龄关口，自动减寿者大有人在，单在我的同龄人中，我就见到了好几位。据讲，在干部任用上，有“七上八下”之说。即年届57岁，尚可提拔，而年满58岁，就得退居二线了。因此，有些自动减寿者，不是在临近退休时才想方设法去派出所改年龄，而是把此举提到“七上八下”之前了。世风日下业已如此，只怪我所举的那个例子太具典型意义了。

转眼到了2009年，学者李辉质疑一位“百岁国学大师”的妙文，在海内外激起了不小的波澜。因我妻子与那位“百岁国学大师”原本是中国青年艺术剧院的同事，而我从上世纪60年代到80年代就居住在“青艺”院内，所以对其老底早有所闻，所谓“百岁国学大师”，确有假冒伪劣之嫌。有关此事，学术界已完全站在李辉一方，毋庸我再多加评说。我想在此探问一句的是，他为何要自我加寿呢?

记得曾以中篇小说《人到中年》著称于世的女作家谌容，后来又写了一篇题为《减去十岁》的小说，讲的就是人到老年后的一种失落的心境。而那位“百岁国学大师”，真的应当是“减去十岁”才能还其年龄本相。他之所以要给自己加上十岁，则也许是在深感失落之后，企图靠玩弄骗术来一番巧取豪夺，即利用中华民族尊老的传统美德，借其鹤发银髯来卖钱而已，就仿佛是古董，越老越值钱。人所共知，早些年社会上曾出过多起冒充老将军、老革命以至老台胞行骗敛财的刑事案件，到了“国学热”兴起的21世纪，他就宣称自己是章太炎的弟子，给那些喜爱附庸风雅的庸官或财大气粗的老板当起“三陪老头”来了。自巴金过世之后，上百岁的文化名人，也就如季羡林等，已寥若晨星。而在季老拒不接受“国学大师”称号之际，那位自我加寿的“国学大师”，却正等着“粉丝”来为他庆贺百岁华诞呢！真到了那一天，他的“墨宝”也许就不再是“一字万元”，而是“一笔万元”了吧？至于他再去挂名充当什么典籍丛书之类的主编，所敛不义之财，就更会是一个天文数字了。

君子爱财，取之有道。巴金在世时，不仅没领过国家的一分钱工资，而且还把自己所积蓄的数十万元稿费捐出来建中国现代文学馆和投入希望工程，堪称德高望重的文学大师。相比之下，那些试图靠自我减寿或加寿来升官发财的老人，其人格就实在太低下了。从李辉质疑“百岁国学大师”一文激起巨大反响看来，说明在假冒伪劣层出不穷的年代，年龄的打假问题也已得到媒体和公众的广泛关注，这不能不说是净化老年队伍和社会环境的一大好事啊！

2009年3月24日

又见《艳阳天》

当了多年的文学编辑，使我养成了关注图书销售榜的习惯。发布畅销书榜的媒体有好多家，我近期才发现，《中国文化报》上还有一个更值得关注的榜单：国家图书馆中文图书借阅榜。

无论是出版者还是著作者，出了新书有人买，当然是件令人高兴的事。但出书的终极目标，还得是要有人读。如今送礼之风盛行，所谓“礼品书”越做越精美，烫金镶银，动辄千元以至万元，但那都是为了装点门面、附庸风雅，购书者并不是真正意义上的读者，只能美其名曰“收藏家”。国家图书馆中文图书借阅榜，是依据国家图书馆基藏库图书的借阅流量来发布的，上榜的图书才是真正拥有读者的好书或有文化价值的典籍。令我感到意外的是，在“国家图书馆2008年12月中文图书借阅榜”上，浩然的长篇小说《艳阳天》名列第十三位，是20本上榜书中唯一一本当代文学作品。

毋庸讳言，《艳阳天》并非是当代最优秀的长篇小说，由于其诞生在上世纪60年代，还不可避免地带有特定历史条件下的政治色彩。在如今的图书市场上，也许已不见其踪影了，甚至在浩然逝世之后，也不大可能再版。然而，读者并没有忘记它。它登上“国家图书馆2008年12月中文图书借阅榜”，就足以证明，尽管浩然在“文革”年代走过一段弯路，但他依然是中国当代文学史上一个无可替代的农民作家。

就在2008年12月，我曾在一部论述北京文化的书稿中看到“浩然是江青心目中的文化部副部长的最佳人选”这样的非议，书稿出自一位在读博士生之手，显然是这位作者因年轻而不了解“文革”的复杂历史，想当然地朝浩然的脸上打了一个黑色的印记。经历过“文革”的文艺工作者都会记得，当年的文化部长是最受江青赏识的“样板戏”功臣于会泳，在京剧《红灯记》中扮演李玉和的浩亮、芭蕾舞剧《红色娘子军》中扮演洪常青的刘庆棠，则是江青钦定的文化部副部长。尽管浩然曾奉江青之命写了《西沙儿女》，但他毕竟没有顺杆爬上去，怎会是“江青心目中的文化部副部长的最佳人选”呢？在“国家图书馆2008年12月中文图书借阅榜”上又见《艳阳天》之际，我不禁想起，浩然幸免于“反右”之难的一段经历和令他终生感激的前辈编辑家萧也牧——

1956年初冬。浩然从保定调到北京《俄文友好报》当记者，年轻气盛，充满理想，急于以一部反映农业合作化道路的史诗式的长篇小说，一步跨进文学殿堂。他奋战了几百个夜晚，终于写出了一部叫《狂涛巨浪》的稿子。完稿的第二天，便匆忙就近送到中国青年出版社收发室。十多天后，他就接到一个电话，约他星期天上午到第二编辑室负责人吴小武家去，听取对《狂涛巨浪》的意见。放下电话，他兴奋地跟记者部的同事贾红玉说起此事，贾红玉告诉他，吴小武就是作家萧也牧。早在蓟县当区干部时，他就读过萧也牧的长篇小说《锻炼》和一些短篇，留下了很好的印象，尽管也看过批判萧也牧的文章，但因他那时尚不知批判的背景和利害深浅，所以萧也牧依然是他心目中所仰慕的作家。要去见这样一位有名的作家，心里不免有些发憷，临行时，他就拉上了贾红玉，给自己做伴、壮胆。按照电话上告知的地址，他在一个杂乱无章的院子里找到了萧也牧。完全出乎他的想象，萧也牧“大高个儿，黑脸庞，微驼的肩背。一身蓝制服，不仅不很合体，还极不整洁，冷眼看去，简直是个刚下班回家的修理工。只有谈起话来热情和蔼、细声慢语，透出一点文弱书生的气质。明亮的眼睛，厚唇阔口，都极富表情，让人感到亲切”。萧也牧直率而又自信地对浩然说：“你的小说稿我看过了，乡土气息很浓，对生活有独到的感受；看得出，你有一定的艺术表现才能。但是由于实践少、经验不足，作品没有写成功，改起来费力气，而且希望也很小。我劝你先从搞短篇入门，多写些，像画家打下素描底子那样，练好基本功，再写篇幅长的作品。这样费力小，收效会大。”萧也牧的这番话，使浩然顿开茅塞。虽然是一次退稿的谈话，但浩然却没有感到难堪，甚至没有丝毫的扫兴。萧也牧那平等、诚恳和坚定的态度征服了他，使他不知不觉中对萧也牧产生了一种很强的信任感，感到自己遇到了一位写作上的好老师。

浩然遵照萧也牧的指点，回到家就把长篇手稿锁进箱底，集中精力研读名作家的短篇小说，练习写短篇小说。他坚持一气写了六年的短篇小说，出版了十来个短篇小说集后，才动手写长篇《艳阳天》，终于大获成功！因此，每当回顾自己的创作成就时，浩然都不忘是萧也牧为他指点迷津，使他在艺术道路上少绕了许多弯子。而最令他难忘的，是萧也牧又一次退还他的稿子。

这是浩然的一部得意之作。认识萧也牧不久，他到山西采访，在潞安县人民代表会上，发现有几名地主富农出身的人当选了人民代表。他敏锐地感到，中国共产党不但没有把已经打倒的敌对阶级的肉体消灭，还给了他们生存的权利，把他们改造成了自食其力的劳动者，甚至使他们变成了拥护革命和参加革命的带头人，这是一个了不起的创举！于是，他不仅在会上与这些地富出身的人民代表座谈，还多次骑自行车或骑毛驴走村串户，到处寻找改造好的地富和地富子女进行深入采访。回京后赶写成一篇通讯，在《俄文友好报》上发表，获得读者好评。英文版《中国建设》还立即予以转载。这篇通讯所产生的效应鼓起了他的创作激情，他把此次采访到的人物和事件，加上从前在农村实际工作中积累的素材，加以综合、概括和提炼，创作出了题为《新春》的中篇小说。1957年秋末冬初，他把这篇经过反复修改，誊抄清楚的小说稿交给了萧也牧。不久，他就收到了萧也牧一封热情的来信，赞赏“作品的题材新，有深度”，是他“创作上的一个跨进”。此后，萧也牧还打电话告诉他，这部稿子有几个情节稍加修改后就可出版。只是自己会议多，太忙，一旦把手头的事情抓紧处理完，就可找他商谈具体修改加工的问题……听到萧也牧说《新春》很快就能出版的好消息，他不禁为自己的成功陶醉了，望眼欲穿地盼着这一天的到来！

1957年冬天，正是“反右”运动进入斗争最激烈的阶段，萧也牧说“会议多，太忙”，这是实话。浩然所在的《俄文友好报》社，其实也一点儿都不消停，同样充满了火药味。所幸在那年春节过后的例行体检中，发现浩然患了肺结核，让他到疗养所住了半年多。一直苦于没有读书写作时间的他，终于抓住这个机会，在疗养所潜心写作。而这期间，正是社会上大鸣大放高潮迭起的时刻，一个个“向党进攻的右派分子”冒了出来。浩然在大鸣大放中一句话也没讲过，因此，眼看着身边的同事接连被当成右派揪了出来，他却安然无恙！

其间，北京市委宣传部在一家饭庄召开过一次青年作家的大鸣大放座谈会，因他的成名作《喜鹊登枝》、《春蚕结茧》是在《北京文艺》上发表的，早已是在市委宣传部挂上号的文学新星，《北京文艺》编辑部特意写信和打电话通知他出席。他本是答应去的，临动身时犹豫起来：万一走漏了风声，让《俄文友好报》社的领导知道了，岂不是证明他病已痊愈，该回报社上班了吗？他怕失去“好吃好喝、专心学习与写作”的条件，就决定“逃会”了。事后得知，那次青年作家的鸣放大会是“右派”的一次“集体表演”，包括刘绍棠、王蒙、邓友梅、从维熙在内，与会者几乎全都被打成了右派分子。

待到浩然结束疗养回报社上班时，报社的“反右”运动已取得阶段性胜利，总编辑林朗和一批编辑记者已戴上右派分子帽子。一些运动的积极分子，见他这个已小有名气的作家成了漏网之鱼，自然心有不甘。于是，就在所谓的“洗手洗脸”中，把他当成了检查资产阶级个人主义的重点对象，大会小会让他作检查、挨批判，总也过不了关。

就在这样的关键时刻，他接到了萧也牧的电话。萧也牧的声音很低，只说了句：“今天吃罢午饭，你到大庆（杂货铺）门口的电线杆下等我吧。”他匆忙吃完饭，赶到约定地点时萧也牧已靠墙站在那儿了。见他走到跟前，萧也牧沉痛地说：“浩然，我犯了错误，正受批判……”尽管萧也牧的声音低微得几乎难以听清，但仿佛是一声闷雷，震得浩然一脸惊恐，慌忙问萧也牧：“这是为什么呀？你怎么啦？”

萧也牧没有回答浩然，只是轻轻地摇了摇头，随手把胳肢窝里夹着的纸包塞给了他，看了左右的动静后说：“你这小说，现在看来有些危险，拿回去自己处理吧。”

这无疑又仿佛是晴天霹雳，令浩然猛然惊醒：是啊，报社正在批判斗争和处理的右派分子中，有人的“罪行”就是“攻击肃反和为被打倒的地富分子说话”呀！若是把这篇小说当成为地富分子翻案和歌功颂德的“大毒草”，那该是多大的危险呢？

还没等浩然镇定下来，萧也牧已经离开那堵仿佛随时会坍塌的墙壁和那根随时都可能折断的电线杆，迈着急促的步子往南走去，那高大枯瘦的身影，很快消失在胡同口了。怅然间，浩然跑步回家，没进屋，就钻到五六户伙用的厨房里，趁邻居们都午休的间隙，一页一页地扯下合订在一起的《新春》稿本，投进煤火炉，把它化成了灰烬……后来，

萧也牧在自家院内

他在口述自传《我的人生》中这样写道："对这件事，几十年来我一直刻骨铭心般地感激萧也牧同志。当时的他，如果像有的人那样（这样的英雄我可见识不少），为了自己立功赎罪和表现自己的革命性而把我的《新春》交给组织，那么，我的结果该是怎样的悲惨？要知道，那时候的我才二十五六岁，在文学的田园中，只不过是一株刚刚出土的幼苗呀！"

躲过了"反右"运动的疾风暴雨，浩然这株文学田园里的幼苗，很快就成长为根深叶茂的大树。1962年冬天，销声匿迹多年的"右派分子"萧也牧突然敲开了他的房门。浩然见恩师又黑又瘦，明显苍老了，但两只眼睛依旧炯炯有神，谈起文学来，一股热切的劲头也不减当年，真是悲喜交集。萧也牧对他说：这几年你进步很快，让人高兴。你不是一举成名的，你是以大量的短篇小说一点一点在读者心中积累下影响的……我们出版社想给你出个选集，把值得保留的上乘之作挑出来，印一本，作个小结。并说：你现在可以写长篇，创作出一部代表作了。浩然深受激励，说自己正有此打算，但觉得没有十分的把握。萧也牧以非常坚定的语气鼓励他说："我认为水到渠成了，你要有信心。"

有了萧也牧的鼓励，浩然信心倍增。就在这年的12月，他就请了创作假，动笔写《艳阳天》。就在《艳阳天》即将在《收获》杂志上发表时，萧也牧亲手为他编定的《彩霞集》出版了。可以说，没有萧也牧，浩然就不可能躲过“反右”运动的疾风暴雨，更不可能在创作上迎来“彩霞”和“艳阳天”!

《艳阳天》是最能显示浩然上世纪五六十年代创作风格和艺术成就的代表作。它通过京郊东山坞农业生产合作社麦收前后发生的一系列矛盾冲突，勾勒出农业合作化时期的生活画卷，精细地刻画了农村各阶层人物的精神面貌和思想性格。小说的情节曲折丰富，结构完整紧凑，人物形象生动传神，语言朴素晓畅，显示出鲜明的艺术特色。在浩然于2008年2月20日逝世后，以《白鹿原》享誉文坛的著名作家陈忠实在接受新华社记者电话专访时曾这样说：“浩然是一个不一样的作家，有很多的不一样经历。”陈忠实认为，浩然的“不一样”，突出体现在文学创作和个人境遇两个方面：“浩然的很多重要作品，包括长篇小说《艳阳天》、《金光大道》，反映的是农业合作化过程中各种人物的情感世界，他所热情描写的那个年代虽然已经过去，但作品中所洋溢的浓厚生活气息、鲜活的人物形象，以及特别的艺术真实性，使这些作品在全国范围内产生了广泛影响并存活于世；其次，作为“文革”这个特殊时期活跃于文坛的作家，浩然与人为善，甚至帮助一些作家渡过困难，体现了人格力量。”《艳阳天》在浩然逝世十个月后又登上国家图书馆中文图书借阅榜，不就是陈忠实这番话的最好印证吗？这表明，浩然作为一个“写一辈子农民”的作家，其艺术魅力和人格力量，依然在吸引着广大读者，这也是最可告慰浩然和他恩师萧也牧在天之灵的一则时代信息了。

2009年1月23日

还有几家文学报刊?

乍看这标题，定会有人回答：我国的文学报刊多得很，绝不是几家，更不是两位数，少说也有百余家吧！

是的，“文革”年代，文学报刊几乎全军覆没，进入改革开放的新时期，除了几乎所有老牌的文学报刊都复刊外，还雨后春笋般涌现了许多新的文学报刊。就拿大型文学期刊来说吧，“文革”前只有《收获》一家，而新时期之初，《十月》、《当代》、《花城》、《钟山》、《江南》、《清明》、《芙蓉》、《长城》、《中国作家》、《百花洲》、《大家》……相继面世，一如群雄争霸，各显威风。那年月，以培养扶植青年作家为己任的文学杂志也纷纷创刊，一派群芳吐艳的大好景象，甚而流传着“四大名旦”和“四小名旦”之说。日前，湖南作家何立伟就在一次座谈会上说，上世纪80年代初，在大学校园里，常见莘莘学子胳肢窝里夹着一本《人民文学》或《诗刊》，就像如今的大学生都爱提一台笔记本电脑一样，是一种时尚。而如今，别说见不到大学生手里还捧着文学刊物，就连一般大学图书馆的阅览室里，怕也见不到当年风光一时的国刊和几大“名旦”了。

我查阅了《人民文学》杂志创刊四十年纪念册，《合订本作证》一文曾这样记述1979、1980年空前兴旺的情景：“这两年间《人民文学》每期推出少则一篇多达四篇的获奖作，订数高达一百五十万份。”到了1988年，韩少功、蒋子丹南下，创办《海南纪实》，聘我为特约编辑，记得创刊号就发行了140万册。进入90年代之后，文学走向边缘，跌入低谷，文学报刊的发行量急速下滑，尽管跨入新世纪后逐年都有所谓“稳中有升”的消息发布，但实际征订数大都因羞于启齿而成了必须严守的机密，不准对外泄露。据我所知，有些国家级的文学期刊，征订数仅一两千册。也可以说，除《收获》、《十月》、《当代》等极少数名牌刊物外，如今全国百余家文学报刊的发行量总和，尚不及《人民文学》、《海南纪实》当年一期的发行量。然而，分明是文学报刊大都处境窘迫、危机四伏，高唱文学报刊“大发展、大繁荣”者，却依然大有人在。谁都清楚，这些赞歌是唱给高层领导听的，殊不知一年又一年“谎报军情”，受害的反倒是文学报刊自身，日子变得越来越艰难了。

尽管绝大多数的文学报刊都是惨淡经营，但几乎没有一家自动关张的，就现有的文学报刊总数而言，可能比上世纪80年代还要多出几成。那么，一个个肩负重任的主编是怎样领着大伙儿过日子的呢？其中最主要也是最见效的一个高招，就是四处奔波，拉赞助，找协办商。君不见，连一些老牌的国家级刊物的版权页上，除编委会的名单外，不都赫然打出一个理事会的名单吗？理事长、副理事长、理事的顺序，不搞官场论资排辈那一套，而是完全看这些企业的出资多少而定。自然，成功的企业家财大气粗，来赞助一下文学报刊，也许是值得称道的行善之举。但是，负面影响也显而易见。前不久，在文学界学习科学发展观的会议上，一位退休多年的老主编抱病发言，说他前些时在自家的刊物上读到了一篇质量很差的小说，心想如果是在他任上，是决不会签发的。后来他打电话一问，编辑部才向他交了底，说那是理事会某老板推荐来的稿子，不得不照顾一下人家的面子。只见他说到此痛心疾首地长叹一声，禁不住双手直打哆嗦。

其实，能成立理事会，由企业家们来帮助文学报刊渡过难关，也是主编们的一种能耐。如果事先有约定，理事会成员不干预版面，不掺和采写、编辑业务，主编严把稿件质量关，那也未尝不是一条报刊赖以生存和谋求发展的探索之路。然而，无论主编们如何神通广大，但个人的精力总是有限的，他们几乎使尽浑身解数去找关系、拉赞助，花在组稿、审稿、改稿和培养扶植作家上的精力自然就少了。报刊质量的下降，以至走上穷途末路，也就在所难免。

文学报刊除了成立理事会而外，眼下最常见的一种自救方式是饮鸩止渴：卖版面。同行们都记忆犹新：改革开放初期，文学期刊的主编们，最看重的是下期刊物的头条，每期不抓到一篇打得响的发头条的佳作，就寝食不安，心里不踏实，觉得有负于广大读者的热切期望。因此，编辑们也就想尽一切办法去组名家的好稿，为了争一篇名家好稿而斗智斗勇甚或同行间伤了和气的事时有发生。总而言之，质量第一、读者至上，这是办刊的铁定的原则。如今的主编大都不这么当了。他们首先着急的往往是下期刊物有没有软广告。假若没有抓到软广告，刊物就得亏本，下月的奖金以至工资就发不出。2008年年底，一则关于《××文学》收取版面费的消息就在网上引发热议，受到文学界和出版界的高度关注。这则消息称："只需要交钱就可以在《××文学》上刊登大篇幅的文章。根据字数来确定费用，一般两万字稿件要3万元。如果要杂志社派记者来写，就要先付定金，并且多付5000元稿酬。"《××文学》创刊于2000年，由一家文艺出版社主办。该刊执行主编称，自己接任主编前的几年时间，《××文学》一直亏损。因此，出版社和杂志社商讨，进行一些市场运作。即参考国内不少报刊"以文养文"的做法——在保证质量的前提下，收取一定费用，补贴刊物。他坦陈，2008年已出版的11期刊物，每期128页，都有100页刊登正规、严肃的报告文学，只有20多页刊登软广告……

执行主编还对媒体记者抱怨说："大家都这么做，就我们倒霉。"这是句老实人讲的真话。但是，他有可能因这句真话而"倒霉"。是的，几乎"大家都这么做"，可大家都没有这么说，只有你承认《××文学》卖版面了，主管的新闻出版部门，哪能不过问此事呢？于是，业内人士都在打听：《××文学》是否停刊整顿了？1月9日下午，我去参加中国报告文学学会新年联欢会，进场之后，好些朋友都问："见到《××文学》执行主编某某没有？"往年，他都是来参加新年联欢会的，这一次，谁也没见他来。接下来议论的话题就是：《××文学》还办得下去吗？

在我看来，如果这家以刊发报告文学为主的《××文学》就此关张，未必是件"倒霉"的坏事。改革开放初期，是报告文学崛起的黄金时代，徐迟、刘宾雁、理由、黄宗英、柯岩、祖慰、钱钢等报告文学主将的名字可谓家喻户晓。然而他们也就叱咤风云十来年，进入90年代之后，报告文学队伍就"溃不成军"了。到了2000年，一家文艺出版社重打锣鼓另开张，雄心勃勃捡起停了多年的《××文学》刊名。可惜生不逢时，辛辛苦苦办了八九年，发表了数以千计"正规、严肃"的报告文学新作，却没有一篇能像当年《哥德巴赫猜想》、《人妖之间》、《扬眉剑出鞘》、《唐山大地震》那样产生巨大轰动效应。如若再靠收取版面费勉强维持下去的话，那么，除了让“广告文学”大行其道，于编者所从事的正业和追求的理想，还有什么价值和意义呢？

细一琢磨，执行主编讲的那句“大家都这么做”的真话，也有偏颇之处。毕竟不是所有的文学报刊都在卖版面。最令人钦佩的是《收获》，不仅与“广告文学”绝缘，而且老主编巴金在世时就立下规矩，连正规的广告也不许刊登。巴老一生信奉作家是靠读者养活的。正因为《收获》守身如玉，坚持刊发高质量、高品位的纯文学作品，发行量才连年保持稳定，在文学期刊界荣登榜首。那天我去参加中国报告文学学会新年联欢会，进场时正好遇见《当代》的一位副主编，我与她聊起这个话题，她告诉我《当代》今年的征订数很不错，并对时下某些兄弟大刊不顾自身形象加入卖版面的行列而深感惋惜。确实，文学报刊一旦做起卖版面的营生，就“有奶便是娘”，会渐渐忘掉文学报刊姓“文”，而使其演变成姓“钱”了。有些报刊的编辑、记者中也不乏“创收”的能人。那位执行主编说，每期128页的《××文学》只有20多页刊登软广告，而有些文学刊物刊登软广告的版面比例远远超过了《××文学》。在我并不宽广的阅读视野内，就曾多次见过一期四版的报纸登两三个版有偿评论及整本刊物只登一篇“广告文学”的巍巍奇观。试问，像这样被人们戏称为“站街女”或“穷庙富和尚”的报刊，还能称做文学报刊吗？因此，放眼偌大的中国文坛，真正意义上的文学报刊，也许只有《收获》、《当代》这样洁身自好的为数不多的几家了。

文学报刊界令人堪忧的现状，是多种因素造成的。当然首先是体制和机制的问题。我从事文学编辑工作24年，其中有10年的时间是在编刊办报。记得我1980年调入中国作家协会，参与《新观察》半月刊的复刊工作。那时候，连主编、副主编在内，全社就十几个人。编辑部分文艺、通讯、美术三个小组，人人独当一面，干劲十足。杂志每期发行数十万份，红火得很。可谁也没有拿一分钱奖金，更没想到要弄个处级、局级的官儿当当。中国作家协会下属的其它兄弟刊物，如《人民文学》，那时也是一个编辑部，下设小说、诗歌散文、评论等几个组。《小说选刊》是由《人民文学》创办的，最早不过是几个人组成的一个编辑小组而已。后来，作为群众团体的文联、作协几乎等同于部级行政机关了，下属的报刊社就成了局级事业单位。于是乎，各报刊社的编辑部纷纷撤销，各编辑小组全都升格为处级的编辑室。在《小说选刊》从《人民文学》分离出来，成了局级建制之后，《中国作家》也与作家出版社脱钩，成了局级单位。原先，中国作协主办的六七家期刊，都是归由作家出版社出版，到变成局级建制后，就改由各期刊社自己出版了。这样一来，人员编制就大大扩充了。上行下效，各省市的文学期刊，自然也就如此扩编，变得“官”满为患了。没想到计划赶不上变化，发行量急剧下滑之后，就大都转盈为亏了。在没实行医疗保险的年月，若是有一两个员工不幸得了绝症，当主编的就一筹莫展，为抓救命钱而急得团团转。从组建理事会到半公开卖版面，美其名曰“以文养文”，实质上是“逼良为娼”，也就“大家都这么做”了。

文学报刊一旦开了卖版面的口子，所谓保证质量就成了一句空话。而一旦每期没有高质量的精品力作发表，读者自然也就不会来养活你了。

如今文学报刊作品的质量大不如新时期之初，还有一个很重要的原因：各级作家协会的主要领导人都不再兼任下属重点报刊的主编了。众所周知，刘心武突破禁区、振聋发聩的小说《班主任》是中国作协党组书记张光年亲自拍板在他主编的《人民文学》上发表的。1984年下半年，我调入作家出版社参与《中国作家》的创刊，主编是中国作协党组副书记、副主席冯牧。他也不是挂名主编。记得一开始编辑部只有三四个编辑，分三路到全国各地组稿，我去江苏，陆文夫、高晓声、张弦、胡石言等著名作家我都是认识的，但冯牧还是亲笔写了给他们的约稿信，让我一一转交。每期刊发的重头稿，也都经他审定签发。如王安忆的中篇小说《小鲍庄》，编辑部内部一开始有些争议，最后也是由他裁决，请王安忆稍作修改后刊发的。那时冯牧的阅读量大得惊人，每次开编前会，他都会谈到兄弟期刊都发了哪些好作品，纵横捭阖，作深入浅出的艺术分析。除了张光年、冯牧，王蒙、唐达成等中国作协的领导人，也都兼过报刊的主编。他们在谈论创作的会议上发言或作报告，从来都不是念讲稿，也没有一句套话、空话式的说教，令我等晚辈编辑受益匪浅。我觉得，他们是通过身体力行地抓报刊的质量，来引领文学潮流、指导创作、培养和团结作家的。一家报刊就是一面旗帜。《当代》主编秦兆阳时任中国作协书记处书记，但直到他1994年逝世，也没有到中国作协上过一天班，他把晚年的精力、心血，全都倾注在《当代》上了。中国作协主席巴金，从《收获》创刊到他逝世，当了近半个世纪的主编，这不就是《收获》作为文坛一面最纯洁、最光辉的旗帜永不褪色的缘由所在吗？

从上世纪90年代起，中国作协几近成了国家的“文学部”，工作重心已由抓报刊社转为抓作协机关的几大部去了。据说还有了新规定：身为公务员的中国作协和各省、市作协领导人，不得再兼任下属文学报刊（事业单位）的主编了，他们开会致词讲话，不是传达文件就是念秘书班子起草的稿子，完全不必像张光年、冯牧当年那样亲自去办报刊，大量研读作家们的新作、探讨创作上的诸多新问题了。只要主管的文学报刊能把住正确导向、唱响“主旋律”，他们也就不辱使命了。殊不知像《××文学》那样，九年来刊发的大都是“主旋律”作品，导向上并没有发生偏差，却因刊登软广告被曝光而濒临生存危机了。试问：那些“大家都这么做”的文学报刊，若再一一被曝光的话，该如何办下去呢？

2009年11月14日

又闻老友声

2009年元旦前几天，我从郊区开完会回家，正走到宿舍大楼前，刚要掏钥匙开门，手机突然响了。

“喂，你还能听出我是谁吗?”对方的声音似乎来自很遥远的地方，猛一听有些陌生。

“你再听听！——听出来了吗?”

“听出来了。大概有七八年没听到你的声音了。”

“你的记性真好，整整8年没与你联系了。记得你比我大18岁，早退休了吧？生活得好吗？……”

是的，我退休好几年了。常打电话给我的人逐年减少，加上去年我家的电话号变更，而我的电话本又在一次旅途中丢失了，因此，突然有多年失去联系的朋友打来电话，就不免令我好一阵惊喜。

这样的惊喜，在2008年是第三次。

第一次是6月下旬，我正在江西采风，一位十多年不见的文友打电话给我，说她有一部文集想赶在9月1日前出版，要请我帮忙。她在省里是一个大名鼎鼎的才女，神通广大，在当地出本书是易如反掌的事儿。“我知道你退休了，可我这本书一定要请你屈尊当责编！”她无可商量地说。我答应了她，说：“朋友的信任，比什么都珍贵。”

第二次是我离开南昌去苏南老家，7月4日早晨抵达南京，趁转车前的空当去探望我大学时代的师母杨苡，刚进杨先生家的门，尚未坐定，我的手机突然响了：“呀，终于找到你了！”我一下就听出了对方的声音，立即问：“你回国了吗?”她回答：“我在亚特兰大。从底特律搬出时，电话本就找不见了，一直没能把我的新址告诉你。”我说我正在江苏，过些天才回京，并把电子信箱告诉了她，让她到时给我发伊妹儿……

从江苏回到北京，我一进家门就上网打开邮箱，果然她的伊妹儿就发来了，好让我感动的一个标题："真高兴又听到你的声音了"。她并没有什么事要托我办，打越洋电话来，仅仅是想又能听到我的声音。她的信一开头就这样写道："真高兴又听到你的声音了。真的挺想你们的。我的旧的通讯簿丢了，我跟作家出版社联系过几次，就是这回最幸运，找到了你的电话。知道你会用e-mail我很高兴，这样我们的通讯方便多了。无论什么时候我们都能给对方的信箱里留下一个问候、一声鼓励，让每天过得更带劲一点儿。"还说："我仍然是很想回中国生活，想念你们，想念朋友们。看来我这辈子是不能被美国佬同化了。"

这位朋友是在二十年前去美国陪读的。她原是一家杂志的文艺部主任，赴美后不得不改学计算机专业，当了一名工程师，丈夫是医学博士，物质生活自然要比在国内优越得多。然而她依然喜爱文学，周围却没有一个可以聊聊中国现当代文学的朋友，于是，在美国生活的时间越长，就越加思念年轻时在国内文学界结识的朋友……是呵，上世纪80年代初中国文坛那从未有过的活跃与红火的景象，真是令人难以忘怀啊！

二十年来，随着风云变幻、世事沉浮，不只有好些朋友像她这样出国打拼去了，而且也有不少朋友下海经商或创业去了。红尘万里，山挡水隔，也都有许多年听不到他们亲切的声音、见不到他们熟悉的身影了。在这辞旧迎新之际，我是多么想，在未来的日子里，他们中的每一个都能突然从远方打来电话！对于年近古稀的我来说，若还能再有幸听到老朋友的"一个问候、一声鼓励"，该是多么难得的福分啊！

朋友，我时刻期待着能又听到你的声音！因为我相信：真正的友谊地久天长。

2008年12月31日

红豆杉下绿风吹

早听说红豆杉是世界上公认的濒临灭绝的天然珍稀抗癌植物，这第四纪冰川遗留下来的古老树种，在地球上已有250万年的历史，素有“风水神树”之称。而我国野生的南方红豆杉，主要分布在滇东和滇西南，又多为林中散生木。没想到我今夏到江西采风，竟在武宁县罗坪镇的长水村看到了一个郁郁葱葱的红豆杉种群。

2007年4月20日，在长水村的历史上，是最令人振奋的一天。这天下午5点20分，温家宝总理乘坐中巴车来此视察，村民像赶场一样聚拢到村口的红豆杉下，把温总理围在中间，争相跟总理说句心里话，宁静的山村顿时热闹起来。总理在一张长条木凳上坐了下来，拉着村支书余锦冰的手，详细询问起村里林权制度改革的情况。余锦冰告诉总理：“林改后，明晰了产权，老百姓很看重山林。用山里人的话说，就是‘山定权，树定根，人定心’。”总理听了当即赞赏：“这三句话好！一定要把这三句话写在报纸上。”总理还说：“这是最高概括。关键在‘人定心’。集体联产承包制，是农村的一个翻天覆地的变化，是一个深刻的变化。现在看来，在山区、在林区，林改又是一场深刻的变化。人定心了，就专心发展林业，包括林下产业，山更绿、树更多，通过‘绿色银行’发展生产，这个事好！”当天晚上，温总理又在武宁召开的座谈会上说：“今天有三句话，叫‘山定权，树定根，人定心’。这三句话是农民说的，说得非常好。今天一路走下来，我感觉最大的收获，就是这三句话。我和我们国务院的同志，下决心加快推进林权制度的改革。宣传江西、宣传武宁的林改，要像当年宣传小岗村一样！……”

今年6月末，我与首都的一群作家赴江西采风，省林业厅特意为我们回放了中央电视台播出的温总理视察长水村的新闻节目。从那一刻起，我就萌发了找机会到长水村看看，与村支书余锦冰聊一聊的强烈心愿。8月19日，我终于如愿以偿，在武宁县林业局副局长陈世平的陪同下来到了山清水秀的长水村。

上午9点多钟，我们乘的吉普车抵达长水村村委会楼前，连鸣了几声笛，不见楼里有任何动静，陈局长急忙掏出手机，打电话一问，才知村干部一个也没在，都在村里忙着搞“社会主义新农村建设”呢！陈局长对我说：“先带你去走访农户吧，中午咱们就在老表家吃农家饭，余支书到时会赶过来作陪。”

顾名思义，长水村确有一条15公里长的清澈的溪流穿村而过。12个小村落沿溪而筑，占去了罗坪镇一半的面积，是我迄今看到的最大的一个村庄。我们在走访了一户林农之后，来到村头的“农家乐”红豆饭庄吃午饭。一进门，就见墙上挂着的大镜框里镶的是温总理与长水村林农座谈的彩色照片。陈局长指着照片上一位与温总理坐在一条长凳上的老表说：“他就是这家红豆饭庄的主人，叫卢咸成。去年温总理来视察，就是在他家屋前与老表们座谈的。”趁余支书还未到，我就先和卢咸成攀谈起来。

卢咸成告诉我，他今年48岁，原先常年在九江打工。去年4月温总理来视察时，正巧他刚动过胆囊手术，在家休养。温总理一进村，就被他家屋旁二十多棵绿荫如盖的红豆杉吸引住了。这二十多棵高大的红豆杉，是江西境内最大的红豆杉种群，树龄少说也有二三百年了。那天，温总理深情地抚摸着其中最粗壮的一棵，仰头望着茂密的青枝绿叶，露出了欣慰的笑容。当得知这红豆杉群是他家祖上传下来的绿色珍宝时，就说要到他家看看。温总理进屋之后，许多乡亲也闻讯而至。温总理说，屋里地方小，搬些凳子，到屋外红豆杉下和乡亲们座谈吧！没想到温总理与乡亲们座谈后，长水村就出了名，从全国各地来考察取经的人络绎不绝。就在温总理来长水村视察一周年纪念日，他的“农家乐”正式开张，取名“红豆饭庄”，就是要借助屋旁的红豆杉群给他家带来的好风水。饭庄经营农家菜肴，全是绿色食品，掌勺厨师是他的嫂子，服务员是他的侄子，开张四个月，生意兴隆，已赢利两万多元。他激动地说：“多亏了林改啊，我家的红豆杉真的成了‘摇钱树’啦！”

余锦冰尽管当了多年的村官，但依旧是一个朴实的农民。他说是来陪我吃午餐，却不敬一支烟、不劝一杯酒，也不讲一句客套话。他匆匆填饱肚子，连一声招呼也没打，就离席了。我以为他又忙什么急事去

温总理在长水村与农民座谈林改

余锦冰一坐到红豆杉下，就会想起当年在此向温总理汇报林改的情景

了，问陈局长："村支书怎么走啦?"陈局长说："天热，屋子里憋闷，他在红豆杉树荫底下等着你采访哪!"

果然，等我吃完饭走出屋门，就见余锦冰像"活神仙"一般坐在石凳上，正把双腿往面前的石桌上一跷，敞着胸脯乘凉呢！我笑道："余支书，你现在这副模样，和我在电视上看到的你完全不一样啊！那天温总理来你们长水村视察，和你并坐在一条长凳上说话，你穿的是西装，而温总理穿的是便装，若不细看，观众准以为你也是中央下来的大干部呢!"

余锦冰连忙向我解释："我那天穿的是一件出门常穿的旧西装。总理来的前一天，我到镇上办事去了，办完事已很晚，就住在了镇上。4月20日上午，镇党委通知我，总理下午要到我们长水村来视察，了解'三农'情况。主要由镇党委书记向总理汇报，让我赶回村作点儿准备。因此，我就没来得及回家换衣服……"

我问："我从电视上看，你和温总理谈笑风生，一点儿也不紧张。以前你见过中央首长吗?"他回答："以前我哪见过中央首长，见过的最大的官只是县委书记、县长。那天市委书记、县长、镇党委书记和我在村口迎接温总理，总理一下车，他们三位迎上去和总理握手，我缩在他们身后有三四步的距离，是总理走过来和我握手，说：'你是这里的村支书吧?'我答是，叫余锦冰。座谈开始时，总理亲切地拽我坐在他身边，拍了拍我的肩膀，说：'墙上的宣传栏里，写着林权改革的各项政策，你不看宣传栏给我讲一讲说的是什么好吗?'要我讲村里林改的真实情况。我自己做过的事，心里有底，就说：'总理想了解什么就问吧!'平时我是个内向的人，公众场合不太会讲话。没想到那天超常发挥，和总理聊了40分钟。原定总理在长水村停留20分钟，国务院副秘书长两次提醒总理，说时间到了，总理却坐着没动，和我接着聊。就像你和我现在聊天一样，一点儿也不拘束。乡亲们把总理送出村时天快黑了，他在这红豆杉下整整停留了一个小时。"

"关键是你向总理汇报的'山定权，树定根，人定心'三句话，表达了广大林农的心声，总理听了很高兴!"我情不自禁地夸奖了他一句。

"这三句话早就深入人心了。你看见了吧？总理来视察之后，我们在村头上砌了一道标语墙，不仅把这三句话写上去了，而且还把绿皮的

《林权证》画上去了呢!”他说。

“这道标语墙很醒目,”我说,“不仅是你们长水村的标志,而且也是林权改革的一块里程碑。看到它,乡亲们就会想到林区的巨大变化……”

余锦冰和我在红豆杉树荫底下聊了一个多小时。他告诉我,2007年长水村人均收入达到4700元,高出全镇人均收入300多元。全村1920人拥有手机610部,平均3人就有一部手机。全村安装固定电话380部,有摩托车110辆、家庭小汽车20多辆。林农富裕了,林农住房条件亦得到显著改善。林改后,全村林农建造新房60幢,还有35户在罗坪镇盖了新房或在县城买了商品房。与此同时,长水村先后有100多户农民自发上山造林,造林数量超过前20年的总和。目前正准备启动一批生态旅游项目。他兴奋地说:“山上是‘绿色银行’,山下是和谐家园。以前长水村是靠卖木材吃饭,现在要转变为靠卖清新空气、优美环境吃饭。你看,我们发展森林旅游、‘农家乐’,既不破坏树木,又能长远获利。多好啊!……”

山上是“绿色银行”,山下是和谐家园。这不仅是长水村的崭新面貌,也是江西林改后山区农村随处可见的美丽景象。当我起身与余支书告别时,翠绿的红豆杉林子悠然吹过一阵凉爽的风,令我感到暑热顿消,文思骤开:多好的改革开放时代的绿色之风啊!愿这被称为“绿色革命”的林改之风,吹遍中华大地,为我们迎来满眼新绿、无限生机……

2008年9月30日

定南新客家

我是第一次来到定南，所见所闻，无不有一种新鲜感。但在定南21万居民中，有95%是客家人。而客家话对于我来说，却是一种完全陌生的语言。9月19日晚，热情好客的主人在县行政中心礼堂招待我们看“采茶戏”，其中《打卦》（片段）尤为精彩。据说饰算命先生的男演员人称“定南赵本山”，演技确属一流，诙谐滑稽，活灵活现，浑身是戏，令人叫绝！可是，每当全场笑声掌声爆响之时，我却不知他之所云。心想，假如我能听懂他的客家方言，该是多大的一种艺术享受啊！

然而，意想不到的是，就在这客家语言环境中，却听到了令我倍感亲切的吴侬软语！那天到定南工业园区考察大华新材料资源公司，领我们参观并作现场介绍的是公司总经理魏建中先生，他一开口，我就断定他是江苏常州人——我的老乡！一问，他果然是六十岁前从未离开过吴语地域，2004年才来定南投资创业，鬓毛已衰却乡音未改！

大华新材料资源公司成立于2004年12月，总投资1亿元人民币，注册资本1018万元人民币，主营稀土金属、稀土发光材料、稀土永磁材料，兼营稀土分离和氯碱生产，是定南县最大的稀土深加工企业。记得邓小平1992年南巡时曾说过一句名言：“中东有石油，中国有稀土。”当时，国人尚大都不知稀土为何物，邓小平放此一言，国人才纷纷打听到稀土是一种十分重要的战略资源：“爱国者”导弹之所以能轻而易举地击落“飞毛腿”；美制M1和苏制T-72坦克的主炮直射距离虽相差无几，之所以前者却总是能更早开火并打得更准；F-22战斗机之所以可超音速巡航……就因为这些最现代化的先进武器的关键部位，都含有稀土元素。如今，稀土已成为工业的“维生素”。由于稀土具有优良的光、电、磁等物理特性，能与其他材料组成性能各异、品种繁多的新型材料，其最显著的功能就是大幅度提高其它产品的质量和性能。比如大幅度提高用于制造坦克、飞机、导弹的钢材、铝合金、镁合金、钛合金的战术性能。此外，稀土还是电子、激光、核工业、超导等诸多高科技的润滑剂。令国人骄傲的是，我国的稀土储量占世界的70%，产量占世界的80%至90%。而在我国，就稀土储量而言，则又有“北有包头，南有赣南”之说。虽说赣南的稀土储量屈居全国第二，但赣南的稀土多为离子型，配分全、有价元素高，为世界之独有。魏建中总经理告诉我们，大华新材料资源公司每年所用3800吨稀土原料，一半是定南所产，另一半则由毗邻的广东和平、龙川购进，价格成本相对低廉。2007年销售收入3.95亿元，纳税4240万元；今年预计销售收入近5亿元，纳税可达6000万元。而定南县2007年的财政收入为2.62亿元，今年预计可达4亿元。也就是说，大华新材料资源公司纳的税占到全县财政收入的近六分之一，是定南的龙头企业和第一纳税大户。

我很为魏建中成为定南工业的龙头老大而感到高兴，特意在采风活动结束前专程去拜访这位老乡。这是个星期日。我一走进他的办公室，就表达了歉意：“真不好意思，双休日还来打扰你！”他笑道：“到定南办厂三年，除了大年初一，我一天也不休息。”坐定之后，我向他提出的第一个问题是：“你为什么要选择到定南来投资办厂呢?”

他告诉我，他从事稀土深加工这一行已二十多年，是一个“老稀土”了。上世纪80年代，他就和与他在上海住上下楼的单志才先生一起，创办了江阴加华新材料有限公司。这是与加拿大一家公司合资的企业。在国内，只要问到做稀土深加工的，都知道“加华”，其无论企业管理、产品质量，还是销售网络、企业效益，都出类拔萃、负有盛名。他临近60岁时，就从副总经理的位置上退下来。身为总经理的单志才比他小七八岁，对他从稀土界退出，很有些不舍，说：“我和你合作这么多年，从未有过矛盾，人称‘宝石级’的搭档，就这么散伙了，岂不可惜?”单志才提议他择地另办一家稀土深加工企业。正当他踌躇之际，时任江西省常务副省长的吴新雄回苏南老家过春节，遇到了他和单志才。当年加华公司创建时，吴新雄是江阴县委书记，兼任加华公司筹建领导小组组长，与他俩是老相识了。吴省长对他俩说：“赣南的稀土储量丰富，投资环境也不错，欢迎你们到江西去投资。”这样，他就欣然到定南来发展了。

说到吴新雄省长，三个月前我随名人名家生态文明采风团来江西时，他曾在南昌滨江宾馆与我们亲切座谈，用带着浓重吴语口音的普通话，热情洋溢地讲了40分钟，如数家珍般向我们介绍了江西改革开放的巨大成就和在红土地上建设绿色家园的宏伟蓝图。记得他说："我从沿海发达地区来到欠发达的江西，作为当政者，能不能把江西的经济建设又好又快地搞上去，是在接受一场历史性的考试。小学生考试不及格有补考的机会，而我没有。因此，只能以科学发展观为指导，尽最大努力向4300多万江西老表交出一份满意的答卷。"为了这场历史性的"考试"，他连回老家过年，都不忘为江西招商引资。我想，既然"大华"是吴省长亲自牵线搭桥引进的项目，定南一定会提供良好的投资环境。于是就问魏总，到定南来投资办厂很顺利吧？他回答说，大华公司用地158亩，从批地到建成投产只用了11个月时间。县里指派地矿局局长刘国栋跟踪服务，一路绿灯，顺利极了。第一年的销售收入就达8000万元，收回了全部投资。吴新雄省长对"大华"也很关心，三年中曾来视察过两次，但公司一直运作得很顺当，他就从没有请求吴省长帮他解决过任何困难。

魏总接着告诉我，定南原是个工业弱县，人力资源虽价格相对比经济发达的长三角要低得多，但综合素质却远比长三角差。刚开始招工时，有些前来应征的老表竟然问："老板，到'大华'来做工，刮风下雨天要不要上班？"他回答："我们开的是工厂，不是种地或摆摊做小买卖，要一天三班倒，除了假日，无论刮风下雨都得上班。"招完工后，他把老表们分批送到江阴加华公司去培圳。在经济发达地区，被派往外地参加培训，是一个谋求自我发展、进步的良好机遇，职工无不争先恐后报名。但在民风淳朴的定南，却有些享受型的老表向他提出来："老板，你为什么要我去江阴培训，而不叫别的人去？"他考虑到定南人的饮食习惯，给每个到江阴参加培训的职工发了一瓶辣椒。未想到好些老表到江阴才几天，就说吃不惯苏南的饭菜，向他提出了回定南的请求。他回答说："江阴加华公司创建时，曾送过几批职工到日本培训，一去就是三个月，甚至半年，从没有一个人提出因吃不惯日本料理而要提前回国的。我们大华公司将来要从日本、法国购进机器设备，也要送你们到日本、法国培训，难道到时还要派个中国厨师给你们去做饭吗？……"

他先后送了三批共90名职工到江阴加华公司培训，每批都有几个半途而废，提前回定南的。究其原因，这些职工之所以当了“逃兵”，一是因为饮食不习惯，二是因为白天上班干活，晚上还要听科技讲座，觉得生活太“苦”，忍受不了。但是，职工的综合素质不提高，就无法保证产品的质量，而不保证产品的高质量，也就无法提升企业的效益。于是，他就在公司办了一个职教中心，通过学、练、比、评等形式，对职工实行订单培训。同时，他还鼓励职工自学成才，不定期举办创业理论和专业技术方面的专题讲座。至今，他已选送200多名职工接受培训，举办各类讲座300多期，有一批接受过培训的优秀职工，已成为公司的技术骨干。

说起职工培训，魏总还谈到了频繁的跳槽现象。兄弟稀土企业招工，明确宣布凡是“大华”的职工应征，一律免试。因为“大华”的职工都是经过培训的，所以一旦被招过去，立即就可上岗。人家号称月薪1200元，比“大华”多400元。这样，有些职工为了多挣钱，就不惜跳槽，离开了“大华”。这样，就等于“大华”为兄弟稀土企业代培了专业人才。

我问魏总：“你白为他们花了心血和培训费用，后悔吗？”

魏总笑道：“后悔的是他们。我给你算一笔账：‘大华’的职工，虽每月的基本工资是800元。但加上奖金、加班费、夜班费、营养补贴，每人平均月收入达1500元。同时，每月有8天休息，还给每个职工买了劳保呢！而别的老板所说的‘月薪1200元’是一个笼统的概念，你上一天班，他给你计一天工资，何况他那里并不是每天有活干，这样一个月下来，你往往还拿不到1200元钱！因此，有的跳槽的职工又来找我，表示要回到‘大华’来。”

“那你同意了吗？”我问。

“没有。”魏总回答，“这中间有一个转变观念的问题。譬如说，当地的一些年轻女孩，‘大华’把她们招了进来，经过培训，让她们掌握了技术，也挣了些钱。可是，她们干了一两年，就结婚、怀孕。一生下孩子，她们就辞职不干，回家带孩子去了。在我们长三角地区，哪有这样的事。女职工生了孩子，宁可花钱请保姆带孩子，也不能把自己的工作岗位和掌握的技能丢了。年轻女孩只有自立自强，才能有社会地位和

家庭经济的自主权嘛!”

听魏总说到此，我恍然悟到，他到定南来投资办厂，不只是带来了稀土深加工技术，更重要的，是带来了现代的工业文明。于是，我向他说起，那天来“大华”参观，在车间门口看到了一则布告，说某某人今天上班时迟到5分钟，扣分多少云云。看来公司的管理制度很严，抓得也很紧。他说，一个企业经营得好坏，主要就是看你的管理水平和决策能力如何。“大华”规定的奖罚条例，100分是以职工月基础工资800元为标准，凡发生迟到早退、违章操作、安全事故等则扣分，凡做到遵守劳动纪律、节能降耗、产品质优等则加分。表现出色的职工，最高的每月能加30分，这样，其每月工资就是1040元。企业的管理搞好了，稀土的净收率和产品质量自然就上去了。一般稀土深加工企业的净收率是91%至92%，而“大华”已达到95.5%，这样成本就降下来了。在国内稀土界，净收率也达到这个水平的，只有江阴“加华”一家。尽管“大华”的产品价格比兄弟厂家每吨贵几千元钱，但客户仍然愿意买“大华”的产品，来自国外的订单源源不断……魏总信心百倍地说：“别人不能做的产品我们能做，别人能做的产品我们做得更好，因此，销路没有任何问题。目前全球经济形势不好，稀土产业的前景也不容乐观。但我在一次全国性的会议上讲，即使所有的稀土企业关张，我‘大华’也肯定是最后一家。”

见他对“大华”的前景充满自信，我就问他企业下一步的发展目标是什么？他坦诚地说：“我们现在做的还是低端产品，不能做终端产品。下一步就是要在稀土的精深加工上做文章。我们与属世界五百强企业的中国五矿集团旗下的五矿有色金属股份有限公司、赣州的一家稀土企业，正联手组建五矿赣州稀土股份有限公司，准备打造全球最大的稀土企业‘航母’，增强产品在国际市场上的核心竞争力。‘五矿’占40%股份，‘大华’和赣州的那家稀土企业各占30%股份。协议已经在7月25日正式签字生效了。”

“看来，你是要在赣南长期扎根了，家属跟过来了吗?”我问。

魏总告诉我，一开始，他是单枪匹马来定南创业的。他在“大华”，生活上也不搞特殊化。因他觉得工人最辛苦，所以头一年就给职工宿舍安装了空调，让他们晚上能休息好。而他和中层干部的宿舍，到第二年公司挣了点儿钱，才补装了空调。当时，他每天都是在职工食堂吃饭，和普通职工一样，排队买饭菜。他血糖比较高，工作又累，妻子心疼他，后来才从上海来到定南，照料他的生活，给他开小灶。儿子原先在管他开在常州的一个机械厂，现在也到了“大华”，担任总经理助理，相当于公司的正科级干部。他明确对儿子讲：“你要明白你在‘大华’的身份，是总经理助理，而不是总经理儿子。”他儿子的工资与其他正科级干部一样多。吃饭也让儿子到职工食堂去吃，而不让在家里吃。他对我说：“我儿子在公司管销售和供应。只有让他与职工打成一片，才能深入了解企业的运行状况，才能有一种责任感和危机感。一个企业要搞上去，就得时时刻刻有一种危机感。”

听他讲到对儿子的要求这么严，我感到，一些国有企业的老总，也未必能做得到。他还告诉我，公司现有的十多个正科级干部，其中包括几个车间主任，大都是他从江阴“加华”带过来的技术骨干，正考虑让他们从今冬开始陆续撤下来当顾问，交班给这两年培训出来的副科级定南职工和招聘来的大学生。一旦中层干部和技术骨干完成平稳过渡，就意味着外来的“大华人”与定南人完全融合在一起了。

魏总与我兴致勃勃地交谈了近两个小时。他的创业精神和治厂理念令我感动。他无疑是一个成功的民营企业家，为定南经济的大跨越作出了重大的贡献。据陪同我采访的定南工业园区管委会的同志介绍，随着改革开放的不断深入，定南县围绕“对接珠三角，建设新定南”和“小县大作为”发展战略，充分发挥区位交通、资源、生态优势，创新招商效果，从1991年至今，共引进招商引资项目889个，实际到位资金82.33亿元，成效卓著。“大华”，无疑就是这889个项目中的一个成功的典型。“大华”项目的成功引进，也足以表明，定南是吸引大批投资者进入的一块充满生机与希望的热土。

在我与魏总握手告别时，他热忱地说：“欢迎老乡有机会再到定南来看看！”

我猛然想起，“老乡”一词，在江西方言中称做“老表”。我若下次再来定南，见面时应该叫他“老表”了。今年我已是第三次来江西，第一次来之前，曾查阅有关历史资料，得知“老表”一词的起源与迁徙的历史有关，最早是由客家人喊开的。秦汉以来，中原人为避战乱或自然灾害，举家迁徙到蛮荒的赣南山区来，不免与当地人发生了争田夺山的冲突，为了缓和矛盾，客家人便机敏地用“老表”这种似亲非亲的称呼来联络与当地人的感情，久而久之，“老表”便成了建立新型人际关系的亲切称呼。直至如今，喊当地人一声“老表”，便能立即感受到一种宾至如归的礼遇。入乡随俗，我想，来自我家乡的魏建中先生，到定南来投资办厂，也一定称当地的职工为“老表”。从这个意义上讲，像他这样来自外省市（包括港澳台地区）的络绎不绝的投资者不就是赣南的“新客家人”么?

我深信，改革开放年代形成的这群“新客家人”，一定会对赣南的经济建设和社会文明作出更大的贡献，与当地的客家人携手共创一个富裕、美丽、和谐的新家园。到那时，我也一定会再来采风，再来拜访魏总——我有缘在定南工业园区结识的可亲可佩的老乡！

2008年9月25日

浪漫台历

记得是上世纪80年代初，我在《新观察》杂志当记者，正值阳历年初、阴历年尾，我去采访著名社会活动家费璐璐大姐，一进她的客厅，就被悬挂在一条条彩线上的琳琅满目的圣诞贺卡吸引住了。她说，她虽孤老独居，但并不寂寞，心忧天下，情系五洲。那些五彩缤纷的圣诞贺卡都是由她的海外亲友寄来的，每天看到这些贺卡，心里就觉得分外温暖——一年年总被人惦记着，是人生最大的幸福。

那时国门刚刚打开，国人尚不过洋节，印制精良的圣诞贺卡在我眼里还是罕见的新奇之物。但没过几年，随着改革开放步伐的加快，互赠圣诞贺卡、新年和新春贺卡，以至寄赠精美的挂历，就成了风靡全国的一种时尚。我长期从事文学编辑工作，结交的文朋诗友多，那些年，从圣诞到春节，贺卡犹如雪片纷纷飞来，真可谓美不胜收。我没有像费璐璐大姐那样把贺卡张挂于墙，而是把它们一张紧挨一张地铺排，整整齐齐压在我办公桌面的玻璃板下，拼接成一幅绚丽的图画。每当看稿累了，小憩片刻，桌面上这幅凝聚着朋友们美好祝福的图画，就成了养眼的最好风景。桌面的贺卡拼图一年一翻新，转眼间十几年过去，就到了世纪之末。一天有位朋友来访，她说今年不给你送贺卡了，你找六张自己最满意的彩照底片给我，帮你去做一本台历吧！

这敢情好啊！那时不仅手机短信已普及，网上发伊妹儿也已成朋友们联络的新宠，加上提倡环保、节约用纸，贺卡和挂历已风光不再，用个人照片制作台历，真不失为一个别出心裁的创意！我的朋友去为我制作了两本1999年的台历，我把一本放在我的办公桌上，另一本放在我家客厅的茶几上。后来有客人到我家来玩，见了这台历都赞不绝口，但也有人说，美中不足的是六张全是你一人的照片，假如是你们两口子的合影，那你家的温馨气氛就会变得更浓啦！这事好办，在2000年来到前夕，我就向朋友打听到了那家京城最早为顾客制作个性化台历的照相馆地址，拿着我和妻子十二张合影的底片，去制作了两本新年台历。

我和妻子早就有一个约定：趁腿脚尚灵便时，每年自费出境旅游一次。每年的新台历就选用出境旅游时的合影来制作。从2000年到2008年，已连续做了九本台历，记录了我俩畅游世界的快乐行程，依次是新马泰、澳大利亚和新西兰、北美、西欧、埃及、港澳、日本、北欧、南非。从有了数码相机之后，这些年我俩每次出境旅游都得拍数百张照片，回来后就存在电脑里，直到新年来临时，才挑选十二幅去制作台历。2009年快到了，前些天妻子提醒我：还不抽空把今年春天去东欧旅游的精彩照片选出来去做台历呀？我回答说：这是咱们家迎新年的一个保留节目了，怎会忘呢？

前不久，有位老朋友到我家来，接连翻看了我和妻子的九本双人台历，对我俩手牵手于金字塔下、好望角上、卢浮宫前、珍珠港口……赞赏不已，说你俩都退休了，还这么浪漫呀！我说，年轻时想浪漫，但哪有条件啊？我俩1967年结婚，穷得连一张结婚照都没有拍，铸成此生的一大憾事。现在我们享受改革开放的成果，就有了浪漫的条件啦！这时，爱唱歌的妻子，竟会心地哼起了流行歌曲："我能想到最浪漫的事，就是和你一起慢慢变老，直到我们老得哪儿也去不了，你还依然把我当成手心里的宝。"

是的，一年一本的双人台历已成了我俩心爱的传家宝。但愿老朋友们再过十年、二十年到我家来，还能看到我和妻子"一路上收藏点点滴滴的欢笑"，把新的浪漫台历展现在朋友们面前……

2008年12月12日

多年师生成老友

上月我应邀赴江西采风，活动结束后由南昌乘火车回苏南故乡，车抵南京是早晨7点多钟。下车后我没有立即转车去常州，而是到南京大学旧教员宿舍探望杨苡先生。杨先生今年已九十高龄，在我所有的老师中，她是最年长也是我最敬重的一位。我在南京站快餐店吃早点时打电话，告诉她我刚到南京，待一会儿就去拜访她，她惊喜地喊道："太好了，太好了！"

其实杨先生从前供职于南京师范学院，并非我的母校，只因她是我恩师赵瑞蕻的夫人，我才称师母为先生的。赵先生逝世已9年了，她还一直住在南大旧教员宿舍一层的小三居室里。她家门前有一个小庭院，我到之后，就拉响了藤萝架下挂着的风铃。没想到风铃叮叮当当响了好一阵子，也不见她家保姆来给我开门。我只得掏出手机，给她家打电话，报告我已到了她家门前。她这才让保姆赶快出门来迎接我。见面之后，杨先生向我解释："刚才听见风铃响，我就让保姆来给你开门。结果她说来人年纪不大，可能是找错门了，所以她就没来给你开门。"保姆一个劲儿地向我赔不是："听杨先生说的是'老朋友石湾要来'，我以为你的年纪也八九十岁了呢！哪晓得你比杨先生小这么许多！"我连忙说："我是杨先生的学生，确实属后生晚辈！……"

方一坐定，杨先生就把两本新书递给我，说："这两本书原本今天要让保姆去邮局寄的，没想到正好你今天来了！一本给你，另一本请你带给邵燕祥。"我接过书一看，是赵瑞蕻先生的《弦歌离乱忆旧游》再版本。她说："你赵老师的书，这次由湖北人民出版社再版，增加了许多老照片和我的一篇序，做得也比文汇出版社的初版本漂亮多了！"我翻开书，见扉页右下方盖着赵瑞蕻先生的印章，而左上方则贴有一小块象牙黄的不干胶纸，纸上的题词是：

石湾老友

指正

杨苡　代

2008年6月

我一见杨先生把我称做“老友”，顿感不安，羞愧地说：“我是您和赵先生的学生啊，您称我‘老友’，我怎么敢当呀?!”

杨先生说：“我记得你是1964年毕业的吧？我们认识都快五十年了，还不是老朋友啊?”

我说：“无论认识时间有多长，我永远是您和赵先生的学生!”她立即“反驳”道：“赵瑞蕻是中文系的教授，而你是历史系的学生，他生前可一直是把你当文友看待的!”这使我立刻想起，早在上世纪90年代，赵先生在他八十华诞时给我寄来的一首述怀长诗的剪报上，就题赠

1997年10月4日，与赵瑞蕻、杨苡先生在京合影

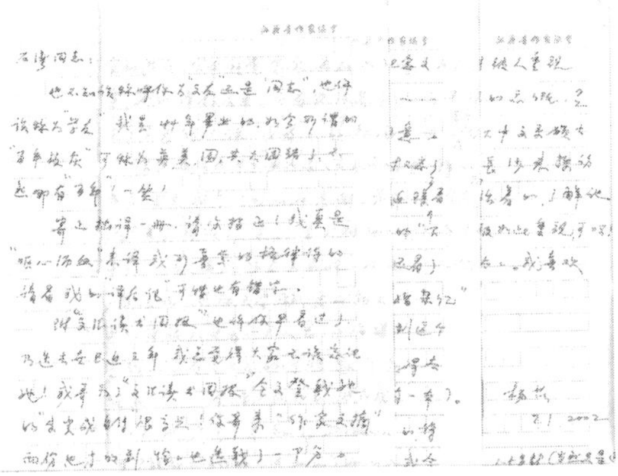

杨苡先生信札

了“石湾好友惠正”六个字。在悼念赵先生的一篇散文中，我曾这样写道：“这样六个字的赠言，令我羞愧甚于感动，不禁热泪横流。我觉得，他能把一个亲手栽培的晚辈，当做‘好友’看待，这正是他作为师长的一种最令人折服的品格。”杨先生的题赠，怎能不又一次令我深受感动呢？

赵先生和杨先生，抗战时期就读于西南联大，师从吴宓、燕卜荪、闻一多、朱自清、沈从文等先生，结为夫妇后在文学上比翼双飞，都卓有成就，成了著名的诗人和翻译家，他俩分别翻译出版的外国名著《红与黑》与《呼啸山庄》在广大读者中都很有影响。我在南大读书时，担任校文学社副社长，其时赵先生是江苏省作家协会诗歌散文组组长，不仅经常辅导我写作，还带我参加省作协诗歌散文组半月一次的创作茶座，引我走上了文坛。也可以说，他是给我这个历史系的学生专开了一个文学“小灶”。这样的恩惠，令我没齿不忘。因此，赵先生仙逝之后，我只要有机会路过南京，都会去探望杨先生。杨先生早年在天津读中学时是巴金哥哥李林的学生，她从少女时代就和巴金通信，两人成了保持友谊长达近七十年的忘年交。她一直尊称巴金为李先生，而巴老则始终亲切地叫她中学时代的名字：“静如”。也可以说，她与巴金尽管不是一代人，但早就多年师生成老友了。如今杨先生又把我这个小她二十多岁的学生当成了“老友”，该是我多大的福分啊！

2008年7月27日

走进奥斯威辛

历次出国旅游，由一个城市到另一个城市，不是乘巴士就是乘飞机，唯有从莫斯科到圣彼得堡是乘了一回火车。那是苏联时代留下的老车站和陈旧的卧铺车厢，设备条件之差，已与我国铁路系统目前的水准不可同日而语。因此，新近赴东欧七国旅游前，见行程表上从捷克首都布拉格到波兰的克拉科夫也得坐一夜的火车，心里就有些发憷：万一又像从莫斯科到圣彼得堡那样，那就又得遭罪了。果不出所料，那天一进布拉格火车站就傻了眼：与莫斯科火车站一样，没有候车室！我们是提前一小时抵站候车的，只得干站着在地下通道里聊天。这车站当然也是“社会主义”时代的建筑，无论上下，都得手提行李箱走一层层水泥台阶。团友中最年长的石教授，已74岁高龄，见她的行李箱很沉，拾级而上时很吃力，团友们都争着上前去给她搭把手。她却连声说她能行，不用人帮忙。我对她说：“早知连拉杆箱可走的通道都没有，您真不该选这条旅游线路啊！”她却回答：“我选这条旅游线路，目的只有一个：去看奥斯威辛集中营！从看了斯皮尔伯格的《辛德勒名单》，我就想到奥斯威辛来亲眼看一看纳粹灭绝犹太民族犯下的罪行，盼了好多年啦，受点儿累也值！”

据旅行社的领队说，我们是这条旅游线路的首发团，石教授是最早报名的团友。我想，她作为第二次世界大战的一个幸存者，对当亡国奴的历史耻辱一定刻骨铭心，她把到奥斯威辛来亲眼看一看纳粹灭绝犹太民族犯下的滔天罪行作为晚年的一大心愿，真令人感佩。我告诉她，当得知行程中有奥斯威辛，临出发前，我特意去买了一张《辛德勒名单》的影碟来看，斯皮尔伯格真是一个了不起的艺术家，这部一举夺得七项奥斯卡大奖和高票房的影片，竟然是采用黑白底片与手提式摄影机拍摄的。我很佩服他的艺术勇气，敢于驾驭这一冷峻的题材和沉重的主题，以深沉的激情拍出了影片的真实感、历史感与人道主义襟怀，从而使亿万观众萌生了走进奥斯威辛，重温二战史的强烈愿望。可以说，我们都是斯皮尔伯格的“粉丝”……

4月15日下午1时，我们乘大巴离开克拉科夫，仅用了一个多小时，就抵达奥斯威辛。车尚在行进，导游就开始解说：“请大家看车的右手边，就是《辛德勒名单》中出现过的奥斯威辛火车站。都还记得吧？纳粹军官把站台上的囚徒分成左右两拨，实际上就是分成阴阳两界，左边的去服苦役，而右边的，就直接押送去‘洗淋浴’——关进毒气室……据保守估计，在1940年至1945年间，至少有440万囚徒被运到这里，其中多为从欧洲各地抓来的犹太人。到1945年1月27日苏联红军解放奥斯威辛集中营时，仅7000名幸存者获救，其中有130名儿童。”我看到，奥斯威辛火车站和电影里出现的火车站外景一模一样，想必《辛德勒名单》是实地拍摄的。我还注意到，有两条铁轨与公路并行，直通集中营。分明是春意盎然时节，但我直觉得那两条铁轨闪着令人战栗的寒光，心底不由自主地产生了一种压抑感。

奥斯威辛集中营旧址有好几处，相隔不太远。导游领我们参观的是KL奥斯威辛I号，周围很空旷，门口的牌子上写着：“奥斯威辛（1940—1945）：最大的纳粹集中营。从1942年起，这里成为欧洲犹太人的受难中心。”导游告诉我们，这座集中营占地6公顷，由28幢红砖小楼组成。假如不是围着两道电网，从外观看，这些牢房跟民宅并无区别，排列还相当整齐，多少有些出乎我的意料。后听导游说，原先这里是一座军营，有14座平房和6座二层楼，改成集中营后，1941年至1942年间，强迫囚徒们将所有的平房加盖了一层，并新建了8座楼房。楼内注册登记的在押囚徒平均为15000人左右，最多时高达20000人。在集中营大门前，我们看到，铁条铸成的门楣上是一条醒目的德文标语：“ARBEIT MACHT FREI”。导游翻译说：“这条标语叫‘劳动获得自由’。囚徒们每天被迫去干12个小时以上的重活，这座大门是必经之地。进了这大门，他们绝大部分都被苦役和饥饿及各种试验折磨致死，哪能获得丁点儿自由？囚徒们都清楚，这是一座‘死亡工厂’，‘劳动获得自由’的标语，完全是骗人的谎言！”

尽管我们是在一个晴朗的春日走进这座大门，但看到这条标语后，心情就变得分外沉郁，恍惚产生了一种走进去便可能再也出不来的窒息感。

我们先是进6号楼一层的1号展厅参观，只见正墙上挂满了囚徒的照片。讲解员说，初到集中营的囚徒，当天都得被强行脱光衣服，掠走全部个人物品，剃光头发，接受消毒和淋浴，然后穿上带蓝条的白色囚服，标注号码，登记造册，并拍下三张不同角度的照片。1943年起，初到集中营的囚徒还得被强行在身体的固定位置烙上编码文身。二战期间，奥斯威辛是唯一一个对囚徒实施烙印文身的集中营。我们从照片上看到，囚服的胸前除标有每人的编号外，还缝有一个不同颜色的三角记号，其中红色三角是政治犯，两等边三角形反方向重叠是犹太籍犯人，黑色三角则代表吉卜赛人……而侧墙上，是一张四个瘦骨嶙峋的全裸男孩并肩站立的照片，从他们惊恐的眼神里，可以看出，他们已经意识到自己即将赤条条地离开这个世界。

照片上的四个少年为什么那么瘦弱呢？讲解员说，被押送到集中营来的囚徒，从起点至奥斯威辛，行程最多达2400公里，交通工具是被铝皮和木条等密封过的火车货物车厢，途中不提供任何食品。车厢里拥挤不堪，抵达奥斯威辛通常要7天甚至10天。当车厢大门打开时，大部分老弱病残早已奄奄一息，能侥幸避过此劫的人，身体状况也已临近崩溃的边缘。因此，火车在奥斯威辛货运站停靠后，被押运的囚徒们经党卫军军医的筛选，有劳动能力的被送往工场，失去劳动能力的则直接被送进毒气室。集中营指挥官鲁道夫·霍斯在供词中交代，通常有70%的人一下火车就被直接送往毒气室。当年的毒气室已在战争中被摧毁，但在4号楼二层的4号展厅，我们却从图片资料上看到了囚徒们被毒死的全过程：在更衣室脱光衣服后，他们就被赶入地下另外一个类似大澡堂的房间。天花板下装置着喷头，但是初到这里的囚徒却不知道，喷头里永远不会喷出水来。在面积只有210平方米的“澡堂”里，可以强行塞入2000名囚徒。毒气室大门封闭后，党卫军从天花板上预留的小孔中向室内灌入氰化氢剧毒气体，不到20分钟，室内的囚徒就全部中毒死亡。随后，被害者的金牙被拔掉，戒指、耳环被摘掉，头发也被剃光，尸体被运送至一层的焚尸炉，来不及送入焚尸炉的，干脆就地架火焚烧。展厅的墙上悬挂着三幅一名囚徒在1944年偷拍的照片。照片显现的正是被赶进毒气室的妇女和架火焚尸的惨不忍睹的场景，几乎与我们在《辛德勒名单》中看到的画面一模一样。

奥斯威辛集中营大门

集中营外的两道电网

在另一个展厅，我见到了堆积如山的空毒气罐。扁圆形的毒气罐与普通的食品罐头差不多大，据说这是比较省钱的杀人方法：一次毒死2000人，只要用10个这样的毒气罐。这些毒气罐由Degesch公司生产，1941年至1944年间该公司因销售该毒气罐而获利30万马克。据统计，仅在1942年至1943年间，奥斯威辛集中营内就总共消耗氰化氢20000公斤。我们在橱窗里不仅看到了氰化氢结晶体，而且还看到了载重汽车驶离奥斯威辛集中营前往Degesch公司采购毒气罐的出车令和相关文件。令人愤慨的是，这些纳粹杀人的罪证上，竟然这样记载着使用氰化氢的借口："为了帮助迁移的犹太人重新定居"！

纳粹用氰化氢将一批又一批囚徒"迁移"到另一个世界"定居"去了，暂时留下的囚徒在哪儿居住呢？在7号楼一层，展示的就是他们日常生活的场景。有的房间是地铺，所谓的"褥子"只是一个个填充着泥沙的布包，看上去像今天建筑工地上的水泥袋。还有的房间里有"床"，是用红砖把空间分成三层，每个小格是一个囚徒的空间，硬邦邦的砖床上只是铺了些稻草而已。一间最多容纳四五十人的房间里，往往要住上近两百名囚徒。在走廊的墙上，挂着一张张住在此处的囚徒被剃光了头的照片。照片下方，均标着他们入狱和被处死的时间。我特别留意了一下，发现很少有人在集中营中活过一年以上。有几个人，入狱不到一个月就被处死了。

接着，导游带我们来到被称做"死亡楼"的11号楼，它独立于集中营的其它部分。它的地下室，是用来惩罚不轨的囚徒的监狱，一切都还保持着当年的原貌。22号禁闭室是"站笼"，四个仅90厘米见方的"站笼"四周都由红砖砌成，其中一个"站笼"曾关入四个受到特殊惩罚的囚徒。最惨无人道的是，这种"站笼"没有门，只在下方开了一个60厘米见方的小洞，犯人必须从这个小洞里钻进去。进了"站笼"，几天几夜不能坐下，不让睡觉，是对肉体和精神的双重折磨。一般3至5天，囚徒就会因这不堪忍受的折磨而死亡。这样的禁闭室，无疑就是人间地狱，令人不寒而栗！

11号楼和10号楼之间是一块被高墙封闭的并不宽敞的空地。这里曾经是一个刑场，囚徒们在这里一字排开，接受枪决。10号楼面向空地一侧的窗户全都被木板封死，以免在这里执行处决的枪声被楼里的囚徒听

“死亡墙”下摆满了祭悼亡灵的花圈

用囚徒头发织成的毛毯

到。据说，党卫军在高墙前枪决了数千名囚徒，由此，这面布满弹孔的高墙如今被人们称做“死亡墙”，墙下摆满了祭悼亡灵的花圈。

我们最后参观的，是位于两排楼房北侧隔着一条马路的长形小土包。小土包上伸出几个烟囱，走近一看，原来是两座焚尸炉。导游说，当年这里的焚尸炉有许多座。这两座是根据残留的三座焚尸炉的钢铁部分复原的。焚尸炉由德国一家公司建造，在这两座焚尸炉的某些钢铁部分，仍可清晰地看到这家公司的名字。每座炉子可容纳2至3具尸体，一昼夜可焚烧350具尸体。从1940年至1945年，焚尸炉从未熄过火，这里焚烧的尸体该是一个多么令人吃惊的数字啊！难怪当年奥斯威辛集中营的头目在囚徒们进入工场的第一天就疯狂叫嚣：“只要进了集中营，除了焚尸炉的烟囱，没有其它出路!”

导游告诉我们，今天可能是犹太人的一个什么节日，集体来奥斯威辛集中营参观的犹太青少年特别多。因此，我们的参观既没能按正常的顺序进行，又几次被挤散了。大家按约定的时间到门口会合时，导游问还有谁遗漏了重要的展厅没有参观？当他一个个展厅数下来，我和几个团友才知道，陈列囚徒遗物的4号楼5号展厅没有看。导游说：“大家来一趟奥斯威辛不容易，不看就会留下永久的遗憾。咱们把用晚餐的时间推后半个小时，走，我带你们去补上这一课!”

到了4号楼5号展厅，我们看到的，是堆积如山的头发。据记载，苏联红军解放奥斯威辛集中营时，在该集中营发现的纳粹没来得及运走的头发多达7.7吨！同时，苏联红军在奥斯威辛集中营还发现了1.4万条人发毛毯。展厅柜里陈列着人发毛毯的样品。假如不是在那米黄色毛毯旁边挂着几条金黄色的长辫，人们绝对不会想到这看上去质地很好的毛毯是用少女金黄色的头发织成的。残暴的纳粹分子，当年毁灭了多少美丽少女的青春啊！导游说，二战期间，德国在战场上的消耗很大，国内物资非常匮乏。对集中营里的囚徒，纳粹不会“浪费”他们身上任何一样可利用的东西。囚徒的衣服、鞋，比较好的他们就拿去给德国兵穿，差一点儿的就给下一批囚徒用。其它的东西也一样，甚至连好些囚徒身上的油脂，都被刮下来去制造肥皂，尸体火化后的骨灰就当肥料。最令人发指的是，他们竟然剥下文身囚徒的皮肤，去做灯罩……

从5号展厅出来，下楼前路过6号展厅，我们又看到了囚徒们的其它

进集中营的参观者络绎不绝

在奥斯威辛集中营

遗物：一屋子已经没有玻璃片的眼镜，一屋子各种式样质地的梳子，一屋子写着囚徒名字、编号的皮箱，甚至还有一大堆囚徒们用过的拐杖！当我们又看到一屋子儿童鞋子时，石教授迈不动步了，只见她老泪纵横，哽咽着说："这些鞋子可怜的小主人，和我是同一代人啊！"在我们的旅游团中，与我同龄的有四位，都出生在1941年，比我小一两岁的，还有好几位，也都是二战的幸存者。我的家乡江苏武进，离南京仅100多公里。在南京大屠杀时遇难的三十万同胞中，该有多少比我早出生四五年的同胞惨死在日本侵略者的屠刀下啊！

我们的导游是一位旅居奥地利的台湾同胞，他到大陆看过南京大屠杀纪念馆。他说，在波兰、捷克等东欧国家，包括奥地利，以至德国，都已将影片《辛德勒名单》列为中小学学生必看的课外教材。奥斯威辛集中营旧址早在1947年7月2日就被辟为殉难者纪念馆。到1979年，联合国教科文组织又将它列入了世界文化遗产名录。但那时，世界各地来此参观和凭吊的人并不是很多。自《辛德勒名单》上映之后，每年世界各地都有数十万游客来此参观和凭吊，足见电影的宣传效应很厉害。中国要是有个斯皮尔伯格那样的大导演，好好拍一部描写南京大屠杀的巨片就好了。石教授和我们几个二战的幸存者都赞同他的意见，感慨地说："是啊，'奥斯威辛'一词演变到现在，已成为屠杀和灭绝人性的代名词，二战后，德国人进行了深刻反省，前总理勃兰特在华沙犹太人殉难者纪念碑前献花下跪，前总统赫尔佐克在奥斯威辛集中营解放五十周年纪念日之际前来访问，再次就纳粹暴行请求波兰人民宽恕。德国的诚恳反省获得了宽恕，德国也重获了民族的自尊。可从来没有一个日本政府的首脑到南京大屠杀纪念馆去凭吊过，而在他们本国，供奉日本战犯亡灵的靖国神社，却从未断过香火……"

我们一路议论着走出奥斯威辛集中营的大门，当我回过头来再看德文标语"ARBEIT MACHT FREI"时，就觉得它是整个世界反思过去的一个历史路标。愿普天下热爱和平自由的各民族的后代子孙，都能牢记住这座"死亡工厂"，警惕法西斯主义的复活，决不让奥斯威辛惨绝人寰的悲剧在地球的任何一个角落重演！

2008年6月1日

仁心不老

汶川大地震发生后，人民解放军十万将士奔赴救灾前线，其中最年长的一位，是79岁的中国工程院院士、解放军总医院骨科专家、文职将军卢世璧。年近八旬的卢世璧是主动请缨的。临出征前，院领导考虑到卢世璧年事已高，身患癌症，且一线条件艰苦，劝他在北京指导救治工作。女儿卢静也劝他:“爸，妈妈刚刚去世，你一把年纪了，身体又不好，每天还要吃药，就别去一线了。”卢世璧急了，说:“我参加过邢台、营口、唐山地震的医疗救援工作，对地震伤员有抢救经验，这个时候，我不去谁去?!”从接到出发命令至赶到机场，卢世璧仅用了一个小时。自14日抵达灾区后，他拄着拐杖奔波不息，每天都要检查救治百余名伤员，尽管患关节炎多年的脚上磨出了大大的血泡，步履维艰，但他还总埋怨自己行动太慢：“我走得快一点儿，或许就能多救一个人。”可以说，成为病人愿意托付生命的人，是卢世璧毕生的信念。在一次较大的余震发生时，被人们架出房间的他带出的唯一物件，是从报纸上搜集来的地震伤员病例……

每当荧屏上出现卢世璧抢救伤员的画面，我都感动不已。我想，在世界抗震救灾史上，他该是最年长、最富抢救经验的骨科专家了。汶川大地震后，废墟上出现了一个个生命奇迹，但是，并不是每一个从废墟里救出的幸存者都能继续存活和康复。拥有丰富救治经验的卢世璧为了将自己的心得传授给更多的人，专门为成都军区总医院的医护人员举行了一次地震伤员救治专业知识讲座。他从分析此次地震的特点入手，结合自己前三次参加地震医疗救援的经验和此次已接触到的伤员情况，讲解了抢救、检查和治疗三个过程中应注意的问题，特别是应避免的误区。他说：“年轻的医生缺乏经验，一定要让他们少走弯路，才能多救生命。”是的，这是一场史无前例的抗震大救治，伤员多达三十余万，能得到他亲自救治的，毕竟为数甚少，只有把他的救治经验传授给众多的年轻医生，才能够让所有的伤员得到及时、有效的救治，真正带来生的希望。他这一课讲得太好了！

我以为，卢世璧不只是在抗震救灾现场讲了一堂骨伤救治的专业课，而且，更为重要的，是给荧屏前关心灾情的亿万观众上了一堂以人为本的道德课。古语云：医者仁心。卢世璧大夫不只是有高明的医术，更有一颗高尚的仁心。孔子说："夫仁者，己欲立而立人，己欲达而达人。"墨子也说："仁，仁爱也。"卢世璧从医五十年，虽垂垂老矣，又体弱多病，但每天都坚持在抗震救灾前线战斗十多个小时，足见其仁心不老，不愧是一位甘于奉献的当代英雄。从他的身上，我们看到了人性的光芒、爱心的力量。而人性的光芒、爱心的力量，正是我们战胜突如其来的巨大灾难的最基本也是最强大的精神武器啊！

自古以来，中华民族是一个多灾多难的民族，我们的国家是一个自然灾害频发的国家。每一代人都会在突如其来的巨大灾难面前感受到自己的使命并竭尽全力去完成自己的使命。而这种使命感，只有来自仁心，也即人性，才具普遍性，方能获得人民大众的认同和传承。因为这样的仁心就是以人为本，就是命比天大，就是民众彼此的安危祸福紧密相连、你我的生命和情感休戚与共，所以人民大众就会在瞬间凝聚起无形的坚不可摧的力量。不服老的卢世璧，正是这样一个不辱使命的时代典型，他的模范事迹告诉我们：人可老，但仁心不可老。只有仁心不老，才能大爱无边。只要人人心中有大爱，中华民族就会兴旺发达，无论再经历多大的自然灾害，我们都一定能建成更加美好的家园！

2008年5月27日

卡夫卡故居

世界上有许多古老而又美丽的城市，每一座古老而又美丽的城市又都有许多古老而又美丽的建筑，但迄今为止，唯有捷克首都布拉格，是全世界第一个整座城市被联合国教科文组织列为世界文化遗产的城市。据导游介绍，这里有包括布拉格城堡在内的国家重点保护的各类古建筑物两千多处，从罗马式、哥特式、文艺复兴、巴洛克、洛可可、新古典主义、新艺术运动风格到立体派和超现代主义，应有尽有。可以说，在旧城区几乎每条大街小巷都能找到13世纪以来的古老建筑。因此，当我来到布拉格旅游，仿佛是进了“世界建筑艺术博物馆”。

我们的导游是位旅居奥地利的台湾同胞，他说游东欧的历史名城与游中国的故都不一样，最常见的雕像，往往不是帝王将相，而是文化名人。如今的布拉格，就是和作家弗兰兹·卡夫卡、哈谢克（《好兵帅克》作者）、米兰·昆德拉和作曲家德沃夏克的名字密不可分的。早在二百年前，歌德就说“布拉格是欧洲最美丽的城市”，自从出了这四位享誉世界的文化名人，布拉格就变得更加令人向往。因为我们在布拉格游览的时间仅有一个整天，所以，我们只有幸与卡夫卡结缘，看了他的故居——黄金巷22号。在这座“金色之城”里，黄金巷是由旧市政厅广场、圣乔治教堂到玩具博物馆、查理桥的必经之路。而这条旅游线路，正是布拉格的精华所在。凡是到布拉格旅游的人，定然会从黄金巷22号门前走过。

黄金巷其实只是一条很短的砖石铺成的街道，如果不留意两边色彩浪漫的精致矮房，三五分钟就可匆匆穿过。它原本是仆人工匠居住之处，后来聚集了不少为国王炼金的术士，因而得名。在19世纪之后，逐渐变成贫民窟。20世纪中期重新规划，将原本的房舍改为店铺，出售各类纪念品和手工艺品。我没顾得上数黄金巷共有多少家店铺，但几乎是一踏进黄金巷，就在近处的左手边，发现了十分显眼的“N：22”门牌。

在门两侧的橱窗里，展示的并非纪念品和手工艺品，而全都是书籍。走近一看，印在一本本书籍封面上的卡夫卡像，正用乌黑的大眼睛盯着我，投来他那永远忧郁、孤寂的目光。不用导游指点，这无疑就是卡夫卡的故居了。

卡夫卡1883年7月3日出生于奥匈帝国布拉格老城北边的一个犹太商人家庭。这里的犹太社区最早形成是在1091年，多个世纪以来，犹太人就在被当权者和信仰基督教的市民接纳与排斥之间生存，在中世纪受尽了基督教徒的欺压。卡夫卡当年住过的房子非常低矮，周边狭巷交错，简陋的房子密集如织，一片混沌。加上他的父亲粗暴、专制，对儿子的学习、生活不闻不问，只是偶尔指手画脚地训斥一通，使他内心中一直对父亲存有无法消除的畏惧心理，养成了敏感、怯懦的性格和孤僻、忧郁的气质。他曾对好友古斯塔夫·雅努施说："在我们的心中，那黑暗角落似乎有些诡秘的街巷、紧闭的窗户、肮脏的庭院、嘈杂的酒店等等，至今都仍存活着——心中的这种不健康的旧犹太人街，比我们周围的卫生的新街，要更为现实。我们是睁着眼走在梦里。或许我们自己也是已经逝去的亡灵。"雅努施则在《卡夫卡对我说》中这样写道："我经常为卡夫卡对这座城市的各种建筑物有着这么广博的知识而吃惊。他不仅熟知宫殿、教堂，而且也很了解旧城区的里面，直到'穿越之家'。……他带我穿过弯弯曲曲的胡同，进入他称为'光的痰盂'的旧布拉格式的小漏斗形的院子，在老查理桥附近，穿过巴洛克风格的人门，横贯围着圆形文艺复兴式回廊的局促的院子，通过黑暗的像筒一样的地道，前往窝在狭小的院子里的凄凉饮食店。"确实，卡夫卡对他生活的旧城区无所不知，正如他的朋友约翰内斯·乌尔齐狄尔所说："卡夫卡就是布拉格，布拉格就是卡夫卡。"

黄金巷22号并非是卡夫卡的出生地。忧郁、孤僻的卡夫卡，是不堪旧城区的喧闹嘈杂，才搬到了这幢水蓝色的平房来写作的。这里与东岸的旧城区隔了一条伏尔塔瓦河，如今作为他的故居开放。我原以为它会如北京的鲁迅、郭沫若、茅盾、老舍等作家的故居那样，把卡夫卡生前的生活场景展现在游人面前呢，进门一看，方知这间充其量不过十多平方米的小屋，已经改做了一家琳琅满目的书店。我虽不懂捷克语和德语，但从一本本印有卡夫卡头像的图书来判断，卡夫卡所有的著作在此

卡夫卡故居纪念卡

在卡夫卡故居门前

卡夫卡故居现在是一家以销售卡夫卡著作为主的书店

都有销售。书店仅一名年轻的女营业员，我在店内逗留了足有十来分钟，来买书的读者络绎不绝，忙得她几乎连扫我一眼的空隙都没有。书店的生意如此兴隆，这也许是卡夫卡生前做梦也想不到的事情吧？卡夫卡曾在日记里这样描述他写作《判决》时的情景：“极度紧张、极度兴奋，故事在眼前展开，就像我在水中缓慢前行。一夜间，我几次躺倒，苦苦思索着我要表达的一切……这才叫写作——全然开启整个身心。”他当年写作的条件很艰苦，因父亲拒绝资助，他不能扔掉赖以生存的保险公司的工作，下了班，只得拒绝一切社会活动。除了吃饭不能取消之外，他把自己的生活简化到了极致，静静地关在这里，几乎每天都要一口气写上十个小时才觉得过瘾，使被病魔折磨着的身体获得暂时的安宁。遗憾的是，他的大部分作品既无题目又无结尾。他不停地写作，又不停焚烧自己的作品。临终前，他竟给朋友布洛德留下了要求将其全部手稿付之一炬的遗嘱。幸好布洛德的做法全然相反，将他的代表作《美国》、《审判》和《城堡》定名后予以出版，才使这位现代主义文学流派的鼻祖名扬四海，流传至今。从而也使当年无人光顾的黄金巷22号，成了布拉格的一个经过急剧催化的旅游元素。

临离开黄金巷22号时，我从广告架上取走一枚印有卡夫卡头像和简介的书签留作纪念。我虽不知书签上印的是哪种文字，但看得分明，他卒于1924年，只活了41岁！在乘火车从布拉格赴克拉科夫的途中，我掏出那枚书签观赏时，曾想假如卡夫卡不英年早逝，多活二三十年，肯定能为世界文学宝库贡献更多皇皇巨著吧？没想到第二天到了波兰，在参观也被联合国教科文组织列为世界文化遗产的奥斯威辛集中营时，导游指着展示柜内罹难者的一件遗物说："看，这只行李箱上的名字是卡夫卡的妹妹！……"呵，假如卡夫卡活到60岁，那就是1943年，不正是德国法西斯在东欧残酷灭绝犹太民族的时候吗？那么，他也就肯定无法逃脱与他妹妹相同的命运，成为奥斯威辛集中营的又一个冤魂！卡夫卡曾说过，"布拉格像是长着利爪的母亲，你怎么也挣不脱"。是的，卡夫卡虽病逝于维也纳近郊的基尔灵疗养院，但他的遗体立即被运回了布拉格。可以说，命里注定，卡夫卡是属于古老而又美丽的布拉格的！我相信，黄金巷22号将因这位具有划时代意义的伟大作家的名字，而永远闪烁黄金般灿烂的人文之光……

2008年5月6日

张学良与宋美龄的深厚情谊

72年前，在中华民族危亡的紧急关头，张学良将军和杨虎城将军以爱国的赤诚之心，毅然发动西安事变，逼蒋抗日，为结束十年内战，促成第二次国共合作，实行全民抗战作出了不可磨灭的伟大贡献，成为令世人景仰的千古功臣。

然而，众所周知，张学良发动西安事变的同伴杨虎城，事后被撤职留任，随后也像张学良一样被软禁。但在1949年国民党政府败退台湾前，蒋介石为了灭口，亲自下令毛人凤，在重庆“中美合作所”杀了杨虎城全家。张学良之所以能躲过一劫，是多亏宋美龄充当了他的保护神。张学良晚年，曾这样对史学家唐德刚说：“我没死，完全是蒋夫人保的。依蒋先生的意思，是要把我枪毙的。这情况我原先不知道，但我后来看到一个东西，这是美国的一个名叫约翰的公使写的文章，有朋友抄下来，拿给我看。上面说，宋子文警告蒋介石，对蒋先生说，你要是对那个小家伙有不利的地方——当年，他们都喜欢称我为小伙子，宋子文说，那我就把你的内幕都公之于世。他这句话很厉害。我认为蒋夫人是我的知己，她称我为绅士，她对蒋先生说，西安事变，他不要钱，也不要地盘，要的是牺牲。你要杀他，那我就走开！是蒋夫人保护了我，我很感激她。”

“耿耿此心，可质天日”

1936年12月12日凌晨，蒋介石在西安骊山的一个小山洞被张学良的部下活捉之后，就料定自己必死无疑，当即写下了一份“遗嘱”式的电文：

美龄吾妻：余决心殉国，经国、纬国吾子即汝子，望善视之。蒋中正。

蒋介石将电文交张学良转发，张学良看罢，思忖良久，决定先致电宋美龄。电文如下：

蒋夫人赐鉴：

学良对国事主张，当在洞鉴之中。不意介公为奸邪所误，违背全国公意，一意孤行，致全国之人力、财力，尽消耗于对内战争，置国家民族生存于不顾。学良以待罪之身，海外归来，屡尽谏诤，率东北流亡子弟含泪剿共者，愿冀以血诚促其觉悟。此次绥东战起，举国振奋，介公以国家最高领袖，当有以慰全国殷殷之望，乃自到西北以来，对于抗日只字不提，而对青年救国运动，反横加摧残。伏思为国家为民族生存计，不忍以一人而断送整个国家于万劫不复。大义当前，学良不忍以私害公，暂请介公留住西安，妥为保护。耿耿此心，可质天日，敬请夫人放心。如欲来陕，尤所欢迎。此间一切主张，（以）文电奉闻。挥泪陈词，伫候明教。

张学良叩

西安事变发生时，宋美龄正在上海。接到张学良电报后，她于13日晨赶回南京。其时国民政府诸要员极为惊恐，已乱作一团，出现了讨伐派与主和派的对立局面。她为蒋介石的安全着想，认为武力讨伐“非健全之行动”：“余个人实未敢苟同，因此，立下决心，愿竭我全力，以求不流血的和平与迅速之解决。”她于早8时，即电告张学良，拟派张学良的外籍友人、蒋介石的顾问端纳飞往西安，作为双方的调停人。

14日下午，端纳飞抵西安，带来了宋美龄给张学良和蒋介石的信各一封。在给张学良的信中，她希望他能顾全与蒋介石的公私关系，顾全国家大局，予以考虑。在给蒋介石的信中，她则明确表示：“在可能和必要的时候，我愿意亲自去西安一趟。”当瑞纳的西安之行给宋美龄带来和平解决西安事变的曙光时，她就决定亲赴西安。22日下午4时，她和宋子文乘坐的飞机在西安机场降落。出乎她意料的是，他们一下飞机，就受到张学良和杨虎城的热情欢迎，仿佛什么事也没有发生。她后来在回忆录中写道：“飞机刚停，张学良第一个登机迎了上来。其状甚憔悴，局促不安，面有愧色。我仍以常态与之寒暄。离机时，我以不经意的语气请他不要让他的部下搜查我的行李，以免弄乱了不易整理。他听后一怔，立即答道：‘夫人哪里话，我怎么敢那样做。’”尽管如此，蒋介石对于宋美龄的突然到来，却仍感“惊讶万分，如在梦中”。他后来在《西安半月记》中这样描述与妻子劫后重逢的情景：“我前几日曾再三叮嘱子文，劝妻子万万不可到西安来，没想到她竟然身冒万险入此虎口。我感动至极，悲咽流泪，不可言状。妻子强作欢颜，但我却更增忧虑。……我怎能忍心让她牺牲于这座危城之中呢?”

宋美龄见到蒋介石后，劝他不应轻言殉国，应珍惜生命，为国家努力，并私下交换了有关如何谈判的看法。蒋介石虽赞同张学良、杨虎城和周恩来提出的以八项政治主张为基础进行和谈，但却说他不能直接参加谈判，而由宋氏兄妹做代表出席，并且他将不在协议上签字，但将以“领袖人格”来担保实现。宋美龄随即带着蒋的指示，去见张学良，批评他此项行动太莽撞，并希望张学良尽快收拾“危局”，送蒋回家。张学良向她表示，他绝无伤害委员长的意思，而且一不要钱，二不要地盘，只要委员长同意抗日，签不签文件都可以。他个人亟愿恢复委员长之自由，但此事关系者众，杨虎城及其部下提出释放蒋的条件，是要求蒋必须在协议上签字。在此情况下，为争取蒋介石早日获释，宋美龄不得不去求助于中共代表周恩来。23日和24日，她与周恩来作了两次长谈。她希望周做劝说杨虎城的工作，使杨同意早日释蒋。周在阐明中共和平解决事变的主张后，表示同意。与此同时，经过宋氏兄妹代表蒋介石与张、杨、周的两次谈判后，蒋介石基本同意了西安方面的六项条件。24日晚，宋氏兄妹应周恩来的要求，陪周去见了蒋介石。在周问蒋为什么不肯停止内战时，宋美龄说以后不“剿共”了，并说这次多亏周先生千里迢迢来斡旋，实在感激得很。接着，蒋介石也作出了“停止‘剿共’，联红抗日”的承诺。

25日上午，张学良告诉杨虎城和周恩来，他将释放蒋介石，并且亲自送他回南京。杨虎城仍不同意释蒋，与张发生了激烈的争吵，不欢而散。未料，下午两点过后，张学良打电话请杨虎城立即赶赴张公馆，神色紧张地对杨说：“现在不走不行啦！夜长梦多，不知会出什么大乱子。我今天决心亲自送蒋走。我想在几天内就可以回来的，请你多偏劳几天。假如万一我回不来，东北军今后即完全归你指挥。”杨虎城为之愕然。但事已至此，为顾全大局，他亦不便反对，只是力劝张说：“放他就足见你我之真诚，送他实在是使不得啊！”但张仍不改初衷，当即与杨分乘两辆汽车，陪同蒋介石、宋氏兄妹和端纳，秘密驰向西郊机场，行动非常匆忙，连周恩来也没有通知。周恩来听孙铭九报告此情况后，也十分惊愕，立即和孙乘车赶往机场，想劝张不要亲自送蒋去南京，可为时已晚。望着已腾空而起的飞机，周恩来无奈地感叹：“唉！张汉卿就是看《连环套》那些旧戏看坏了，他不仅要‘摆队送天霸’，而且还要‘负荆请罪’啊！”

果然不出他所料，张学良一到南京，蒋介石就背信弃义，将他交军事委员会“严加管束”，使他沦为了阶下囚。

在张学良被囚禁的第二天一早，宋氏兄妹和端纳，这三位西安事变的当事人，就相继去孔公馆看望并安慰张学良。显得最为尴尬的，自然是宋美龄，她一见张学良就掩面而泣。早在离开西安的飞机上，她心里就有某种预感，但想到委员长毕竟是从张学良手中走脱的，而且少帅又亲送回南京，蒋介石再恨也不至于恩将仇报。然而，张学良却表示：“我个人是很渺小的，如何处置我，我可以不计较。只要蒋委员长能认清大局，不反悔在西安达成的条件，大家一致对敌，我也就了却心愿了！”为此，宋美龄深感内疚，并于1937年1月1日下午，与蒋介石争吵了一场。她激动地说：“好歹汉卿也是个重信义的嘛，不然他会亲自送你回南京？”蒋介石忍不住大吼起来：“我早就叫他不要来！他自己非要到南京来负荆请罪，我有什么话说，南京的事也不是我一个人说了就算的！……”见蒋介石毫无回心转意之态，她只能一再叨念：“我们对不起汉卿啊！”

“你从来是一爽直之人”

张学良先生晚年曾不无自豪地对唐德刚先生谈起过他与宋美龄的深厚关系，他说：“我与蒋夫人认识的时候，那是在上海，有人请客，介绍说，这是孙中山先生的小姨子。后来，蒋先生在北京请我们吃饭，在座的记得有阎锡山等人。在宴席上见到蒋夫人，我就说，蒋夫人好。蒋先生很奇怪，问我，你怎么认识她？我说，我认识她，比认识你还早。”

其实，岂止是认识得早，张学良还曾说过："若不是当时已有太太，我会猛追宋美龄。"那是1925年，奉军首次进入上海。作为上海滩有名的花花公子，当少帅张学良第一次和名门闺秀宋美龄见面时，立刻为她出众的容颜和气质所倾倒，称她为"美若天仙"。后来，他与宋美龄约会了好几次，经常在一起跳舞、游玩，留下了非常愉快的美好记忆。

张学良和宋美龄都很珍惜他俩年轻时的友情。历经几十年的交往，在张学良的眼里，宋美龄"绝顶聪明"，是"近代中国找不出第二个来"的人物。同样，在宋美龄看来，或许当时也难以找到第二个与她的关系如此密切和被欣赏程度可以与张学良相比的人了。因此，张学良到台湾之后，在反省西安事变时曾感慨道："如果蒋夫人那时在西安，也就不一定会发生兵变了。"

然而，历史无情，一场惊天动地的西安事变使曾结为兄弟的蒋介石和张学良顷刻间成了冤家对头，也就把宋美龄推向了左右为难的境地。但她毕竟是一个独具人格魅力的非凡女性，宁可有违委员长丈夫的旨意，也决不背弃已沦为阶下囚的好友之深情。

在蒋介石撤离大陆之前，宋美龄保了张学良的命，在到台湾之后，她对张学良在生活方面的关爱也可谓无微不至，平时书信往来不断，逢年过节，则更是有厚礼相赠。尽管如此，宋美龄依然放心不下，还常想亲自去井上温泉看望张学良。张学良1950年4月16日日记即云："昨天……老刘（即负责管束张学良的军统特务头目刘乙光）交来蒋夫人亲笔信，言将来寓探视。"他在"思考了一夜"之后，"复蒋夫人函，切请其勿来"。信是这样写的：

> 欣悉夫人有来新竹的打算，良闻知后备感不安。亦知夫人自南京一别，多年来始终有探望之意，可是良感到现在仍多有不便。由新竹市到井上温泉汽车往返约5到6个钟头，公路之坏，使夫人难以想象。竹东到井上一段，因石头露出地面，轿车不堪通行，只有吉普车或卡车方可行驶，并且险处甚多，颠簸万分。而良之寓处，对夫人供用，更有种种不便，切请夫人不可前来。何时何地，请夫人随时吩咐，良立可前往。而此次新竹之行，切勿冒险行事为盼。夫人对良多年关切之心，良和

四小姐感同身受……

于是，便有了他俩到台湾后的第一次约见。张学良在日记中写道：

4月30日

昨一夜未好睡，早五点半出发，十一点抵大溪蒋家别庄，小休约一小时，蒋夫人到来，谈了一些家常，然后在寓午餐。饭后，夫人问我对她有什么话说吗？我答国家已到了这样天地，还有什么可说哪，我是无有可以帮助的了。只有二件事求一求夫人。1. 在私情上想望一望蒋先生。2. 请代向家中索几个钱用，她答应可给家中写信由她转。又谈了谈国事外交等。下午约两点半，夫人离去，余等返回，约晚九点半方到井上。

5月1日

给凤至和孩子们写信，上蒋夫人一函，将信附去托转，并谢昨日事。

宋美龄对张学良，可以说是有求必应。据张学良日记，7月23日，他就收到了由宋美龄转来的于凤至和孩子们的信、照片及照相机等，8月23日，刘乙光又“交来games由美来函附美金支票三千元”。从此，宋美龄就成了他和在美家人的信使和钱物的中转站。

1951年2月，旧历春节前夕，张学良又收到宋美龄派人从台北专程送来的年货。在当时台湾商品奇缺的情况下，宋美龄竟把较难买到的食品肉类运到井上温泉的深山之中，实在让张学良心中感动。在不安之余，他想起上月12日宋美龄在来信中说：“自来台后，余忽对绘画兴趣浓烈，大有寄情山水，两眼皆空之感。而蒋先生也主张余以习画养性，余即延请黄君璧先生教山水，而郑曼青先生之花卉，乃是台湾首屈一指之翘楚，两位才华绝不逊于张大千和徐悲鸿。如此一来，余反倒觉得每日过得充实起来，再没有刚来台湾时那种终日惶惶、神不守舍的情绪……”就决定把自己从大陆辗转带到台湾的珍藏品，挑选几样托送年货的侍卫们带回台北，作为给宋美龄的回赠。其中有一幅苏轼手卷《少年游》，是他早年在东北不惜重金从北洋某大臣手里买到的，多年迁徙始终珍藏在身边。价值连城的苏轼真迹实为他寂寞中的最好寄托，但他觉得为了感激一向关怀自己的宋美龄，舍此手边再无有价值的礼物相赠了。

宋美龄在士林官邸收到张送来的年礼，万分惊喜。尤其是对书法家苏轼的手卷，更是爱不释手。次年3月下旬，为表达她心中的感激之情，复信张学良说："汉卿，得照片与手卷极美，多谢！早当致意，唯两年来苦于支气管炎，不便作书，目前始渐愈。《生活》拟刊一文，附余画作照片，出刊后当寄奉一本。余习石涛、沈石田甚勤，以余师谓余笔法风格近此两家之故。然台岛难得真迹亲炙，尽力而已……"此后，她就时常把自己临摹的石涛《石山图》等画，派人送到井上温泉给张学良观赏。在她看来，张学良虽是被囚之人，但他毕竟曾是军中儒将，早在东北时就把绘画与收藏当成他军旅生涯中的雅趣了。由此可见，他俩在政治之外的诸多爱好和乐趣，多有共同之处。这也许是他俩的友谊之所以能维持长久的一个重要因素。

宋美龄是一位重感情、讲信义的女性，作为老朋友，她对张学良的关爱可以说是全方位的。对此，张学良1958年5月17日的日记，体现得相当充分：

> 今早十一点许，蒋夫人突然莅临，在五分钟前我才知道的，见面时，除问候总统外，谈到我的抱负，对人生已看透彻，对名禄之心，毫无。而罪人受此优待，十分不安，如仍能与人类和国家有所贡献，则不计一切，只不过今日我已为过去之人，不知能贡献什么？
>
> 再深想探望一望总统。今日看见夫人，快活而又伤感。夫人说："你从来是一爽直之人，你的话，我一定转达。"后来召见Edith（即赵一荻），看了看各房间，离去。送了好些食物和鲜花，并嘱我给家中写信，她将去美，可以带去。

其实，早在1947年，宋美龄已趁访美之便，到加州去看望过张学良的家人了。回国后，她就派人把于凤至给张学良带来的药品和食品，送到了他当时被幽禁的新竹井上温泉。宋美龄在9月19日写给张学良的信中，除介绍她先后三次在美国和于凤至见面的情况外，还赞扬于凤至说："凤姐姐把加州的家布置得得体而气派，不但那所房子让我见了会想起你们从前在北平时的顺承王府格局，而且让我惊奇的是，她用炒股票赚得的收入，还在昂贵的美国高级居住区买了一幢带花园的房产。……"

张学良更是一个重情义的人，宋美龄对他的恩惠，点点滴滴，他全都铭记在心。在张学良的日记本上，有一张《亲友生辰表》，表中列有十五位亲友，排在首位的，就是：

蒋夫人 旧　二月十二日

查看张学良历年的日记，每到旧历二月十二日这一天，必有"上蒋夫人贺寿函"并附礼品之句。如1952年为"附礼二件（蒋溥手卷、大画册）"，1954年为"附王石谷画一轴"，1956年为"附金笔一对"，1957年为"附钱东牡丹立轴一幅"，1958年为"附程燧小轴"……1955年3月5日上午，他到中心诊所去看病，日记中还不忘"今天为农历二月十二日，乃蒋夫人生日。早同Edith买了一个白康乃馨花篮并加函一封，交老王由局送官邸"。足见他与宋美龄的情谊确实非同一般，或可说是久经考验了。

"夫人深情，使我没齿难忘"

查阅张学良日记，自1950年开始，每年12月23日或24日，必有这样一行文字出现："上蒋夫人和蒋总统贺年及圣诞节信一件"，或"上蒋总统夫妇圣诞及贺年笺"。张学良写日记，并不是每日必记，往往是哪日有事就记，哪日无事就跳跃过去，一年下来，最多也就百十来天有记，少的时候，竟只有二三十天留下电报式的一两行文字。但12月23日或24日这两天，是决不会不记下给蒋夫人和蒋介石送圣诞贺卡这件事的，因为蒋氏夫妇都是虔诚的基督教徒，每年都过圣诞节。然而从1956年开始，每到圣诞节前夕，张学良日记就都会有一份"蒋夫人送来圣诞树和一大木箱饰物"的详细记录。他1957年12月24日的日记是这样写的："寂静的圣诞夜过去了，虽然有那样美的圣诞树，而孩子们不能同聚，不觉歉然!”这就表明，他和赵一荻已信仰基督教，正式过一年一度的圣诞节了。

关于信奉基督教的经过，他晚年到了夏威夷，在感恩节做礼拜时，曾这样谈起过：“到台湾后我感觉到需要一种信仰。那时候情报局派到我们那里负责的人都是佛教徒。他就同我谈佛教，也为我安排去见新竹的几位佛教法师。我同他们谈了几次，也买了佛教的书来研究，一直到我搬到高雄要塞。有一天，蒋夫人来访。她就说：‘汉卿，你又走错了路，你也许认为我信基督教很愚蠢，但是世界各国许多有名的、伟大的人物都是基督徒，难道他们都是很愚蠢的人吗?’她说她希望我也研究基督教。我就告诉她，我很希望读点英文。她就请刚从美国卸任回国来的董显光大使来帮助我。董显光的夫人是非常虔诚的基督徒，她来了就同我们谈基督教。他们送给我一本《马丁路德传》作为课本，我就把这本书译为中文。我们搬回台北不久董先生夫妇就到美国去了。蒋夫人就派人来陪我到士林教堂做礼拜、听道……”

1958年的圣诞节，宋美龄是在美国过的，但她仍惦记着远隔重洋的张学良。张学良在12月24日日记中写道：“下午七点收到情报局转来蒋夫人由美寄来的圣诞卡和家信、照片等，蒋夫人曾有电报限该件必须在圣诞节时送到。”宋美龄对信义和友情是如何看重，由此亦可见一斑。

为此，张学良信赖她、尊崇她，发自肺腑地说，他一生中有两位女性对他恩同再造，一是赵一荻，另一位，就是宋美龄。

他在1960年6月5日日记中有这样一段描述：

> 早九点四十五分，同Edith及刘氏夫妇到董大使寓所。Edith、刘太太、老刘同董夫人到荣民医院做礼拜。十点五十分，我同董大使到士林教堂作礼拜，十一点卅分许礼拜毕，总统返出时，夫人特向余个人握手，使得众人注目。……夫人深情……使我没齿难忘。

看，在蒋介石在场的情况下，当着众人的面，宋美龄特意去与张学良握手，这不仅仅是一种至高无上的礼遇，而且也是一个摄人心魄的定格：她分明是要借此机会告诉世人，她和张学良的情谊牢不可破，经得起历史风雨的洗礼。

1961年9月1日，蒋介石发表讲话，终于宣布张学良恢复自由。宋美龄随即就在蒋氏官邸接见并宴请张学良与赵一荻。席间，她说："汉卿，听说你对《圣经》很感兴趣，今天把你们请来，是想给你们介绍一位有名的牧师，待吃完饭后，我就陪你们去见他。"饭后，他们同乘一辆美式轿车去士林附近的一座基督教堂。在与张学良的对话中，牧师周联华感到张学良已是一个虔诚的基督教徒了，就问张学良有什么要求？张学良回答，他想请牧师为他举行受洗仪式。没想到宋美龄此时开口了，对张学良说："事倒是好事。可是依现在的情形，你受洗是不够格的。你想想看，你和凤至还有正式婚姻关系，是夫妻，但是你现在又一直和四小姐同居，等于同时有两个太太，按教义，这是不许可的呀！如果你要成为虔诚的基督教徒，必须和于凤至解除婚姻关系，才能接受洗礼。"

那该怎么办？张学良必须在已与他分离二十余年的结发妻子于凤至和一直以"私人秘书"身份与他朝夕相伴的赵四小姐之间作出选择，否则，就无法踏上他所选定的心灵归宿之路。经过一番思考，他终于对赵四小姐说："我同意蒋夫人的意见，和于凤至解除婚姻关系。"他给于凤至写了一封信，托前来探亲的女儿闾瑛带到美国去。虽说这封信在闾瑛手里压了两年才转交到于凤至手里，但于凤至是个通情达理之人，看完信后经过一连数天的冷静思考，对前来劝慰她的女儿说："赵一荻是位难得的女子，二十多年来，她一直陪着你父亲同生死、共患难，一般人是做不到的，所以我对她十分钦佩。现在由她陪着你父亲，你父亲高兴，我也就放心了。至于我个人的委屈，同他俩所受的无边苦楚和寂寞比起来，那又算得了什么？只要能使你父亲熬过苦日子，我任何事情都答应。"于是，她欣然命笔，写信表示接受张学良的离婚请求，并向赵一荻表示祝福。

1964年7月4日，张学良与赵一荻在台北正式结婚，由老牧师主持，在教堂按基督教律行了仪式。"红粉知己，白首缔盟"，每当谈起这段令世人赞叹的佳话，张学良总说："我们俩结婚，可以说一半是蒋夫人出的力。"

颇有历史意味的是，张学良和宋美龄这两位中国现当代史上富有传奇色彩的风云人物，居然晚年都到美国定居。他俩依旧年年互赠圣诞礼物，以共同的宗教信仰为金色纽带，把近乎神圣的友情维系到了百岁之后。2001年10月14日，张学良将军在檀香山病逝，23日，葬礼在博思威克殡仪馆礼拜堂举行。宋美龄特委派台湾妇联总会秘书长辜严倬云女士前往致悼，她送的花圈缎带上写着："送张汉卿先生远行。蒋宋美龄敬挽。"葬礼上，牧师证道时从宗教观点评述了张学良的一生，最后说："西安事变之后，张先生受到软禁，使得他的志业画上句点，从个人的发展来看是不幸的，但他为国家为历史尽了一己之力之后，从此远离政治纷扰而安享天年，这又可以说是他的所幸了。"而这位主持葬礼的牧师，正是宋美龄当年介绍张学良与之认识的周联华。因此，也可以说，西安事变后遭遇不幸的张学良，能与宋美龄结下如此深厚的情谊，更是他一生中的大幸了。

2006年6月初稿，2008年10月改定

以书代刊

单就我国的文学期刊而言，目前已达到饱和以至过剩的程度。除《收获》、《当代》、《十月》等极少数名牌而外，发行量大都仅数千册，有的甚至羞于启齿，只得捧着金碗银碟讨饭（卖版面、拉赞助）吃，处境堪忧。但一心想创办新刊者仍大有人在。也确实有些门类短缺，又有些技高一筹者欲大显身手，开辟一片新天地。然而，要申请到一个新刊号却往往难于上青天。怎么办？以书代刊就是一个明智的选择。

去年春天，《上海诗人》一位青年编辑打电话向我约稿，兴奋地说，《上海诗人》将由内发的小报改为由上海文艺出版社正式出版的刊物了。我马上明白了，那就是要以书代刊。7月，第一期《上海诗人》就以《岁月结成的茧》为书名面世了，随后又分别以《时间的另一种方式》、《鲸鱼出没的黄昏》为书名于9月和12月出了第二、第三期。执行主编季振邦在第一期的《致读者》中说："要进一步推动和繁荣诗歌创作，作为一份四开八版的诗报，容量显得不够，平台有点窄小。新老诗人的许多名篇佳作，评论家的不少真知灼见，包括我们编辑方面的一些值得去做的设想，都无法及时地集中地体现在读者面前"，"为此，我们决定改版。现在《上海诗人》这样的开本、篇幅以及她的装帧设计，就是改版后的结果"。确实，改版后的《上海诗人》，不仅作者阵容强大、内容丰厚，而且开本适中、装帧考究，堪称别具一格，体现出了大上海应有的气派和文化品格，堪称独树一帜的诗坛大刊，引人注目。上海增加了一个刊物，然而，上海作协并没有多设一个杂志社。《上海诗人》的主编、执行主编、4名副主编以及9名编辑，全都是兼职的。试想，假如是一个15人建制的杂志社，一本充其量只有万把册的邮发期刊，肯定是赔本赚吆喝的买卖，难以存活。而作为上海文艺出版社发行的一本书，就无后顾之忧了。若搞得好，还有可能成了一个新的品牌，为上海文艺出版社增添一分光彩呢！

由《上海诗人》，我联想到了《红旗飘飘》丛刊。在我读高中和上大学的上个世纪五六十年代，《红旗飘飘》丛刊是同学们最喜爱的课外读物。由此它就成了我们这一代人的集体记忆。直到近些年我才知道，这本当年很畅销的丛刊，创刊时仅三个半人。即中国青年出版社文学编辑室传记组的三个编辑：张羽、黄伊和王扶。另半个是分管该刊的编辑室副主任萧也牧。中国青年出版社是靠英雄人物传记故事起家的。从1951年起，中青社相继出版了《刘胡兰小传》、《卓娅和舒拉的故事》、《董存瑞》、《青年英雄故事》、《黄继光》等在亿万青少年读者中产生了极广泛影响的好书。但是，到了1956年，中青社就很难约到作家来写这类稿子了。虽说来稿不老少，可有的篇幅短，出不了单行本；而有的长稿，则仅是几个片断精彩，要反复修改加工才能出书。在苦于无新书可编的情况下，张羽灵机一动，想出了一个好主意："从前郭沫若他们在香港搞民主运动，抓着一个好主题就编什么丛书，我们是不是可以编一个丛刊呢?"萧也牧当即回答："出版描写英雄人物和革命斗争的读物，从来都是我们中青社的重点。你这个想法很好。"经过一个多月的紧锣密鼓的筹划，《红旗飘飘》第一集就问世了。假如不是办丛刊，而是申办一个由邮局发行的期刊，层层报批，少则几个月，多则一年半载，才能把刊号拿到手。哪能像《红旗飘飘》这样，很快就创办成功呢?

《红旗飘飘》丛刊的创办，不只是满足了广大读者的迫切需求，而且也为编辑拓宽了用武之地，开辟了出版社的新局面。人所共知，假如是邮发的期刊，必须定时出版，送到订户手里。每期印数是征订数加少量的零售，一般是不会过期后再加印的。而丛刊是书，首版上市之后，售完了仍可不断加印。因此，《红旗飘飘》单是第一集至第六集，就发行了213万册。其中的好些作品，后来成了哺育了几代人成长的红色经典，如第二集刊登的葛振林讲述的《狼牙山跳崖记》，一经发表就被《中国青年》等刊物转载，多次修改完善后被编入小学语文课本，成了至今人们耳熟能详的《狼牙山五壮士》；根据丛刊发表的文章印成单行本的《在烈火中得到永生》（即长篇小说《红岩》的前身），印数高达328万册……其影响之深远，不言而喻。以至到了上世纪的70年代末，历史进入改革开放的新时期，以刊登领袖传记、革命回忆录为主的纪实类的杂志纷纷创刊，少说也有十余种，但至今没有一种能在发行量和影响力上超越当年的《红旗飘飘》！

从刊与期刊的最大区别，就是丛刊没有固定的刊期，两集（辑）的出版间距可长可短，以稿件质量的高标准为原则，宁缺毋滥；不像期刊，即使一时无好稿，也得以次充好，填满版面按时出刊。这也就是当年《红旗飘飘》每出一集都能深受读者欢迎的缘由所在。

到了改革开放年代，又出现了一个以书代刊的成功范例，那就是山东画报出版社的《老照片》。1994年，山东画报出版社刚一成立，即倾其人力与物力出版了《图片中国百年史》。当时，他们通过各种渠道收集到的历史照片计有5000多幅，而实际选用到书里的只有2700多幅，一些摄影语言很丰富、很有意味的照片，或因离历史主线较远，或因牵涉到一些较为敏感的问题，未能选用。怎样将这些历史照片利用起来呢？总编辑汪家明提议出版一种丛书，来讲述照片背后的故事。1996年初，汪家明将组建编辑部，专职创办《老照片》的任务交给了冯克力：创办期间先由他一个人来做，待做成了，再根据工作需要增加人手。为了减轻他的压力，汪家明还承诺，第一年作为创办期可以免除他的经济创收指标。当年12月，《老照片》正式创刊，首印1万册，上市仅半个月，便销售一空。短短三个月内，第一辑《老照片》已经加印了三次，累计发行4万册。在出版界，《老照片》的出现被看做是进入“读图时代”的标志性事件，它的意义在于既反映出大众阅读趣味的转变，又以崭新的出版思路拓展出巨大的市场和阅读空间。

《老照片》由创刊至2001年以前为季刊，2001年起改为双月刊，并交邮局发行，发行量最高时达50多万份。尽管《老照片》早已由丛刊改为邮发期刊，但读者在书店仍可买到它。这就难怪每出一期《老照片》，都能登上畅销书排行榜。由此可见，它既是书，又是刊；早已是刊，在读者心目中却依然是书。这种由以书代刊演变成书刊合一的成功实践，不是很发人深思吗？

2008年3月4日

回望文学新星崛起时

说起改革开放三十年来的中国文学，出现过两次“井喷”式的高峰。第一次，是1979年和1980年，一批被称为“五七战士”的作家（即1957年曾被错划为右派的作家）重返文坛；第二次，是1984年和1985年，即四次作代会前后，一批耀眼的新星崛起。记得是1986年9月20日早晨，中央人民广播电台的《新闻和报纸摘要》节目报道：“当代大陆作家的作品最近第一次在台湾出版发行。”那时候，海峡两岸的人员往来尚未解禁，文学交流也只处在萌动阶段，这当然是一则令人振奋的消息。那天我上班，走进中国作家协会简易木板房所在的文化部大院，一连碰到好几个熟人，见面第一句话都是问：“听新闻广播了吗？”而那天我恰好没听电台的新闻节目。于是，当第一位问话者要我猜这位“当代大陆作家”是谁时，我一连数了十几位大作家的名字，都未能猜对。对方说，其实，你是应该猜得出的。我这才顿悟其意，兴奋地喊出了“阿城”这个名字。大伙儿之所以急切地把这则引起大陆文坛广泛关注的信息告诉我，就因为我是阿城第一本书《棋王》的责任编辑。

使我感到幸运的是，《棋王》也是我做责编的第一本书。作家出版社恢复建制后，先是全力以赴创办大型文学期刊《中国作家》，待到从维熙在1985年夏天就任总编辑之后，才全面启动出书业务。他下车伊始便大展宏图，提出了出四套大型丛书的构想。这四套丛书是：“当代小说文库”、“无名文学丛书”、“作家参考丛书”和“开拓文学丛书”。作为小说编辑室主任，前两套丛书的编选责任就落在了我的头上。“当代小说文库”，是出版优秀的长篇新作，组稿对象以著名作家为主，而“无名文学丛书”，则是以发现和培养青年作家为己任。从维熙在向我交任务时，说龙世煇和房树民两位副总编商量过了，为了使“无名文学丛书”尽快推出，拟请当时的“四小名旦”（即《萌芽》、《青春》、《青年文学》、《青年作家》四家杂志）各编一本青年作家的优秀作品选同时推出。我虽无编书经验，但凭借我对文学创作现状的了解，斗胆否定了这一方案。其理由是，新时期以来出现的文学新人，大都起点很高，好些“一鸣惊人”的佳作，往往是在更有影响的文学刊物，如《人民文学》、《上海文学》、《当代》、《十月》上以显要位置问世的。若是只选“四小名旦”所发作品，则肯定有一大批一流作品被排斥在外，那就很难保证这套丛书的高质量了。于是，我提出了一个为青年作家出第一本书的方案，并改丛书名为“文学新星丛书”。列入第一辑的五名作者是：阿城、王兆军、莫言、刘索拉、何立伟。从维熙说：你的主意很不错，尤其是让阿城打头，表明这套丛书的起点很高。可是，他的稿子你有把握组来吗？我说：你同意这个方案，我就尽力而为吧！

在《棋王》发表之前，文学界几乎无人知道有阿城其人。而我，却早在1980年就见过他的作品了。但我最先见到的，是他参加“星星美展”的钢笔画：《人体线描》。“星星美展”是新时期最早在文艺界引起巨大反响的一次带有先锋性的美展。那在当时，是有点儿犯忌的。在许多报刊噤若寒蝉的情况下，《新观察》选发了阿城等人的作品，并约请冯亦代先生撰写了题为《可贵的探索》的评介文章。该文写道：“很难设想一国的文化艺术、世界的文化艺术，没有一个思索与探求的过程，会成什么样子。……容许这些年轻人去追求探索吧！要扶持，要指引，要让他们在生活中去捕捉他们自己的梦；千万不要苛求、指责。也许我们今天干了蠢事，有一天会自悔孟浪而脸红的。”没过多久，《新观察》就因赞赏“星星美展”而挨了批评。作为与此事有关联的编辑之一，我心里当然是很不自在的。一年之后，我却读到了一篇阿城的文章。此文是我在采写一篇报告文学时，主人公陈丹青推荐给我看的。陈丹青说：“写我的文章已有好几篇了，只有阿城写的这一篇，别看很短，却是我最喜欢的。他写的是我，而其它几篇写得都不像我。如果你不能像阿城这样写，你就别写我。”在我找到阿城组稿时，自然就先说起这些，便有了一见如故的感觉。在说到策划中的“文学新星丛书”时，我还提起冯亦代评“星星美展”的观点：容许并鼓励年轻人去追求探索，决不收入四平八稳的在艺术上没有创新的平庸之作。他听了之后说：“书稿我可以给你，但作家出版社刚恢复出书，我不知你们装帧设计的水平如何？说实在的，国内图书的封面我很少有看得上的。这样

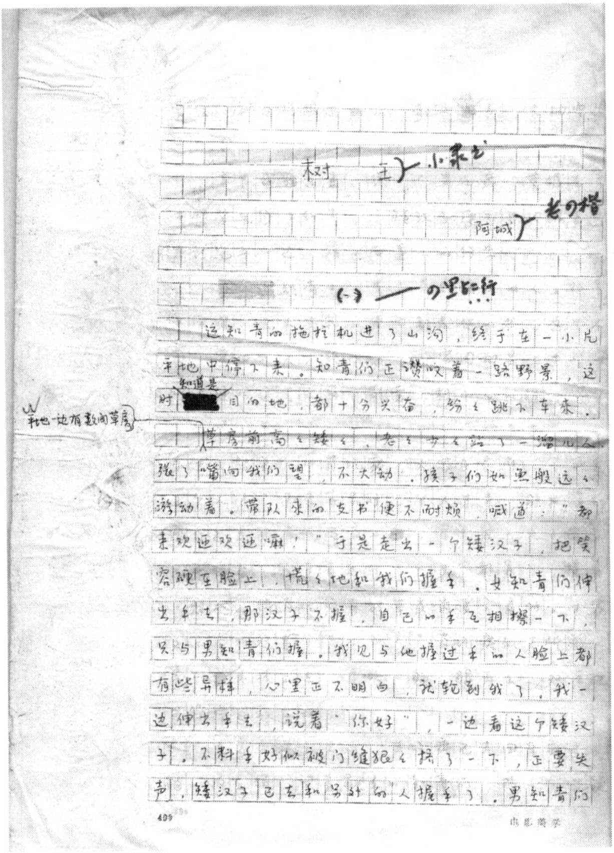

树　王

阿城

（一）

运知青的拖拉机进了山沟，终于在一小片平地中停下来。知青们正赞叹着一路野景，这时知道是[redacted]目的地，都十分兴奋，纷纷跳下车来。

平地一边有数间草房

草房前高高矮矮，老老少少站了一溜儿人，张了嘴向我们望，不大动。孩子们如鱼般远远游动着。带队来的支书便不耐烦，喊道："都来欢迎欢迎嘛！"于是走出一个矮汉子，把笑容硬在脸上，慌慌地和我们握手。女知青们伸出手去，那汉子不握，自己的手互相擦一下，只与男知青们握。我见与他握过手的人脸上都有些异样，心里正不明白，就轮到我了。我一边伸出手去，说着"你好"，一边看这个矮汉子。不料手好似被门缝狠狠挤了一下，正要失声，矮汉子已去和另外的人握手了。男知青们

409

我保存的阿城《树王》手稿

阿城手绘的莫言（左）、何立伟（右）漫画像

吧，你们先把封面设计图搞出来，如果能让我满意的话，我就交稿子给你。好吗？……”

我知道，阿城原在中国图书进出口公司的《世界图书》当美编，艺术鉴赏水平很高，绘画功底又颇深，对自己第一本书的装帧设计当然会相当苛刻了。其实，这也正好应了我的心思：这是我策划并编辑的第一套丛书中的领衔之作，在装帧设计方面，不仅要创国内一流，而且，即便与外国的图书相比，也决不能逊色。我不仅答应了他的要求，而且还接受他的建议：这套丛书采用国际流行的小32（实际为36）开本，即便于读者携带的所谓“口袋本”。这在当时，国内还很少有厂家具备这种开本的印制工艺。看似阿城给我出了道难题，但实质上是促使我去闯出一条新路。当时作家出版社还没有自己的美编，我回社之后，就找来许多新近出版的图书作参考，经过反复比较、权衡，最后选定曾为《理智之年》设计封面的青年画家王效宓来担任这套丛书的特约美编。

王效宓毕业于中央工艺美院书籍装帧系，是资深出版家王仿子的儿子，见多识广，也很有才气。我向他介绍了“文学新星丛书”的全盘构想与第一辑五位作者的作品内容与风格，希望他大胆创新，尽快拿出一套别具一格的设计方案来。王效宓笑眯眯地说：那我就用一种酝酿已久的新的艺术技法来作些尝试吧！没过几天，他就送来了《四王集》（阿城的小说集最初定此书名）的设计稿。我一看，惊喜极了：图稿不是用笔画出来的，而是别出心裁用多种颜色的剪纸拼贴而成，既新颖又极富中国民间艺术特色。尤其令人赞叹的是，扉页上的图案是一只报晓的雄鸡，而封底上的图案则是一只碎开的蛋壳，寓意为脱颖而出、一鸣惊人，正合我们推出“文学新星丛书”的初衷。我当天就把王效宓的设计稿送到阿城家去请他判评，他竟也一眼相中，并说：“这封面设计，即使上国际展台，我看也拿得出手啦！”

阿城的《棋王》敲定之后，我就接着与王兆军、莫言、刘索拉和何立伟联系，组稿工作进行得十分顺利，书名分别为《蝌蚪与龙》、《透明的红萝卜》、《你别无选择》和《小城无故事》。因为都是出第一个集子，他们都很激动，记得第一次约莫言到出版社来时，他竟不敢相信地问我和责编朱珩青：“老师，我真的可以编一个集子出版了吗？”当时莫言正就读于解放军艺术学院文学系，他的中篇小说《透明的红萝卜》

是他的恩师徐怀中推荐给《中国作家》的。考虑到莫言对于广大读者来说还是一个很陌生的名字，《中国作家》在发表这篇中篇小说时，特意配发了一篇“军艺”师生关于《透明的红萝卜》的对话：《有追求才有特色》。莫言在“对话”中就曾谦虚地说：“我的思想还很浅薄幼稚，写作功底也不厚实，根本没形成自己对艺术和生活的固定的、系统的看法，一切都是支离破碎的。只不过是在听课中受了老师的启发，自己胡乱地想想，胡乱地尝试尝试。”对莫言的尝试，徐怀中予以了充分的肯定，说“这是一种很难的写法”。徐怀中还说：“他有一篇《民间音乐》，你们看过吗？那篇东西很精彩。莫言对农村还是有很深的感情的，写农村题材是他的优势。……总之，从我看了莫言的《民间音乐》再加上这篇《透明的红萝卜》，我想，他已经初步形成了他自己的一种色调和追求。”据此，我对莫言说：徐怀中同志那么器重你，他是中国作协副主席，又是我们《中国作家》的编委，加上孙犁同志也很赞赏你的《民间音乐》，你已经发表二十多万字的作品，完全可以选编一个很像样的集子了！他高兴地笑了，眼睛眯成一道缝。

“文学新星丛书”确定五本书组成一辑，我是受了“文革”前作家出版社一套诗丛的影响。入选那套诗丛的是李瑛、严阵、张永枚、梁上泉、雁翼等五位青年诗人的精品集，分别由德高望重的老诗人光未然、臧克家、田间、严辰、戈壁舟为之作序，出版后在年轻一代的诗歌爱好者中产生了巨大的反响。当年，我就是读着这套丛书学习写诗的。由此我想，编“文学新星丛书”，为的是推出新人，也就必须借助老作家和有影响的文学评论家的力量，请他们分别来为“文学新星”作序，在创作上给予点拨。这不仅有利于他们的成长，而且也会使广大读者，尤其是文学青年从中受益。每个集子请谁作序，我们都是先征求作者本人的意见。当我和责编冯德华（后以冯秋子成名）就此事问刘索拉时，她说：“我是学音乐的，大作家、文学评论家一个也不熟悉。一定要有人为我的小说集作序的话，就只能请王蒙啦！因为《你别无选择》是在他主编的《人民文学》上发表的。人家现在当上文化部长了，我又不认识他，怎么个请法呀？”我说：王蒙还兼中国作协副主席，那就由我们来代你请吧！后来，王蒙果然爽快地应了我们的约请，在我将刘索拉的书稿给他送去的第三天，他就捎来了一篇精彩的序。他写道：“刘索

1988年，作者陪刘索拉在王府井新华书店签售《你别无选择》

拉的小说在1985年出现是一个先锋性的，并非偶然的现象。它的内容与形式都具有一种不满足的、勇敢探求的深长意味。我们不能不学会与她的小说中的人物对话，理解他们，而且得越来越重视他们。”诚如王蒙所说，新时期涌现出的文学新人得到了越来越多的文坛前辈、著名作家的关注和重视，像汪曾祺、严文井、秦兆阳、鲍昌、徐怀中、胡正、林斤澜、蒋子龙、李国文、葛洛、周克芹、张锲、刘心武、韩少功、李陀、刘锡诚、崔道怡……都相继加入到为这套丛书作序的行列，成了提携一代文学新人的一群可敬的伯乐。

在第一辑的五部书稿大体落实后，我为这套丛书拟了一份《出版说明》：“文坛时有新星升起。一批思想锐敏、艺术个性独特的青年作家，近年来创作了大量别开生面的优秀作品。从他们身上，我们看到了中国社会主义文学的希望。为扶植新人，繁荣创作，我们特分辑出版这套均系青年作家第一部佳作的‘文学新星丛书’。愿这套丛书的陆续出版，能为文学新星的崛起和壮大，起到铺路搭桥的作用。我们的事业是伟大而艰巨的。我们深信，中国的社会主义文学，必将迎来一个群星灿烂的时代。”报请副总编龙世煇、总编辑从维熙审定后，阿城的《棋王》就准备发稿了。我担任这本书的责编，就是想为这套丛书在编校质量、装帧设计及印制规格方面，起个“带头羊”的作用。

当时印刷业还处在铅字排版阶段。按常规，一本书的出版周期，为半年左右，即便是加急，至少也得三个月。按计划，我们的“文学新星丛书”第一辑，到1986年春天才能面世。然而，出乎意料的是，《棋王》在1985年11月就以一流的印制水平出版了，从我调离《中国作家》编辑部到图书编辑室任职算起，仅两个月时间。出版周期之短在大陆出版界，可以说是空前的。为何《棋王》的出书速度会如此之快呢？这主要是因为要到在香港举行的“中国书展”上去发售作者的签名本。

记得是10月中旬，国家出版局（新闻出版总署的前身）突然打电话来，要作家出版社立即派人向他们汇报阿城著作的出版情况，我就奉命赶到局里去了。在听取我汇报之前，国家出版局的专员陆本瑞就开门见山地说：“年底，我们将在香港举办首届‘中国书展’，港英当局邀请冰心和阿城去出席开幕式，并发售签名本。冰心年事已高，行动不便，不能去。因此，应邀以作家身份去的，内地唯有阿城一人。但阿城还没有出过书。听说他的《四王集》你们要出，紧急把你们召来，就是想了解一下，看《四王集》能否赶在书展前印出来？”

当时，出版局的同志对阿城还很不了解。正好我是带着编好了的整套书稿去的。我先汇报说：“阿城写了四个中篇：《棋王》、《树王》、《孩子王》、《车王》。原本是想把这‘四王’合成一个集子，但《车王》写成之后，投给《钟山》杂志时，因嫌挂号邮件慢，是按普通邮件寄发的，未承想丢失了，至今下落不明。而他写作从不打底稿，也未留复印件，因此，这个集子只能收入前‘三王’，加上六个短篇，就以他的代表作《棋王》改做书名了。”接着，我又拿出阿城的《小传》，念给他们听。阿城的《小传》写得相当别致，几句看似朴拙却藏有机巧的话，包含着深刻的人生况味。陆本瑞和出版局的另一位官员听了都夸写得好，没一点儿八股腔，很适合平民百姓尤其是海外读者的口味。这时，我便乘兴把曹力作的阿城漫画像拿了出来。这是一幅裸体漫画像，意在表现阿城的一种与人赤诚相见的品格。阿城本人对这幅漫画像是十分喜爱的，但我在出版社征求意见时，有人觉得一本严肃的小说集

列入“文学新星丛书”的部分青年作家的图书封面，其中，除阿城出国发展而外，阿来、张平、迟子建、莫言、刘震云，已分别以《尘埃落定》、《抉择》、《额尔古纳河右岸》、《蛙》、《一句顶一万句》先后荣获茅盾文学奖

前印一张裸体漫画像，似乎不太雅观，况且出版界也无先例。因此，为防备送审不能通过，我是另组了一幅阿城头像备用的。未料，陆本瑞同志看过之后，却大为赞赏，说："不错嘛！这和他《小传》的风格很和谐。"一锤定音。我心里好一阵窃喜，藏在提包里的一张备用的阿城头像，自然就没有必要掏出来了。过后我才知道，陆本瑞同志是画家出身，艺术见解一点儿也不保守。就这样，整套"文学新星丛书"，都照此办理，每本书前用的均为作者的漫画像和独具个性色彩的《小传》。书前不用作者照片而用漫画像，最初也是阿城提议的。我想起他在"星星美展"上展出的《人体线描》，就请他为莫言和何立伟画了两幅漫画头像，尤其是莫言那幅，轻轻几笔，就惟妙惟肖地勾出了莫言憨态可掬的神态，堪称一绝。

为了使《棋王》能在短期内赶印出来，那天，出版局听我汇报时，是请了中国印刷公司的一位副经理参加的。这位副经理应承得很痛快："我们立即安排技术条件最好的印厂来接活，一个月出书，没问题！"

当晚，我就兴冲冲地去了阿城家。原想，他听了国家出版局关心《棋王》出书进度的好消息，一定会高兴得跳起来。哪知他却受宠若惊地说："唉，我真后悔！早知这样，我当初不应该写小说。没想到这本书给国家现眼了。"后来，我才知道，香港和西德都在准备出阿城的集子。一个中国作家的第一个集子，如果不先在内地出版，而先在境外出版，那确实是丢人现眼，无任何光彩可言。

1985年底，阿城如期作为唯一被邀请的内地作家赴香港首届"中国书展"发售了《棋王》的签名本后，有数十家媒体争相作了报道。当时还是计划经济，由于《棋王》是在尚未有新华书店的征订数时赶印出来的，我们确定了一个保守的印数：15000册。然而，未承想后来接到的征订数却不足8000！于是，读者在新华书店买不到《棋王》，便纷纷找到出版社来。那段时间，我几乎每天都要接待几批找上门来购书的热心读者。有一天我到阿城家去，还碰巧见到了一位名叫潘明笑的法国朋友。潘明笑先生告诉我，他和阿城同龄，是专程来中国研究知青问题的，但跑遍了北京所有的书店，都没能买到《棋王》，就只有找上门来，当面向阿城讨要。阿城说，已有好些外国的读者朋友来找过他了。这使我感到，属于我们民族的优秀文学作品，也必将属于整个世界。

《棋王》首印的15000册销完之后，在第二年又重印了两次。一个中短篇小说集，能在短期内连续印行，这是极为少见的现象。这不仅促进了我们的编辑工作，而且也迅即把“文学新星丛书”的品牌叫响了！由于《棋王》的带动，随后推出的王兆军、莫言、刘索拉、何立伟的集子都销得不错，真正做到了社会效益和经济效益的双丰收。按照原有计划，“文学新星丛书”在1986年内只安排一辑，然而由于第一辑出版后的反响出乎意料的好，就增加了一辑。此后，也几乎每年都安排两辑的出版计划，像当时刚在文坛崭露头角的蔡测海、胡辛、张平、马原、黄尧、蒋子丹、何继青、洪峰、残雪、刘震云、陈染、李晓、池莉、赵玫、徐星、迟子建、阿来、彭见明、余华、格非、张聂尔、毕淑敏……都陆续进入了这一行列，形成了一个相当壮观的阵容，真可谓群星灿烂了。

在编这套丛书时，我们打的完全是主动仗，最初几辑大都是我们相中了谁就去向谁组稿，往往令作者有一种意外的惊喜。当时还在临汾地区文联工作的张平，在得知他被列入这套丛书名单之后，就立即写信给我表示“格外的感激”，说：“关于我的集子，若能由您们出，这自然是三生有幸、求之不得的事。前些时，立军同志给我稍稍谈了谈，只说作家出版社有此意思……想不到今日又来了您的讯息，实在让我大喜过望。这事真正拜托您了！”此前，我与张平已在中国作协于南京举办的颁奖会上见过面，而好些列入丛书名单的新人，我并不认识，只是因其作品令世人瞩目而径自发去了组稿信。洪峰在1987年4月11日给我的回函就极有意趣：“说实话，我早就等着这一天呢。去年初我们省的时代文艺出版社就跟我联系出集子的事，我压根不打算随随便便出我的第一个集子。我就一直老老实实写我的小说，我总觉得有一天会被老天看中。这就接到了你的信。我高兴至极，头一件事就是买一瓶啤酒喝了。……”“文学新星丛书”在各地青年作家心目中的分量该有多重，由此便可见一斑。

一套丛书几年编下来，动静自然不小。很多青年作者都想加入进来，但为了保持质量和品位，就不可能都予放行。而有一些还是求了文坛的头面人物作了“举荐”的，因此我们在退稿时也就难免要得罪人。加上收入了刘索拉、马原、残雪等颇有争议的新兴流派的作品，到了80

年代末中国作协领导班子改组后派工作组进驻作家出版社时，就有人在全社大会上对“文学新星丛书”的《出版说明》横加指责，质问我为什么在《出版说明》中不提毛主席的“二为方向”？甚至说，作家出版社恢复建制后就热衷于出什么“文学新星丛书”，为什么不先出一套老作家的“延安文艺小丛书”呢？……幸好工作组很快就撤离了，当时主持中国作协日常工作的玛拉沁夫同志来兼任作家出版社的总编辑，他在全社大会上说了句公道话：“我看‘文学新星丛书’的《出版说明》写得不错。如果硬要说有什么不足的话，是‘社会主义文学’一词用了两次，其实用一次就够了。”

去年初冬，我随北京朝阳区文协去红旗渠采风，在安阳下车之后，同行的谭宗远顾不得用中餐，就淘书去了。在我们快吃完饭时，才见他归队，兴冲冲地对我说：“我还真淘到好书啦！看，你当年编的‘文学新星丛书’，我淘到了几本。”赵国培和另一位文友忙说他们也曾在京城搜寻过这套丛书，就急忙赶到旧书摊上去了，并还各有收获。但离配齐这套书，还差得远，就问我这套书为什么不再版呢？我说，当年的“文学新星”们，除阿城、丁小琦、刘西鸿、查建英等先后去了海外发展而外，其余大都仍创作活跃，硕果累累，频频获奖。其中，还有好些人当了省、市作协的主席、副主席，有的甚至被授予“人民作家”的称号，当上了中国作协副主席。在我退休前，作家出版社曾几次讨论过这套丛书的再版问题，但困难重重。因自上世纪末起，长篇小说的年产量猛增，从盈亏的角度考虑，出版社都争抢出畅销书，几乎没有一家出版社出版中短篇小说集了。当年出“文学新星丛书”是盈利的，如今再版的话，谁也没有盈利的把握。何况这套书有50本，出版社的书号数有限，不可能全再版。但也作过一次再版的尝试，那就是阿来的《尘埃落定》荣获茅盾文学奖后，曾将他的《旧年的血迹》出了重新设计封面和版式的新版本。此外，阿城1998年在我社相继出的《闲话闲说》、《威尼斯日记》等都很畅销，又授权责编杨葵，为他再版了《棋王》。

杨葵后来告诉我，《棋王》再版时，篇目没有变，但有几篇小说，阿城是把从几家杂志社找回的原稿交给了他，让他将原先被删掉的文字补正后发稿的。因此，再版本也别具收藏价值。我对杨葵说，《树王》是在《中国作家》上发表的，当时是贺新创当的责编，但记不得是什么原因，我退休前收拾办公室，竟发现《树王》手稿存在我办公桌底层的抽屉里。当然还有我约阿城画的莫言和何立伟的漫画像等，我也都珍藏着……二十多年过去了，还有人在四处淘这套丛书，作为始作俑者，回望文学新星崛起时的景象，我依然感到十分欣慰！

2008年4月26日

先富的“驴友”

我混迹文坛大半辈子，无幸随著名作家公费出访，老来只得自费到国外去开开眼界。早年学的俄语在“文革”中忘得一干二净，仅认得几个英文单词，自然无法“自由行”，全得靠旅行社组团，几年下来，便结识了一群旅游的朋友，即所谓“驴友”是也！而在这些“驴友”中，几乎找不到在职的官员，尤其是到欧美等发达国家去玩的“驴友”，民营企业家居多。为了省钱，我和妻子都是避开“黄金周”出门。有年樱花时节去日本，团中有两位年近三十的美少妇，还都是留过洋的高材生。我妻子惊异地问这两位“驴友”，怎么可以不上班而出来旅游呢？得到的回答是，干得好不如嫁得好，丈夫都是公司老总，早不让她们工作了。每当其夫君出差，在家空守着大别墅没劲儿，想上哪儿玩就去哪儿玩。我妻子听了直冒傻气，悄悄对我说，那她们的硕士学位岂不是白拿了？我笑着反问了一句：她们不读研究生，嫁得了高新技术企业的大老板吗？

我最早遇见的大款“驴友”，是个山东的房地产开发商。那时美国还没有对中国公民开放旅游，旅行社组团是以商务考察的名义，需要每个游客自己到美国使馆去办签证手续。这一关不好过。这位房地产开发商在到了洛杉矶后才告诉我，与他同时去美国使馆面签的一共7人，有3人遭拒签，而这三位恰恰都是他请的当地党政部门的要员，拿到签证的另三位，反倒是那三位官员的秘书和随从。可俗话说“阎王好见，小鬼难缠”，对他们也得好生伺候，到了拉斯维加斯，便每人给了一万美元，让他们去赌场玩一把。这位老板出手之大方，当时真令我这一介书生瞠目结舌。七年过去了，我虽已想不起这位“驴友”的名字，但房价一路飙升，想必他早已是亿万富翁了。当然，如果那官商勾结的黑幕被揭开，也许已成了阶下囚。

那次去美国旅游，我们是9月10日拿到的签证，第二天就发生了举世震惊的“9·11”恐怖袭击事件，所以，虽同时拿到签证的有19人，但最后成团时只剩下8人，其中，大款“驴友”仅此一名。而我新近去东欧旅游，全团21人，给我留下深刻印象的大款“驴友”，就有3人。先说甲老板吧。

我们此行的第一站是匈牙利首都布达佩斯。出了机场，上了来接我们的旅行大巴，“驴友”们就聊起著名演员陈佩斯名字的来历，是那年他爹陈强到布达佩斯参加世界青年联欢节期间，大使馆转告，他妻子生了双胞胎，他就给两个儿子分别取名为“布达”和“佩斯”。这时，甲老板正好与我并排坐，笑着说：“啊呀大哥！我刚才给我儿子发了条手机短信，告诉他我已抵达布达佩斯，把‘布达佩斯’写成‘不达配思’了，四个字错了仨！不怕大哥您笑话，我没文化呀！说是小学毕业，可那是在文化大革命中上的学啊！”我说：“有文化的人不一定有本事，更不一定有钱。像你这样只有小学文化程度，能成为民营企业家，不简单哪！”他讲，这些年确实没少挣钱，很知足。现在实际上已经“收摊”，不当老板了。没啥事干，活着就是出国旅游，一月出游一次，已经走了六七十个国家。准备用500万元，夫妻俩走满100个国家，就算达到预定的目标，不枉此一生。“驴友”们劝他，尽可把节奏放慢些，何必一月出游一次呢？这也太累啦！他解释：“你们不知道，我是个糖尿病人，眼睛已经不大好使了，病情再发展，就会瞎，腿也会被锯掉。趁现在眼睛还能看得见，腿还能走路，我得争分夺秒，赶快把世界上的美景看个遍。要不然，我辛辛苦苦挣来的钱，不就白瞎了吗？改革开放给我带来的福，我就享受不到啦！”

一路上，他给“驴友”们讲了他的奋斗史：从部队复员后，进厂先是干抹墙灰的脏活。后来当司机，给广州送车，来回跑一趟，就是上万里路，风雨兼程，饱一顿饿一顿的几年折腾下来，落下了糖尿病病根。后来终于抓住机遇，开了个汽车专卖店，由小到大，挣了一大把。要是接着干，当然还能挣大钱，可就得把命搭上去了，不值。其实，“驴友”们看他出来旅游也不容易，尤其是饮食，团餐中好些食品含糖量高，他都不能吃。他自带电饭锅和米面调料，让妻子做早点，而到了用正餐时，他经常要旅游定点饭店加两三个菜，让“驴友”们跟着沾光。另加菜费用不菲，“驴友”们都有些过意不去，说：“照你这么个请客

布达佩斯，蓝色的多瑙河

华沙肖邦公园

法，你那500万元的指标可要大大突破啦！”未料他说：“不瞒大伙儿说，我走了六七十个国家，那500万元一个子儿还没动用呢！”后来才知道，每到一地，他都会光顾赌场，先是交了点儿学费，后来琢磨出了绝招，总能赢上一把。他并没有赌瘾，每次下赌场不超过40分钟，赢一把就走。他说：“赌场老板不怕你赢，就怕你赢了就走。这次我只下了两次赌场，加起来不超过一个半小时，就赢了10万元。我夫妻俩的旅行团费才4万元，给大伙儿加几个菜哪用得完呀，大伙儿吃了高兴就行！外国赌场老板的钱，咱为什么不赢他的？赢了他，不也是咱中国人的智慧和能耐吗？大伙儿想吃什么菜，尽管点，我埋单！……”

与甲老板一样，乙老板也收摊不干了。他比甲老板年轻六七岁，才四十出头，正身强力壮，且是名牌大学毕业的工程师，怎么见好就收了呢？他说：“别以为我不当老板就没活干了，我忙着呢！出国旅游，可不能像老‘甲’那样一月一趟，我一年也就插空走一两趟。”“驴友”们问他在忙什么？未料他回答：“生儿育女！”大伙儿以为他开玩笑，问：“现在计划生育，你有钱了就想超生啊？”他接着坦白：“我想老天爷是公平的，谁让我开公司挣了3000万呢，我结婚也不晚，老婆挺漂亮，还是个有职有权的公务员，可偏偏给我生了智障的儿子，闹心不？按政策，允许生第二胎，可要是第二胎又是智障儿咋办？是我的种不行还是老婆的地是盐碱地？我自信我的种好着呢，就找块好一点儿的地试试吧！那东北姑娘长相好不说，身体也棒着哩，一试，真还就揣上了。据她妈观察她孕后的身体反应，保证怀的是个男孩。我当然高兴啦，一口答应：只要是给我生下儿子，给她200万元！如果生下的是女儿，给100万元。为了保险起见，我又在一块处女地上下了种。没想到这湘妹子怀孕后没打招呼就回老家赶快嫁了人！现在麻烦事来了，那东北姑娘剖腹产，生下的却是个女儿！可我已经给了她七八十万元不说，还给了她一套价值200万元的房子呢！而没花我几个钱的湘妹子，来电话说，也是剖腹产，生的倒是个大胖小子！啊呀，这事咋办？我说了将来做亲子鉴定，确实是我的儿子，就给她200万元。但儿子一定要给我，将来供他上学、读博士。可是，她已经嫁了人，她丈夫能把儿子给我吗？唉，这事麻烦大了，说不定还得打官司！……”

乙老板在旅游团里是最年轻的，“驴友”们见他待人坦诚热情，一致推举他当“团长”。他说：“这‘团长’我当。我知道，当‘团长’就是做‘小媳妇’，把叔叔阿姨、哥哥姐姐伺候好、照应好！别以为公司老板不会伺候人，现在我把老婆儿子伺候得好着哩，每天晚上，都得为他们烧几个好菜，烹饪手艺练得可棒啦！”临回国前最后一顿午餐，他执意不让甲老板给“驴友”们加菜，而是由他慷慨解囊，摆了一顿丰盛的告别宴。“驴友”们举杯向他表示感谢时，也衷心祝他能用其聪明和热诚，兑现他的承诺：把“借腹”生的女儿、儿子养育好，读完大学别走他的老路，真正成为于国于民有用的人才！

丙老板则与甲老板、乙老板不同，他的公司正如日中天。东欧与北京有6个小时时差，因此，他的手机昼夜不关机，一路上数他接的国内打来的电话最多。行车途中，更是他打手机遥控他公司有序运行的专用时间，真是个全天候的老板，其精力旺盛，令人叹服。由北京飞赴赫尔辛基时，我在E座，他就坐我左边的D座，一坐定他就呼呼大睡。因此八九个小时航程中，他竟没同我说一句话。后来我才明白，上飞机必须关机，他才有了能彻底休息的难得机会。看他飞机上睡得那个香劲儿，就知道他是个工作狂。可他是个强直性脊柱炎患者，背驼得像一张弓。而他自我形容，却是“七十岁的背、五十岁的头发、三十岁的面孔”。他对我说：“你看我，五十岁了，头发没白一根，只是头顶掉了些头发，稀疏一点儿，符合我的年龄；脸膛白里泛红，依然显得年轻；尽管腰直不起来了，像个驼背老人，但身体别的部位，全没毛病，什么活都能干！”“驴友”们注意到，他每到一个国家，都要买下件有该国标志的鲜艳的T恤衫当众穿上，那换衣服的兴奋劲儿，活像个过节的孩童！

丙老板旅游的最大一个爱好，就是提着价值10万元的“炮筒”满处跑，寻找美景，咔嚓咔嚓照个不停。用过晚餐，“驴友”们都回下榻的饭店休息了，他还几乎一天不落地与两个也酷爱摄影的“驴友”乘出租车按图索骥，去拍名胜古迹的夜景。在立陶宛首都，导游领我们气喘吁吁地爬了300米的坡，登上一座可俯瞰全景的小山。我还没爬到顶，就见他提着“炮筒”急匆匆往回跑。我问他咋啦？他回答说，远处有好景，把一个镜头落旅行大巴上了，赶回去取。我提醒他：导游说这里只停留10分钟，你去取了镜头还得再爬坡，怕不赶趟……没想到果真在“驴友”们下山前，他就兴致勃勃地赶了回来，顾不得擦一下满脑门的

匈牙利诗人裴多菲塑像

布拉格之春广场

汗水，就专注地端起“炮筒”瞄准远处的目标……

丙老板的另一个爱好，是喝啤酒。“驴友”们每次走进餐厅，听到的第一声吆喝，就是他向服务生发出的一声响亮的“beer（啤酒）！”。往往是第一道菜还没上来，他就两大高杯啤酒下肚了。但他从不独饮，总是邀请“驴友”们共饮。最多的一回他接连吆喝了四次“beer!”，那顿晚餐“驴友”们共喝了27杯啤酒，当然，最高纪录是他创造的，一连喝了7杯！我问他怎有如此大的酒量？他笑了：“我不能喝这么多的酒，公司哪能接到干不完的项目？三十年前我是郊区的一个农民，有苞米糌子粥喝饱肚子就不错啦，哪喝过一口啤酒。酒量是开公司后练出来的呀！”每次喝完啤酒，他从不向店家问收他多少酒钱，而是从兜里掏出银行卡，对服务生说：“拿去，你代我刷！”见他这般豪爽，“驴友”们都争着说：“又让您破费，谢谢啦！”他手一挥，说：“要谢大伙儿就和我一起谢邓小平，是他‘让一部分人先富起来’！”

是啊，没有改革开放的总设计师邓小平，我们也不能出国旅游。而我在国外旅游时，既看到了五彩缤纷的异域风光，也从一个个活灵活现的先富起来的“驴友”身上，觉察到了我在书斋里读不到的、别有滋味的国情世相、天下忧乐。这不能不说是意外的收获！

2008年4月25日

“李顺大”圆了造屋梦

前些天，我大弟打来长途电话，告诉我说，他家的楼房扩建已竣工，按照乡俗，拔掉老屋的最后一根大梁，在新屋造成时要办酒志庆，宴请亲朋和同村的本家。他问我能否回老家赴宴。

大弟家楼房扩建前，我与他曾通过电话，问他资金上有没有问题，千万别拉下亏空。他说大约要花10万元左右，问题不大，这回不用向你开口了。但我还是有点儿放心不下。因此，当他这次打电话来报喜时，我又问他要不要寄些钱给他。他说，这次扩建，包括装修、添置家用电器，确实是超过了预算，手头有些紧。但等到阴历年底前把人家拖欠他的工钱收回来，就完全可以顶上了。二弟已经帮他先调剂了两万元，眼下一点儿问题都没有，要我尽管放心。

大弟之所以再三说要我放心，实在是因为近三十年来老家每次造屋，都要我帮忙，而我在一二十年前，经济也相当拮据，尽管屡屡倾力相助，也解决不了多大问题。但造屋，是我家乡农民的一个天生的情结，若不圆自己的造屋梦，就仿佛是大逆不道，愧对祖宗和子孙。这也就是高晓声的小说《李顺大造屋》当年为什么那么轰动的原因所在。

高晓声是我老乡，江苏武进人。我们家乡那一带，人的乳名大都带一个“大”字。即取名字中最后一个字，再加上一个“大”字，是祈望孩子顺顺当当长大成人的意思。我父亲原名严元兴（字俊鹤），结果直到终老，村上人都叫他“严兴大”。我原名儒铨，离家已五十年，至今回老家，乡亲们依然呼我“铨大”。因此，当我第一次读到《李顺大造屋》时，就断定高晓声是武进人，而小说中的李顺大，活像是我的父亲。

高晓声当然不认识我的父亲，但他在被错划为右派之后，就回乡当了地地道道的农民，一直生活在我父亲那辈人之中，吃尽了“大跃进”、三年自然灾害和“文革”的苦头，他笔下的李顺大，就是我父亲那一代勤俭朴实、逆来顺受的老农典型。和李顺大一样，我父亲辛劳一辈子，最大的愿望，似乎就是为陆续长大的子孙造几间新屋。我兄弟五个，我是老大，除我1964年大学毕业后分配到北京工作而外，四个弟弟再也上不起学，长大之后，都只得在家务农。因此，压在我父亲身上的造屋担子远比李顺大的要重，让儿孙们都能如期住上新屋，对于他来说，一直是个难圆的梦。

直到上世纪70年代末，也就是刚实行土地承包制之初，才经我父亲之手，自家造了一回新屋。那时我的四个弟弟，都已成了精壮劳力，家庭经济刚缓过气来，我也给了力所能及的帮助，但还是紧紧巴巴，只盖了三间平房。四个弟弟也陆续到了当婚的年龄，这三间平房，无论如何也是不够用的。在我大弟结婚之后，二弟、三弟就只得去当了人家的上门女婿，招赘到外乡去了。待到80年代初，我小弟该结婚时，还得再造新屋。谁都知道，不盖新房，是绝对娶不了媳妇的。《李顺大造屋》中有这样一个细节：他为买到一吨官价的石灰，有一天竟请了自己的恩人和仇人各一支烟。吃晚饭时想起这事做得欠妥，便发起怒来，骂他的儿子没出息，25岁了，还吃荫下饭，害得他这个做老子的在外面受罪……那年《李顺大造屋》得了全国优秀短篇小说奖，举行颁奖会时我去看望陆文夫，正好高晓声与他住在同一个房间，也就和高晓声聊起了这个细节，说我的小弟也二十出头了，还在吃荫下饭呢！高晓声说："啊呀，你就不能把你父亲接到北京来享几天清福吗?"我想也是，不能让父亲再为小弟的婚事操劳了。于是就修书一封，并寄去购车票钱，请父亲进京。父亲答应得很痛快，回信说车票已买好，让我按时去接站。未料，我去北京站接到的却是我母亲！母亲说："你老子临出门时变了卦，觉得你小弟成亲又要造屋，这样大的事体还得由他操持才放心，就又让我来北京了。"

此前，为照料我妻子做月子和带我女儿，母亲曾来过两次北京。此时我女儿已上小学，用不着她来帮忙照看了。我以为她住一段时间就回江苏的，不料，有天下班回家，她忽然不见了。到了晚上，才接到一个军人打来的传呼电话，告诉我说，他是驻西山某部队的后勤部长，我母亲到他家当保姆去了，要我放心。后来我才知道，我母亲上次来京时，结识了同住在东单三条的鲍蕙荞家的老保姆朱桂芳，是苏南老乡朱桂芳介绍我母亲到这位后勤部长家去当保姆的。而母亲之所以不辞而别，是

五兄弟与姐姐在三弟的新楼阳台上喜笑颜开

2010 年 4 月 17 日，三弟家新楼落成庆典

因为收到了我父亲此生写给她的第一封信（也是唯一一封）作出的决定。父亲在信中说，小弟谈恋爱已两年多，八月节礼送过三次了，就因为无钱造屋办喜事，婚期至今定不下来。女方捎话来：若再拖延，这门亲事只得告吹！……母亲心想，与其在我家吃闲饭，还不如去给人家当保姆，挣点儿钱救救老家的急，给老头子助一臂之力。那年元宵之夜，她分外思念家乡，写了一首诗当做信寄给了我父亲："明月临窗光如洗，客居西山伴孤星。数来已是花甲满，离乡背井为的甚？……儿子长大要成家，千方百计盖新房。两个男儿当千金，迁居他乡做新郎。小儿今年廿五岁，又催喜事要成双。儿女情长人人知，骨肉之亲谁能忘？身为父母应有责，待到中秋论家常。……老夫妻能有几度春，可叹年华加泪痕！"直到父亲1987年7月病逝之后，母亲在整理他的遗物时，发现这封诗信还装在他的一件上衣的口袋里，足见这信在他心中的分量有多重！

遗憾的是，父亲没有能看到那次造的新屋。原因是我小弟结婚时还未能造新屋，只是答应婚后就由我大弟去造新屋，与我小弟分家另过。而到我大弟在1987年春上动工造新屋时，父亲已七十岁，久治不愈的哮喘病日益加重，家里也抽不出人手照料他，正枇杷上市时节，招赘在浙江余杭的三弟就把父亲接到他家养病去了。未料，就在大弟的新屋盖好一层之时，父亲不幸在余杭病逝。因父亲的责任田是归属大弟耕种的，所以，把父亲的骨灰接回之后，灵堂就设在大弟刚落成的新屋里。大弟跪在父亲骨灰盒前呼天抢地哭喊的第一句话就是："阿爹啊，我这新屋盖晚了呀！早盖几个月，你就住上了啊……"

大弟是个瓦匠，新屋是他自己设计的。按设计本是两大间的两层楼房。因资金不足，先造了一层。过了些年，等到他女儿结婚，把女婿招上门时，才把预留的二层砌了起来。这些年女儿、女婿在民营企业打工挣了些钱后，又向东侧扩建一大间楼房。动工前他就打电话给我，说："乡里决定，建设新农村，我们石庄村就不统一拆迁重建了。但为保持粉墙黛瓦的江南民居特色，所有的外墙由政府出钱统一用立邦漆（而不是李顺大当年走门子才买到的石灰！）来粉刷。我家在村东头，进村第一家，这次东山墙一定要砌出个模样来，也是为我们石庄的门面争个光彩啊！"所以当他的造屋三部曲大功告成后，来电话邀我回老家也就是意料中的事了。

而在此之前，我小弟早在十年前就把三间平房翻盖成三层楼房。他的两个女儿都嫁出了门，其实当初盖两层就足够用了。他对我说："这次在老宅基地上盖的楼，当然有你一份，三层楼就是留给你退休后回老家来住住的。"这一回，大弟在电话中又告诉我："村西原先做石湾小学的破败祠堂已经拆了，在旧址上盖起了村文化娱乐室，水泥路浇到了家家门前……真是把祖祖辈辈的梦想都实现啦！"

从我父亲造三间平房开始，到我大弟完成他的盖楼三部曲，正好是中国进入改革开放时代以来的三十个春秋。而我国经济改革是从农村的"大包干"开始的，那最初在土地承包书上大胆按下手印的安徽小岗村的农民，还恰好都姓严，是我的本家。可惜高晓声与我父亲一样，因哮喘病而在1999年离我们而去了，不然，邀他同去我大弟家赴宴，该有多好啊！

2008年1月5日

图书在版编目（CIP）数据

向世界微笑/石湾著. －北京：作家出版社，2012.4
ISBN 978－7－5063－6299－3

Ⅰ.①向… Ⅱ.①石… Ⅲ.①散文集－中国－当代②随笔－作品集－中国－当代 Ⅳ.①I267

中国版本图书馆 CIP 数据核字（2012）第 027767 号

向世界微笑

作　　者： 石　湾
责任编辑： 林金荣
装帧设计： 张晓光
出版发行： 作家出版社
社址： 北京农展馆南里 10 号　　**邮编：** 100125
电话传真： 86－10－65930756（出版发行部）
86－10－65004079（总编室）
86－10－65015116（邮购部）
E－mail： **zuojia@ zuojia. net. cn**
http：//www. haozuojia. com（作家在线）
印刷： 三河市华业印装厂
成品尺寸： 152×230
字数： 280 千
印张： 19.5
版次： 2012 年 4 月第 1 版
印次： 2012 年 4 月第 1 次印刷
ISBN 978－7－5063－6299－3
定价： 36.00 元